디데이

디 데이

D-DAY

김병인 장편소설

열림원

참담한 고통을 견뎌야 했던 식민지 시대의 조선인들과
참혹한 피해를 입은 히로시마와 나가사키의 주민들에게,

양국의 불행한 근대사를 진지하게 되돌아보며
더 나은 내일을 꿈꾸는 오늘의 한국인들과 일본인들에게,

사무치는 원한을 품고 복수를 구하며 살아가는 모든 이들과
빼앗지 않고는 살아갈 길이 없다는 생각에 빠져 있는 모든 이들에게,

이 이야기를 바칩니다

차례

대식과 요이치

#1 대식의 일지

1944년 6월 6일. D-Day / 프랑스 노르망디 해변

　내가 서 있는 이곳은 사방이 두꺼운 콘크리트로 둘러싸인 밀실. 성인 스무 명 정도가 들어가 서 있을 수 있는 정도의 넓이밖에 되지 않는다. 이 콘크리트 육면체 덩어리엔 바다를 향한 벽면에 한 뼘도 채 되지 않는 틈이 가로로 길게 나 있을 뿐이다.

　방 중앙엔 150밀리 구경의 거포가 도사리고 앉아 전봇대 같은 포신을 가로 틈을 통해 바다로 내뻗고 있었다. 포신과 가로 틈이 만나는 지점엔 포신이 상하로 움직일 수 있도록 세로 틈이 나 있었다. 그 외엔 이곳은 완전히 밀폐된 공간이다.

　나는 정면의 가로 틈을 통해 바깥을 바라보았다. 해안에는 미군들이 마치 폭우에 휩쓸린 개미 떼가 필사적으로 마른땅으로 기어오르듯 널찍한 백사장을 향해 새까맣게 몰려오고 있었다.

　이번엔 무릎을 슬쩍 굽혀보았다. 시선이 낮아지면서 미국 군함

11

들과 비행선들이 가득한 수평선이 시야에 들어왔다. 거대한 군함들은 개미 떼의 행군을 독려하듯 우리의 해안 포대를 향해 위력적인 함포사격을 날리고 있었다.

이 모든 장면들이 포대의 가로 틈을 통해 아래위가 깔끔하게 잘린 채 시야에 들어왔다. 마치 영화 화면 같았다.

순간 내가 발붙인 육중한 밀실로부터 의식이 스멀스멀 멀어져가는 야릇한 느낌이 들었다. 나는 누구이던가? 나는 지금 누구의 편으로 또다시 전투를 치르고 있는가?

'나는 조선인. 이름은 한대식. 그리고⋯⋯'

내가 입은 군복을 내려다보았다. 부정할 수 없는 쥐색의 독일 군복이다. 그리고 해안을 뒤덮으며 득달같이 달려들고 있는 것은 미군이다.

지금껏 수많은 전쟁터를 누벼왔지만, 이런 기상천외한 작전은 처음이었다. 이 많은 미군 병력이 갑자기 영국에서 칼레 해협을 건너 여기를 공격해 오리라고는 아무도 짐작하지 못했다. 이미 그 사실만으로 독일군은 기선을 제압당한 셈이다.

정신이 아뜩하다. 마치 바람에 높이 뜬 연이 강풍을 만나 순식간에 연줄이 손아귀에서 후루룩 빠져나가는 것처럼.

"쾅!"

번쩍 정신이 들었다. 고막을 찢을 듯한 굉음과 함께 전봇대 같은 포신이 뒤로 반동을 일으키며 매캐한 화약 연기를 내뿜었다. 뿌연 시야 속에서도 기계적이고 신속하게 갓난아이 같은 포탄을 포신 속으로 밀어 넣으며 장전을 마쳤다.

다시 대기 자세로 돌아가며 나의 눈은 포연이 걷히기 시작한 밀실의 천장으로 향했다. 이 포대는 독일 첨단 공학의 소산으로 어떤 저명한 박사가 웬만한 폭격에도 견딜 수 있도록 설계했다고 들었다. 아무래도 그 말은 사실인 듯싶었다. 이른 아침부터 내내 연합군의 융단폭격이 있었지만, 이 포대는 잘 견뎌내고 있었다.

대포 옆에 선 독일 장교가 망원경을 들여다보며 해안의 목표물을 살피더니 새로운 조준 값을 불렀다. 그러자 대포의 조정석에 앉은 독일 병사는 그에 맞춰 손잡이를 돌려 포신을 신속히 움직였다.

바다처럼 파란 병사의 눈동자와 그 위로 곧게 뻗은 금발의 속눈썹은 새로운 목표물에 집중했다. 그에게 부디 신과 같은 집중력과 용기가 충만하기를.

"쾅!"

대포가 굉음을 토해냈다.

난 다시 기계적이고 신속하게 포탄을 장전하기 시작했다.

그때 문득 손길이 마주치는 동료 병사가 있었다. 눈을 들어 그를 보았다. 그 병사도 나와 잠시 눈을 맞추고는 다시 묵묵히 손을 놀리며 장전 작업을 해나갔다.

그는 무표정하고 침착했다. 검은 눈동자, 검은 머리. 나만큼 이곳에 이질적인 존재다.

그의 이름은 후지와라 요이치. 포연을 잔뜩 뒤집어쓴 지금의 얼굴이 아니었다면 귀공자라고 해도 손색없는 외모를 가졌다. 그는 조선반도 옆으로 길게 누운 섬나라 일본, 조선을 식민지로 집어삼킨 일본 제국의 청년이다.

자연히 조선인에게 일본인이란 원수 같은 존재. 하지만 금발벽안의 독일군 사이에 섞여 프랑스 해안에서 복무를 하노라면 흑발흑안의 요이치는 차라리 형제처럼 느껴진다.

고향의 조선인들이 나의 이런 마음을 안다면 단박에 나를 조국의 배신자, 매국노로 손가락질하며 몰아세울지도 모르겠다. 하지만 그들은 지금 여기에 없고, 나는 지금 거기에 없다.

"쾅!"

다시 거포가 굉음을 울리며 내 의식의 흐름을 끊어놓는다. 나와 요이치는 반사적으로 포탄을 다시 장전했다. 말도 필요 없이 호흡이 척척 맞았다.

쌍안경으로 해안선을 살피던 독일 장교가 다급히 돌아서며 요이치에게 뭔가를 명령했다. 나는 장교의 말은 못 알아들어도 그의 눈빛에 어리는 긴박감은 충분히 읽어낼 수 있었다.

독일어가 능숙한 요이치가 장교에게 알았다고 대답하자마자 내가 먼저 요이치에게 물었다.

"뭐래?"

"참호로 가서 MG-42를 맡으래. 기관총 사수들이 다 죽었나 봐."

"여기서 나가라고?"

요이치는 대답 대신 고개를 짧게 끄덕이고는 시선을 피했다. 그가 먼저 벽에 기대놓은 소총을 잡고 포대의 뒤편 출구로 향하는 좁은 복도로 걸어 나갔다. 뒤도 돌아보지 않았다. 나도 하는 수 없이 소총을 집어 들고 그를 따라 복도로 향했다.

요이치는 나가는 길에 복도 옆에 딸린 작은 방에서 포탄을 정리하고 있던 병사들에게 뭔가 외쳤다. 그러자 병사 하나가 방에서 나와 대포로 향했다. 복도가 좁아서 내가 몸을 돌려야 그 병사가 지나갈 수 있었다. 아마 그가 장전을 맡을 모양이다.

그 파란 눈의 앳된 병사는 내 코앞을 지나치며 짧게 고개를 끄덕여 보였다. 나도 고개를 끄덕였다. 우리는 서로 말을 섞은 적은 없지만 난 그가 영화배우를 해도 될 만큼 미남이라고 생각했다. 이놈의 전쟁만 아니었다면 그도 대스타가 되어 있었으리라.

요이치가 먼저 복도 끝의 철문을 열고 밖으로 나갔고, 나도 그 뒤를 따랐다.

그러자 6월의 신선한 해안의 공기가 코끝에 확 와 닿았다. 그 속에도 화약 냄새가 진하게 녹아 있긴 했지만, 좁은 실내에서 짙은 포연 속에 묻혀 있던 나에게 바깥 공기는 충분히 신선했다. 대신 해안에서 들려오는 각종 총성과 포성은 훨씬 뚜렷하고 사실적으로 들려왔다.

요이치는 자세를 낮추고 미군의 포격으로 일부 허물어진 참호를 따라 앞으로 나아가기 시작했다. 나도 그의 뒤를 따라가다가 무너진 틈으로 보이는 바다에 시선을 빼앗겼다.

우리는 약 10미터가량 직벽으로 솟은 해안 언덕 위에 있었다. 독일군의 포대와 참호들은 모두 이 언덕 위에 설치되어 있었다. 언덕 아래에서 바다까지는 너른 백사장이 펼쳐져 있었는데, 그 폭이 대략 50미터 이상은 되었다. 널찍한 백사장엔 커다란 쇠막대나 나무 말뚝들이 즐비하게 꽂혀 있었다. 해안으로 다가오는 적군의 상륙용 함정의 바닥을 뚫기 위한 것들이었다.

지금은 그 상륙 저지용 구조물들 사이사이에 미군 병사들이 악착같이 들러붙어 해안 언덕에서 쏟아지는 아군의 포탄과 총알들로부터 몸을 숨기며 조금씩 전진해 들어오고 있었다.

두려웠다. 고개를 돌리고는 앞선 요이치를 따라잡으려고 발걸음을 옮기려는 순간이었다.

"콰쾅!"

엄청난 폭발음이 귓전을 때리며 후끈한 열기가 온몸을 덮쳐왔다. 나는 반사적으로 참호 바닥에 납작 엎드렸다. 폭발의 위력에 밀려서 엎어진 것에 더 가까웠다.

곧이어 크고 작은 콘크리트 파편 덩어리가 우박처럼 우수수 떨어져 내리더니 철모 위로 잔 알갱이가 비처럼 쏴 하고 떨어져 내렸다.

이번 것은 지금까지의 폭발과는 무언가 달랐다. 둔중하고 거대한 것이 둘로 쪼개지는 소리가 섞여 있었다.

나는 서서히 몸을 일으켰다. 망치로 뒤통수를 얻어맞은 것같이 머릿속이 띵했다. 뒤를 돌아보니 우리가 방금 나왔던 포대의 뒤쪽 출입구 쪽이 터져 나가 있었다. 마치 이마에 총알을 맞은 회색 거인의 뒤통수처럼. 쪼개진 콘크리트 틈으로 검은 연기가 꿀럭꿀럭 뿜어져 나왔다.

아마 미군 함포에서 날아온 포탄이 정확히 아군 포대의 정면 틈을 파고든 것이리라. 저명한 독일의 공학박사도 적의 포탄이 그 좁은 틈을 파고들 확률까지는 계산에 넣지 못했던 모양이다.

소름이 끼쳐왔다. 내가 저 안에서 조금만 더 지체했더라면……

순간 그 잘생긴 독일 군인이 생각났다. 그의 얼굴이 어떻게 짓이겨졌는지는 상상조차 하고 싶지 않았다.

'졌구나.'

생각이 탄식처럼 터져 나왔다.

비록 나와 요이치는 간발의 차이로 살아남았지만, 독일은 저런 상대와의 전쟁을 견뎌내지 못할 것이라는 예감이 온몸을 뱀처럼 휘감아왔다.

그러자 내 의식도 싸늘한 냉기로 가득 차기 시작했다. 몸이 와들와들 떨려왔다.

그때 누군가 나를 힘차게 흔들었다. 요이치였다. 그는 초점이 또렷한 눈동자로 말했다.

"대식, 정신 차려! 도망쳐야 해!"

"어디…… 로?"

"일단 민가로 숨자. 그리고 기회를 봐서 미군에게 항복하는 거야. 우리는 독일인이 아니니까 죽이지 않을 거야."

"그…… 그렇지…… 독일인이 아니지. 나는 조선인이야. 미국의 적이 아니야. 누구의 적도 아니야. 이 전쟁은 절대로 나의 선택이 아니었어…… 이게 다…… 네놈들 때문이라고……"

"정신 차려, 대식!"

나는 그를 쳐다보았다.

"이 새끼, 넌 어쩌냐, 일본놈인데…… 미군이 가만두지 않을 거야."

"너만 입 다물면 그들은 몰라."

"그건 그렇지."

나는 고개를 주억거렸다.

하지만 그의 목에 걸린 군번줄엔 영락없는 일본 이름이 새겨져 있다. 설사 군번줄을 버린다고 하더라도 미군은 그를 수상쩍게 여길 것이다.

요이치가 바다 반대편을 가리키며 내게 외쳤다.

"저쪽에 큰 나무 옆에 농가가 보이지? 거기까지 달려가는 거야. 다시 한 번 해보자!"

나는 그가 가리키는 쪽으로 고개를 돌렸다. 거기엔 푸른 경작지가 넓게 펼쳐져 있고, 경작지의 구획이 나뉘는 곳에 덤불이 울타리처럼 둘러서 있었다. 그리고 각 구획마다 주인이 사는 농가가 오롯이 서 있었다. 치열한 전투가 한창인 바다 쪽과는 완전히 다른 풍경이었다. 전투의 굉음들만 아니라면 한적한 프랑스의 농촌 모습 그대로이다.

"달릴 수 있겠지?"

요이치가 물었다.

이 녀석은 나를 자극하는 법을 알고 있다.

"달릴 수 있냐고? 달리기로는 넌 날 이기지 못해. 알잖아."

그러자 요이치가 씩 웃어 보였다.

"글쎄, 길고 짧은 건 대봐야 알겠지. 저기 파란 지붕의 현관이 골라인이다."

"끝내 인정 못하겠다, 이거지? 좋다. 누가 진정한 승자인지 다시 한 번 보여주마."

나는 참호 위로 뛰쳐나갈 자세를 취하며 말했다.

"준비."

그러자 요이치도 참호 벽을 손으로 짚으며 자세를 잡았다.

"탕!"

마치 출발신호처럼 총성 한 발이 도드라지게 울리자 내가 먼저 참호 밖으로 뛰어오르며 냅다 달리기 시작했다. 그러자 요이치도 참호에서 뛰쳐나왔다.

내 나이 스물넷. 육상선수로서 손색없는 나이다. 나의 튼튼한 두 다리가 지면을 박차고 달리자 강인한 심장과 폐가 한껏 풀무질하기 시작했다.

풀이 깔린 땅바닥엔 오전 내내 이어진 연합군의 폭격이 만들어 낸 거대한 적갈색 분화구들이 즐비했다. 나와 요이치는 폭탄 분화구 사이의 평평한 지면을 따라 달렸다. 물론 내가 선두였다.

나는 달리기 위해 태어난 사람이었다. 내 몸이 전쟁의 소음으로 가득한 공기를 가르며 미끄러지듯 달리기 시작하자 내 의식도 점점 달리기에 몰두해 들어갔다.

그러자 정신과 육체가 서서히 분리되더니 어느덧 나는 강력한 비행기에 올라탄 조종사처럼 경이로운 육체의 질주를 즐기기 시작했다. 실로 오랜만이었다.

순간, 발꿈치 쪽에 찌릿한 고통이 예리한 바늘처럼 찔러왔다.

'젠장!'

그 날카로운 고통은 내 오른쪽 다리가 정상이 아니라는 사실을 일깨워줬다.

그러자 요이치가 앞으로 나오며 나와 나란히 달렸다. 그는 괜찮냐는 얼굴로 나를 쳐다보았지만 나는 신경 쓰지 말고 계속 가라고 손짓했다. 그러자 요이치는 길을 인도하듯 앞서 달리기 시작했다.

나는 점점 오른쪽 다리에 밀려오는 고통이 묵직해지는 걸 느꼈다. 숨이 차올라왔다.

'여기까지 왔는데…… 여기까지 왔는데……'

나도 모르게 고개가 수그러졌다. 내 다리가 절룩이고 있었다. 여기서 끝인가 하는 생각이 수면에 떨어진 검은 잉크처럼 번져나갔다.

그때 내 다리 옆으로 언뜻 털 뭉치가 보였다. 나는 놀라서 옆을 휙 돌아보았다.

늑대였다. 거대한 회색 늑대가 내 바로 옆에서 나란히 달리고 있었다. 늑대의 육체가 리드미컬하게 뿜어내는 에너지가 윤기 나는 털 위로 파도처럼 일렁였고, 힘차게 내딛는 발소리는 가볍고 경쾌한 리듬을 균일하게 만들어내고 있었다.

아, 이 늑대는…… 어디선가 본 적이 있는데……

"쾅!"

순간 나의 바로 뒤에서 거센 폭음과 함께 화끈한 기운이 몰아쳤다. 그와 동시에 내 몸이 허공으로 붕 떴다.

다음 순간 나는 하늘을 올려다보는 자세로 폭탄 분화구 속으로 털썩 떨어졌다. 하지만 이상하게 고통은 그다지 크지 않았다.

깊고 넓은 분화구 속은 바깥세상과는 유리된 듯 의외로 아늑했다. 하늘은 높고 맑았다. 나는 지면에 닿은 등 쪽이 질척이는 것을 느꼈다. 그러자 싸늘하고 나른한 평온감이 온몸에 퍼져갔다. 몸이 땅에 착 달라붙는달까, 땅이 몸을 빨아들인달까.

"후."

허파 깊숙한 곳에 응어리졌던 무언가가 타래를 풀며 입술 사이로 길게 빠져나왔다. 이렇게 나른하고 평화로운 느낌의 정체가 무엇일까 의아했다.

"대식! 대식!"

익숙한 목소리였다. 요이치, 그렇지 요이치가 있었다.

그런데 내가 누운 이곳은 어디지? 갑자기 뭐가 뭔지 알 수 없게 되어버렸다. 나의 본능은 들큼한 망각의 늪에 사지가 빠진 동물처럼 축축 늘어질 뿐 생각의 가지를 뻗어내지 못하고 있었다.

요이치가 분화구 속으로 미끄러져 들어왔다. 그러곤 나의 상체를 안아 일으켰다. 나는 눈동자를 간신히 요이치 쪽으로 돌리긴 했지만 그의 모습이 흐릿하게 보였다. 마치 눈에 눈물이라도 잔뜩 맺혀 있는 것처럼.

분화구 위로 끊임없이 흐르는 폭음과 소총 소리가 포대 내에서 들었던 것처럼 몽환적으로 들려왔다. 졸렸다.

"대식, 정신 차려! 대식!"

누군가 나를 거칠게 흔들어댄다.

누가 이렇게 귀찮게 구는 걸까. 나는 따질 심산으로 상대를 노려봤다. 그러자 그의 상이 조금씩 또렷해져왔다.

요이치다. 열 살짜리 요이치.

알록달록한 유카타를 입고 새침한 얼굴로 좀처럼 곁을 주지 않을 것 같은 녀석이 이 오두막 안에 있는 것이다. 나는 입을 열어 말했다.

"요이치…… 요이치를 만나게 해줘. 줄 게 있어."

#2 요이치의 일지
1930년. D-Day 14년 전 / 남작당

나는 잔뜩 심통이 나 있었다. 엄마는 내게 이제 열 살이나 되었는데 그런 일로 심통을 부릴 거냐고 핀잔을 주었다. 하지만 내 친구들과 함께 아지트로 쓰고 있던 작은 오두막을 느닷없이 웬 조선인 가족에게 빼앗긴다는 건 정말 날벼락 같은 일이다.

나와 내 친구 셋은 아지트에 고이 간직해두었던 각자의 물건들을 상자에 챙겨 넣고 있었다. 처음엔 친구들의 볼멘소리가 툭툭 불거져 나왔었지만, 조금 전 내가 가장 아끼던 장난감 권총을 바닥에 집어 던지는 것을 본 뒤로 모두 입을 다물었다.

우리 아지트는 우리 집의 정원 한구석에 있었다. 이곳 사람들은 우리 집을 '남작당'이라고 불렀는데, 그것은 우리 아빠가 '남작'이라는 귀족 작위를 가지고 있었기 때문이었다.

일본식으로 지어진 '남작당'은 부산의 명물이었는데, 내 어린 눈에 보기에도 주변의 집들에 비할 수도 없을 정도로 크고 아름다웠다. 바로 여기서 내가 태어나고 자랐다. 그러니까 내가 태어났을 때부터 이곳은 내 집이었고, 내 아지트였다는 말이다.

　나는 문득 정리하던 손길을 멈췄다. 아무래도 납득이 가지 않았다. 나는 아지트 가운데 놓인 책상에 걸터앉아 팔짱을 끼고 아빠의 이번 처사에 대해 골똘히 생각해보았다.

　아지트를 비우라는 아빠의 말에 내가 항의하자 아빠는 외동아들인 나에게 엄한 얼굴로 "당장 비워!"라고 말했다. 아빠가 그런 말투로 내게 말한 것은 내가 기억하는 한 이번이 처음이다. 당황스럽다. 대체 내 항의가 뭐가 잘못되었으며 어째서 아빠는 조선인을 위해 이런 선심을 쓰는지 이해할 수 없었다.

　아빠는 불쌍한 사람들이니 도와줘야 한다고 했다. 그런 마음을 배우라고도 했다.

　하지만 그렇게 따지면 불쌍하지 않은 조선인이 몇이나 되는가? 우리가 그들을 다 도와주고 산다면 일본인이 어떻게 그들의 지배자가 된단 말인가?

　하루는 아빠가 내가 잠든 줄 알고 엄마에게 요이치가 '선민의식'을 가진 것 같아 걱정이라고 말한 적이 있었다. 나중에 알아보니 '선민의식'이란 신에게 선택된 민족이 갖는 의식이라는 뜻이었다.

　하지만 그게 왜 문제가 되는지 나는 알 수 없었다. 일본은 신이신 천황 폐하께서 직접 다스리는 민족이다. 그래서 일본은 반도에 주둔해 있던 청나라 군대를 몰아냈고, 러시아 제국과의 전쟁에서도 크게 승리할 수 있었다. 신을 이길 수 있는 인간은 없기 때문이다.

　일본은 아시아 민족들을 지배하도록 신으로부터 선택된 우월한 민족이다. 학교 선생님들도 말한다. 그렇기 때문에 일본 학생들은 학업을 더욱 열심히 닦아야 하는 거라고.

그런데 그런 나에게 조선인들을 불쌍히 여길 줄 아는 마음을 배우라니. 충격이 아닐 수 없다.

왜 아빠는 나를 조선인과 같은 수준으로 끌어내리려는 것일까? 어쩌면 아빠는 나를 미래의 지배자로, 자신의 아들로 인정하지 않으려는 것인지도 모른다. 갑자기 동생이라도 생긴 걸까?

널빤지를 이어 붙인 오두막의 여기저기에 난 틈을 통해 초여름의 맑은 햇빛이 새어 들어오고 있었다. 그러나 우리는 창문도 널빤지로 막아두어 오두막 안은 언제나 어둑어둑했다. 우리는 이런 비밀스런 분위기를 좋아했다. 어른들은 들여다볼 수 없는 우리들만의 세계였던 것이다.

그때 오두막 밖에서 누군가 다가오는 소리가 들렸다. 이곳으로 오는 길에는 검정색 디딤돌들이 놓여 있었는데, 그중 하나가 살짝 움직이며 소리를 냈던 것이다. 그것은 우리에게 외부 침입자가 접근한다는 것을 미리 알려주는 경보 장치였다.

디딤돌이 소리를 내자 우리는 일제히 소리가 난 방향으로 돌아보았다. 틈 사이로 한 소년이 다가오는 것이 보였다. 어두운 안에서는 밝은 밖이 보여도 밖에서는 안이 보이지 않는다.

나는 지금의 침입자가 우리의 즐겁던 아지트 시대를 끝장낸 녀석이라는 걸 알아봤다. 그는 대식이라는 이름의 사내아이였다.

엄마가 서로 친하게 지내라며 그 녀석을 나에게 소개시켰었다. 나이로 눌러볼까 했지만 심지어 나와 동갑내기였다. 그래서 난 그

24

를 본체만체했었다.

"요이치, 여기 있냐?"

녀석이 일본어로 말했다. 식민지의 조선인들은 모두 일본어로 교육을 받았다.

나와 친구들은 잠시 가만히 있었다. 소년은 반응이 없자 문고리를 잡고 몇 번 흔들었다. 하지만 잠긴 문은 열리지 않았다.

불쾌해진 아리토모가 신경질적으로 쏘아붙였다.

"무슨 일이야?"

그러자 조선인 소년은 문에서 한 발짝 떨어지며 차분한 목소리로 말했다.

"요이치를 만나러 왔어."

나는 아무런 말도 하지 않고 가만히 문틈으로 소년의 모습을 내다보고 있었다. 그런데 녀석은 우물쭈물하는 기색이 없었다. 역시 기분 나쁜 놈이다.

아리토모가 내 얼굴을 보더니 다시 쏘아붙였다.

"오늘까진 우리 아지트야! 외부인은 출입 금지라고!"

문밖의 소년은 잠시 가만히 있었다. 그러다 다시 안을 향해 말했다.

"요이치를 만나게 해줘. 줄 게 있어."

쉽게 물러설 생각은 아닌 것 같았다.

친구들이 일제히 내 얼굴을 쳐다보았다. 일단 뭘 가지고 왔다는 건지 구경이나 해보자는 생각이 들어 나는 고개를 끄덕였다.

그러자 덩치가 큰 히데키가 문을 열었다. 바깥의 정원에 내리쪼이던 햇볕이 오두막 안으로 쏟아져 들어왔다.

열린 문 앞에는 조선인들이 많이 입는 흰색 저고리에 검정색 바지를 입은 소년이 서 있었다. 옷부터가 우리가 입고 있는 다채로운 색깔과 무늬를 가진 유카타와 비할 수 없이 촌스러웠다.

이윽고 결심한 듯 소년은 문 안으로 들어섰다. 그의 뒤에서 문이 탁 닫혔다. 나는 마치 호랑이가 자신의 동굴로 걸어 들어온 노루를 노려보는 듯한 기분이 들었다.

"무슨 일이야?"

내 목소리와 말투가 마음에 들었다. 호랑이 같은 위엄이 느껴졌기 때문이었다.

소년도 그걸 느꼈는지 문간에서 멈춰 섰다. 그는 자신의 주머니에 손을 찔러 넣더니 뭔가를 움켜쥔 주먹을 빼내어 나를 향해 내밀었다.

나와 친구들의 시선이 일제히 그의 작은 주먹에 쏠렸다. 그가 손을 뒤집어 펴자, 그 안에서 크고 검은 유리구슬이 모습을 드러냈다. 벽 틈으로 들어온 빛이 구슬에 닿자 흑구슬은 영롱한 빛을 발했다.

속으로 감탄이 나왔다. 한눈에 보기에도 쉽게 구하기 힘든 구슬임에 틀림없었다. 우리 사이에서는 저런 구슬을 '쇼군 다마(대장 구슬)'라고 불렀다. 지배자에게나 어울리는 저 구슬이 어떻게 조선인 소년의 손에 들어갔지?

나와 친구들은 침을 꿀꺽 삼켰다.

나는 그 영롱한 빛에 이끌려 걸터앉은 책상에서 일어나 소년에게 다가갔다. 그리고 최대한 무표정한 얼굴로 그의 손바닥 위에 놓인 구슬을 살펴보았다.

그러자 소년이 말했다.

"내가 가진 것 중에 가장 좋은 거다. 가져. 너에게 줄게."

나는 그 구슬을 조심스레 집어 눈앞에 들고는 오두막 틈의 밝은 곳을 향해 비춰 보았다. 그러자 구슬 안에는 작고 동그란 공기 방울들이 빛을 받아 반짝거리며 더욱 신비로운 분위기를 자아냈다.

마음에 쏙 들었다. 나는 구슬을 든 손을 내리며 손바닥 안에 움켜쥐었다. 그러자 손안에 들어온 구슬의 매끈함과 묵직함에 나는 그만 온통 마음을 빼앗겨버렸다.

"우리 가족에게 이곳을 내준 것에 대한 답례야."

대식이라는 이름의 그 소년이 또렷하게 말했다. 그의 표정엔 억지스러움도 비굴함도 없었다.

"그래, 알았어."

내 대답에 내가 퍼뜩 놀라고 말았다. 친구들도 순간 놀라는 눈치들이었다.

"너도 달리기를 잘한다고 너희 엄마가 그러시던데, 나도 달리기 좋아해. 우리 같이 연습할까?"

대식이 활짝 웃는 얼굴로 나에게 한 발 다가서며 말했다.

하지만 이것이 히데키의 기분을 건드리고 말았다. 그는 대식의 어깨를 뒤로 세차게 밀쳤다.

"뭐? 요이치랑 같이 연습을 해? 주제를 파악해, 조센진!"

뒤로 밀린 대식은 히데키를 사납게 노려봤다. 나는 갑자기 벌어진 상황에 어떻게 해야 할지 몰랐다.

히데키가 다시 대식에게 외쳤다.

"뭘 노려봐! 이 한심한 조센진!"

다시 히데키가 대식의 어깨를 밀치려 하자 그가 히데키의 팔을 거칠게 뿌리치며 소리쳤다.

"조선인이 뭐가 어쨌다는 거냐!"

"이 자식이!"

히데키는 곧장 대식의 복부를 향해 주먹을 날렸다. 윽, 하며 그의 상체가 구부러졌다. 그래도 대식은 사나운 눈동자를 히데키에게서 떼지 않았다.

"뭘 봐! 정말 죽고 싶냐?"

히데키가 다시 대식에게 다가서자 이번엔 대식이 히데키에게 먼저 덤벼들었다. 깜짝 놀란 타다미치와 아리토모는 소리를 지르기 시작했다.

두 사람 사이에 몸싸움이 벌어졌다. 그러나 그것도 잠시, 체격이 큰 히데키가 대식을 바닥으로 뿌리쳤고, 그는 나동그라졌다.

순간 대식의 눈길이 나와 마주쳤다. 화가 난 그의 눈동자는 나에게 누구 편인지를 묻는 것 같았다.

나는 당황스러웠다. 어느 편에 서야 할지 알 수 없었다. 그의 편에 서자니 친구들의 절교 선언이 두려웠고, 친구들의 편에 서자니 손에 들린 검은 구슬이 마음에 걸렸다.

하지만 나를 더욱 당황하게 만든 것은 당연히 친구들의 편에 설 줄 알았던 나 자신이 머뭇거리고 있다는 사실이었다.

"역시 부전자전이라더니."

타다미치가 입을 열었다.

"이 자식의 아빠는 불령선인*이었다가 총살당했다지. 우리 엄마랑 아빠가 이야기하는 걸 들었어."

나는 흠칫 놀라 조선인 소년을 쳐다보았다.

그가 불령선인의 아들이었다니! 그건 나도 몰랐던 사실이었다. 갑자기 그가 다르게 보였다. 그의 주변에 불결한 공기가 감도는 것처럼 느껴졌다.

"대일본 제국에게 반항하는 것들은 모조리 싹을 잘라야 해."

히데키도 다시금 투지를 불태우며 소매를 걷어붙이고 바닥에 넘어진 소년에게 다가갔다.

나를 제외한 두 아이들도 히데키에 합세하여 웅크린 소년을 향해 발길질을 시작했다. 악마를 단호히 처단하듯 아이들의 발길질은 하면 할수록 더욱 매서워져갔다.

그것을 뒤에서 바라보는 나는 혼란스러웠다. 아빠와 엄마가 이 사실을 몰랐을 리 없다. 우리 집 한편을 불령선인의 가족에게 내어주다니……

아리토모가 발길질을 하다 말고 갑자기 나를 돌아보며 신경질 섞인 목소리로 툭 내뱉었다.

"요이치, 너네 아빠는 왜 이런 조센진들한테 여기를 내주는 거야?"

그의 말은 식은땀이 날 만큼 내 마음 깊숙한 곳을 푹 찔러왔다.

---

* 일본의 식민 통치에 반항적이거나 비협조적인 조선인을 지칭하는 말.

내 부모에 대한 부끄러움과 함께 친구들에게 조국의 배신자로 따돌림 당할 생각이 들자 머리칼이 쭈뼛거렸다.

조선인 소년은 그 와중에도 자신의 복부를 향해 날아드는 타다미치의 발을 다부지게 잡고는 바짝 당겨 그를 넘어뜨리는 데 성공했다.

이것으로 잠시 공격이 멈추자, 소년은 벌떡 일어서서 무방비로 서 있던 아리토모의 턱에 주먹을 날렸고, 그는 벌렁 나가떨어져버렸다.

그러자 히데키가 성난 황소처럼 달려들어 소년의 목줄을 움켜쥐고는 벽을 향해 밀어붙였다. 소년의 등이 벽에 닿자 히데키는 자신의 손아귀에 더욱 힘을 주었다.

소년은 양손으로 히데키의 손아귀를 잡아 풀려고 애썼지만, 히데키는 힘이 장사였다. 이를 앙다문 소년의 얼굴은 새빨갛게 물들어갔고, 목구멍에서는 컥컥하는 소리가 올라오기 시작했다. 그래도 그의 핏발 선 눈동자만은 히데키를 죽일 듯이 노려보고 있었다.

조선인 소년이 굴복하지 않을수록 히데키는 손에 더욱 힘을 주었고, 불령선인의 자식은 얼굴이 붉어지다 못해 점점 흙빛으로 변해갔다.

"그만!"

내가 나섰다. 조선인 소년이 여기서 죽기라도 했다가는 아빠에게 불벼락이 떨어질 것이 뻔했다.

"그만하라고!"

내가 히데키에게 다가가며 말하자, 그는 나에게 무언가 대꾸를 하려다 말고 손을 풀며 옆으로 어정쩡하게 비켜섰다.

히데키의 손에서 풀려난 소년은 마른기침을 해대며 거친 숨을 몰아쉬었다. 그의 검은 머리칼은 헝클어지고 곤두서 있었고, 옷은 마치 몽둥이로 먼지를 털어낸 듯 푸석푸석해 보였다.

그래도 그의 충혈된 눈동자엔 여전히 투지가 불타고 있었다. 그때 소년의 코 아래로 피가 주르륵 흘러내렸다. 그런데 그 피가 내 시선을 사로잡았다. 불령선인의 피도 붉은색이다……

소년은 코피가 흐르는 걸 아는지 모르는지 옷깃으로 입 주변을 쓱 닦아내자 붉은 피가 볼과 입 주변으로 번졌다. 그러자 그의 얼굴은 마치 피를 들이켜던 맹수의 얼굴같이 되었다.

소년은 그 얼굴로 내 친구들을 한차례 노려보았다. 친구들은 더 이상 싸울 생각이 없어 보였다.

그러자 소년이 나를 쳐다보았다. 나는 문득 그의 눈동자에서 경계심이 풀리는 것을 느꼈다.

'왜 그런 눈으로 날 보는 거지? 내가 히데키를 말려줬다고 혹시 날 자신과 동류라고 생각하는 건가?'

동시에 친구들이 의심스러운 눈초리로 나를 쳐다보고 있다는 걸 깨달았다. 순간, 내 오른손이 아래에서 위로 크게 대각선을 그리며 소년의 뺨을 올려붙였다.

"철썩!"

시간이 멈춘 듯했다. 소년의 얼굴은 옆으로 크게 돌아가 있었다. 그의 얼굴에 떠오른 얼떨떨한 표정이 또렷이 보였다. 그것이 내 마음에 고요한 회오리를 불러일으켰지만, 그럴수록 나는 마음을 더욱 얼음처럼 차갑고 단단하게 다잡았다. 나는 일본인이고, 그는 조선인이다. 고양이와 쥐는 어차피 친구가 될 수 없는 거다.

"여기서 꺼져! 맞아 죽기 전에!"

내가 조선인을 향해 소리쳤다.

그러자 정지된 시간이 다시 흐르며 소년의 고개가 서서히 정면으로 돌아왔다. 그의 상처 받은 눈동자 한 쌍이 나를 바라보았다. 나는 그의 시선을 피하지 않았다.

소년의 눈동자 속에 충격이 서서히 가라앉는가 싶더니 분노가 떠오르기 시작했다. 그리고 슬픔이 보였다고 생각한 순간,

"더러운 쪽발이 놈들! 다 똑같아!"

그가 잔뜩 화가 난 목소리로 외쳤다.

조선인들이 일본인들을 경멸하여 부를 때 '쪽발이'라고 한다는 걸 조선에서 자란 우리들은 모두 알고 있었다. 일본인들이 버선발로 나막신을 신으면 동물의 발굽처럼 발가락이 두 갈래로 갈라져 보이는 것을 두고 하는 말이었다.

소년이 내 얼굴에 대고 내뱉은 그 말은 돌멩이처럼 마음을 때려왔다. 다른 아이들도 일격을 얻어맞은 듯 발끈했다.

"이 조센진 세끼!"

"죽여버리자!"

친구들의 입에서 험한 말들이 터져 나오더니, 일제히 소년을 향해 달려들었다.

그러자 소년은 재빨리 몸을 돌려 문을 열고 오두막 밖으로 뛰쳐나갔다. 친구들도 모두 그를 따라 밖으로 달려 나갔다. 그들이 밟

고 지나가는 디딤돌 소리가 요란하게 들려왔다. 그러곤 투덕거리며 내닫는 발걸음 소리가 점점 멀어져갔다.

오두막에 덩그러니 혼자 남은 나는 문득 내 손에 아직도 검은 구슬이 쥐여져 있다는 것을 깨닫고는 그걸 물끄러미 내려다보았다. 열어젖혀진 오두막 문으로 들어오는 햇살에 구슬은 더욱 반짝거렸다.

가슴이 두근거렸다. 괴상한 느낌이었다. 마치 육중한 증기기관차가 양 갈래 갈림길에서 하나의 선로를 선택한 것 같은 기분이 들었다. 두 번 다시 돌이킬 수 없는 길로 접어든 것 같은 두려운 기분에 휩싸였다.

그 기묘한 기분에 맞서며 나는 중얼거렸다.

"그는 어차피 조선인일 뿐이야."

하지만 그 자리에서 쉽게 발이 떨어지지 않았다. 한참을 그 자리에 우두커니 서 있었다. 흑구슬을 손에 쥔 채.

#3 대식의 일지

1938년. D-Day 6년 전 / 고등학교 운동장

달아오른 양 볼에 바람이 스쳐 지나갔다. 질주하는 내 몸이 가르는 공기가 햇볕에 적당히 그을린 피부 위에 맺힌 땀을 식혀준다.

나는 지금의 내 외모가 마음에 들었다. 어릴 적 사진 속의 계집애 같던 가녀린 턱 선이 고등학생이 된 지금은 사내다운 다부진 턱으로, 아이의 선량한 눈매는 야무진 눈매로 변했다.

길면서도 탄탄한 다리가 번갈아가며 쉼 없이 땅을 내디딜 때마다 힘줄이 선명하게 나타났다 사라졌다를 반복한다. 복근들이 도드라져 보일 만큼 군살 없는 복부, 넓게 자리 잡고 적당하게 두툼한 가슴근육과 잘 발달된 어깨 근육들도 나의 힘찬 질주를 위해 각자의 역할을 충실히 해낸다. 나의 몸통 속엔 큰 폐활량을 가진 폐와 지칠 줄 모르는 심장이 맥동하며 근육들이 태우는 산소를 신속히 보충해준다.

코치는 내가 장거리 달리기 선수의 신체 조건을 타고났다고 했다.

나는 달리면서 뒤를 힐끔힐끔 돌아보는 게 아무래도 내키지 않는다. 사내답지 못한 행동 같아서이다. 그래서 나와 함께 트랙 위를 달리는 연습 상대들이 얼마나 뒤처져 있는지 알 수가 없다. 다만 발소리가 멀리서 가물가물 들려오는 걸로 봐서 그들을 아주 멀찍이 따돌렸다는 것만은 확실하다.

매번 이 정도 거리를 달리고 나면 나는 언제나 혼자 선두에 뚝 떨어져 있었다. 이제 아무런 견제 없이 온몸의 피부를 통해 공기를 가르는 기분을 느낀다.

특히 바람이 없고 공기가 무겁게 느껴지는 날은 공기를 가르는 기분이 더 잘 느껴진다. 그런 날엔 온몸에 빽빽이 새겨진 '피지배자'라는 문신이 공기 속으로 조금씩 씻겨나가는 기분이 든다. 내가 빨리 달리면 달릴수록 문신은 빠르게 사라져가는 것이다.

그 기분 속에 빠져들다보면 점차 다양한 몽상이 꼬리를 물었다.

그렇게 몽상에 빠져드는 일이 이제는 나만의 오래고 비밀스러운 취미이자 습관이 되어 있었다.

이 종목은 만 미터다. 4백 미터 트랙을 스물다섯 바퀴 도는 데 30분가량 걸리니까 상대들을 멀찌감치 따돌리고 나면 몽상에 빠져들 시간은 충분했다.

오늘따라 그날이 떠오른다. 요이치의 오두막을 박차고 나오던 그날.

아무도 날 따라잡지 못했다. 그때 나는 깨달았다. 달리기 앞에서는 조선인이든 일본인이든 하늘이 내린 육체를 가진 동등한 존재일 뿐이라는 걸. 각자의 육체에 깃든 힘과 기량과 의지만으로 승자와 패자가 갈리는 공평한 세상이 달리기 속에 열려 있다는 걸.

'그런 세상에서라면 나에게도 얼마든지 승산이 있다!'

그때였던 것 같다. 달리기가 나의 운명과 날실과 씨실처럼 서로 촘촘히 짜여 있다는 걸 감지했던 것이.

일본인들과 달리 조선인들은 아버지를 '항일의병'이라 불렀다. 그렇다고 아버지가 대규모의 병사를 이끌었던 것은 아니었고, 지리산에 뜻이 맞는 몇몇 사람들과 함께 숨어들어 기회를 엿보다가 조선인을 유난히 핍박하는 일본인이나 그들의 조선인 끄나풀들을 처단하는 일을 했다.

어떤 일본인들은 우리 아버지를 '암살 전문 테러리스트'라고 부르기도 했다.

원래 아버지는 평범한 농사꾼으로서 슬하에 어린 아들과 딸을 둔 평범한 사람에 불과했다. 그랬던 아버지가 갑자기 위험한 일을 시작한 것에는 계기가 있었다. 어머니는 내가 중학생이 되었을 때 비로소 그 이야기를 들려주었다.

고향에서 유독 일본의 앞잡이 노릇을 고약하게 하던 심천식이라는 조선인이 있었는데, 그는 원래 이 지역 유지의 집에서 종살이를 하던 머슴이었다.

그러던 어느 날 일본이 조선을 집어삼키며 세상이 뒤집어지자 심씨는 일본 순사의 끄나풀로 탈바꿈했다. 그러곤 그동안 머슴으로서 받은 설움을 되갚기라도 하듯 조선인들을 상대로 온갖 해코지를 다 하고 다녔다.

아버지는 워낙 성정이 불같아서 심씨를 당장에 요절내려고 하는 것을 어머니가 몇 번을 매달려서 겨우겨우 넘겼다.

그렇게 살얼음판을 걷는 나날이 이어지던 어느 날, 아버지는 장날에 장터에 나갔다가 박포수라는 위인을 만났다.

박포수는 지리산을 자기 집 앞마당처럼 뛰어다니며 노루며 멧돼지에 가끔 곰이나 호랑이까지 잡기도 했던 이름난 사냥꾼이었다.

심씨 때문에 울분에 찼던 아버지는 우연히 박포수를 주막에서 만나 함께 술을 마시다가보니 두 사람은 결국 배포가 맞아버렸다. 둘은 그날로 비밀리에 심씨를 죽일 계획을 모의하기 시작했다.

그리고 며칠 후 기어이 심씨의 가슴에 총구멍이 뚫리고 말았다. 일본 순사들이 눈에 불을 켜고 아버지와 박포수의 뒤를 쫓았지만, 지리산은 워낙 깊었고 박포수는 산의 돌멩이 하나까지 훤히 알고 있었다.

일단 거사에 성공한 아버지와 박포수는 내친김에 몇 사람을 더 모아 이번엔 조선인들에게 독하게 구는 걸로 이름난 일본인들을 처단해나갔다.

그렇게 아버지가 지리산에 틀어박히면서 어머니는 그나마 있던 손바닥만 한 논을 팔아 일부는 아버지의 활동 자금으로 나머지는 장롱 속에 꼭꼭 숨겨두었다. 어차피 땅을 갈아야 할 남자는 수배령이 떨어져 더 이상 자신의 논으로 돌아올 수 없을 터였다.

어머니의 고생이 심했다. 어머니는 가끔씩 박포수가 잡아다 밤에 몰래 마당에 놓고 가는 사냥감을 장에 내다 팔기도 했다. 하지만, 주로는 품앗이를 하거나 밤새도록 호롱불에 삯바느질을 해서 집안을 꾸리고 아이들을 키웠다.

그러나 꼬리가 길면 잡히는 법, 어느 날 너무도 오랜만에 잠시 가족을 보러 집으로 내려왔던 아버지는 일본 헌병에게 덜미를 잡히고 말았다.

그리고 바로 마당에서 총살에 처해졌다. 그것은 아내와 열 살 난 아들과 여덟 살 난 딸의 뇌리에 평생 지울 수 없는 장면으로 남겨졌다.

남겨진 가족의 불행은 거기서 그치지 않았다. 우리에게는 '악질 불령선인'의 직계가족이란 딱지가 붙으면서 장롱 속 돈을 포함해 가진 것은 모두 몰수당하고 돈 한 푼 없이 거리로 나앉았다. 순사는 그나마 어린아이들을 봐서 감옥에 처넣지 않은 것이니 고마워하라고 했다.

거지가 된 우리 가족에게 어느 누구도 감히 구원의 손길을 내밀지 못했다. 일본 순사들의 눈치가 보여서였다. 괜히 '불령선인'과

엮이고 싶지 않았던 것이다. 그것은 친척들도 마찬가지였다.

그런 처지가 되고 나면 손을 벌릴 곳이라고는 일본 정부밖에 없었다. 어떤 일자리라도 달라고 하소연하면 어딘가 머나먼 곳으로 보내졌고, 그렇게 간 사람들은 조선으로 영영 돌아오지 못하는 것이 보통이었다.

어린 나는 아버지를 죽인 일본이 한없이 미우면서도, 한편으로는 아버지는 왜 어머니의 당부처럼 그 일을 적당히 그만두지 않았는지 납득이 가지 않았다. 남겨진 가족들에게 이렇게 큰 시련을 안기게 될 줄 아버지는 정말 몰랐던 걸까? 그 질문이 당시 어린 나의 뇌리를 떠나지 않았다.

그때 부산에서 조선과 일본 간에 크게 무역을 하는 대상인인 후지와라 상이 우리 앞에 나타났다. 그는 어머니를 식모로 고용하고 딸린 식솔들을 모두 자기 집 안으로 거두겠다고 하였다. 일본 당국도 후지와라 상이 워낙 거물인지라 그의 결정에 끙 하고 입을 닫아버렸다.

어머니는 부산으로 가는 차 안에서 죽으란 법은 없나 보다 하며 우리들을 끌어안고 한참을 울었다.

그때 난 깨달았다. 아버지가 총살에 처해지던 순간의 장면을 기억해낼 수가 없다는 걸. 그 전후의 장면은 또렷한데 유독 그 순간만은 기억에서 까맣게 지워져버렸다. 아버지의 마지막 얼굴을 기억하지 못한다는 안타까움도 있었지만 차라리 잘된 일이라 생각했다.

후지와라 상의 정원 한구석의 오두막에 짐을 풀었을 때, 나는 공책 한 권을 소중히 꺼내 들었다. 그것은 일본 헌병의 수색에서 살아남은 유일한 아버지의 유품이었다. 생전에 아버지는 박포수와 어울리면서 그와 세상사를 논하고 집에 돌아온 날에는 자신의 생각을 정리해 공책에 적어놓곤 했던 것이다.

내가 고등학생이 된 후 오랜만에 다시 펼쳐본 공책에 적힌 글들은 나에겐 새로운 발견이었다. 하지만 그것은 완전히 불온서적이기도 했다. 식민지 조선의 어느 학교에서도 가르치지 않는 것들이었다. 이 공책이 순사의 손에라도 들어가는 날엔 그날로 철창행인 것이다.

아버지는 다음과 같이 적고 있었다.

"붓을 놀리는 선비의 나라 조선은 칼을 부리는 사무라이의 나라 일본에게 복속되었다. 유럽인들이 불온한 바람을 일으킨 지금의 세상은 그런 세상이었다. 오로지 힘센 자의 욕심이 곧 정의가 되어버린 세상이 오고야 말았다.

일본인들은 조선에 대한 식민 통치에 대해 자신들이 조선의 개화에 도움을 주고 있는 것이라고 말한다. 하지만 그런 주장은 세상의 정의가 얼마나 비틀리고 말았는지를 보여주는 예에 불과하다.

가령 평소에 아기를 갖고 싶어 하던 젊은 부부가 있었다 치자. 그런데 생각보다 아이가 들어서는 것이 늦어지고 있었다. 그러자 그 옆집에 살던 남자가 담을 넘어가 남편을 죽이고 여자를 겁간하였다.

그리하여 여자는 임신이 되었고, 아이를 낳았다. 그 아이가 재롱을 부려 홀어미의 고단함을 달래주기도 했고, 장성해서 훌륭한 사람이 되었다.

그렇다고 남편을 죽인 살인범, 여자를 겁탈한 강간범이 스스로의 입으로 여인에게 '봐라, 내 덕분에 너에게 훌륭한 자식이 생기지 않았는가!' 라고 떳떳하게 말할 수 있는 것인가? 도둑이 남편을 죽이지 않았더라면 부부 사이에 자연스레 훌륭한 아이가 생기지 말라는 법이 있는가?

도둑이 원했던 건 그 집 안의 물건을 훔치는 것과 당장의 성욕을 채우는 것뿐이었다. 이러한 악행의 결과가 행여 선을 낳았다고 해서 악인이 스스로를 선인이라 주장할 수 있는 것인가?"

나는 아버지의 글을 이해하고 나서야 비로소 아버지가 왜 가족들에게 그토록 힘겨운 짐을 지우고서라도 그 일을 했어야만 했는지 공감하기 시작했다. 아버지의 혈관을 타고 흐르던 뜨거운 피가 내 혈관 속에서 눈을 떴다.

그것을 깨닫고 나자 매번 학교에서 집으로 돌아올 때마다 후지와라 '남작당'의 정문을 열고 들어가야만 하는 아이러니한 현실을 어떻게 받아들여야 할지 혼란스러워졌다.

아버지는 일본에 저항하다 목숨을 잃었는데, 나는 일본인의 은혜에 기대어 생활을 하고 있다니.

이 혼란감이 사춘기와 겹치자 나는 가족을 이끌고 여길 나가야겠다는 결론을 내렸다. 딱히 후지와라 상이 섭섭하게 했던 것이 있었던 건 아니었다. 오히려 그는 항상 나를 친아들처럼 잘 대해 주었다.

하지만 그의 호의를 받아들이고 있는 나 자신이 싫어졌다. 그도 결국 식민지를 통해 돈을 벌고 있는 사람인 것이다. 그걸 알면서 그에게 신세 지고 있는 내가 위선자처럼 느껴졌다.

결론이 내려지자 나는 가족과 함께 출가하기를 열망하기 시작했다. 그 일을 해내야 하는 사람은 가장인 나였다.

처음 이 소망을 가슴에 품었을 땐 어떻게 그것을 실현할지 막막했지만, 재작년의 일대 사건으로 인해 자신감을 얻게 되었다.

1936년 독일 베를린 올림픽에서 조선인 손기정 선수가 일장기를 가슴에 달고 마라톤 경기에 출전하여 금메달을 따는 쾌거를 이뤘던 것이다. 금메달 소식이 전해지자 온 조선이 흥분의 도가니에 빠졌다.

게다가 손기정과 함께 출전한 조선인 남승룡도 동메달을 따, 시상대엔 두 명의 조선인이 나란히 올랐다. 비록 시상식엔 일장기가 계양 되고 일본 국가가 연주되었으나, 그래도 그들은 분명 조선인들이었다.

나는 베를린 올림픽 마라톤 경기에서 결승점을 향해 들어오는 손기정 선수를 보며 독일 아나운서가 생중계한 내용을 조선말로 옮겨 적은 종이를 가지고 있었다. 그것은 내 서랍 깊은 곳에 금지된 성서처럼 비밀스레 보관되어 있었다.

"여기는 올림픽 주경기장의 결승점입니다. 우리는 마라톤 우승자인 일본 선수를 기다리고 있습니다. 12만 명의 관중들도 모두 일어서서 그를 기다리고 있습니다. 모두들 우승자인 일본 선수 '손기정'이 들어서게 될 주경기장의 정문인 검은 문을 조용히 주시하고 있습니다. 그 조선의 대학생은 세계의 건각들을 가볍게 물리쳤습니다. 그 조선인은 마라톤 구간 내내 아시아의 힘과 에너지로 달렸습니다. 작열하는 태양을 뚫고, 거리의 딱딱한 벽돌 위를 달렸습니다. 이제 그가 엄청난 막판 스퍼트로 질주하며 경기장에 들어옵니다. 트랙의 마지막 직선코스를 달리고 있습니다. 아, 대단한 선수입니다. 최고의 힘을 가진 천부적인 마라토너입니다. 1936년 올림픽 마라톤 우승자 '손기정'이 막 결승점을 통과했습니다! 두 시간 30분이라는 마의 벽이 드디어 깨졌습니다! 그리고 지금 경기장 트랙 위를 2등과 3등 주자가 달리고 있습니다. 영국의 어니스트 하퍼가 2등, 일본의 남승룡이 3등으로 골인합니다! 아, 놀랍습니다. 동메달도 조선인 남승룡에게 돌아갔습니다. 오늘은 일본의 날, 조선의 날입니다!"

이름 모를 독일 아나운서는 손기정을 처음엔 일본 선수라 했다가 이내 조선인이라고 불렀다. 나는 그 사실이 너무나 감격스러웠다. 일본이 아무리 조선을 '식민지'라는 글자로 덮어 지구상에서 흔적을 없애버리려 애써도 조선은 살아서 꿈틀거리고 있음을 세계가 알고 있는 것이다!

게다가 독일 아나운서의 말속에는 '마의 벽'을 깬 손기정에 대한 경외감이 진하게 배어 있었다.

'조센진!'이라 불리는 데 익숙해져버린 우리였다. 그런데 손기정이 세계로부터 민족의 몰락에 대한 경멸감 없이 한 인간으로서의 기량을 온전히 인정받았다는 사실이 신비롭기마저 했다.

'과연 스포츠의 세계는 신성하다!'

심장이 두근거렸다. 내가 달리기 선수라는 사실을 하늘에 감사했다.

조선인들은 두 선수의 쾌거로 민족 전체의 오명이 씻기기라도 한 듯, 그간의 울분을 한꺼번에 토해내기라도 하듯 민족 전체가 한 덩어리가 되어 열광했다. 조선인들에게서 형언하기 힘든 에너지가 분출되었다.

그 어마어마한 에너지에 일본은 당황했다. 조선중앙일보와 동아일보가 올림픽 시상대에 선 손기정 선수의 가슴에서 일장기를 지운 사진을 게재하자 이에 격분한 조선총독부는 두 신문을 무기한 정간시켰다.

귀국길에 오른 손기정 선수가 여의도 공항에 도착했을 때 영웅의 개선을 환영하는 인파로 미어터졌어야 마땅했을 공항은 총독부의 삼엄한 통제로 한 명의 환영객도 나타나지 않았다.

그 후로도 일본은 손기정이 조선의 불온 세력과 연합하지나 않을까 그를 항시 미행하며 감시했고, 조선 민중에 대한 탄압의 수위도 높아졌다.

그것을 보고 나는 내 인생의 사명을 깨달았다. 나도 올림픽에서 메달을 목에 걸 것이다. 그것을 통해 손기정과 남승룡의 쾌거가 어쩌다 한 번 일어난 우연이 아니라 항구적인 민족적 저력의 표출이라는 것을 보여주리라. 우리 민족에게, 일본인들에게, 그리고 세계인들에게.

그것을 통해 나의 사랑하는 민족은 알게 되리라. 비록 지금은 우리가 노예로 살아가지만, 그것은 우리가 열등하기 때문이 아니라는 것을. 그것은 조선의 선비들이 옳지 않은 길이라면 아무리

부귀영화를 가져다주는 길이라 해도 가지 않겠다는 올곧은 지조를 지키다가 겪게 된 일시적 고난이라는 것을.

우리는 오히려 희생됨으로써 숭고한 민족으로 거듭나리라. 이 겨울이 지나고 언젠가 봄이 오면 들판에 생명들이 힘차게 솟아나듯 우리는 다시 불처럼 일어나리라.

나는 내 아버지의 아들이다. 다만 내가 아버지와 다른 것이 있다면, 일본이 용인한 방식으로 트랙 위에서 당당하게 우리에 대한 그들의 냉소와 멸시에 맞서 싸운다는 것이다.

그 생각에 이르자, 트랙 위를 달리는 나의 영혼 어디에선가 불가사의한 힘이 솟아나며 허벅지 근육이 더욱 팽팽하게 수축한다. 내 육체가 바다 위를 미끄러지듯 가르는 배처럼 트랙 위를 달려나가기 시작한다.

후위 그룹과의 격차가 반 바퀴 이상 벌어지자 구태여 고개를 돌리지 않아도 그룹의 후미가 내 시야에 들어온다.

코치가 저 앞에서 이제 두 바퀴가 남았음을 알리는 손짓을 보낸다.

다음 주엔 경상도 지역 예선경기가 열린다. 예선에서 우승한 사람은 각 지역별 예선의 우승자들과 함께 1940년 하계올림픽에 출전할 국가대표 선발전에 나가게 된다.

나는 후보 선수들 중 나이가 어린 편이었지만 기록상으로는 빠질 게 없다. 게다가 내 기록은 최근 꾸준히 상승 곡선을 그리고 있어, 이 추세라면 내후년의 올림픽에서도 충분히 메달권 진입이 가능하다고 코치는 보고 있다.

특히 이번 올림픽은 일본 동경에서 열린다. 손기정과 남승룡의 위업으로 육상선수에게 거는 동포들의 기대는 여느 때보다 높고, 조선총독부의 견제 또한 그 어느 때보다 집요하다.

이런 때에 일본의 심장부에서 조선인이 거두는 승리는 얼마나 짜릿할 것인가. 민족의 가슴에 얼마나 큰 불길을 일으킬 것인가.

내 가족을 후지와라 상의 집에서 이끌고 나오는 것도 내가 사명을 다하는 날 자연히 길이 열리게 되리라.

그 통쾌한 모습을 상상하며 나는 순풍으로 한껏 부푼 돛을 단 배처럼 트랙 위를 신들린 듯 달린다. 후위 그룹마저 거의 따라잡을 것 같다.

그때 한 사람이 문득 머리에 떠오른다. 요이치다. 그와 한 번도 공식 경기에서 맞붙은 적은 없다. 그러나 녀석은 한 장의 국가대표 선발대회 출전권을 두고 나와 다툴 가장 강력한 상대다.

'절대로 질 수 없다!'

나는 이를 악문다.

그리고 손기정 선수의 전설적인 막판 스퍼트처럼 온 힘을 모조리 쏟아부으며 힘차게 골인했다.

코치는 스톱워치를 누르고 눈을 가늘게 뜨며 기록을 확인했다. 그는 40대 중반으로 작지만 탄탄해 보이는 체구에 햇빛에 그을려 까무잡잡한 얼굴을 하고 있었다.

나는 결승점을 지나 멈춰 서서는 숨을 고르며 코치의 기색을 살폈다.

기록을 읽은 그가 갑자기 팔을 허공을 향해 치켜드는가 싶더니 갑자기 스스로의 팔을 옭아매듯 팔짱을 끼며 헛기침을 했다. 그러더니 좌우를 살피며 물병과 타월을 집어 들고 나에게 성큼성큼 다가왔다.

그의 작은 눈에 생기가 넘쳤다. 다가온 코치가 나에게 물병을 건네며 타월을 어깨에 둘러줬다. 그의 손끝에 이상하리만큼 힘이 들어가 있었다.

나는 그의 말을 기다렸다. 코치는 물이 끓어 들썩이는 주전자 뚜껑 같은 얼굴로 잠시 나를 보더니 입을 열었다.

"깼다, 깼어!"

"그래요?"

내 기록을 다시 경신한 모양이었다. 기분이 좋았다. 나날이 좋아지고 있다.

코치는 내 얼굴을 보더니 다시 목소리에 힘을 주며 말했다.

"요이치의 기록을 깼단 말이야!"

나는 잠깐 멈칫했다. 그 말의 의미는 그냥 삼키기엔 덩어리가 조금 컸다. 요이치는 지금까지 기록상 나보다 앞서 있었던 것이다. 그것이 항상 마음의 부담이었다.

이윽고 덩어리가 목으로 넘어가자 배 속에서 뜨거운 희열이 솟구쳐 올랐다.

"얼마나 앞섰죠?"

"3초 22!"

만 미터 경기에서 '3초 22'는 작다면 작은 차이지만, 승패의 경계를 가르는 데 있어선 협곡처럼 넓은 시간 차이다. 요이치는 결승선 바로 앞에서 내 등을 바라봐야만 하는 것이다. 도저히 뛰어

넘을 수 없는 협곡의 폭을 온몸으로 절감하며.

그 장면을 떠올리자 몸에 전류가 흐르는 것 같았다.

"이얏!"

나는 주먹을 불끈 쥐며 환호성을 토해냈다.

"깜짝이야. 야, 목소리 낮춰라, 낮춰."

코치가 다시 주위의 눈치를 살폈다. 그리고 목소리를 낮춰 말했다.

"요즘 말들이 많아. 조선인이 또 올림픽에 나갈지도 모른다고."

"그 조선인이라는 게……"

나는 그를 따라 하며 주변을 살펴보고는 손가락으로 나를 슬쩍 가리켰다.

하지만 그는 정색을 했다.

"인석아, 그렇게 쉽게 볼 일이 아니야. 제2의 손기정이 나온다고 쪽발이 놈들 눈에 불을 켜고 있다고. 게다가 지금은 중국하고 전쟁 중이라 더 날카로워."

"이건 뭐 밤길 무서워 다니겠어요?"

"밤길은 물론이고 떨어지는 낙엽도 피해. 원래 큰일을 앞두고는 몸을 최대한 사리는 거야. 경거망동하지 마. 알았어?"

"쪽발이들이 뭐라 하든, 난 죽을힘을 다해서 달릴 거예요. 그뿐이에요. 트랙은 신성하다고요."

코치는 잠시 말없이 나를 쳐다봤다. 나는 안다. 코치가 나의 이런 면을 걱정하면서도 좋아한다는 걸.

하지만 난 지금이 좋다. 난세가 영웅을 만드는 거고, 지금은 분명 난세다.

"알았다, 징그러운 놈. 너를 누가 말리겠냐?"

코치가 내 어깨를 툭 쳤다. 그러고는 나에게 몸을 기울이며 슬쩍 물었다.

"요이치는 작금의 위기 상황도 모르고, 무슨 검도 결투를 한다더라. 들었냐?"

"어, 코치님이 그걸 어떻게 아세요?"

"그러니까. 그게 또 불법 대련이라며?"

이 영감의 정보력은 가끔 놀라울 때가 있다.

"설마 결투를 무산시키려는 건 아니시죠?"

"무산은…… 나도 가서 구경하고 싶구만. 싸움구경만큼 재밌는 게 또 어딨냐?"

"그러게요. 지네들이 무슨 사무라이도 아니고 결투는…… 웃겨요. 그냥 애들 쌈박질하는 거지. 같이 가실래요?"

"야, 그래도 내가 명색이 선생인데 거기에 낄 수 있냐? 하지만 너는 가서 적의 동태를 잘 살펴보라고. 그리고 내일 나한테 보고해. 하나도 빠트리지 말고, 가능한 한 생생하게, 알았어?"

"네!"

난 익살스레 경례를 올려붙였다.

"그럼 살펴 가십시오! 전 이만."

나는 빠른 걸음으로 탈의실로 향했다. 아닌 게 아니라 정말 궁금했다. 중요한 시합을 앞두고 싸움질을 하는 녀석은 대체 어떤 면상을 하고 있는지 보고 싶었다.

상대는 어릴 때부터 한 덩어리로 어울려 지내던 히데키였다. 지금은 내 집이 된 그 오두막 안에서 내 목을 조르던 녀석이었다.

요이치는 그와 도전장까지 주고받았다고 들었다. 요이치는 생긴 것은 도련님처럼 곱상했지만, 이렇게 이상한 곳에서 거친 면모를 보여줄 때가 있었다. 그래서 그는 주변 학교 여학생들 사이에서 꽤 유명세를 타고 있었다.

난 속으로 녀석이 실컷 두들겨 맞고 그 아니꼬운 모양새를 다구겼으면 하고 바랐다.

#4 요이치의 일지
1938년. D-Day 6년 전 / 검도장

나는 턱을 당기고 눈을 감은 채 숨을 길게 내쉬었다. 그러자 마음이 차분히 가라앉으며 무릎 꿇은 내 정강이가 다다미를 지그시 눌러 들어갔다.

슬며시 눈을 내리뜨니 가슴에 채워진 검은 호구가 보였다. 후배들이 잘 닦아놓아 매끈매끈 윤이 났다. 나는 흠 없고 부드러운 호구의 광택을 좋아했다.

내가 입은 두툼한 도복은 원래는 흑색에 가까운 짙은 청색이었는데 오래되어 물이 빠져 회색이 되어 있었다. 특히 등과 같이 몸과 직접 닿는 부분은 땀 때문에 물이 더 많이 빠져서 회백색에 가까웠다.

난 이렇게 멋스럽게 물 빠진 도복도 좋았다. 도복 자체가 오랜 수련의 시간과 노력을 고스란히 담아내고 있기 때문이다.

내 왼쪽 바닥엔 죽도가 놓여 있다. 대나무 네 쪽을 서로 맞대어 동그랗게 만든 것이지만, 난 언제나 이것을 진검으로 여겨왔다. 날이 시퍼렇게 서 있는 카타나 말이다.

죽도는 수련을 위한 임시방편일 뿐, 남자는 궁극적으로는 카타나를 빼 들고 서로의 목숨을 빼앗고 빼앗기는 전장에 서야만 한다. 그것이 남자의 숙명이며 여자와의 차이점인 것이다.

문득 도장에 몰려든 학생들이 왁자지껄 떠드는 소리가 높아졌다. 나는 눈길을 들어 거구의 사내가 죽도를 들고 걸어와 매트 반대편에 서는 것을 바라보았다. 히데키였다. 그는 어릴 적부터 체구가 크고 힘이 장사였다.

그와 나는 사람들이 말하는 죽마고우이기도 했다. 그러나 중학교에 들어가면서부터 그는 내가 납득하기 어려운 친구들과 어울리기 시작했다. 그들은 히데키의 체구와 완력을 필요로 했고, 히데키는 자신을 숭앙해줄 사람들을 필요로 했다.

나는 그에게 뚜렷한 명분 없이 완력을 휘두르지 말 것을 몇 번인가 조언했지만, 히데키는 그럴수록 나를 멀리했다. 그래서 나도 언젠가부터 구태여 그와 가까이할 생각이 없어져버렸다.

그렇게 수년이 지났고, 얼마 전 결국 사건이 터지고 말았다. 우리 집에 살고 있는 조선인 식모의 딸을 히데키가 범하려 들었던 것이다.

열여섯 살 난 수희라는 이름의 그 소녀는 우리 집 대문 앞 골목에서 울고 있었다. 내가 그녀를 발견한 것은 학교에서 늦게까지 달리기 연습을 하고 해가 진 후에 귀가할 때였다.

나는 수희가 여덟 살이었을 때부터 보아왔는데, 언제나 생기가 넘치는 소녀였다. 그녀는 날 '욧짱'이라 불렀다. 날 그렇게 장난스레 부르는 사람은 내 부모와 그녀 외엔 아무도 없었다. 심지어 내 부모도 수희가 어릴 때부터 날 그렇게 부르는 바람에 덩달아 부르기 시작한 것이었다.

그랬던 수희가 큰일을 당한 사람처럼 울고 있는 것을 본 것은 그때가 처음이어서 나는 적잖이 당황했다. 그녀도 나를 보더니 황망히 눈시울을 닦으며 집으로 들어가려 했지만, 내가 그녀를 붙잡았다.

하지만 그녀는 끝내 입을 열려고 하지 않았다. 한 고물상 아저씨가 리어카를 끌고 나타나기 전까지는. 그 아저씨는 조금 전 그녀에게 일어난 일의 목격자였다.

이야기는 이랬다. 히데키가 수희에게 그녀의 오빠가 큰일을 당했으니 빨리 나와보라며 그녀를 어두운 공터로 불러냈다. 헐레벌떡 공터에 도착한 수희에게 녀석이 덤벼들었다.

그때 공터 옆을 지나던 고물상 아저씨가 그 광경을 보고 소리를 쳤고, 놈은 하는 수 없이 수희를 놓고 도망쳤다.

그러자 수희는 집으로 뛰어왔다. 하지만 어머니나 오빠가 눈치챌까 봐 집으로 들어가지도 못하고, 그렇다고 무서워서 멀리가지도 못한 채 문 앞에서 울고 있었던 것이다.

히데키가 어릴 적부터 그녀 근처를 배회하는 것을 나도 눈치채고는 있었다. 그렇지만 그런 막돼먹은 짓까지 할 줄은 나도 몰랐다.

고물상 아저씨는 수희가 잘 들어갔는지 걱정되어 여기까지 리어카를 끌고 따라왔다. 난 구석으로 아저씨를 데리고 가서 주머니에 있는 돈을 모두 내주었다. 수희를 구해준 사례비이기도 했지만, 이 일에 대해 일절 함구해줄 것을 부탁했다. 이런 일이 사람들입에 오르면 언제나 피해를 보는 건 여자 쪽이기 때문이다.

나는 수희가 진정될 때까지 옆에 앉아 있어줬다. 하지만 워낙 천성이 밝은 아이라 그다지 오래 걸리진 않았다.

오히려 히데키의 못된 짓거리를 떠올리며 내 마음에 치밀어 오르는 화를 억누르는 게 더 힘들었다. 그녀 앞에선 최대한 침착하려고 했다. 너무 큰일처럼 보이지 않게 하기 위해서였다. 그래도 한번 동요한 내 마음은 쉬이 가라앉지 않았다.

무언가 내 것이 침해당했다는 느낌이었다. 온전히 나에게 속해 있어야 할 무언가가 흉악한 의도에 의해 더럽힘을 받을 뻔했다는 기분이었다.

나는 방으로 돌아오자마자 곧장 종이를 꺼내 놈에게 편지를 썼다. 편지라기보다는 경고장이었다. 우리 집 안에 거주하는 여자를 내 허락도 없이 함부로 건드리는 것은 후지와라 집안에 대한 모욕임을 분명히 했다.

그러자 녀석으로부터 곧장 답신이 왔다. 내용은 뻔뻔하고 당돌하기 그지없었다. 그 사건은 수희가 제멋대로 지어낸 말일 뿐이며, 조선인 여자의 말을 믿고 자신에게 이런 편지를 써 보낸 것을 도전으로 받아들인다며, 결투를 신청해 왔다.

그 일을 떠올리자 일순 마음의 평정이 깨지며 심장이 방망이질 치기 시작했다. 머릿속에선 그와 이리저리 죽도의 합을 나누는 상상이 복잡하게 얽혀 들었다.

히데키는 다혈질이면서도 검도 실력이 상당한 것으로 알려져 있었다. 힘의 검도를 구사했는데, 동급생들 중에 최강이라는 평가와 함께 그의 대학생 선배들도 쩔쩔맨다고 했다.

반면, 나는 냉정하고 정교한 기술의 검도를 추구했다. 천성상 뭐든 억지로 밀어붙이는 게 싫었다. 상대가 우악스럽게 덤벼드는 빈틈을 침착하게 찾아 찌르는 것을 나는 상수라고 여겼다.

하지만 문제는 최근 내가 육상 연습 때문에 죽도를 잠시 놓고 있었다는 것이다. 기술이란 사막에 쌓아 올린 탑과 같아서 매일 모래를 쓸어내지 않으면 어느새 흔적도 없이 사막에 삼켜져버리는 것이다.

게다가 집 앞에서 울고 있던 수희를 떠올리니 마음이 산란해져버렸다. 하지만 이대로는 안 된다. 평정을 되찾아야만 한다.

나는 일어서서 옆에 놓인 죽도를 집어 들고 히데키를 마주 보았다.

"결국 수희란 조선 계집애 때문에 나와 싸움을 택했다, 이거지!"

녀석이 걸걸한 목소리로 외쳤다.

순간 아차 싶었다. 구경꾼들 사이에 아까부터 대식이 끼어 있었는데, 수희는 그의 여동생이다. 내가 왜 히데키와 대결을 하는지 그는 모른다.

대식은 여동생 이름이 히데키의 입에서 튀어나오자, 눈이 휘둥그레졌다. 빨리 히데키 녀석의 입을 막아야 했다.

"말싸움이라도 하자는 거냐? 계집애처럼?"

역시 놈은 발끈했다.

"좋다! 호구 없이 붙자! 사내답게!"

치졸한 놈일수록 입만 열면 사내 타령이다. 역겨웠다. 내 몸속에 전의가 후끈 달아올랐다.

"바라던 바다."

난 뒤에 서 있던 후배에게 눈짓을 보내며 양팔을 살짝 들어 보였다. 그러자 그가 후다닥 다가와 등 뒤 호구의 매듭을 풀기 시작했다.

사무라이 정신은 순결해야 한다. 수치스러운 짓이나 하고 돌아다니는 놈이 신성한 검도장에서 대단한 사람인 것처럼 죽도를 휘두르며 존경받는다는 사실이 나는 견디기 힘들다.

"대신 약속 하나 하자. 여기서 지는 자는 영원히 죽도를 놓기로."

내가 히데키를 향해 말했다.

"흥, 이제 육상으로 종목을 완전히 변경하기로 마음먹었나 보군. 좋다! 약속한다. 나중에 다른 말 하지 마라."

그가 호기롭게 대답했다.

후배가 호구를 벗겨내어 뒤로 물러서자 나는 한 발 앞으로 나가 예를 갖췄다. 그도 예를 표했다.

이어 나는 발도를 하며 짧게 끊듯이 기합을 넣었다.

"이얍!"

그러자 히데키도 나를 향해 발도하며 길고 요란스러운 기합을 넣었다. 과연 호랑이가 포효하듯 불같은 투지가 느껴지는 기합이 었다. 그 소리에 내 마음에 으스스 파문이 일었다.

나는 죽도 손잡이의 아래를 잡은 왼쪽 손아귀를 꽉 틀어쥐었다. 마음의 평정, 담대함과 역동성, 그리고 가변성. 나는 미야모토 무사시*가 말한 '물과 같은 마음'을 내 마음에 담았다.

우리는 서로를 탐색했다. 관중들도 쥐 죽은 듯 숨을 죽였다.

녀석의 눈동자가 분주히 내 몸의 목표점을 찾아 기민하게 움직였다. 녀석의 눈꼬리가 잔뜩 위로 치켜 올라가 있었다. 그의 몸에서 뿜어 나오는 기세가 악귀처럼 나를 삼킬 듯 뻗쳐왔다.

나는 살짝살짝 뒤로 물러났다. 그러자 녀석은 바짝 거리를 좁히며 압박해 들어왔다. 내가 슬그머니 죽도 끝을 우측 아래로 내리며 하단세를 했다.

순간 녀석이 기다렸다는 듯 내 머리를 노리며 득달같이 치고 나왔다. 녀석의 죽도가 번쩍 공중으로 들리는 것을 보자 내 마음에 벼락이 쳤다. 동시에 내 발이 번개처럼 움직이며 우측으로 간신히 비켜섰다.

그러자 그의 죽도가 '붕' 하는 소리를 내며 내 코앞을 스쳐 지나갔다. 간발의 차이였다. 상당한 힘이 실린 죽도가 공기를 가르는 소리는 묵직했다.

기회였다. 나는 재빨리 죽도를 들어 올려 녀석의 훤하게 노출된 손목을 기합과 함께 강력하게 내리쳤다.

---

* 17세기 일본의 검성(劍聖). 자신의 검술을 집대성한 『오륜서』를 썼다.

"얍!"

내 죽도가 짧은 호를 그리며 그의 손목에 적중했다.

"탁!"

경쾌한 소리가 검도장의 높은 천장까지 울렸다. 동시에 관중들 입에서 탄식이 터져 나왔다.

히데키는 내 일격에 죽도를 놓치고 말았고, 그의 죽도는 바닥에 퉁기며 모양새 없이 굴렀다. 그의 자존심도 그러하리라.

하지만 그는 자신의 죽도를 돌아볼 겨를이 없어 보였다. 자신의 손목을 움켜쥔 채 얼굴을 잔뜩 일그러뜨리고 있었다. 입술 사이로 분한 듯 거친 숨을 내쉬었다.

나는 내 자리로 돌아와 죽도를 허리춤으로 착검했다.

"아직 끝나지 않았어! 한쪽이 패배를 인정할 때까지 하는 거야!"

녀석은 나에게 씩씩거리며 외쳤다.

"얼마든지. 네가 죽도를 다시 쥘 수만 있다면."

히데키는 자신의 손목을 쓱쓱 문지르더니 바닥을 구르던 죽도를 주워 들려 했다. 가격당한 손목 부위엔 불그스름한 줄이 나 있었고, 그의 손은 미세하게 떨리고 있었다.

그는 억지로 죽도를 주워 들긴 했지만, 이내 다시 떨어뜨리고 말았다.

"으아아!"

그는 분노의 괴성을 내질렀다. 패배의 인정이기도 했다.

나는 그에게 고개를 숙이며 목례를 했다. 정식으로 시합이 끝난 것이다. 또한 영원히 검도장을 떠나는 이에 대한 작별 인사이기도 했다. 마음이 기뻤다. 검도장을 순결하게 지킬 수 있어서.

그도 마지못해 고개를 숙였다 들었다.

하지만 그의 얼굴엔 분이 가득했다. 그는 바닥에 떨어진 자신의 죽도를 발로 콱 밟았다.

"넌 여기서 이따위 어린애 장난이나 실컷 해라! 난 전장으로 간다. 거기가 진짜 사내들의 세상이지! 흥!"

그는 휙 돌아서서 도장을 나갔다.

관중들은 환호하며 내게 박수를 보내고 있었지만 내 귀엔 들어오지 않았다. 나는 그의 마지막 말에 마음이 사로잡혀 있었다.

'전장으로 간다고?'

뭔가 눈이 확 뜨인 느낌이었다.

작년 여름부터 일본은 중국과 전면전에 들어갔다. 그 소식을 들었을 때 내 심장은 마구 뛰었었다. 일본이 중국을 정복하는, 이 길이 빛날 역사에 동참하고 싶었다. 왠지 지금 참여하지 않으면 영영 이런 기회는 다시 오지 않을 것만 같았다.

미야모토 무사시도 18세에 천하의 향방을 가른 세키가하라 전투*에 참전했다. 지금의 나와 같은 나이에!

작년에 전쟁이 터지자마자 나는 아버지에게 참전하고 싶다고 말했었다. 하지만 아버지는 일언지하에 거절했다.

그런데 히데키가 참전을 한다니…… 갑자기 내 승리가 빛을 잃

---

* 1600년에 벌어진 도요토미 히데요시의 서군과 도쿠가와 이에야스 동군 간의 일본 전국 패권을 건 일전. 동군이 승리하여 도쿠가와가 에도(지금의 도쿄)를 수도로 하여 일본에 에도 시대를 연다. 에도 시대는 조선 중기 및 후기에 해당한다.

어버렸다. 마치 태양 앞의 촛불처럼.

　나는 또 다른 죽마고우 타다미치, 아리토모와 함께 검도장을 빠져나왔다. 두 친구는 나의 시무룩한 얼굴을 연신 살폈다. 그들은 내 얼굴이 왜 이런지 아는 것이다.

　타다미치가 입을 열었다.

　"요이치, 너무 조바심 갖지 마. 전쟁이 길어질 것 같다던데. 처음엔 속전속결로 당장 끝낼 것처럼 그랬지만, 역시 중국이 크긴 큰가 봐. 앞으로도 할 일이 많을 거야."

　하지만 그런 말도 그다지 위로가 되진 않았다.

　'내가 있어야 할 곳은 바로 그곳인데……'

　그런데 갑자기 나의 의식을 전장으로부터 현실로 확 끌어당기는 것이 있었다. 벽에 붙은 전단지 한 장이었다.

　친구들도 내 옆에 우뚝 멈춰 섰다.

　조잡해 보이는 그 전단지엔 '조선인은 강하다!' 라고 일본어로 쓰여 있었고, 그 아래로 두 장의 흑백사진이 나란히 붙어 있었다. 하나는 손기정이 올림픽 마라톤 결승점을 통과하는 순간을 찍은 것이고, 그 옆의 것은 트랙 위를 달리는 대식의 모습이었다. 그 사진 아래로 '손기정의 신화를 다시 한 번!' 이라고 쓰여 있다.

　기가 막혔다. 이런 불온 전단지가 버젓이 길거리에 나붙어 있다는 게 놀라울 따름이었다.

　다만, 내가 꺾어야 할 상대가 하필이면 한집에 사는 대식이라는 것이 묘했다. 나와 그는 좋건 싫건 같은 대문을 드나들며 자랐다.

그러나 어릴 적 내 아지트에서의 사건 이후로 나와 그는 서로 부딪치지 않고 사는 법을 터득했다. 마치 서로 존재하지 않는 사람들인 양 지내왔다.

생각해보면 한집에 살면서 그럴 수 있다는 것도 신기한 일이다. 하지만 서로 말을 하지 않는 상태가 한 달이 지나고 6개월이 지나고 1년이 지나면 오히려 서로 말을 하는 것이 어색해진다.

그렇게 8년이 지났다. 지금은 서로가 서로에게 유령이 되어 있었다. 바로 옆을 지나갈 때도 서로 아무렇지 않게 무시할 수 있었다. 내가 구태여 조선인에게 다가갈 이유도 없었고, 그도 마찬가지인 것이다.

아버지도 처음엔 서로 친하게 지내라고 말하곤 했지만, 그마저도 포기한 지 오래였다.

그러나 다음 주 시합은 다르다. 더 이상 그는 나에게, 나는 그에게 유령일 수 없다. 누군가 하나는 부러져야만 하는 것이다.

그때 전방에서 대식이 내 쪽으로 걸어오는 것이 보였다. 나는 벽보로부터 몸을 돌려 내 갈 길을 가려고 발을 옮겼다. 시합 당일 전까지는 그는 나에게 유령일 뿐이니까.

그런데 문득 그의 눈이 나를 똑바로 향하고 있다는 사실을 깨달았다. 그는 나를 노려보며 성큼성큼 걸어왔다.

"히데키가 말하던 수희가 내 동생 수희를 말하는 거냐?"

대식이 다짜고짜 물었다.

"그렇다."

이렇게 된 이상 내가 구태여 거짓말까지 해야 할 이유는 없다.

"왜 네가 수희를 두고 녀석과 싸움질이냐?"

나는 심사가 틀어졌다.

"착각하지 마라. 조선인 여자를 두고 각축전을 벌일 만큼 난 한가하지 않아."

"그럼 아까 그건 뭐야!"

녀석의 눈빛이 한층 더 사나워졌다.

생각을 정리해야 했다. 이 사람들 앞에서 여자에게 수치를 주는 것은 옳지 않은 일이다. 그녀가 조선인이든 일본인이든.

"히데키가 수희와 사귀고 싶어 했다. 그래서 내가 거절했다."

"그 자식도 웃기는 놈이지만, 네가 뭔데 거절하고 말고야?"

"원래 그렇게 예를 갖추는 거야. 남의 집 하녀를 취하고 싶을 땐. 조선인들은 그런 예의도 모르나 보지?"

그의 눈동자가 분노로 치켜 올라갔다. 그건 그의 주변에 선 몇몇 조선인 학생들도 마찬가지였다.

나도 마음을 긴장시켰다.

대식이 분노를 누르며 건들거리는 투로 말했다.

"그래서, 거절당한 게 분해서 그놈이 너한테 결투를 신청했다 이거냐? 일본인들은 문제를 항상 칼로 해결하나 보지?"

순간 내 속에서 뜨거운 기운이 확 치받아 올랐다. 내가 무엇 때문에 결투를 한 건지 똑바로 알게 하고 싶은 생각이 부글부글 끓었다.

나와 대식의 험악한 분위기를 감지하고 우리 주변으로 학생들이 신속히 모여들었다. 마치 모이를 발견한 비둘기 떼처럼. 내 옆으로는 일본 학생들이, 대식의 옆으로는 조선 학생들이 전투를 앞

둔 전사들처럼 마주 보며 늘어섰다.

나는 대식을 노려보며 말했다.

"네놈이 함부로 지껄이는 것도 이번 주가 마지막이다. 시합을 통해 보여주지. 네놈이 있어야 할 자리가 어디인지."

대식은 즉시 대꾸하지 않았지만, 대신 주변의 조선인들에게서 거친 음색의 조선말들이 튀어나왔다. 알아듣진 못했지만, 분명 욕설이리라.

주변의 분위기와는 달리 막상 대식은 이를 앙다물고 나를 노려보기만 했다.

순간 나는 깨달았다. 그는 사태가 패싸움으로 비화되는 것을 두려워하고 있다는 것을. 머리가 아주 나쁜 놈은 아닌 모양이다. 패싸움이 되는 순간 무조건 조선인들에게 불리하니까.

그렇다. 경우에 따라 녀석은 아예 출장 정지를 먹을 수도 있다. 요즘의 분위기에서라면 충분히 가능한 이야기다.

거기에 생각이 미치자 문득 재미있는 아이디어가 떠올랐다.

나는 다시 벽보 앞으로 걸어갔다. 양 진영의 눈동자들이 모두 나에게 쏠렸다. 벽보 앞에 선 나는 손을 들어 보란 듯이 벽보를 북 뜯어냈다.

그러자 조선 학생들 사이에 욕설이 튀어나왔다.

'조금 더 가볼까?'

조선 학생들이 잘 보이도록 벽보를 손에 들고 돌아섰다. 그러고는 그것을 두 손으로 쭉 찢었다. 벽보 속의 손기정과 한대식이 분리되는 것을 나는 냉소를 머금고 바라보았다.

조선 학생들은 크게 동요하기 시작했다. 대식의 표정도 돌처럼 굳어졌다.

'그래 어디 한번 덤벼봐라!'

난 두 장으로 찢어진 벽보를 겹쳐 들고 다시 쭉쭉 찢어나갔다. 손기정과 대식이 누가 누구인지 알 수 없게 조각조각 뒤섞이기 시작했다.

조선 학생의 욕설이 거칠어졌다. 난 조각난 종이들을 그들을 향해 확 뿌렸다.

"꿈 깨라, 조선인들. 이런 요행은 두 번 다시 일어나지 않아!"

대식과 조선 학생들은 아무런 말도 하지 않았다. 번개같이 주고받는 죽도 대련으로 단련된 나의 눈으로는 그것이 어떤 종류의 정적인지 분별할 수 있었다. 그것은 마치 화약이 격렬한 폭발을 일으키기 직전 주변의 산소를 훅 빨아 당기듯 순간과 같은 것이었다.

나는 폭발의 순간을 대비하며 대식을 살폈다. 대식의 눈동자에 불꽃이 일렁였다.

그의 눈매가 한껏 치켜 올라가더니 주먹이 쳐 들리기 시작하는 것이 보였다.

일단 녀석이 먼저 주먹을 뻗는 것을 기다렸다가 되받아 치는 것이다. 그래야 놈을 확실히 철창으로 보낼 수 있다.

그때였다.

"타이가*다!"

---

* '타이거(Tiger)'의 일본식 발음.

누군가 큰 소리로 외쳤다. 그 말에 대식은 거짓말처럼 우뚝 멈춰 섰다.

'타이가'라는 이름은 그만큼의 위력을 가지고 있었다. 그건 타이라 선생의 별명이었다. 그는 대식이 다니는 학교의 선도부 선생이었는데, 적발의 예리함과 처벌의 잔혹함을 체험한 학생들이 붙여준 별명이었다.

그는 항상 검은 제복의 허리춤엔 장검을 차고 회초리처럼 호리호리하고 꼿꼿한 자세로 다녔다. 소문에 의하면, 그는 진짜 화가 나면 그 칼로 학생의 귀를 벤다는 것이었다. 그의 서재 한편엔 그렇게 모은 귀가 가득 든 유리병이 있다는 괴담마저 떠돌았다.

하여간 지금 바로 그 타이가가 나타나는 바람에 학생들은 일본인 조선인 할 것 없이 테이블 위에서 떨어진 유리컵의 파편처럼 사방으로 튀어 흩어졌다.

나는 달리다가 뒤를 돌아보았다. 저만치 무리에 섞여 부리나케 도망치는 대식의 뒷모습이 보였다. 녀석은 아무래도 나에게 트랙 위에서 꺾여야 할 잔혹한 운명을 타고난 모양이다.

#5 대식의 일지
1938년. D-Day 6년 전 / 집으로 가는 길

아찔한 순간이었다. 때마침 타이가가 출현하지 않았다면 꼼짝

없이 패싸움이 벌어졌을 것이다. 평소엔 공포와 혐오의 대상이던 그가 고맙기까지 했다.

하지만 분한 것도 있었다. '조선인' 운운하던 요이치의 그 얄팍하게 붉은 입술을 짓이겨주고 싶었다.

퍼뜩 코치의 경고가 떠올라 옆에서 걷던 종철에게 물었다.

"야, 혹시 아까 그 벽보 네가 만들어 붙인 거냐?"

녀석은 의리도 있고, 심성도 착하고, 재바르고, 다 좋은데 좀 즉흥적이고 가벼운 게 흠이라면 흠이다.

"이제야 물어봐주네. 아, 당연하지. 나 아니면 누가 그런 일을 하겠냐. 애들이랑 밤새 수고 좀 했다."

"너 도대체 그거 몇 장이나 붙였어?"

종철이도 내 심각한 얼굴을 보더니 표정이 달라졌다.

"어? 어…… 그게 한 열…… 장? 아니, 스무 장이던가……"

"어디다가?"

"뭐 주로 네가 다니는 곳 위주로……"

험악해진 내 얼굴을 보곤 입을 다물어버렸다.

"넌 생각이 있는 놈이냐?"

"왜……? 쪽발이들 기선 제압 좀 하려고……"

"기선 제압? 야, 그 전단지가 교장 손에라도 들어가는 날엔 그 인간이 나를 잡아먹으려 들 거라고! 그 생각은 안 해봤지!"

"미안…… 그 생각은 못했네. 난 그냥 너무 신이 나서…… 네가 올림픽에 나간다는 생각을 하니까 막 들뜨고 그냥……"

종철은 내 눈치를 보다가 일그러진 얼굴을 보고는 다시 고개를 떨구었다.

하긴 녀석이 무슨 잘못이랴. 신이 나도 신이 난다고 외칠 수 없는 이놈의 세상이 잘못된 거지.

나는 그의 어깨에 팔을 올리며 목소리를 누그러뜨렸다.

"종철아, 네 마음은 알겠다. 하지만 이제부터 내가 정말 동경 올림픽 주경기장의 트랙 위에 서는 순간까지는 우린 간이고 쓸개고 다 빼먹은 놈들이 되어야 해. 완전히 죽은 듯이 지내야 한다고. 무슨 말인지 알겠지?"

"그…… 그래, 알았어."

종철이가 풀 죽은 목소리로 대답했다.

"그럼…… 앞으로 이렇게 살라는 거지?"

녀석이 눈썹을 치켜뜨며 혀를 빼물고 눈을 사팔뜨기로 만들면서 얼굴을 잔뜩 일그러뜨렸다. 정말 인간의 얼굴이 어떻게 저럴 수 있을까 싶을 정도로 괴상한 표정이었다.

나도 모르게 웃음이 터져 나왔다.

"이 새끼 너, 앞으로 항상 그 얼굴로 다녀! 나 올림픽 나갈 때까지."

"아…… 안 돼 그건. 여자들 앞에선 절대 안 돼."

"네가 뭘 몰라서 그러는데, 여자들은 그런 얼굴을 더 좋아해."

나는 다시 웃음이 나오려는 걸 참았다.

"뻥치지 마."

"향숙이 누나도 그랬어. 너 그 얼굴 했을 때가 제일 좋았었다고."

"진짜?"

향숙이 누나는 우리보다 두 살 많은 방앗간집 딸이었는데, 종철이가 좋다고 따라다니고 있었다. 전에 녀석이 나에게 그 얼굴을 해 보일 때 우연히 지나가던 누나가 그걸 보고 배꼽을 잡고 웃은 적이 있었는데, 녀석은 얼굴이 벌게져서 도망을 갔었다.

"남자는 자신을 알아주는 사람을 위해 목숨을 바치고, 여자는 자신을 웃게 해주는 사람을 위해 화장을 한다. 못 들어봤어?"

들어봤을 리가 없다. 딱 그런 얼굴이다.

"야, 무리하지 마라. 머리에서 김 난다. 중국 고사성어거든."

"이야, 그거 있어 보이는데."

종철이는 입으로 중얼거리며 내가 한 말을 되뇌었다.

그때, 확성기 소리가 시끄럽게 들려오며 종철의 중얼거림을 덮어버렸다.

"조선의 젊은이들이여, 그대들도 대일본 제국의 기둥들이다. 지금 동아시아는 욱일기 아래 하나의 아시아로 거듭나고 있다. 천황 폐하께서 특별히 조선인들에게도 길을 열어주셨다! 대동아 건설을 위한 성전에 여러분의 뜨거운 피로 동참하라!"

상자 위에 올라선 모병 장교가 씩씩하게 확성기에 대고 외치고 있었다. 그 뒤에는 커다랗게 '제1기 육군특별지원병 모집'이라고 쓰인 현수막이 걸려 있었다.

하지만 어떤 정신 나간 조선인이 일본 육군이 되어 중국과 전쟁하러 나간단 말인가. 내 민족을 위한 전쟁도 아닌 전장에 끌려 나가 개죽음당하는 억울함은 둘째치고라도, 일본 군대 내에서 조선인에 대한 핍박과 모멸을 어떻게 견디려고……

일본이 지원병 1기 모집 정원을 고작 2백 명으로 한 것도 크게 모병을 했다가 조선인들의 분위기가 썰렁하면 체면을 구기게 될 테니까 소심하게 잡은 숫자일 것이다.

모병 장교와 함께 있던 군인 한 명이 우리에게 다가와 전단지를 내밀었다. 나는 마지못해 그걸 받아 들었지만, 쳐다보고 싶은 생각조차 없었다.

그런데 종철이는 전단지에 고개를 파묻고 진지하게 읽었다. 이 녀석이 대체 무슨 생각이지 싶은데, 종철이가 그 군인을 향해 고개를 쓱 들었다.

"저…… 이런 얼굴도 받아주시나요?"

인간의 얼굴이라 할 수 없는 녀석의 얼굴. 그러자 병사는 흠칫 놀랐다.

"이 자식이! 까불지 말고 저리 가!"

"아, 네! 네!"

종철이와 나는 부리나케 도망갔다. 뒤에서 구시렁거리는 병사의 목소리가 들렸다. 정말 깜짝 놀란 것 같았다.

한참을 도망친 후에 우리는 배꼽을 잡고 웃었다. 종철이는 미친 놈이다. 그리고 난 미친놈이 좋다. 이런 터무니없는 시대에 정신이 멀쩡한 인간들이란 지배자들과 쓸개 빠진 놈들뿐이다. 하지만 그들도 과연 멀쩡한 인간이라고 할 수 있을까?

종철이와 헤어지고 나는 '남작당' 대문 앞에 도착했다. 검은색에 가까운 짙은 갈색의 문 너머로 정원에 줄지어 늘어선 벚꽃들이 연분홍색 꽃망울을 터트리기 시작했다. 아마 다음 주 정도엔 화려함의 절정에 이를 것이다.

하지만, 이 으리으리한 대문은 지난 수년간을 지나다녔건만 아무리 해도 낯선 느낌이 사라지지 않는다.

특히 오늘은 더 그랬다. 아마 요이치의 기록을 넘어섰기 때문일 것이다. 이곳을 떠날 날이 손에 잡힐 듯 가깝게 느껴졌다.

정원을 지나 오두막집 근처에 이르자 집 앞 작은 마당에서 수희가 통나무 등걸에 앉아 책을 읽고 있는 것이 보였다. 그녀의 머리 위로 벚꽃이 가지를 늘어뜨리고 있었다.

나는 늦은 오후의 빛을 받으며 책에 흠뻑 빠져 있는 동생의 모습을 잠시 서서 물끄러미 바라보았다. 예뻤다. 언제부터 저 아이가 저렇게 여자 티가 물씬 나게 되었는지 새삼 궁금해질 만큼.

수희는 아버지의 높은 콧날을 그대로 이어받아서 동그란 이마에서 콧날로 떨어지는 선이 또렷하고 멋들어졌고, 도톰한 눈썹 아래 깊이 자리 잡은 검은 눈동자는 맑고 또렷했다. 게다가 팔다리도 가늘고 길어서인지 난 항상 수희에게서 고고한 학 같은 기풍을 느꼈다.

이런 동생이 쪽발이 놈들에게 자기네들 멋대로 주고받는 물건 취급을 당하고 있다는 사실을 떠올리니, 마음 한구석이 저리고 또 분했다.

"오빠!"

어느새 수희가 나를 먼저 발견하고 불렀다. 수희의 검고 윤기 나는 영민한 두 눈동자가 나를 보고 있었다.

"오빠, 무슨 일 있었어?"

"아니, 별일 없었어."

"뭔데? 왜 그래?"

"아니야, 아무것도."

"다음 주 시합 때문에 그러는 거야? 많이 부담스럽구나."

"응…… 뭐 아무래도."

"걱정 마, 오빠. 잘하고 있어. 꼭 이번에 올림픽에 나가서 메달을 따야 한다는 부담은 갖지 마. 다음번도 있으니까."

가끔씩 이 아이는 사람을 놀라게 하는 때가 있다. 속이 바다처럼 깊은 것이다. 이 아이를 데려가는 남자는 정말 복 터졌다.

"장은 다 봐 왔어? 내일 아버지 제사 지낼 거?"

"응, 오전에 엄마랑 갔다 왔지. 빨리 가서 손 씻고 밤을 쳐주셔요."

헤헤 웃으며 내 등을 미는 동생의 두 손을 느끼며, 다시 미안한 마음이 일었다. 나를 위해 학업까지 포기하고 어머니 일을 도우며 돈을 벌고 있었던 것이다. 그 돈으로 나는 학교 다니며 운동을 해 왔다.

미안함은 곧 열망으로 이어졌다. 내가 든든한 가장이 되어서 어머니와 동생의 울타리가 되어주고 싶었다.

'요이치, 반드시 이긴다.'

#6 요이치의 일지

1938년. D-Day 6년 전 / 남작당 식당

저녁 식탁의 상석엔 아버지가 앉았고, 양옆으로는 나와 어머니
가 마주 보며 앉아 있었다.

나는 흰 앞치마를 두른 대식의 어머니가 식탁 위에 접시들을 내
려놓는 것을 보고 있었다. 아주머니의 손은 물과 기름에 절어 손
가락은 마디가 굵었고 널찍한 손톱은 두껍고 튼튼해 보였다.

아주머니의 그 손엔 자식들을 먹이기 위한 홀어머니의 진한 모
성과 고단한 분투가 고스란히 담겨 있는 것이다.

그 손은 내 어머니의 손과 완전히 달랐다. 어머니는 부엌일을
해본 적이 없어 손이 무척 희고 고왔고, 길고 좁은 손톱도 언제나
깔끔히 손질되어 있었다.

나는 아주머니와 눈을 마주치지 않으려 애썼다. 낮에 대식과 부
딪친 일 때문이었다. 수희에 대해서도 본의 아니게 거칠게 말할
수밖에 없었다. 아주머니가 혹시 그걸 전해 듣지나 않았을까, 신
경이 쓰였던 것이다.

아주머니는 여느 때처럼 차분하고 꼼꼼하게 상을 차리고는 인
사를 하며 조용히 물러갔다.

아버지가 나를 보며 입을 열었다.

"요이치, 시합 때문에 신경이 많이 쓰이는 모양이구나."

"아, 아니에요, 그런 건."

그러곤 나는 입을 다물었다.

"오늘 욧짱의 담임선생과 함께 교장 선생을 만났어요."

어머니가 분위기를 바꾸려는 듯 밝은 목소리로 입을 열었다. 나는 학교를 갔었다는 말에 깜짝 놀라 어머니의 얼굴을 쳐다보았다.

"욧짱 칭찬이 대단하더군요. 성적도 뛰어나고 운동도 잘하는데다, 미남이라고. 일본이 낳은 최고의 아들이라고 하던데요? 낳기는 내가 낳았는데 말이죠."

어머니는 웃으며 나를 쳐다보았다.

비로소 마음이 놓였다. 교장이 했다는 칭찬은 귀에 들어오지도 않았다. 남들이 나를 칭찬하는 일은 자주 있는 일이었다. 내 부모에게 아첨하기 위해서라도 그들은 내 칭찬에 열심들이었다. 하지만 정작 부모에게 칭찬을 들은 적은 없다.

"그래? 욧짱은 아버지가 둘이구나. 이 아버지는 오늘 법무성에서 일하는 아버지 친구와 통화했는데 흔쾌히 추천서를 써주겠단다. 독일어 가정교사는 계속 오고 있는 거지?"

아버지의 물음에 나는 음식이 목에 걸린 듯 멈칫했다.

아버지는 내가 베를린에 있는 프리드리히 빌헬름 대학에서 법률을 전공하기를 원했다. 하지만 그건 내가 원하는 게 아니었다. 독일인 가정교사가 오고는 있었지만 나는 하는 둥 마는 둥이었다. 도무지 내키지 않는 일에 열심일 수는 없는 노릇이다.

내가 머뭇거리자 어머니가 대신 대답을 했다.

"그럼요. 빠지지 않고 오고 있어요."

나는 슬쩍 어머니를 쳐다보았다. 앞으로 열심히 하라는 얼굴이었다.

아버지는 고개를 끄덕이며 말했다.

"그래, 독일어는 특히 열심히 해둬라. 베를린에서 유학 생활을 잘하려면 일단 의사소통이 원활한 게 제일 중요하니까."

"하지만…… 입학 허가가 안 날지도 모르잖아요."

나는 퉁명스레 말했다.

"네 성적에, 육상 같은 교과 외 활동에, 추천서까지 잘 받으면 입학 허가는 무난할 거다. 간다고 생각하고 준비해라."

비록 아버지의 말투는 차분했지만, 그 속엔 거부하기 힘든 은근한 밀어붙임이 있었다.

그게 오늘따라 마음에 부대껴왔다. 히데키가 전장으로 향한다는 말을 들었던 탓인 것 같았다.

"아버지, 드릴 말씀이 있습니다."

"뭐냐?"

"학교를 졸업하면 먼저 군대를 다녀오고 싶습니다. 독일 유학은 제대 후에 가겠습니다."

오랫동안 미뤄왔던 말이 비로소 내 입술을 떠났다.

"뭐라고?"

아버지와 어머니는 눈이 휘둥그레졌다.

이윽고 아버지가 단단한 음성으로 입을 열었다.

"그 이야기는 전에 다 끝난 걸로 알고 있는데?"

"그 후로 계속 생각해보았습니다. 하지만, 아무리 생각해봐도 일본 제국이 지금 필요로 하는 것은 전쟁터에서 싸울 군인이지, 책상 앞에 앉은 법률가가 아닌 것 같습니다."

나는 아버지의 눈동자를 바라봤다. 이제는 뒤로 물러설 곳이 없다.

아버지도 허리를 세웠다. 역시 물러날 생각이 없는 것이다.

"지금의 일본에 필요한 건 네 말처럼 군일일지도 모른다. 하지만 그건 '지금'의 필요일 뿐이야. 네가 앞으로 활약해야 할 세상은 '지금'과는 다르다. 무력으로 경제권역을 이룬다는 발상은 틀려먹었어. 앞으로는 뭐든지 자유의지로 서로 합의해서 이루어져야 해. 그런 세상에선 법률 지식이 중요해진다."

"하지만 미래로 통하는 문은 현재이지 않습니까? 만약 '지금' 우리가 중국과의 전쟁에서 진다면 일본의 미래가 어떻게 되겠습니까?"

"미래가 없는 것은 전쟁이다. 무력은 파괴만을 낳을 뿐이야."

"일본이 우세한 무력을 가졌기에 손쉽게 조선을 식민지화했습니다. 덕분에 지금 여기에 우리가 살고 있는 거구요. 중국과 전쟁을 하는 것도 중국인들이 우매해서 우리의 선진 문명을 받아들이길 거부하니 힘으로 깨우쳐주는 거구요. 그들도 지금은 고통스러워 해도 일단 받아들이고 나면 분명 문명의 유익함을 좋아할 겁니다."

나를 바라보는 아버지의 눈동자에 실망감과 분노가 드리웠다.

"너는 어느새 제국주의자가 되어버린 거냐?"

"아버지, 그게 무슨 말씀이십니까? 지금 세계 열강 중에 제국이 아닌 나라가 어디 있습니까?"

"내가 너에게 바라는 것은 지금의 세계를 뛰어넘는 세계를 생각

하는 것이다. 겨우 제국주의자들의 하수인 노릇이나 하라고 지금
껏 널 키운 줄 아느냐!"

아버지가 결국 버럭 화를 냈다. 아버지는 언제나 나에겐 이렇게
화를 낸다. 다른 사람들 앞에선 끝까지 예의를 지키면서.

"단순히 제국주의자들의 하수인이 되려는 게 아닙니다! 저는 제
국의 미래를 믿습니다. 전쟁을 통해 새로운 미래가 만들어져가고
있다고 믿습니다. 중국이 조선과 함께 욱일기 아래 하나로 통일되
는 영광스런 역사에 참여하고 싶습니다! 보내주십시오!"

"안 된다! 침략 전쟁에 영광 따윈 없어! 오로지 처참한 살육만이
있을 뿐이다! 네가 전쟁 영웅이라도 되고 싶어 안달이 난 모양인
데, 그런 건 이 전쟁을 획책한 군부에서 지어낸 망상일 뿐이야! 남
들이 너를 일본의 아들이니 뭐니 치켜세워준다고 착각하지 마라!
너도 남들처럼 피와 살로 만들어진 보통의 인간에 지나지 않아!
전장에선 네가 살아남으려면 남을 죽이는 수밖엔 없다. 자신의 재
능을 살육에 쓰는 것만큼 어리석은 것은 없어! 내가 널 그렇게 가
르쳤느냐!"

"아버지께서는 신념을 가지고 살아가라 하셨습니다. 제 신념은
천황 폐하와 제국에 있습니다. 신념을 지키다 설사 죽는다 한들
어째서 그것을 잘못이라고만 하십니까?"

아버지가 손을 들어 내 말을 막았다.

"네가 여태까지 너무 편하게만 살았구나. 너는 지금 네가 믿고
있는 것들이 어떤 것인지조차 모르고 있어. 넌 일본의 아들이기
이전에 내 아들이다. 자립하기 전까지 자식은 부모의 결정을 따

르는 것이 도리다. 제국에 대한 신념 운운하기 전에 먼저 기본적인 도리부터 지켜라."

나는 입을 다물었다. 아버지는 항상 이런 식이다.

"너는 졸업하고 곧장 베를린으로 갈 것이다. 일본에 헌신하고 싶다면 네 피가 아니라 네 머리로 하는 거다. 알겠느냐?"

한번 닫힌 나의 입은 다시 열리지 않았다. 죄수의 쇠사슬같이 무거운 침묵이 흘러갔다. 시계의 초침 소리만이 허공을 규칙적으로 메워가고 있었다.

난 더 이상 견딜 수가 없어졌다.

"잘 먹었습니다."

자리에서 벌떡 일어났다. 어머니의 놀란 눈이 보였지만, 난 바로 외면하며 돌아서서 식당을 나와버렸다. 아버지의 얼굴을 볼 용기는 차마 나지 않았다.

#7 대식의 일지
1938년. D-Day 6년 전 / 대식의 오두막

먼동이 트기 직전의 이른 새벽, 나는 눈을 번쩍 떴다. 4월의 새벽 공기가 싸늘했다. 바깥에서 어머니가 달그락거리는 소리가 들려왔다.

내 마음속엔 방금 꾼 꿈의 장면들이 부유하고 있었다. 벅찬 감동과 긴장감이 온몸과 마음에 여운처럼 남아 있었다.

하지만 햇살에 수증기가 모두 증발해버리듯 내 의식에서 꿈이 흔적도 없이 사라지려 하고 있었다.

나는 다시 눈을 감고 가물가물한 안개 속을 가만히 응시했다.

그것은 관중들이 빽빽이 들어찬 거대한 올림픽 주경기장이었다. 만국기가 새파란 하늘을 배경으로 휘날리고 있었고, 관중들은 모두 일어서서 경기장이 떠나갈 듯 함성을 지르고 있었다.

트랙 위엔 네 명의 주자가 결승점을 향해 질주하고 있었다.

그런데 네 번째 주자가 바로 나였다. 네 번째면 메달이 없다. 나는 바로 앞 주자를 따라잡기 위해 죽기 살기로 달렸다.

그때 잠에서 깼다. 온몸은 여전히 트랙 위를 달리듯 잔뜩 긴장한 채로였다. 너무나 생생했다.

'무슨 뜻일까……'

누운 채로 생각했다. 올림픽에는 나가지만 메달은 따지 못한다는 건가? 아니다, 아직 결승점까진 거리가 있었다. 모르는 일이다. 확실한 건 내가 올림픽에 나갔다는 것이다.

난 어슴푸레한 천장을 바라보았다. 직사각형의 천장은 오늘따라 유난히 좁아 보였다.

저것이 내 방의 크기라니, 저 작은 직사각형 아래서 8년을 살았다. 이제 10년째엔 이 천장 아래를 떠날 것이다.

나는 몸을 일으켰다. 그러자 문득 지금껏 맡아보지 못했던 향기로운 음식 냄새가 코를 자극했다. 소금기가 밴 고기 냄새 같았다. 갑자기 허기가 몰려왔다.

나는 무엇에 이끌린 사람처럼 문을 열고 거실 겸 마루 겸 부엌으로 나왔다.

"엄마, 이게 무슨 냄새야?"

"일어났구나. 뭔 거 같니?"

전을 부치던 어머니가 나를 돌아보며 빙그레 미소를 지었다. 분명 꼭두새벽부터 일어나 전을 부쳤을 것이다.

"뭔지는 모르겠지만 냄새가 끝내주는데?"

내가 불 위에 얹힌 냄비의 뚜껑을 열려고 하자 접시에 음식을 옮겨 담던 수희가 후다닥 내 손을 잡았다.

"안 돼. 제사상에 올릴 거니까, 나중에 봐."

"아니, 대체 뭔데 그래. 어제부터 이상하게……"

나는 입을 쩝 다시며 냄비 뚜껑을 놓았다.

제사상이 모두 차려지자, 좁은 거실이 꽉 찼다. 상 뒤에는 때 묻고 초라한 병풍이 펼쳐져 있었다.

병풍의 가운데에는 지방 종이가 붙어 있었고, 그 아래로 아버지의 흑백 영정 사진이 놓여 있었다.

나는 제사를 지낼 때마다 지방에 인도되어 집으로 찾아온 아버지의 혼령이 저 사진에 깃든다는 상상을 했다. 해마다 일본인의 집 안으로 들어와야만 하는 아버지의 심정이 어떨까 싶었다. 그래서 항상 죄스러웠다.

무표정한 아버지의 얼굴도 그리 밝아 보이지 않았다. 하지만 오늘은 아버지에게 할 말이 있었다.

'아버지, 제가 어제 드디어 요이치 녀석의 기록을 깼어요. 아버지께 먼저 말씀드리려고 아직 어머니나 수희한테는 이야기하지 않았어요. 더 이상 아버지가 이곳으로 오시지 않아도 되도록 해드릴게요. 조금만 더 참으세요.'

수희가 상에 올릴 마지막 접시를 들고 나왔다. 내 시선이 그리로 날아들었다. 바로 그 냄새의 주인공이었다.

접시 위에 놓인 것은 매끈하고 길쭉했다. 순대와 비슷하게 생겼는데 검은색이 아니고 선홍색이었다.

"이게 뭐야?"

"소시지."

수희의 대답에 나는 깜짝 놀라 눈이 휘둥그레졌다.

"이게 소시지라고? 그 말로만 듣던 소시지?"

"응, 독일산 진품이래."

난 잠시 할 말을 잃고 소시지를 들여다보았다. 진품이라 그런지 때깔이며 향이며 뭔가 기품이 넘쳐 보였다.

하지만 진기함 앞에 우려가 불뚝 나섰다.

"이 비싼 걸 어떻게 샀어? 돈이 어디서 나서?"

그러자 어머니가 말했다.

"정육점 송씨가 헐값에 줬다. 아버지 제사상에 올리고 너도 먹고 힘내라면서. 송씨만이 아니라 시장 사람들이 다들 덤으로 이것 저것 얹어줬다. 내가 요즘처럼 인기가 좋았던 적이 없었는데. 오래 살다보니 이제 내가 네 덕을 다 보는구나."

어머니는 흐뭇하게 미소를 지었다.

"자, 이제 시작하자. 아버지 시장하시겠다."

어머니의 말에 나는 상 앞에 섰다. 그러고 보니 차려진 음식들의 면면이 매우 알찼다. 거실이 꽉 찬다고 느꼈던 것이 단순히 집이 좁아서가 아니었다.

상 위를 가득 채운 음식들에서 송씨 아저씨와 시장 사람들의 따뜻한 마음이, 나의 승리를 고대하는 조선 사람들의 바람이 가슴 가득 전해져왔다.

나는 향로 앞에 무릎을 꿇고 앉았다. 성냥갑에서 성냥을 꺼내 향에 불을 붙였다. 흰 연기가 부드럽게 피어오르며 쌉싸름한 향기가 제사상 주위의 공기를 정결하게 해주었다.

'아버지, 제가 조선인들에게 희망의 증거가 되겠습니다. 지켜봐 주세요.'

향을 향로에 꽂으며 아버지 얼굴을 향해 속으로 되뇌었다.

제사를 마치고 식구들과 상 주위에 둘러앉았다. 나물과 생선, 떡과 과일 등 익숙하게 봐온 제사 음식들 사이에서 단연 눈길을 끄는 것은 소시지였다.

하지만 서로 눈치만 볼 뿐 아무도 먼저 손을 댈 엄두를 내지 못했다. 어쩌면 지금까지 우리가 먹어봤던 음식 중에 가장 비싼 것일지도 모른다.

그러자 수희가 젓가락을 빨면서 말했다.

"오빠, 소시지 한번 먹어봐."

"그럴까, 엄마?"

"먹으라고 산 건데, 먹어야지."

나는 잠시 어떻게 먹을까 고민하다가 젓가락으로 소시지의 몸통을 푹 찔러 고정시키고는 숟가락으로 숭덩숭덩 잘랐다.

그러자 소시지의 잘린 단면 사이로 김이 모락모락 오르며 군침 도는 향이 코를 찔렀다.

"냄새 죽인다. 엄마도 같이 들어. 수희야 너도 하나 집어봐. 자, 어서."

하지만 수희가 엄마의 눈치를 보며 입에 문 젓가락을 빼지 못하고 있었다. 뭔가 어색한 분위기였다.

보다 못한 내가 소시지 덩어리를 하나는 엄마의 밥 위에, 하나는 동생 밥 위에 얹었다.

"아니다."

어머니의 딱딱한 목소리가 날아들었다.

난 고개를 돌려 어머니를 쳐다보았다. 어머니의 표정이 굳어 있었다.

"이건 너 먹으라고 사 온 거다. 너 먹고 힘내라고. 요이치는 그렇게 잘 차려 먹고 달리는데, 내가 어미가 돼가지고 너한테 변변히 해준 것도 없고……"

어머니가 갑자기 울먹하며 고개를 돌렸다. 순간 내 마음도 뜨끈해졌다.

"무슨 소리야, 엄마. 지금까지 내가 누구 덕에 여기까지 왔는데. 엄마가 그동안 얼마나 고생한지 나 잘 알아. 수희 너도 그렇고…… 나야말로 지금껏 두 사람한테 항상 받기만 했는데……"

내 눈에도 결국 눈물이 핑 돌고 말았다.

"나 이런 소시지 안 먹어도 우승할 수 있어. 풀만 먹고도 그딴 쪽발이 놈들 다 이길 수 있다고. 왠지 알아? 나한텐 두 사람이 있으니까."

어머니와 수희는 눈시울을 훔쳤다.

"그리고 나…… 어제 요이치의 기록도 깼다고."

어머니와 수희의 눈이 휘둥그레졌다.

"그게 정말이냐?"

"우와, 우리 오빠 최고!"

기분이 좋아졌다.

"이제 두 다리 쭉 뻗고 자버려, 그냥!"

수희가 젖은 눈으로 키득거렸다.

어머니는 내 손을 덥석 잡았다. 손마디가 굵은 우리 어머니의 손. 이 손은 어느새 내가 어린 시절 기억하는 것과 사뭇 다른 손이 되어 있었다. 그 생각을 하니 다시 가슴이 찌릿해왔다.

나도 엄마의 손을 마주 잡았다. 나는 내 모든 것을 걸고 달릴 것이다. 이 손을 위해서.

후드득 눈물이 떨어졌다. 난 급히 소매로 훔쳐내며 말했다.

"이제 곧 모든 게 달라질 거야. 조금만 더 참아, 엄마. 그리고 수희도."

어머니도 수희도 눈물을 훔쳤다. 어머니가 말했다.

"나 고생한 거 없다. 너희 아버지 그렇게 가시고 내가 누구 때문에 살 수 있었는데. 너희들 없었으면 나도 못 살았다."

그러자 수희가 입을 비죽였다.

"피, 솔직히 난 좀 억울해. 학교도 그만두고…… 난 책 읽는 게 좋은데. 오빠, 정말 약속 지켜야 해."

"걱정 마. 네 신랑은 내가 꼭 훌륭한 사람으로 찾아준다. 나만 믿어."

"히히, 진짜다아!"

수희가 배시시 웃는다. 저 미소와 저 마음씨에 걸맞은 사내를 찾아낼 수 있을지 나도 솔직히 자신은 없었다. 아마 누굴 데려와도 부족하리라.

"자, 식기 전에 어서 진품 소시지 한입씩들 하자고."

다들 한입씩 베어 무는 걸 보고 나도 물었다. 그러자 형언할 수 없이 깊은 풍미와 쫀득거리는 육질이 온 입안과 혀 위에 가득 찼다. 황홀했다.

독일 사람들은 항상 이런 걸 먹고 사는 건가? 나도 이런 거라면 매일 매끼를 먹어도 질리지 않을 것 같았다.

올림픽에서 메달을 따면 앞으로는 해마다 아버지 제사상에 소시지를 올려야겠다고 마음먹었다. 어쩌면 그보다 더 자주 먹을 수 있을지도 모른다. 그리고 우리 모두 그걸 함께 나눠 먹는 거다.

올림픽 시상대에 올라야 하는 이유가 하나 더 늘었다.

#8 요이치의 일지

1938년. D-Day 6년 전 / 육상 경기장

나는 따사로운 봄볕으로 가득한 경기장의 트랙 위로 올라섰다. 그러자 함성 소리가 하늘을 찌를 듯 일제히 솟아올랐다.

트랙을 따라 둥그렇게 자리 잡은 관중석은 반분되어 한쪽엔 일본인들이 한쪽엔 조선인들이 진을 치고 있었다. 나를 발견한 일본 관중들은 모두 자리에서 일어나 북소리를 둥둥 울리며 열띠게 응원을 보냈다.

반면 조선인들은 냉담하게 팔짱을 끼고 자리에 앉아 있었다. 관중석의 전경은 마치 머리를 바리캉으로 반만 밀어놓은 것처럼 보였다.

재미있었다. 내가 대식을 꺾고 나면 조선인들이 어떤 표정을 지을지 상상하며 저 앞에 보이는 출발 위치를 향해 걸음을 옮겼다.

그때 갑자기 조선인 관중들이 들썩이며 환호성을 내지르기 시작했다.

고개를 돌려보니 대식이 트랙 위로 올라섰다. 그와 함께 트랙까지 나온 그의 코치가 사뭇 진지한 얼굴로 그에게 말을 건네고 있었다. 대식이 고개를 끄덕이자 코치가 그의 어깨를 툭툭 치더니 돌아갔다. 그러자 대식이 몸을 돌려 출발선을 향해 걸어오기 시작했다.

그는 앞에 선 나를 똑바로 쳐다보며 걷다가 갑자기 한 손을 번쩍 들어 보였다. 그러곤 하늘을 가리키듯 검지를 쭉 폈다.

그러자 조선인 관중석이 떠나갈 듯 함성을 질렀다. 각종 깃발이 나부끼며 꽹과리가 요란하게 울려댔다.

꽹과리는 놋쇠로 만든 조선의 타악기인데 꼭 개 밥그릇처럼 생긴 게 여간 시끄러운 소리를 내는 게 아니었다.

대식은 응원에 화답하듯 쳐든 손을 공중에서 빙빙 돌렸다. 그러자 꽹과리가 곧 깨져 나갈 듯이 울려댔다.

조선인 관중석의 펜스 아래로는 순사들이 일렬로 죽 늘어서 있었고, 펜스 위에서 조선인들은 보란 듯이 신나게 꽹과리와 북을 두드리고 있었다.

마치 나무 아래 표범을 놀려먹는 원숭이들 같았다. 그 꼴을 보고 있자니 내가 제국의 후방에서 감당해야 할 임무가 더욱 절실하게 와 닿았다.

이 경기장이 나에겐 전쟁터인 것이다. 그리고 주제를 망각한 조선인들의 시건방짐이 내가 쓰러뜨려야 할 적이다. 그들은 제국이라는 피라미드의 하층부를 지탱하는 벽돌에 불과하다는 사실을 새삼 일깨워줘야 한다. 그 벽돌들이 저리 들썩거려서는 곤란하다.

내 레인에 서서 몸을 풀자니 마음속에 불꽃이 점점 더 강하게 달아올랐다.

그때 대식이 옆 라인에 모습을 드러냈다. 대식과 이렇게 가까이 서본 적이 없었다. 녀석을 단박에 뒤로 멀찍이 떼어놓고 싶다는 욕구가 벌써부터 강렬하게 치밀었다.

'아니다. 침착해야 한다.'

내 마음 한구석에서 냉정한 목소리가 울려왔다. 면밀하게 상대의 페이스를 읽으며 그에 적절하게 대응해야 한다. 트랙을 스물다섯 바퀴 도는 장거리 달리기에서 이런 기분으로 초반에 너무 태워 버리면 후반에 따라잡힐 위험이 커진다.

나는 날카로워진 공격 본능에 재갈을 물리고 고삐를 바짝 당겨 쥐었다. 곁눈질로 힐끗 대식을 쳐다보았다.

그는 묵묵히 전방만을 주시하며 몸을 풀고 있었다. 마치 바로 옆에 내가 보이지 않는다는 듯한 그의 태도에는 뭔가 억지스러움이 있었다.

그렇다, 그도 불편하고 싫긴 마찬가지인 것이다.

"준비!"

심판이 외쳤다.

나는 상체를 낮추며 자세를 잡았다. 팽팽한 긴장감이 온몸을 조이며 좁은 레인, 흰 두 줄의 평행선 사이를 꽉 채웠다.

"탕!"

총성과 함께 주자들이 일제히 땅을 박차고 뛰어나가기 시작했다. 순간 나는 아차 싶었다. 대식이 엄청난 속도로 치고 나가는 것이었다. 마치 백 미터 달리기는 하는 사람처럼.

'미친놈! 냄비 근성이다. 쉽게 끓어오른 것은 쉽게 가라앉는 법.'

나는 뒤에서 따르면서 놈이 지치는 타이밍을 노리기로 했다. 어쩌면 예상 외로 싱겁게 승부가 갈릴지도 모르겠다는 생각이 들었다.

하지만 너무 간격이 벌어지면 따라잡기가 벅차므로 적정한 거리는 유지해야 한다. 나도 평소보다는 빠른 속도로 그를 따르기 시작했다.

　그는 완전히 상식을 벗어난 질주를 하고 있었다. 마치 치타에게 쫓기는 스프링복 같았다.

　두 바퀴째에 접어들면서 이미 선두는 그와 나뿐이었고, 나머지 주자들은 눈에 띄게 뒤처져 있었다. 같은 선두라고는 해도 그와 나와의 간격도 50미터가량이나 나 있었다.

　트랙 옆에 선 대식의 코치가 다급한 얼굴로 그에게 손짓을 하고 있었다. 속도를 낮추라는 뜻인 것 같았다.

　하지만 대식의 눈엔 아무것도 보이는 것이 없는지 광기의 질주는 계속되고 있었다. 종목을 착각이라도 한 거 아닌가 싶었다. 놈은 절대 후반을 견뎌낼 수 없을 것이다.

　그와의 거리가 조금씩 더 벌어지는 것을 느끼고는 나도 속도를 더 올렸다.

　나는 온몸에 뻗은 신경을 통해 몸 상태를 점검해보기 시작했다. 심장, 허파, 허벅지 근육, 무릎 관절, 종아리 근육, 발목, 발, 모두 이상 없이 부드럽게 움직인다.

　분명 평소보다 무리한 질주다. 그러나 전쟁에는 언제나 변수와 무리가 따르는 법. 인간의 한계를 시험받는 곳이 전쟁터다.

　'모두들 각오하라!'

　내 몸의 각 부위를 향해 외쳤다. 내 건강한 몸은 그에 반응하듯 힘차게 에너지를 뿜어내며 화답해 왔다.

　나와 그와의 간격이 조금씩 좁혀져갔다. 입에선 단내가 돌기 시작했다. 아직 몸은 충분히 견딜 수 있다는 시그널들을 보내오고 있었다.

앞서 달리는 그가 곡선주로에서 직선주로로 접어드는 순간 곡선주로를 달리고 있는 나의 위치를 확인해보았다. 그와의 거리는 약 30미터가량. 최소한 이 정도 거리는 유지해야 한다.

이 상태로 여섯 바퀴를 더 돌았다. 이제야 대식의 속도가 조금씩 떨어지는 조짐이 보이기 시작했다. 나는 동일한 속도를 유지하는데 그와의 거리가 조금씩 좁혀져갔던 것이다.

'그럼 그렇지. 이제 슬슬 놈을 주저앉혀볼까?'

나는 페이스를 조금 더 올렸다. 나의 두 발이 힘차게 지면을 박차고 나가자 그와의 거리가 더 줄어들기 시작했다.

이윽고 그의 발소리가 또렷이 들리는 거리까지 따라잡았다.

여기서 나는 심리전을 써보기로 했다. 그도 자신을 추격하는 내 발소리를 들을 수 있을 것이기 때문이다.

경기에서 뒤따르는 자가 거리를 좁혀오는 기척이 느껴지면 앞선 자는 심리적으로 불안해진다. 그 불안감은 심장박동을 높인다. 그것이 미세한 차이일지 몰라도 장거리를 통해 누적되면 상당한 피로감으로 이어진다. 게다가 불안감을 느끼는 주자는 벌려놓은 거리에 집착하며 자연스레 오버 페이스를 하게 된다.

그 상태가 어느 정도 지속되면 앞선 자의 체력은 후반에 가서 복구 불능 상태에 빠진다. 이미 한참을 오버 페이스 했을 대식에게 이런 심리전은 직통일 것이다.

나는 그의 발소리를 들으며 그가 충분히 위협감을 느낄 수 있는 거리까지 좁혀갔다.

그런데 그렇게 한 바퀴를 더 도는 동안 그와의 거리가 생각보다 빠르게 줄어나갔다. 이상했다. 그는 조금도 허둥대거나 초조해하는 기색이 없는 것이다.

둘 중 하나다. 그가 이미 너무 지친 상태이거나 귀가 들리지 않거나. 대식의 귀가 들리지 않을 리가 없으니 분명히 그는 지친 것이다. 이상할 것도 없다. 그렇게 미친 듯이 달렸으니.

'치고 나간다!'

이제 놈을 추월하는 거다. 자신의 위치를, 주제를 깨닫게 되리라.

나는 서서히 속도를 올렸다. 그러자 그의 뒷모습이 바짝바짝 가까워졌다. 이윽고 직선주로에서 나는 그의 옆으로 비켜 나와 나란히 달리기 시작했다.

추월의 순간이었다. 나의 속도, 그의 속도, 둘 간의 거리, 모든 것이 딱 떨어졌다. 나는 그를 지나치기 직전 눈을 돌려 녀석의 얼굴을 살폈다.

그런데 뭔가 좀 이상했다. 그의 눈동자는 허공을 바라보고 있는 것 같았다. 내가 옆을 지나치는데도 아무런 동요가 보이지 않았다. 이 세상에 자신 혼자 달리고 있는 사람 같아 보였다.

'괴상한 녀석이다. 하지만 상관없다. 어차피 패자는 잊혀지는 법이니까.'

나는 그대로 그를 앞지르고는 안쪽 레인으로 들어서며 추월을 완료했다. 그의 발소리는 이제 내 등 뒤에서 들려오고 있었다.

일본 관중들의 함성 소리와 북소리가 높이 치솟았다.

나는 뒤에서 들려오는 대식의 발소리에 귀를 세웠다. 그러자 그의 발소리의 박자가 미세하게 달라지는 것을 느꼈다. 그도 속도를 올리려 안간힘을 쓰는 중인 것이다. 하지만 이미 늦었다.

나는 내친김에 거리를 벌려두는 것이 좋겠다고 생각했다. 초반에 너무 급속히 에너지를 태운 것이 지금부터는 그의 발목을 붙잡고 늘어질 것이다. 여기서 내가 거리를 확실히 벌리면 그는 심리적으로 한껏 위축되고 사기가 꺾일 것이다.

나는 추월한 기세를 그대로 이어서 성큼성큼 앞으로 나갔다. 그를 꺾었다는 기쁨의 에너지가 온몸에 활력을 불어넣어주며 몸이 가볍게 느껴졌다.

그의 발소리가 조금씩 멀어지는 것 같았다. 그런데 일정한 거리를 두고는 더 이상 뒤로 처지지 않았다.

그 상태로 한 바퀴를 달렸는데도 그대로였다. 그는 위축감을 느끼지 않는 듯했다.

곡선주로를 돌면서 나는 슬쩍 뒤를 돌아보았다. 내가 10미터가량 앞서 있었다.

그 상태로 두 바퀴를 더 돌고도 그는 더 처지는 기색이 없었다. 나는 내심 놀랐다. 초반의 그런 비상식적인 질주에도 불구하고 이만큼을 따라붙다니 정말 놀라운 체력이었다.

우리는 그 거리를 유지했다. 겉으로는 별다른 변화가 없는 것 같지만, 내 마음은 쉴 틈 없이 그의 상태와 나의 상태를 체크하며 속도를 조절하는 중이었다.

내 컨디션은 괜찮은 편이었다. 초반에 질주하던 그와의 거리를 유지하느라 나도 평소보다는 에너지 소모가 많았지만 몸은 새로운 상황에 잘 적응하고 있는 것 같았다.

그렇게 다섯 바퀴를 더 돌았고, 이제 일곱 바퀴가 남았다.

후반전이었다. 슬슬 막판 스퍼트를 준비해야 한다. 우선 그전에 그의 몸에 얼마나 많은 에너지가 남았는지부터 가늠해보기로 했다.

나는 서서히 속도를 늦추었다. 그러자 대식의 발소리가 조금씩 가까워졌다.

이것은 페이크 기술이었다. 짐짓 지친 척하며 상대에게 희망을 주는 것이다. 그러면 상대는 나를 따라잡을 의욕에 남겨둔 힘을 소모하며 따라붙기 시작한다. 그러면 나는 그에게 선두를 내줄 듯 하다가 갑자기 속도를 올리는 것이다. 결국 그는 다시 뒤로 멀어지면서 아무 소득도 없이 힘만 축낸 셈이 된다.

이 기술을 몇 번 쓰면 상대는 막판 스퍼트를 위해 에너지를 비축할 수 없게 되는 것이다. 이것은 컨디션이 상당히 좋을 때 구사할 수 있는 기술이라 잘못 쓰면 독이 된다. 하지만 이번 경기는 독이고 약이고를 가릴 상황이 아니다. 무조건 대식을 이겨야 한다. 내 몸이 부서지는 한이 있더라도.

만약 그가 미끼를 물지 않고 계속 뒤쳐져 있다면, 나는 나대로 스퍼트를 위해 에너지를 더 많이 비축할 수 있고 상대가 그만큼 지쳐 있다는 확신을 얻게 된다.

나와 그와의 거리가 좁혀지자 대식의 발소리가 빨라지기 시작했다.

'물었다!'

나는 조금 더 미끼를 흔들었다. 대식이 점점 더 가깝게 다가왔다. 나는 낚싯대를 낚아챌 타이밍을 가늠했다. 그가 나를 추월할 수 있다고 생각하는 순간 속도를 내는 것이다. 그러면 나락으로 떨어지는 아찔한 좌절감이 놈의 발목에 척 감길 것이다.

이윽고 그의 숨소리가 들릴 만큼 가까워지자 나는 에너지를 한 번에 격발시켰다. 동시에 내 몸이 앞으로 쑥쑥 밀고 나갔다. 쾌감이 혈관을 타고 퍼져나갔다.

그런데 대식은 좀 뒤처지는가 싶더니 다시 따라잡기 시작했다.

'질긴 놈!'

나는 이를 악물었다. 한 번 더 낚싯대를 당겨보기로 마음먹었다.

속도를 슬며시 늦추며 놈이 가까이 다가오기를 기다렸다. 그러고는 다시 에너지를 격발시켰다.

순간, 숨이 턱 밑에 차올랐다. 무리였다. 나는 한 경기에서 세 번까지 이 기술을 써본 적도 있었다. 하지만 초반에 대식을 따라잡느라 나도 다른 때보다 에너지 소모가 많았던 것이다.

나의 낚아채는 속도가 날카롭지 않았던 탓도 있겠지만, 이번엔 그가 별로 뒤처지는 기색도 없이 악착같이 따라붙어 왔다.

'괴물!'

그가 더욱 바짝 거리를 좁혀왔다. 여기서 그에게 선두를 내주면 승패를 뒤집기 어려울 것 같다는 직감이 들었다.

나는 이를 악물고 달렸다. 허파는 거칠게 풀무질을 했고, 흡인된 산소에 심장은 벌겋게 달아오른 느낌이었다.

하지만 어느덧 우리는 거의 나란히 달리기 시작했다. 관중석에선 일본인들과 조선인들이 모두 일어나 미친 듯이 함성을 질러댔다.

앞으로 다섯 바퀴다. 나도 그도 한 치의 양보도 없이 전력으로 달렸다.

그런데 문득 내 몸에서 작은 비명이 새어 나오는 걸 느꼈다. 폭주하는 증기기관의 작은 틈새로 수증기가 삐죽삐죽 삐져나오는 것 같았다. 이런 상태로 다섯 바퀴를 돌 수는 없었다.

나는 그에게 선두를 내주기로 했다. 세 바퀴만 그를 앞세우는 거다. 그렇게 모은 에너지를 마지막 두 바퀴 스퍼트에서 쏟아부어 역전을 노린다.

대식이 앞서나가기 시작했다. 그러자 조선 관중들은 미쳐가고 있었다. 꽹과리가 숨넘어갈 듯 울려댔다.

'동요해선 안 된다. 그를 격파할 최후의 일격을 위해 침착해야 한다.'

나는 그를 2, 3미터가량 앞세운 채 달렸다. 그러는 동안 마음의 평정을 유지하며 몸에 조금씩 잉여 에너지를 축적시켜나갔다.

이제 세 바퀴를 거의 다 돌았다. 나는 그늘에서 몸을 낮추고 먹이를 노려보는 호랑이처럼 번개처럼 치고 나갈 타이밍을 가늠했다.

'지금!'

직선주로에 진입하면서 나는 내 안에 남겨진 모든 에너지를 불사르기 시작했다. 이 경기가 끝나고 나면 심장이 뛸 힘도 필요 없다!

시야가 좁아 들었다. 오직 정면의 대식만 보였다. 그러자 그의 뒷모습이 조금씩 커지기 시작했다. 나는 옆 레인으로 나와 그를 따라잡기 시작했다.

이윽고 우리는 다시 나란히 달리고 있었다. 귀엔 아무 소리도 들려오지 않았다. 한 발, 또 한 발 나는 그를 앞지르기 시작했다. 심장이 터질 듯 펌프질했다.

간신히 곡선주로로 접어들기 직전 나는 그를 간발의 차이로 추월했다.

'됐어!'

내가 앞선 채 곡선 구간을 돌았다.

다시 직선주로가 펼쳐졌다. 이제 마지막 직선 구간이다. 저 멀리 하얀 결승 테이프가 보였다. 숨이 멎을 것만 같았다. 하지만 나는 이를 악물며 모든 힘을 쏟아내며 앞으로, 앞으로 나갔다. 결승선의 테이프가 점점 더 또렷하게 보인다. 팽팽히 당겨진 저 테이프를 내 몸으로 끊으리라!

그때 눈꼬리로 뭔가가 보였다. 그것이 대식의 옆얼굴이라는 걸 깨달은 순간 머리가 멍해졌다. 그리고 내 눈동자가 그를 향해 돌아갔다. 그의 초점 없는 눈동자. 도깨비처럼 일그러진 얼굴. 섬뜩했다. 돌연 반쯤 벌어진 그의 입에서 외침이 터져 나왔다.

"아버지!"

순간 내 시야에 그의 등이 보였다! 아! 손을 뻗으면 닿을 듯한 그와의 거리가 거대한 협곡처럼 느껴졌다.

하얀 테이프가 그의 몸통에 착 감기더니 끄트머리가 허공에 나풀거리며 내 몸에 와 닿았다. 머릿속이 하얘졌다.

"요이치! 요이치!"

퍼뜩 정신이 돌아왔다. 나의 코치 선생이 내 어깨를 붙잡고 흔들고 있었다. 대체 얼마나 시간이 지났던 걸까.

어디선가 시끄러운 소리가 울려왔다. 고개를 돌려보니 관중석에서 조선인들이 덩실덩실 춤을 추며 난리가 났다. 그놈의 꽹과리는 기어이 깨지고야 말았는지 둔탁한 소리로 울어댔다.

나는 눈을 돌려 대식을 보았다. 그는 트랙 위에서 그의 코치와 부둥켜안고 울고 있었다. 그리고 두 사람의 주위로 조선인들이 몰려들어 서로 얼싸안고 알아들을 수 없는 소리를 지르고 있었다.

현기증이 몰려왔다. 내 평생에 이런 혼돈스러운 광경은 처음이었다.

관중석 앞에서 큰 고함 소리가 올랐다. 또 뭔가 보니 관중석 펜스를 넘어 경기장으로 뛰어 내려온 조선인들이 그 앞에 줄지어 섰던 순사들에게 몽둥이찜질을 당하고 있는 것이었다.

아마 순사들도 이런 혼란은 처음이리라. 그들의 격렬한 몽둥이질에서 그런 당혹감이 느껴졌다.

관중석 위의 원숭이들은 그 광경을 보며 아래의 표범들을 향해 목청껏 조선 노래를 불렀다.

조선인 관중석이 일대 광란에 빠져 있는 것에 비해 일본인 관중석은 썰렁했다. 그들은 벌써 자리에서 일어나 몸을 돌린 채 줄지어 경기장을 빠져나가고 있었다.

줄을 선 사람들이 힐끔힐끔 고개를 돌려 나를 쳐다보기도 했지만, 내가 바라보자 나와 눈이라도 마주칠까 곧 고개를 돌렸다.

승부의 세계는 냉혹했다.

'내가 지다니……'

싸늘한 깨달음이 구렁이처럼 온몸에 휘감겨왔다. 천천히, 그리고 단단히.

#9 대식의 일지

1938년. D-Day 6년 전 / 고등학교

학교에 평소보다 이른 아침에 도착해보니 학교를 둘러싼 공기가 여느 때와 다르게 느껴졌다. 파란 하늘, 하얀 구름, 푸르른 이파리 위에 반들거리는 햇살도 달랐다. 마치 한 겹의 안개를 걷어낸 것처럼 모든 것이 더 선명하고 더 신선했다.

나를 바라보는 친구들의 깨끗한 눈망울들이 초롱초롱했다. 이제 그들도 꿈을 꾸리라. 조선인들의 밝은 내일을 소망하리라.

교실이 있는 복도로 올라오자 복도에 나와 있던 종철이가 뛰어와 목덜미에 팔을 힘차게 두르며 매달렸다.

"어이, 금메달 나으리 행차하셨네!"

"야, 야, 금메달 걸어보기도 전에 모가지 부러지겠다."

문득 색다른 향이 나서 보니 종철의 머리가 전에 없이 가지런하다.

"너, 오늘 머리 빗었냐?"

한 걸음 떨어져 녀석의 머리를 보니, 참기름이라도 뒤집어썼는지 번들번들거렸고, 참빗으로 빗었는지 머리칼들이 한 올도 흐트러짐 없이 머리 위에 딱 달라붙어 있었다. 마치 미역이 파도에 밀려와 종철이 얼굴처럼 생긴 바위 위에 척 널린 것 같았다.

"몰라 묻나, 친구! 오늘 같은 날 폼 안 잡으면 언제 잡을라고. 원님 덕에 나발 한번 부는 거지. 안 그래?"

종철이가 손으로 나팔을 부는 흉내를 내며 익살을 떨었다.

풋, 웃음이 나왔다.

"불려면 똑바로 불어라."

"예이! 자, 길을 비켜라. 국가대표님 나가신다! 다음 행차하실 곳은 동경이렷다! 휘어이, 물럿거라!"

종철이가 내 주변에 몰려든 아이들을 향해 소리치자, 아이들은 웃으며 길을 비키는 시늉을 했다.

쑥스럽기도 했지만 기분 좋기도 했다.

"에헴…… 그럼 동경까진 가는 길도 멀고 하니 춘향이라도 보고 갈까?"

나는 종철에게 슬쩍 술잔을 기울이는 시늉을 하며 말했다. 그러자 아이들이 와하고 웃었다.

신이 난 종철이 굽실거리며 능청스레 말을 받았다.

"그것은 아니되옵니다! 계집을 가까이했다가는 다리에 힘이 쫘악 풀려 휘청휘청하옵니다!"

"예끼 이놈! 어린놈이 그걸 어찌 아느냐?"

그러자 그가 갑자기 허리를 똑바로 펴더니 정색을 하며 말했다.

"나 어젯밤에 만났잖아. 향숙이 누님."

"뭐?"

"어제 누님도 네 경기 보러 왔다가 완전 신나셔서…… 나 어제 원님 덕에 나발 제대로 불었다."

"이 자식이! 야, 나발을…… 뭐 어떻게 불었는데?"

"친구, 그냥 이것만 이야기할게. 누님은 이제 나를 위해 화장을 하신다는 거. 나 어젯밤에 계속 이 얼굴 하느라고 여기 근육 떨리는 것 좀 봐, 이거……"

종철이가 인간의 얼굴이 아닌 그 얼굴을 해 보이자 정말 녀석의 볼 근처가 파르르 경련을 일으켰다. 위에 미역까지 널렸으니 정말 볼만했다.

아이들이 왁자하게 웃으며 녀석과 향숙이 누나와의 관계에 대해 질문을 쏟아내기 시작했다.

"어허! 애들은 가라, 애들은 가!"

종철이는 허세를 부렸다.

복도가 시끌시끌하는 동안 나는 교실로 들어와 가방을 자리에 놓고 찬합을 싼 작은 보따리를 들고 다시 교실을 나왔다.

"어디 가냐?"

종철이가 아이들 틈에서 나를 보며 물었다.

"코치님 만나러. 어머니가 인사드리라고 해서."

손에 들린 보따리를 들어 보였다. 어머니가 코치를 위해 싸준 잔치 음식이었다.

어젯밤에 우리 집 앞의 비좁은 마당이 미어터졌었다. 정육점 송씨 아저씨를 비롯한 시장 사람들도 모두 초대되어 왔다.

후지와라 상 내외도 잠깐 들러서 나의 승리를 축하해주었다. 그들은 자신의 아들이 졌는데도 낯빛은 변함없이 온화했다. 오히려 그들의 등장에 나와 가족들, 그리고 모인 조선인들이 송구해서 몸 둘 바를 모르는 분위기였다.

후지와라 상은 모인 사람들에게 편하게 놀다 가라며 정종 큰 병까지 건네고 돌아갔다. 그들이 돌아가고 병을 살펴보니 값비싼 정종이었다. 모두들 후지와라 상은 아량이 넓은 사람이라며 입을 모았다.

그래서 우리는 '남작당'의 한쪽 구석에 흐드러진 벚꽃 아래에서 작은 잔치를 벌이며 모두 마음껏 먹고 마셨다. 정종 큰 병이 금세 다 비워졌다.

어머니도 기분을 내시며 막걸리를 한두 잔 받으시더니, 얼큰하게 취하셔서 노래까지 한 곡조 뽑으셨다.

나와 수희는 깜짝 놀랐다. 지금껏 어머니가 부엌에서 흥얼거리는 것은 들어봤지만, 사람들 앞에서 노래를 하는 것은 처음 보았던 것이다.

어머니의 노래를 듣고 있자니 그동안 응어리진 한이 목소리에 고스란히 담겨 있는 것 같았다.

어머니는 억척스러운 손을 가진 강인한 존재인 것만 같지만, 기실 생각해보면 어머니도 언젠가는 나비를 쫓던 어린아이였을 것이고, 친구들과 개울가에 삼삼오오 모여 노래하던 소녀였을 것이며, 가슴 설레며 아버지와 편지를 주고받던 처녀였을 것이다.

나는 노래하는 어머니를 보며 생각했다.

'이제 고생 다 끝났어. 지금부턴 내가 가족을 돌볼 거야. 엄마가

마음껏 노래할 수 있는 인생이 이제 시작된 거라고.'

어젯밤 딱 한 가지 아쉬웠던 건 코치가 자리에 함께하지 못했다는 점이었다. 종철이 말로는 코치가 급체를 해서 자리를 깔고 누웠다는 것이었다. 애제자의 우승이 너무 기쁜 나머지 뭔가를 급하게 먹은 모양이라 했다. 나는 병문안을 갈까 했지만 코치는 잔치 흥을 깨고 싶지 않으니 자기 생각하지 말고 마음껏 즐겨달라고 부탁하더라고 했다.

티를 내지 않으려 했지만 지금의 나를 만들어줬던 코치가 자리에 없으니 마음 한구석이 내내 허전했다. 그는 어찌 보면 나에게 아버지와도 같은 존재였다.

내 기분을 알았는지 어머니는 아침에 코치에게 드리라고 어제 잔치에서 남은 음식을 바리바리 싸주었다. 내가 "어제 엄마 노래 잘하더라" 했더니, 어머니는 얼굴을 붉히며 무슨 소리냐고 시치미를 뚝 떼고 뒤돌아서서 애꿎은 보자기만 꾹꾹 졸라맸다. 그 모습에 나와 수희는 키득거렸었다.

문득 보따리를 보니 그 장면이 다시 떠올라 빙그레 미소가 지어졌다.

종철이가 그런 나를 보며 물었다.

"코치님 만나러 간다고?"

"응, 같이 갈래?"

종철이가 쭈뼛거렸다.

"그런데 아마…… 코치님 오늘도 안 나오셨을 거야. 몸이 아직 편찮으실 텐데?"

"밤에 향숙이 누님을 웃겨드리고 있던 놈이 그걸 어찌 알아?"

"아니, 내가 어제 만났을 때 보니까 안색이 영 안 좋으시더라고. 오늘 출근 안 하셨을 거야."

"뭐 그건 가보면 알겠지."

나는 코치의 방을 향해 발걸음을 돌렸다. 그러자 갑자기 종철이가 아이들 무리에서 빠져나오며 나를 붙잡았다.

"대식아, 방과 후에 나랑 같이 코치님 댁으로 가보자."

"이거 지금 드리면 아침이나 점심에도 드실 수 있는데, 왜?"

"아니, 그러니까……"

이 녀석이 왜 갑자기 이리 안절부절못할까?

"무슨 일이야?"

"아, 참…… 이거 코치가 말하지 말라고 그랬는데……"

"너 나랑 계속 친구 하고 싶으면 아는 대로 다 말해. 아님 말고."

"에라, 나도 모르겠다. 그게…… 교장이 조선육상연맹 회장 자리를 노리고 있었나 보더라고."

조선육상연맹이라면 총독부에서 조선인들의 자치적인 육상연맹들을 하나로 묶어 총독부 산하기관으로 만든 것이었다. 손기정, 남승룡 선수의 쾌거 이후 조선의 육상을 철저히 통제하겠다는 의도였다.

"그래서?"

"그런 마당에 교장의 학교에서 조선인 우승자가 나왔다고 하면 교장 입장이 어떻게 되겠어? 자기 학교도 제대로 관리 못하는 사람이 어떻게 조선육상연맹 회장 자리를 맡느냐는 말이 나올 수밖

에 없잖아. 그래서 교장이 코치를 불러다가 그러니까 좀…… 협
박을 했나 봐. 네가 적당히 요이치에게 져주라고. 그런데 네가 우
승을 해버리니까 바로…… 코치님을……"

"해고했어?"

종철이 힘없이 고개를 끄덕였다.

"그래서 코치님이 어제 잔치에 안 오신 거네!"

"으…… 응…… 미안해. 코치님이 하도 당부를 해서 말할 수가
없었어. 나도 그런 일이 있었다는 건 코치의 사모님한테 들은 거
야. 억울하다면서 코치님 안 계실 때 나를 붙잡고 울면서 하소연
을 하더라고."

나는 코치의 방을 향해 성큼성큼 걸음을 옮겼다. 내 눈으로 확
인하기 전에는 종철이의 말을 도저히 믿을 수가 없었다. 옆에서
종철이가 종종걸음을 치며 나를 말리려 했다.

'코치가 잘렸다니! 그것도 나 때문에!'

주먹이 꾹 쥐어졌다.

어제 내가 결승 테이프를 끊고 트랙 위에 길게 뻗었을 때, 햇볕
에 검게 그을린 코치가 달려와 나를 부둥켜안으며 눈물을 터트리
던 모습이 눈에 어른거렸다.

지금도 그 생각을 하니 눈시울이 뜨끈해져왔다. 어제 경기 시작
전에 내가 트랙 위로 올라서자 그가 날 불러 세우며 하던 말이 떠
올랐다.

"대식아."

지금 생각해보면 그의 목소리 속에 뭔가 묵직한 것이 들어 있

었다.

"네."

"고맙다."

"네?"

"너같이 자질도 있고 노력도 하는 선수는 드물어. 내가 그동안 좀 심하게 시킨 것도 안다. 그래도 열심히 잘 따라와줬어. 고맙구나."

"아니에요, 제가 고맙죠. 코치님 때문에 제가 여기까지 온 건데요. 말이 나왔으니까 하는 말이지만 사실 좀 힘들긴 했어요."

내가 히죽거렸지만, 그는 웃지 않았다. 그는 나에게 바위처럼 시선을 고정한 채 말했다.

"대식아, 절대로 네 꿈을 포기하지 마라. 무슨 일이 있더라도. 누가 옆에서 뭐라고 하더라도. 알았지?"

그가 내게 손을 내밀었다. 나는 그의 손을 마주 잡았다. 거칠고 강인한 손이었다.

"걱정 마세요. 전 오늘 경기에서 지지 않을 겁니다."

그러자 그의 손에 힘이 들어갔다.

"내가 걱정하는 건 네가 졌을 때가 아니야."

"이기면 꿈이 코앞에 온 건데 하늘이 두 쪽 나도 포기 못하죠."

코치가 비로소 만족한 듯 고개를 끄덕였다.

"그래, 약속이다."

"약속해요."

그가 입을 꾹 다물며 고개를 끄덕였다.

그때 난 다소 새삼스럽다는 느낌도 들었지만, 내가 이기면 주변에서 조선인이 또 올림픽에 출전하네 어쩌네 하는 말들이 나오는 걸 우려해서 그런가 보다 생각했다.

그러나 지금 돌이켜보니, 그것은 나에게 하는 그의 고별사였던 것이다. 우승 후에 나를 부둥켜안고 펑펑 쏟던 그의 눈물도 이별의 눈물이었던 것이다. 자신이 옷을 벗더라도 나를 정점으로 밀어 올려놓으려 했다니……

뜨거운 눈물이 내 볼을 타고 흘러내렸다.

코치의 방 앞에 도착한 나는 문을 벌컥 열어젖혔다. 더 이상 노크 따위 필요 없다는 사실이 내 마음을 비수처럼 찔러왔다.

열린 문 뒤로 텅 빈 방이 드러났다.

'이럴 수는 없어!'

내 마음속에 돌풍이 훅 일어났다.

나는 질풍처럼 교장실을 향해 돌진하고 있었다.

종철이가 거의 울다시피 하며 내 팔에 매달렸지만, 멀리 내동댕이쳐버렸다. 이제 나와 교장실 문 사이를 막아서는 존재는 아무도 없다. 벼락같이 문고리를 잡고는 있는 힘껏 열어젖혔다. 그러자 반대편 문고리가 뒷벽에 쾅 부딪쳤다.

방 안에 서 있던 오오쿠보 교장은 깜짝 놀란 듯 눈이 동그래져서 나를 쳐다보았다.

교장은 방의 한쪽 벽에 세워진 트로피 진열장 앞에 서서 그 안을 들여다보고 있었던 모양이었다. 아마도 내가 받아 온 새 트로피를 보고 있었으리라.

그의 뒤로 '타이가'가 등을 방문 쪽으로 향하고 소파에 앉아 있다가 깜짝 놀란 얼굴로 나를 쳐다보고 있었다.

나는 분노에 취하여 낯설고 두려운 세계에 망설임 없이 한 발짝을 성큼 들여놓았다.

"코치를 왜 해고한 겁니까!"

동그란 은테 안경 너머로 교장의 눈이 샐쭉해지더니 두꺼운 턱살이 팽팽히 당겨져 올라갔다.

"네놈이 감히 내 방에 이따위로 쳐들어오다니! 지금 제정신인가!"

"회장 자리 때문입니까!"

타이가가 몸을 벌떡 일으키며 나를 노려보며 일갈했다.

"한대식! 정신 나갔나!"

"그것 때문에 사람을 자르다니요! 그럴 순 없습니다!"

교장은 나를 향해 몸을 돌렸다. 그의 눈은 예리하게 빛나고 있었다.

"흥, 네가 우승 한번 했다고 교장인 나에게 그럴 수 있네 없네 말할 자격이라도 생겼다고 생각하는 건가?"

냉소적인 교장의 말에 내 분노의 불길이 더욱 거세졌다. 도무지 뉘우치는 기색이란 조금도 없다.

"코치는 좋은 사람이었습니다! 옆에 두고 좀 배우시지 그러셨어요!"

교장의 낯빛이 싹 돌변했다.

"이 시건방진 조센진이 뭐라고 하는 거야! 위아래도 모르는 놈! 넌 이 시간부로 퇴학이야!"

퇴학……

그 말이 산울림처럼 나의 뇌리 속에 울려 퍼졌다.

"타이라 선생. 이 조센진 쓰레기를 당장 여기서 끌어내!"

타이가가 나에게 저벅저벅 다가와 내 팔을 거칠게 휘어잡더니 밖으로 끌었다.

"이리 나와!"

퇴학이면 선수 자격도 함께 박탈이다. 그러면 우승도 무효가 된다.

갑자기 내 눈앞에서 올림픽도, 월계관도, 조선 민족의 꿈도, 어머니와 수희에게 안겨주고 싶었던 새로운 삶도 모두 물거품으로 사라지기 시작했다.

"이거 놔요! 난 올림픽에 나가야 해요!"

"시끄러워!"

타이가가 나에게 호통을 치며 내 팔을 더욱 강하게 끌어당겼다. 그러자 내 마음에 벼락이 내리쳤다. 나는 그를 있는 힘껏 뿌리쳤다. 그가 나에게서 떨어져 나가며 비틀비틀하다가 겨우 중심을 잡았다.

그의 눈동자가 번득이는가 싶더니 그의 손이 허리춤에 찬 칼 손잡이로 향했다. 스르릉 칼날이 칼집 위로 번득이며 모습을 드러내기 시작하자, 나는 정신이 아뜩해졌다.

순간 나도 모르게 그에게 달려들어 한 손으로는 칼 손잡이를 막아 쥐고 다른 한 손으로는 칼집을 거머쥐고는 칼 손잡이를 도로 밀어 칼날이 들어가게 했다.

칼날이 탁 하며 도로 제자리로 들어가자 나는 그의 칼집을 힘껏 잡아당겼다. 그러자 뿌드득하며 칼집이 통째로 그의 허리춤에서 떨어져 나왔고, 난 그걸 교장의 책상 너머로 내던져버렸다.

모두 순식간에 벌어진 일이었다.

"이 자식!"

타이가가 악에 받친 듯 주먹으로 내 턱을 후려갈겼다. 눈앞이 번쩍하더니 턱이 획 돌아갔다.

하지만 그것으로 나는 완전히 이성을 잃은 야수로 돌변했다. 난 그의 멱살을 움켜쥐고는 번쩍 들어 바닥에 내동댕이쳤다. 상대적으로 체구가 작고 가벼운 타이가는 외마디 비명과 함께 바닥을 뒹굴었다.

"이…… 이…… 미친놈이……"

교장은 진열장 앞에 등을 바짝 붙이고 선 채 기겁했다. 그 모습이 내 시야에 번쩍 들어오자 분노가 혈관을 타고 넘쳐흐르며 온몸이 뜨겁게 달아올랐다. 나는 그를 향해 성큼성큼 다가갔다.

가까워질수록 그의 눈이 더욱 동그랗게 열리며 입술까지 파리하게 떨렸다. 내가 그의 정면에 버티고 서보니 그의 등 뒤로 화려하게 진열된 트로피들이 눈에 들어왔다. 가장 앞에 놓인 것이 바로 내가 받아 온 것이었다.

그걸 보자 머릿속에 불똥이 튀었다. 나는 돌멩이처럼 불끈 쥔 주먹을 쳐들어 그의 면상을 향해 날렸다.

와장창!

내 주먹이 그의 얼굴 옆을 지나 진열장 유리창을 뚫고 들어갔다.

정적이 흘렀다.

눈을 꼭 감고 목을 움츠렸던 교장이 가만히 실눈을 뜨더니 숨을 헐떡이기 시작했다.

내 주먹은 내 트로피 앞에서 멈춰 있었다. 감각이 느껴지지 않는 손을 펴 트로피를 움켜쥐고는 그대로 당겨 뽑았다.

다시 와장창하며 유리가 부서져 내렸고 교장은 비명을 지르며 다시 자라처럼 목을 움츠렸다. 그는 떨고 있었다. 비열한 자다.

나는 그를 노려보며 트로피를 들어 보였다.

"당신에게 이런 건 어울리지 않아. 트랙은 신성한 거니까. 이건 내가 가져가겠어."

손에서 붉은 피가 흘러내리며 황금빛 트로피를 적시기 시작했다. 그 피는 트로피의 가장자리에서 동그랗게 방울지더니 바닥으로 떨어져 내렸다.

내가 교장실을 나가려고 몸을 돌리자 발아래로 뿌드득 유리 조각들이 밟혔다. 동시에 문간에 몰려든 많은 기겁한 눈동자들이 일제히 나에게 쏠려 있다는 걸 깨달았다.

내가 저벅저벅 문을 향해 다가가자 사람들은 우수수 길을 비켜 주었다.

'훗, 이런 대접은 오늘만 두 번째군.'

나는 문간으로 저벅저벅 다가가다 문득 바닥에 널브러진 어머니의 보자기가 눈에 들어왔다.

타이가와 몸싸움을 벌일 때 나도 모르게 바닥에 내던졌던 모양이었다. 찬합이 보자기 안에서 깨져 음식들이 주변에 파편처럼 흩어져 있었다. 하지만 어머니가 힘주어 꽉 묶었던 보자기의 매듭은 풀리지 않고 그대로였다. 마치 기도하며 간절히 맞잡은 두 손처럼.

문 앞에 선 종철은 나를 보며 철철 울고 있었다.

"내가 괜히 말해가지구…… 대식아…… 미안해……"

자식, 이럴 때 차라리 그 괴상한 얼굴이라도 보여주면 좋으련만. 난 아무 말도 못하고 고개를 돌렸다.

쥐 죽은 듯 고요한 복도를 걸어가는 나를 따르는 건 트로피를 타고 흘러내린 붉은 피가 차가운 바닥에 떨어져 내리는 소리뿐이었다.

신성한 것은 때론 의인의 피 흘림을 요구한다. 그러나 오늘 나의 이 피로 더럽혀진 신성함이 회복될 수 있을지. 죄악으로 가득찬 이 세상은 또 얼마나 많은 무고한 피 흘림이 있어야만 정화될 수 있을지……

#10 요이치의 일지
1938년. D-Day 6년 전 / 요이치의 방

오늘은 방문 밖을 나서지 않을 생각이다. 어제 이후로 문밖의 세상이 너무나 낯설어져버렸다.

지나다니는 사람들과 눈이 마주칠 때면 이 사람도 어제 경기장에 있었나 하는 생각이 들었다. 그때마다 상처에 소금 뿌린 것처럼 움찔거렸다. 그들이 내게 위로나 격려의 말을 건넬지라도 지금의 나에겐 모든 것이 소금일 뿐이다.

게다가 우리 집 정원은 어제 밤늦게까지 조선인들에게 점령당했다. 그들의 먹고 마시고 떠들고 노래하는 소리에 결국 나는 집을 나가버렸다.

분하고 속상했다. 아무리 패자는 승자 앞에 말이 없는 거라지만 조선인들이 감히 남의 집 마당까지 점령하고 불난 집에 부채질까지 하다니.

부모님도 말리기는커녕 대식의 승리를 축하해주는 분위기였다. 나에게는 승부라는 게 원래 지기도 하고 이기기도 하는 거 아니냐며 준우승도 나쁘지 않다고 말했을 뿐이다. 그들에게 육상은 어차피 나의 독일 유학을 위한 과외 활동에 지나지 않는 것이다.

그러나 나에게는 제국의 안정을 위해 조선인들의 동요를 잠재우겠다는 목표가 있었다. 그리고 난 실패했다. 최악인 것은 나를 꺾은 놈과 앞으로도 계속 같은 집에서 얼굴을 마주쳐야 한다는 사실이다. 그 더러운 기분을 누가 알까!

나는 정처 없이 인적 드문 곳을 쏘다니다가 컴컴한 다리 밑에 들어가 한참을 울었다. 울고 나니 속은 얼마쯤 후련해졌지만, 채워지지 않는 공허함은 더욱 선명해졌다.

나는 커튼도 걷지 않고 어두운 방 침대 위에 가만히 누워 있었다. 피곤했다. 꼼짝도 못할 만큼.

바깥에서는 분주히 오르내리는 다양한 소음들이 들려오고 있었다.

'세상은 멀쩡히 돌아가는구나.'

세상은 나의 존재를 완전히 잊은 듯했다. 그것이 한편으로는 마음 편했지만, 또 한편으로는 나 하나쯤 사라져도 세상엔 티도 나지 않는다는 냉엄한 사실이 마음을 파고들었다.

'그렇다면 나는 대체 왜 존재하는 걸까? 나는 세상에 기생하는 것뿐인가? 나로 인해 세상은 뭐가 달라지는 걸까?'

그때 누군가 방문에 노크를 했다. 귀찮다.

"누구세요?"

"수희."

나는 퍼뜩 고개를 들었다.

"어? 무슨 일인데?"

"뭐라도 좀 먹어야지. 잣죽 가져왔어."

잣죽이란 말이 귀에 쏙 들어왔다. 내가 식욕이 떨어질 때마다 아주머니가 만들어주곤 했는데, 그걸 먹으면 언제나 식욕이 돌아왔다.

"알았어. 방문 앞에 놓고 가."

"그건 가지고 온 사람에 대한 예의가 아니지. 문 열어봐, 빨리."

수희의 이런 태도는 도무지 익숙해지지 않는다. 누가 위이고 누가 아래인지 완전히 무시하고 막무가내다.

오늘은 반드시 예의를 가르치리라. 나는 침대에서 벌떡 일어나 문으로 향했다.

문고리를 잡고 문을 벌컥 열려는데,

"내가 직접 만들었단 말이야. 빨리."

내 손이 문득 멈춰졌다.

'직접…… 만들어?'

문이 스르르 열렸다.

그녀가 쟁반에 죽이 든 접시를 받쳐 들고 문 앞에 서 있었다. 그녀는 나의 안색을 살피더니 어두컴컴한 방을 기웃거리며 쳐다보았다.

"뭐야, 아직 커튼도 안 건 거야? 비켜봐."

수희가 쟁반을 앞세운 채 성큼성큼 다가오자 나도 모르게 한 걸음 비켜서고 말았다. 그러자 그녀는 나를 지나치며 방 안으로 들어가버렸다.

'뭐…… 뭐야!'

난 휙 돌아서며 그녀의 뒷모습을 노려보았다. 따끔하게 한마디하려 했지만 말은 입안을 맴돌 뿐 밖으로 튀어나오질 않았다.

왜 난 항상 제멋대로인 그녀에게 한마디를 못하는 걸까.

수희는 쟁반을 책상 위에 올려놓더니 창문가로 걸어가 한쪽 커튼을 힘차게 걷었다. 그러자 빛이 확 들이쳤다. 눈이 부셨다. 손을들어 눈을 가려야 했다.

천천히 손을 내리자, 커튼을 창틀에 묶어 고정시키고 있는 수희의 한쪽 얼굴에 빛이 쏟아지고 있는 모습이 눈에 들어왔다. 마치빛을 뿜어내는 것처럼 보였다.

'예쁘다…… 아, 제길. 왜 자꾸 이런 생각을.'

난 고개를 돌렸다.

"잣을 특별히 좀 많이 넣었으니까 먹을 만할 거야. 욧짱은 잣을 좋아하잖아."

"으…… 응. 고마워."

난 시선을 잣죽으로 돌리며 대답했다.

커튼이 반만 걷힌 창으로 들어오는 빛이 책상 위의 뽀얀 잣죽을 밝게 비추고 있었다.

그녀는 아무 말이 없었다.

내가 시선을 그녀에게 돌리자, 그녀는 창문을 등지고 후광을 받은 채 나를 조용히 바라보고 있었다. 그 얼굴이 한없이 포근해 보였다. '당신은 패배자가 아니야'라고 따뜻하게 말하는 것 같았다.

그 모습에 나도 모르게 가슴이 설레고 말았다.

"힘내, 욧짱. 어제 시합은 그냥 우리 오빠한테 양보했다고 생각했으면 좋겠어. 오빠한테는 달리기밖에 없어. 하지만 욧짱은 할 수 있는 게 많잖아."

난 다시 잣죽으로 시선을 돌렸다.

뭐라고 대답해야 할지 떠오르지 않았다. 딱히 집어낼 수 없는 많은 생각들이 이리저리 머릿속을 화살처럼 날아다녔다.

겨우 한마디를 붙잡았다.

"생각보단 내가 할 수 있는 게 별로 많지 않아. 독일은 정말 가고 싶지도 않고."

나는 퍼뜩 입을 다물었다. 무슨 쓸데없는 소리를……

"독일을 가?"

그녀의 눈빛이 순간 어두워졌다.

"아, 아니, 정해진 건 아니야. 그냥 한번 생각해본 것뿐이야."

내가 왜 지금 수희에게 거짓말을 하고 있는 거지…… 그것도 이렇게 꼴사납게 허둥대면서.

그러자 그녀의 눈빛이 다시 밝아졌다.

"그렇구나. 잣죽 천천히 먹어."

수희가 방문으로 향하며 내 옆을 지나갔다. 나는 시선을 돌려버렸다. 바보처럼.

수희가 등 뒤에서 말했다.

"히데키랑 결투했다며?"

"으…… 응."

"실컷 두들겨 패준 거지?"

"아마……"

"고마워."

문이 조용히 닫혔다. 공기 중에 남은 그녀의 잔향이 도드라지게 느껴졌다. 내 가슴은 두근거리고 있었다.

그녀와는 어릴 때부터 줄곧 보아온 사이인데 언젠가부터 그녀가 불편해져버렸다. 아니, 불쑥불쑥 튀어 오르는 이런 낯선 감정들이 불편했다.

그녀는 어디까지나 조선인이다. 결국엔 이런 감정들은 모두 헛된 것이 될 뿐인 것을……

죽 냄새가 코안에 퍼지자 허기가 심하게 꿈틀댔다. 어제저녁부터 지금껏 아무것도 먹지 않았다.

나는 빛이 밝게 비치는 책상에 앉아 죽을 한 술 듬뿍 떠 입안에 넣었다. 그러자 향긋한 잣의 향이 크림처럼 부드러운 감촉과 함께 입안 가득 퍼져나갔다. 마음도 함께 풀리는 것 같았다. 아주머니의 것에 비해도 손색이 없었다.

나는 죽을 부지런히 떠먹으며 내가 할 수 있는 게 많다고 했던 수희의 말을 떠올렸다. 그녀는 나에 대해서 뭘 알기에 그런 말을 한 걸까?

하기야 수희는 나를 어린 시절부터 가까운 거리에서 봐왔으니 또래의 다른 여자들에 비해 나에 대해 훨씬 많이 알고 있을 수밖에 없다. 내가 잣을 좋아한다는 것도 알고 있다. 어쩌면 나도 모르는 내 모습과 습관까지도 그녀는 알고 있을지 모른다.

그 생각을 하니 뭔가 따뜻하고 특별한 기분이 든다. 아, 또 쓸데없는 감정이……

난 생각을 돌렸다. 나는 나에 대해서 얼마나 알고 있을까? 내가 정말 좋아하는 것, 정말 하고 싶은 것은 무엇일까? 목숨을 걸어도 좋을 만큼 하고 싶은 그 무엇.

나는 고개를 돌려 뒤를 보았다.

걷히지 않은 커튼이 만들어낸 어둠 속에서 허공에 수평으로 나란히 떠 있는 두 자루의 일본도가 나를 응시하고 있었다. 카타나와 그 아래 짧은 와키자시가 검은색 옻칠을 한 나무 벽걸이에 걸린 채.

내가 검도 1단이 되었을 때 아버지에게 선물로 받은 것이었는데, 내가 매우 아끼는 칼들이었다. 그 칼들을 벽에 걸어놓은 이후로 나는 악몽을 꾸지 않았다.

나는 수저를 내려놓고 일어나 카타나 앞으로 걸어갔다. 그리고 조심스레 벽걸이에서 카타나를 집어 들었다. 묵직했다. 사람의 목숨을 한순간 앗아갈 수 있는 이 엄중한 무게는 언제나 나를 설레게 한다.

　나는 방 가운데로 나와 칼집에서 칼을 뽑아냈다. 칼집은 침대 위에 던져두고 돌아서서 칼 손잡이를 양손으로 거머쥐며 가상의 적을 향해 자세를 잡아보았다.

　그러자 수희가 열어놓은 커튼으로 들어온 빛이 차가운 칼날에 반사되어 벽과 천장에 번득이는 검광을 만들어냈다.

　손잡이에 촘촘히 감은 검은 천의 까칠하고 건조한 감촉. 부드럽고 완만한 곡선으로 쭉 뻗은 눈부신 은백색의 아름다운 칼날.

　난 깨달았다. 내 심장이 기쁨에 요동치고 있다는 걸. 천하를 정복하고 다스리는 것이야말로 진정한 남자들이 목숨을 걸 만한 유일한 일이라는 걸. 세상이 나를 기억하지 못한다면 내가 기억하게 만들어주겠다.

11 대식의 일지
1938년. D-Day 6년 전 / 구치소

　철창은 잔인하다. 저 단순하기 그지없는 쇠막대기들이 인간의 자유란 얼마나 간단히 짓밟힐 수 있는 것인지, 내가 그동안 얼마나 살얼음판 같은 균형 위에 살아왔던 것인지, 나의 계획과 의지란 것이 얼마나 보잘것없는 것인지를 적나라하게 깨닫게 해준다.

살아야 할 이유가 없다. 소망이 사라진 삶이란 헤엄치던 사람의 발목에 커다란 쇳덩어리가 채워진 것과 같다. 가라앉다가 질식하는 길밖에는 없는 것이다.

어머니와 수희가 면회를 요청했지만 난 비좁고 차가운 감방 밖을 나가지 않았다. 내가 어떻게 그들의 얼굴을 볼 것인가? 나는 이제 그들의 발목에 채워진 쇳덩어리일 뿐이다. 아버지에 이어 또다시 '불령선인'으로 낙인찍힌 나의 무게를 그들이 감당할 수 없을 것이다. 눈물이 샘처럼 솟았다.

교장실에서 내가 참았어야 했던 걸까? 나를 키워준 코치가 나때문에 해고당했다는 사실을 묵묵히 속으로 삭이며 그저 나의 꿈만을 이루기 위해 앞만 보고 달렸어야 했을까?

세상의 많은 사람들이 그렇게 살아가고 있다는 건 나도 안다. 하지만 아무리 생각해봐도 나는 그렇게는 못하겠다.

비열한 자들만이 바퀴벌레처럼 연명하고 번식을 해나가는 곳이 세상이라면 차라리 내가 먼저 이 세상에 작별을 고하리라.

감옥 안에서 어떻게 목숨을 끊을까 궁리를 하고 있을 때, 오오쿠보 교장이 면회를 원했다. 하지만 단박에 거부했다. 이런 신세로 전락한 나를 직접 자신의 눈으로 확인하고 조롱하려는 속셈에 놀아날 생각은 없었다.

그런데 다시 돌아온 교도관으로부터 건네받은 쪽지엔 "너는 다시 꿈을 꿀 수 있다"라고 적혀 있었다.

116

이건 또 무슨 꿍꿍인가? 의심이 부쩍 일었지만, 죽을 방법을 찾는 마당에 뭐가 두려울까 싶어 감방을 나왔다. 무슨 개수작인지 들어나 보고 죽자 싶었다.

교도관이 열어준 면회실의 문으로 들어갔다.

싸구려 페인트를 칠한 회색 벽으로 둘러싸인 비좁은 방 가운데에 네 귀퉁이가 닳아 반질반질해진 테이블이 놓여 있었다. 대체 얼마나 많은 사람이 여기를 오갔던 걸까.

테이블의 맞은편엔 교장이 앉아 있다가 들어오는 나를 쳐다보았다. 나도 모르게 그 자리에 우뚝 멈춰 섰다. 동그란 안경테 너머로 그의 눈이 순간 음산한 빛을 발했기 때문이었다. 다시 감방으로 돌아가고 싶어졌다.

내가 머뭇거리자 그는 눈빛을 온화하게 바꾸며 짐짓 위로하는 목소리로 말했다.

"어서 오게, 한 군. 거기 앉지."

나는 교도관의 시선을 느끼며 발걸음을 옮겨 그의 맞은편 의자에 앉았다. 내 손에 채워진 수갑을 보는 그의 얼굴은 왠지 의기양양해 보였다.

"한 군, 고생이 많아. 이런 곳은 자네에게 전혀 어울리지 않는군."

그가 안타까운 듯 회색 벽을 둘러보며 말했다.

'내가 누구 덕분에 여기 있는 건데……'

그의 뻔뻔한 얼굴을 보고 있자니 속으로 울화가 치밀어 올랐다.

"나도 마음이 좋지는 않아요. 하지만 사회엔 지켜져야 하는 질서라는 것이 있으니까……"

나는 그를 노려보았다. 그가 나의 시선을 의식한 듯 말을 멈추고는 손수건을 꺼내 안경을 닦았다.

그와 마주 앉아 있자니 이 좁은 공간의 사방 벽이 죄어드는 것 같았다.

"나를 보자고 한 이유가 뭡니까?"

"한 군, 사회에는 다양한 필요라는 게 존재하네. 그래서 다양한 인간들이 살아갈 수 있는 공간들이 있는 거지. 아직 자넨 잘 모르겠지만."

사회학 강의라도 하러 오신 건가?

"본론을 말하지. 면회 시간이 얼마 되지 않으니까. 자네 육군특별지원병 제도에 대해 들어봤나?"

당연히 안다. 그런데 왜 그 이야기를 여기서 꺼내는 거지?

"아는 모양이군. 일본인과 조선인이 같은 군대에서 같은 적을 상대로 싸우는 거라네. 아름다운 이야기지 않은가? 정말 세상이 많이 좋아졌어."

무슨 개소리를 하는 건지.

"그래서 내가 생각을 해봤는데, 자네같이 체력적으로 탁월한 젊은이가 이런 감옥에서 썩는다는 건 정말 안타까운 일이지 않겠나. 우리 대일본 제국이 중국을 점령해나가고 있는 이 시점엔 특히나 말이지."

설마……

"한 군, 일본 육군에 지원하지 않겠나?"

118

머릿속이 어찔했다. 일본 헌병의 총에 숨을 거둔 아버지를 둔 나더러 일본군이 되라고?

늙은 여우 같은 교장이 말을 이었다.

"물론 쉬운 결정은 아닐 거야. 그래서 이렇게 하면 어떨까? 자네가 군에 지원서를 낸다면 내가 자네의 학생 자격을 복구시켜주겠네. 타이라 선생도 물론 고소를 취하할 걸세. 아, 그깟 상처야 시간이 지나면 씻은 듯이 낫는 거니까. 제국을 위해 헌신하는 청년에게 그 정도는 당연한 거 아니겠나."

"학생 자격이 복구되면 육상선수 자격도 복구되나요?"

"그럼, 물론이지. 일단 군대를 갔다가 제대한 후에 다시 육상을 시작하는 걸세. 자넨 이제 겨우 열여덟 살이지 않은가? 손기정이 재작년에 금메달을 땄을 때가 스물네 살이었으니까 아직 자네에겐 6년이나 시간이 남은 셈이지. 마침 동경 다음 올림픽도 딱 6년 후로군! 그때 재도전하면 되겠어! 자넨 정말 운도 좋아. 올해부터 특별지원병제가 실시되었으니까 이런 회생의 기회도 있는 거 아니겠나?"

"하지만 내가 군대에서 심하게 부상을 당하면 어떻게 되는 거죠? 아니면 죽거나."

그는 깜짝 놀란 듯 동그란 안경테 뒤로 눈을 동그랗게 떴다.

"그건 끔찍한 일이지…… 아무래도 전쟁터니까 그런 불상사를 떠올리는 것도 무리는 아니야. 하지만 한 군, 세상에 공짜가 어디 있겠나? 모든 선택에는 대가가 따르는 법이지. 인명은 재천이니 그런 일은 하늘에 맡겨두고 한 군은 무사히 돌아왔을 때만 생각해

119

보라고."

나는 그를 쳐다보고 있었다. 그가 나에게 왜 이런 제안을 하는 건지는 여전히 미지수였다. 아마도 그 속은 영원히 알 수 없겠지. 어쩌면 그건 지금의 나에겐 중요하지 않은 것일지도 모른다. 육상을 다시 할 수 있다면. 올림픽에 다시 도전할 수만 있다면.

얼마 전까지만 해도 나는 어떤 정신 나간 조선인이 일본군으로 지원을 할까 했었는데……

"생각해보겠습니다."

"그래, 쉽게 결정할 수 있는 문제는 아니겠지. 하지만 너무 오래 생각할 시간은 없어. 한 군, 2백 명 선발하는 데 조선인이 몇이나 지원했는지 아나?"

혹시 지원자가 미달되어 나에게까지 이런 제안을 한 걸까?

"3천 명이네, 3천 명. 놀랍지 않은가? 조선인들이 이렇게 열렬히 호응할지는 몰랐어. 정말이지 일본과 조선이 이제 하나가 된 것 같아."

나는 할 말이 잃었다. 3천 명이라니…… 모두가 나 같은 사연을 가졌을 리는 없고, 이 조선 천지에 일본군에 못 들어가 안달이 난 조선인들이 그리도 많단 말인가.

배는 고픈데 입맛이 싹 가셨다. 어머니가 끓인 잣죽 생각이 간절했다.

#12 요이치의 일지

1938년. D-Day까지 6년 / 후지와라 상의 서재

난 아버지의 서재 문 앞에 서 있었다. 한 시간이나 망설인 끝에 결심을 하고 발걸음을 뗀 것이었다. 피할 수 없는 일전이다. 흔들려선 안 된다. 이것도 겪어 넘어가지 못한다면 장차 어떻게 진짜 전투를 치러낼 것인가.

내가 서재의 문을 노크하자 묵직한 소리가 울려 퍼졌다.

"누구냐?"

"접니다. 아버지."

"오, 그래. 들어오너라."

심호흡을 하고는 문을 열었다.

온 벽이 책들이 빽빽이 꽂힌 책장으로 둘러싸여 있었다. 방 한가운데 놓인 마호가니 책상에서 아버지는 돋보기안경을 코에 걸고 작은 램프에 의지해 책을 읽고 있었던 모양이었다.

아버지는 나를 보더니 안경을 벗어 들었다.

"무슨 일이냐?"

"드릴 말씀이 있습니다."

"말해보아라."

"먼저 이걸 봐주세요."

난 책상 맞은편으로 걸어가 종이 한 장을 내밀었다. 입영통지서였다.

아버지는 통지서를 받아 들고 다시 돋보기를 코 위에 얹더니 고개를 뒤로 살짝 젖히며 종이를 훑어보기 시작했다.

난 두근거리는 마음을 다잡으며 아버지의 안색을 살폈다.

아버지는 이윽고 젖힌 고개를 바로 하더니 나를 향해 눈을 똑바로 치켜떴다. 아직 돋보기는 코 위에 걸린 채였다.

"이게 뭐냐."

낮은 음성이었다. 내 마음이 부르르 떨려왔다.

"입영통지서입니다. 입대는 6월에……"

"그건 나도 안다! 누가 이런 짓을 하라고 했느냐고 묻는 거다!"

아버지의 손에 들린 통지서가 파드닥 소리를 냈다.

나는 입을 꾹 다물었다.

"넌 그 시합 이후로 제정신이 아니야. 대식이랑 이런 것까지도 경쟁하는 거냐! 이거 당장 취소하고 오너라!"

아버지는 통지서를 책상 위에 내던졌다.

"아닙니다, 아버지. 전 지금처럼 정신이 또렷했던 적이 없습니다. 그날의 패배가 오히려 제가 진심으로 원하는 것이 무엇인지 깨닫게 해주었습니다. 제국의 이름으로 새로운 세상을 여는 일, 그것 외에 저는 다른 어떤 것도 원치 않습니다."

아비지는 충격에 휩싸여 나를 노려보았다. 아버지의 저런 눈동자를 본 것은 난생처음이었다. 아버지는 코 위에 얹힌 돋보기안경을 벗어 책상에 탁 내려놓았다.

"네가 날 아버지라고 부르는 한은 절대 안 된다. 무슨 말인지 알겠느냐?"

아버지의 음성은 오히려 더 낮아졌다.

난 순간 그 자리에서 무릎을 털썩 꿇었다.

"아버지! 전 언제나 아버지의 아들입니다. 하지만 일본 제국도 저의 아버지입니다. 두 아버지 모두 자랑스러워 할 아들이 되겠습니다! 부디 저를 보내주십시오!"

나는 머리를 땅에 닿도록 조아렸다. 뜨거운 눈물이 솟구쳐 바닥에 뚝뚝 떨어져 내렸다.

"아버지!"

나의 울음 섞인 목소리에 아버지는 아무런 대답도 하지 않았다. 깨문 입술 사이로 새어 나오는 흐느낌 소리만이 간간이 정적을 깨고 있었다.

"나가라."

나는 고개를 들었다.

"아버지……"

"더 이상 날 아버지라고 부르지 마라! 하늘에 태양이 하나이듯 네게 아버지는 단 하나다! 그리고 넌 다른 아버지를 선택했어! 이제 내 서재에서 나가! 당장!"

아버지의 말들이 내 가슴 깊숙이 찔러왔다. 왜 둘 중 하나만을 선택해야 하는 건지 나는 이해할 수 없었다. 하지만 그것이 아버지의 선택이라면 존중할 밖에.'

늦은 오후, 울적한 기분을 달래려 정원으로 나갔다. 아름드리나무 아래를 거닐던 나는 걸음을 멈추었다.

한쪽에 만들어진 작은 연못가 작은 바위에 수희가 앉아 있었다.

그녀는 연못 속 비단잉어 보는 걸 좋아했다.

나는 잠시 망설이다 그녀의 뒤를 향해 걸어갔다. 그녀가 인기척을 느끼고 뒤를 돌아봤다가 나인 것을 확인하고는 다시 고개를 돌렸다. 시무룩한 얼굴이었다. 예전처럼 미소도 인사도 없었다.

난 그녀의 등 뒤에 서서 연못을 들여다보았다. 빨간색, 노란색, 검정색의 알록달록한 비단잉어들이 유유히 물속을 누비고 있었다.

"넌 쟤들이 뭐가 그렇게 좋아?"

난 잉어들이 싫었다. 미물인 주제에 천하태평에 거만하다.

"쟤네들은 숨 쉴 물만 있고 하루 먹을 모이만 있으면 아무 걱정 없이 헤엄쳐 다녀. 느긋한 몸짓을 보고 있으면 느껴져. 하지만 인간들은 달라. 끊임없이 더 많은 걸 원하지. 그걸 손에 넣지 못하면 스스로를 불행하다고 여기면서."

수희는 한숨을 내쉬었다.

이 아이는 가끔 애늙은이 같은 말을 한다. 아마 오빠가 군에 가게 된 것을 두고 하는 말인 것 같았다.

"수희야, 나도 군대에 간다."

그녀가 고개를 휙 돌리며 휘둥그레진 눈으로 나를 쳐다보았다.

"뭐? 언제? 왜?"

"다음 달. 일본 남자가 군에 가는 건 당연한 거지."

그녀가 한동안 시선을 나에게 고정시킨 채 입을 다물지 못했다. 그녀가 갑자기 바위에서 벌떡 일어났다.

"뭐야, 우리 오빠도 가는데 욧짱까지 가는 거야? 이 집을 텅 비울 셈이야 모두?"

그녀는 따지듯 물었다.

"사실 난 어차피 졸업하면 독일로 가게 되어 있었어. 집을 비우긴 마찬……"

난 거기까지 말하다 입을 꾹 다물고 말았다. 수희의 눈에서 갑자기 눈물이 그득 차오르기 시작했던 것이다. 수희는 그걸 구태여 가릴 생각도 없어 보였다. 내가 먼저 시선을 돌렸다.

"다들 너무해. 너무한다고…… 어쩌면 그렇게 자기들밖에 몰라?"

귓가에 그녀의 흐느낌이 들려왔다. 그 소리를 듣고 서 있자니 마음이 찡하니 아려왔다. 나 때문에 우는 사람이 있다……

문득 센닌바리(千人針) 생각이 떠올랐다. 군대 가는 남자들은 천 명의 여자들에게 흰 천에 붉은 실로 한 땀씩을 받아 그것을 몸에 지니고 입대를 했다. 그것은 남자의 무사 귀환을 비는 부적 같은 것이었다. 수희가 만들어주는 것이라면 왠지 효험이 있을 것 같았다.

"수희야, 네가 센닌바리 만들어주지 않을래?"

나는 땅을 쳐다본 채 물었다.

"진짜 가는 거야?"

"응, 결정됐어."

나는 고개를 돌려 그녀를 보았다. 그녀의 긴 속눈썹이 눈물에 흠뻑 젖어 있었다. 그 모습에 다시 내 마음이 저릿하게 울렸다.

"싫어! 왜 그딴 걸 나한테 부탁해?"

수희는 인사도 없이 몸을 휙 돌려 정원을 가로지르며 오두막집을 향해 총총히 걸어갔다.

눈부시게 밝은 날이었다. 물기를 머금은 싱그러운 초록의 잔디밭을 밟으며 완연히 짙어진 나뭇잎 아래를 걸어가는 수희의 뒷모습에서 눈을 뗄 수가 없었다. 군대를 가는 게 정말 잘하는 일일까?

순간 나는 뒤로 휙 돌아섰다.

'무슨 나약한 생각을! 제국을 위해 청춘을 바치기로 한 내가 조선인 여자 때문에 마음이 흔들리다니!'

난 입을 꾹 다물고 저벅저벅 내 방으로 향했다. 걸으면서 머리를 좌우로 세차게 흔들었다. 그녀의 잔상을 털어내기 위해서였다.

#13 대식의 일지

1939년. D-Day 5년 전 / 노몬한 국경 지대

습하고 무더웠다. 땀을 흠뻑 먹은 군복 바지는 다리에 척척 감겨오고, 발을 내디딜 때마다 묵직한 군화 아래에서 풀 냄새가 습기와 함께 물씬물씬 올라왔다.

사방의 지평선은 어딜 둘러봐도 모두 평탄하게 뻗어 있었고, 짐승의 털처럼 촘촘히 박힌 풀잎들이 눈이 닿는 모든 대지를 뒤덮고 있었다. 이곳을 걷고 있노라면 마치 초록의 망망대해 위를 걷고 있는 것 같은 착각을 불러일으킨다.

내리쪼이는 햇살 아래 그늘을 만들어줄 나무 한 그루 서 있지 않은 초록의 바다 위를 우리는 벌써 두 시간째 행군하고 있다.

나를 포함해 모두 여덟 명으로 구성된 정찰대는 만주와 몽골의 접경 지역을 순찰하는 중이었다. 이곳 노몬한 지역은 대평원을 남북으로 가로지르는 하루하 강을 중심으로 서쪽은 몽골, 우리가 걷고 있는 동쪽은 만주 땅이었다.

이 지역은 만주와 몽골 간에 국경을 둘러싼 크고 작은 교전이 끊이지 않고 있었다. 강 건너 몽골은 공산주의 혈맹인 소련이 뒤를 봐주고 있었고, 이쪽의 만주에는 일본 관동군 제23사단이 위치하고 있었는데, 그곳이 바로 내가 배속받은 곳이었다.

작년 여름, 나는 202명의 조선인과 함께 일본 육군훈련소에서 훈련을 받았다. 그동안 마치 동물원의 좁아터진 우리에 갇혀버린 동물이 서서히 생기를 잃어가는 듯 내 마음은 녹슬어갔다. 그리고 육체와 마음이 둘이 아니듯 내 몸도 따라 녹슬어가는 것 같았다.

난 대체 어떤 조선인들이 일본 군인이 되겠다고 그토록 열렬히 자원을 했는지 자못 궁금했다. 그래서 동기들과 틈날 때마다 말을 섞어보니, 이들은 대부분 가난한 소작농의 아들이었다. 배경도, 재력도, 학식을 쌓을 기회마저도 주어지지 않아 소외된 자들이 신분 상승을 꿈꾸며 이곳에 들어온 것이었다.

훈련을 받고 있던 어느 날, 깜짝 놀랄 소식이 들려왔다. 일본이 1940년 올림픽 유치권을 IOC에 정식으로 반환한 것이었다.

일본 내 올림픽 유치 세력과 군부 간에 심한 갈등이 있었던 모양이었다. 유치 세력은 세계 속에 일본의 위상을 유럽 제국 수준으로 격상시키려면 올림픽 유치가 필요하다는 입장이었으나, 군부는 중국과 전쟁이 한창인 이때에 목재 하나 철 한 덩이도 무기 제조에 끌어다 써도 속 시원치 않을 판국에 웬 경기장 타령이냐 며 올림픽을 포기할 것을 강력히 주장했다고 한다. 결국 목소리 큰 군부의 뜻이 관철되었다.

그 소식을 접한 날은 우울하기 그지없었다. 무기로 빨려 들어가 버린 것은 비단 목재나 쇳덩어리만은 아니었다. 나 역시도 육상복 이 벗겨져 이곳 훈련소로 빨려 들어와 일본 제국의 인간 병기로 탈바꿈하는 중이었으니.

훈련소에서의 매일매일이 너무나 고되었지만, 특히 그 소식을 들은 날 나는 정신이 나간 듯 실수를 연발했다. 그래서 교관에게 개 패듯 얻어맞았다.

밤에 잠자리에 누워서도 남몰래 눈물을 삼켰다. 커다랗게 피멍 이 든 엉덩이 때문에 똑바로 눕지도 못하고 새우처럼 옆으로 누웠 다. 하지만 울었던 것은 엉덩이가 아파서가 아니라 마음이 아파서 였다.

무서웠다. 이 세상이 화난 물살처럼 쿵쾅거리며 어딘가를 향해 마구 소용돌이치며 흘러가고 있고, 난 그 위에 떨어져버린 작은 낙엽처럼 느껴졌다.

가족과 친구들이 그날따라 어찌나 보고 싶던지…… 그날 밤은 그렇게 울다가 언제 잠이 들었는지도 몰랐다.

나와 소대원들은 얼마 전 소련군이 불법 점거한 하루하 강 동쪽 기슭을 정찰하는 임무를 수행 중이었다. 우리 소대원들 중에는 요 이치도 있었다. 그와 내가 같은 소대에 배치를 받게 된 것은 후지

128

와라 상의 입김 덕이었다.

그는 요이치에게 입영통지서가 날아온 그날 밤 나를 서재로 불렀다. 난 그때까지 그토록 침통하고 기운 없는 후지와라 상의 얼굴을 본 적이 없었다.

그는 군부에 친분이 있는 사람을 통해 나를 자신의 아들과 같은 소대로 배치되도록 하겠다며, 나에게 괜찮겠냐고 물었다. 나에겐 괜찮을 것도 안 괜찮을 것도 없었다.

그는 전장에서 녀석이 치기 어린 마음에 무모한 짓을 하려거든 말리고, 혹시 부상을 당하거든 반드시 전장에서 그를 데리고 나와 줄 것을 당부했다. 천하의 후지와라 상이 눈물까지 보이며……

나는 부정이란 것이 저런 것인가 싶어 숙연해졌다. 난 그의 말대로 하겠다고 했다. 대신 그에게 내 어머니와 여동생을 잘 돌봐 달라고 부탁했고, 그는 그러마 했다. 이로써 나도 한시름 놓았다.

그렇게 서로가 서로의 가려운 곳을 긁어주기로 합의하고, 이 일을 요이치에겐 비밀에 부치기로 했다. 자존심 센 그 녀석이 아버지가 나를 붙여준 것을 알면 내 도움을 거부하지 않을까 하는 후지와라 상의 우려 때문이었다. 그 순간만큼은 요이치 녀석이 진심으로 부러웠다.

나보다 먼저 이곳에 배치를 받아 온 요이치는 자신의 내무반에 내가 군장을 메고 나타나자 마치 귀신이라도 본 듯한 얼굴이었다.

"이건 어딜 돌아봐도 다 똑같아 보인단 말입니다."

함께 정찰을 나온 히데키 일등병이 투덜거리듯 입을 열었다. 사방이 평평한 초록의 바다를 보며 하는 말이었다.

이곳에 온 지 1년이 되어가는 나도 소대장이 어떻게 지도 위의 좌표를 읽으며 우리의 위치를 파악하는지 여전히 신기할 따름이었다.

히데키 일등병은 장난기를 실은 말투로 말했다.

"유목민들이 괜히 여기저기 돌아다니는 게 아니지 싶습니다. 사실은 길을 잃은 거 아니겠습니까?"

그의 우스갯소리에 소대원 몇몇이 웃었다. 그는 몸이 힘들어지면 그런 소리를 곧잘 하곤 했다.

소대를 이끌고 있는 20대 중반의 카네다 소위가 말했다.

"유목민들은 뛰어난 시력을 가지고 있다. 저 멀리 지평선 근처에 점들 보이나? 유목민들은 저게 소라는 것뿐만 아니라, 누구네 소라는 것까지 알아볼 수 있다."

"아니, 소위님, 몽골군도 모두 유목민이잖아요? 그러면 지금도 어디에선가 납작 엎드려서 그 엄청난 시력으로 우리를 겨냥하고 있을지도 모르는 것 아닙니까?"

히데키 일등병이 능청스레 두려운 듯 말하며 사방을 두리번거렸다.

"걱정 마라, 히데키. 그들은 너를 느려 빠진 소라고 생각할 테니까."

소대원들이 아까보다 더 크게 웃었다.

"아, 소위님은 왜 저만 가지고 놀리십니까? 여기 이렇게 사지 멀쩡한 조선인도 있는데."

그 말에는 아무도 반응하지 않았다. 모두들 그런 말을 듣지 못한 양 묵묵히 앞만 보고 걸었다.

요즘은 나와 특별지원병 동기였던 이인석 상등병이 얼마 전 중국 산서성에서 전투 도중 사망한 일로 조선과 일본이 떠들썩했다.

조선인 병사들 중 최초의 전사자였다. 일본 정부와 각종 언론 매체는 그의 죽음을 '반도인의 영예'라며 대대적으로 홍보했고, 일본의 장관이 직접 그의 빈소에 화환을 보내기도 했다. 분위기가 그러니 대놓고 조선인을 멸시하는 것이 껄끄러운 것이다.

그러나 그것은 드넓은 중국 대륙에서 싸울 병사를 하나라도 더 끌어들이기 위해 '나도 영웅이 되리라'는 조작된 꿈을 조선인들의 마음에 심어주는 것이 목적일 뿐이다.

"탕!"

순간 한 발의 총성이 초원에 울려 퍼졌다.

난 깜짝 놀라 바닥에 납작 엎드렸다. 그러곤 급히 어깨에 메고 있던 소총을 손에 들고 사방을 경계했다.

모두들 마찬가지였다. 유목민 출신 몽골 저격병일까? 난 급히 내 몸을 살폈다. 총상은 없었다.

그런데 카네다 소위는 대원들에게 총을 내리라고 손짓했다.

어디선가 말발굽 소리가 들려왔다. 보니, 두 명의 유목민들이 말을 타고 우리를 향해 달려오고 있었다. 그들의 손엔 총이 들려 있었고 그 앞엔 짐승 한 마리가 쫓기고 있었다.

조금 전의 총성은 유목민이 그 짐승을 향해 쏜 것인 모양이었다.

맹렬히 달리고 있는 그 짐승은 회색의 늑대였다. 그런데 늑대가 원래 저렇게 큰 짐승이었나 싶을 정도로 놈은 거대했다. 크기만으로 보면 호랑이에 가까워 보였다.

유목민들은 일부러 우리들을 향해 놈을 모는 것인지, 늑대는 우리 쪽으로 똑바로 달려오고 있었다.

난 필사적으로 달리는 거대한 늑대를 바라보다 그 모습에 매료되고 말았다. 가벼우면서도 강건한 발걸음, 바람을 가르며 물결처럼 휘날리는 은빛 털, 전방을 노려보는 날 선 눈동자. 늑대가 만들어내는 아름다운 질주는 내 마음에 큰 울림을 만들어내고 있었다.

"좋다, 사격 연습이다. 저 늑대를 쏘아 맞추는 사람에게 오늘 장교용 석식을 제공한다. 우측 끝부터 한 발씩 순차 사격 개시!"

카네다 소위의 외침에 퍼뜩 정신이 들며 나도 모르게 마음속으로 '안 돼요!' 라고 외쳤다.

하지만 병사들은 무슨 재미있는 놀잇거리라도 생긴 듯 생기가 넘치더니, 모두 늑대를 향해 신속히 사격 자세를 취했다.

카네다 소위는 심판을 보듯 몸을 곧추세우고 병사들과 늑대를 번갈아 보았다.

유목민들은 말을 멈췄다. 그들 입장에선 어차피 자신의 양 떼를 위협하는 늑대가 누구의 손에든 죽기만 하면 그만인 것이다.

나는 급히 오른 무릎을 풀 위에 꿇으며 무릎쏴 자세로 소총에 볼을 바짝 붙인 채 늑대를 주시했다.

놈은 계속 우리를 향해 달려오고 있었다. 내 마음속에 늑대에 대한 연민이 새록새록 솟아나기 시작하는데,

"탕!"

가장 오른쪽에 있던 병사가 방아쇠를 당겼다. 동시에 늑대에서

좀 떨어진 곳의 땅이 패어 올랐다.

늑대도 사태를 파악했는지 그 자리에 우뚝 멈춰 섰다. 녀석은 혀를 길게 내빼고 숨을 할딱이며 고개는 낮게 드리운 채 푸른 기운이 도는 눈동자로 병사들을 노려보았다.

나는 깨달았다. 늑대는 상당히 먼 거리를 쫓겨 온 것이다. 이미 자신이 뛸 수 있는 한계를 넘어서버렸다. 게다가 이제 앞뒤로 포위를 당하고 나니 자신의 죽음을 직감하고 있는 것이다. 어차피 몸을 숨길 나무 하나 바위 하나 없는 벌판이다.

"탕!"

두 번째 총성이 울렸다. 늑대는 발을 살짝 움직였을 뿐 여전히 그대로였다.

난 제발 아무도 늑대를 맞추지 못하기를 간절히 빌었다.

곧장 세 번째 총성이 이어졌지만, 이번에도 빗나갔다.

늑대는 귀를 쫑긋 세운 채 머리를 아래위로 까딱 움직이기만 했다. 마치 이것도 맞추지 못하냐며 호기를 부리는 것 같았다. 녀석을 살리고 싶다는 생각이 나의 심장에 요동쳤다.

그때 신중히 시간을 끌던 네 번째 총성이 바로 내 옆에서 귓전을 때리며 이명을 일으켰다.

난 그 고통에 신경 쓸 겨를도 없이 늑대에게 눈을 떼지 못하고 있었다. 이번에도 늑대는 굳건히 서 있다.

이제 내 차례였다. 내게 쏠린 모든 이의 시선들이 밧줄처럼 나를 옭아맸다. 늑대는 그걸 알기라도 하듯이 내 소총의 가늠자 위에서 나를 똑바로 쳐다보았다. 그 눈은 나에게 무언가 말을 걸어오고 있었다.

"탕!"

귀청을 찢을 듯 총성이 울렸다.

동시에 늑대는 목 뒤로 피를 뿜더니 몸이 뒤틀리며 바닥에 쓰러졌다.

하지만 방아쇠를 당긴 것은 내가 아니었다. 나는 급히 소총에서 고개를 떼어 옆을 보았다.

요이치가 바닥에 엎드려 늑대에게 총을 겨누고 있었는데, 그의 총구에선 화약 연기가 피어오르고 있었다. 요이치는 자신의 소총에서 고개를 들어 늑대를 보더니 씩 미소를 지었다.

'이 자식이!'

내가 머뭇거리는 사이 요이치가 나를 건너뛰고 먼저 사격을 한 것이었다.

다시 늑대를 돌아보니, 놈은 이미 숨이 끊어진 듯 바닥에 웅크린 채 꼼짝도 하지 않았다. 곤두선 은회색 털만 불어오는 바람에 슬쩍슬쩍 나부꼈다. 내 마음에도 찬 바람이 불어왔다.

나를 쳐다보는 요이치의 눈 속에 비웃음과 경멸이 조용히 빛나고 있었다.

나는 벌떡 몸을 일으켰다. 손에 들린 소총이 꽉 쥐어졌다.

"와! 요이치가 맞췄다! 역시 요이치야!"

병사들의 함성이 터져 나왔다.

난 그 자리에 우뚝 서고 말았다.

병사들은 나를 지나쳐 그의 주변에 몰려들어 칭찬과 농담을 주고받았다.

그렇다, 난 이곳에서 이질적인 존재, 환영받지 못하는 존재일 뿐이다. 늑대처럼.

난 다시 늑대에게 시선을 돌렸다.

어느새 늑대에게 다가온 유목민이 허리춤에서 단도를 빼내어 그 자리에서 가죽을 벗기고 있었다. 그 생동감 넘치던 늑대의 몸이 유목민의 뒤척이는 손길에 따라 속절없이 흐느적거렸다.

난 마치 내 몸의 가죽이 벗겨져 나가는 듯 온몸에 소름이 돋아 다시 고개를 돌려버렸다. 하늘은 말없이 푸르기만 했다.

석양이 질 무렵이 되어서야 우리들은 본대로 복귀했다.

내 고향 부산의 앞바다에 지는 석양도 아름답지만 이곳의 석양도 눈부시게 순수했다. 끝없이 펼쳐진 초록의 대지 위로 투명하게 파란 하늘의 꼭대기에 어둠이 깃들기 시작하면 흰 구름들이 온통 빛나는 주황색으로 물들어갔다.

하늘 한편엔 달이 허연 얼굴을 드러내며 곧 다가올 자신의 세상을 예고했고, 샛별이 달을 보좌하듯 함께 반짝이기 시작했다. 그러면 어느덧 서늘해진 바람이 기분 좋게 머리칼 사이를 스치며 낮동안 달구어진 피조물들을 식혀주었다.

그런 하늘을 하염없이 보며 걷노라면 어느덧 내 마음은 붕 떠서 하늘에 가 닿는다.

황혼도 사라지고 어둠이 사방을 덮어가기 시작할 때 저 멀리 병영이 눈에 들어왔다. 여기저기 불이 들어온 병영은 마치 망망대해에 떠 있는 섬처럼 보였다.

병사들은 육지를 발견한 뱃사람 같은 안도감을 느끼는 듯했다. 나에겐 알 수 없는 감정이다.

우리가 병영 안으로 들어올 무렵엔 완연한 밤이 되어 있었다. 나란히 줄지어 늘어선 내무반 건물들은 붉은 벽돌로 지어졌고 삼각형의 지붕을 이고 있었다. 이곳은 일교차가 크고 특히 겨울은 혹한이어서 모든 건물의 창문들은 이중창으로 되어 있었다.

지금은 그 창문들마다 노란 불이 켜져 있고, 그 불빛 아래 병사들은 내무반 주위를 분주히 오가며 하루를 마감하고 있었다. 말들은 마구간으로 향했고 정렬된 대포들에는 시건장치가 채워지고 있었다.

우리 소대가 쓰는 내무반 건물이 눈에 들어왔다. 그러자 카네다 소위가 나에게 말했다.

"잠깐 나 좀 보자."

다른 병사들이 모두 내무반으로 들어가고 나는 소위를 따라 건물의 후미진 곳으로 걸어갔다.

소위는 병사들이 모두 내무반으로 들어가자 군장을 풀어 바닥에 내려놓으며 주머니에서 담배를 꺼내 입에 물었다.

나는 그 앞에서 묵묵히 서서 대체 무슨 말을 하려는 걸까, 긴장하고 있었다.

"편히 쉬어. 군장 내려놓고."

그는 라이터로 입에 문 담배에 불을 붙이더니 한숨을 내쉬듯 멋스럽게 담배 연기를 뿜어냈다. 그러더니 나를 향해 담뱃갑을 내밀며 물었다.

"자네도 한 대 피우겠나?"

"괜찮습니다! 전 피우지 않습니다!"

최대한 군기가 든 목소리로 절도 있게 대답했다.

"하긴, 조선에 있었을 때 육상선수였다고?"

"네, 그렇습니다!"

"편히 쉬어. 벌주려고 부른 거 아니니까."

나는 어깨에 힘을 풀었다. 그래도 이등병에 불과한 내가 소위 앞에서 마음까지 편해질 수는 없었다.

그는 23사단 내에서 유명한 사람이었다. 전투가 벌어지면 가장 먼저 뛰어들었고 퇴각 시에도 마지막까지 남는 것으로.

그는 중키에 넓고 두꺼운 가슴과 다부진 체격, 총기 있는 검은 눈동자와 선 굵은 사각의 턱을 하고 있어 마치 전투를 위해 태어난 사나이 같은 분위기를 물씬 풍겼다.

"그래서 피우지 않는 건가? 제대 후에 육상을 계속하려고?"

"네, 그렇습니다."

카네다 소위는 고개를 끄덕이며 담배를 깊이 빨아들였다 뿜어냈다. 연기가 밤공기 속에 흩어져나갔다. 그는 담배를 즐기는 것 같았다.

"담배를 억지로 권하고 싶은 생각은 없어. 그러기엔 담배가 아까우니까. 하지만 한 가지는 말해두지. 병사는 미래 따윈 생각하지 않는다. 현재 나에게 주어진 임무를 달성하느냐 못하느냐, 그것만 생각한다. 알겠나?"

그의 목소리는 여유로웠지만, 그 속엔 거부할 수 없는 힘이 깃들어 있었다.

"네…… 알겠습니다."

"그럼 하나 묻지. 오늘 왜 자신의 차례가 되었을 때 늑대를 쏘지 못했나?"

그의 눈동자가 나를 똑바로 보고 있었다.

"그…… 늑대가…… 불쌍하다고 생각했습니다."

말꼬리만 겨우 군기 있게 마무리했다. 그러자 소위는 엄격한 말투로 말했다.

"네가 죽고 나면 동정심도 느낄 수 없다. 여긴 전쟁터야. 죽이지 않으면 죽는 곳이란 말이다. 상대를 불쌍히 여기는 건 상대를 죽이고 난 다음에 여유 있을 때 하도록. 알겠나?"

"네, 알겠습니다!"

그는 잠시 틈을 두면서 내 얼굴을 쳐다보았다.

"이곳 유목민들의 늑대 신화를 들은 적 있나?"

그가 발로 자신의 군장을 툭 치며 말했다. 그의 군장엔 늑대의 은빛 털이 삐져나와 있었다. 유목민이 벗겨낸 늑대의 가죽이었다.

"없습니다."

카네다 소위는 밤하늘로 시선을 돌리며 말했다.

"태곳적에 하늘 신의 아들 중 하나가 독수리의 모습을 하고 땅으로 내려왔다. 독수리는 곰의 모습을 한 땅의 신의 딸을 보고는 한눈에 반해 사랑을 나누었다. 곰 여인은 임신을 했는데, 독수리는 하늘 신의 호출을 받고 다시 하늘로 올라가버렸지. 그래서 곰 여인은 홀로 아들을 낳았는데, 그게 늑대였다. 그 늑대 아들은 홀어머니 아래서 자라 성인이 되자 한 번도 보지 못한 아버지를 그리워하며 초원을 떠돌았다. 그 늑대의 후손들이 유목민들이란 거야. 꽤 낭만적이기도 하지만 왠지 쓸쓸한 엔딩이지. 지금의 늑대들이 밤이 되면 하늘을 올려다보고 길게 울음을 우는 것도 그 때문이라고 한다."

그는 마치 늑대처럼 하늘을 향해 담배 연기를 뿜어냈다.

나는 밤하늘의 별들 사이로 흩어져가는 연기를 보며 광활한 초원을 정처 없이 홀로 떠돌아다니는 늑대의 모습을 떠올렸다.

하늘로 올라간 아버지를 그리워하며 긴 울음을 우는 늑대가 내 마음을 싸하게 울려왔다.

"유목민들은 자기 조상을 쏘아 죽이기도 하는군요."

"훗, 신화와 현실은 좀 다른 문제니까. 하지만 유목민들은 늑대가 죽으면 그 영혼이 하늘로 올라가 아버지에게로 돌아간다고 믿어. 이 녀석도 지금쯤 그렇게 그리워하던 아버지를 만났겠지."

카네다 소위가 발로 군장을 툭 차자 은회색 털이 흔들렸다.

내 마음도 따라 흔들렸다. 나도 죽으면 하늘에서 아버지를 만날 수 있을까? 아버지는 지금 저 위에서 나를 내려다보고 있을까? 그렇다면 불령선인이던 아버지는 아예 일본 군인이 되어버린 나를 보며 어떤 기분일까?

마음에 싸늘해져왔다. 밤공기마저 쌀쌀했다.

소위는 담배를 바닥에 버리고 발로 비벼 끄며 말했다.

"너랑 요이치 이야기는 들었다. 서로 라이벌이었다고. 하지만 군대 내에서 일본인과 조선인은 서로 경쟁하거나 차별하지 않는다. 내 소대에 들어온 이상 너는 조선인이 아니라 내 소대원일 뿐이다. 알겠나?"

소위의 말에 난 완전히 동감할 수는 없었다. 엄연히 군대 내엔 조선인에 대한 차별이 존재했으니까. 내 밑에 새로 들어온 일본인 이등병은 일등병인 내가 조선인이라고 경례조차 하지 않는다.

"네, 알겠습니다."

"이제 전우들에게 돌아가라. 늑대들은 무리 지어 사냥한다. 내 소대도 마찬가지야. 외로운 늑대가 되지 않도록. 그런 건 결국 이런 신세가 될 뿐이니까."

소위는 군장을 내려다보았다.

#14 요이치의 일지
1939년. D-Day 5년 전 / 관동군 내무반

내 앞으로 배달되어 온 소포 꾸러미의 포장을 뜯고 있었다. 내용물은 팥이 든 다양한 화과자 세트였는데, 똑같은 것이 두 개였다. 보지 않아도 하나는 대식에게 주라는 뜻이다. 어머니는 언제나 이렇게 보냈다.

세트를 하나씩 양손에 들고 보니 앞면에 메모지가 하나씩 붙어 있었다. 하나는 내 어머니로부터, 또 하나는 대식의 어머니가 대식에게 보내는 메모였다. 그것은 당연히 한글로 적혀 있었다.

맞은편 침상의 대식의 자리를 힐끗 보았다. 비었다. 아직도 카네다 소위랑 이야기 중인 모양이다.

난 조선인을 일본 제국의 황군에 들이는 건 잘못된 결정이라 생각한다. 계란 한 판으로 계란찜을 만드는 데 상한 계란이 단 한 개만 섞여 들어도 그 계란찜 전체는 못 먹는 것이 된다.

지금 그게 이 소대의 상황이다. 카네다 소위가 아무리 날고 기는 요리사라 하더라도 상한 계란찜은 상한 계란찜일 뿐이다. 그 조선인 하나 때문에 소대의 의기가 좀처럼 하나로 뭉쳐지지 않는 것이다.

도무지 어쩌다가 그 녀석과 내가 같은 소대가 되어버렸는지 아무리 생각해도 이상한 노릇이었다. 혹시 아버지가 무슨 수를 쓴 게 아닌가 하는 의심도 들었다. 하지만 확인할 도리가 없다.

정말 오랜만에 녀석의 면상을 안 보고 살 수 있겠구나 싶었는데 아예 같은 숙소에서 잠을 자는 신세로 전락해버렸다. 한숨이 절로 났다.

녀석의 빈자리를 보고 있자니 화딱지가 치밀었다. 그래서 아주머니가 쓴 메모를 나도 모르게 확 구겨버리고 말았다. 순간 아차 싶었지만, 이제 와서 다시 펼 수도 없다.

에이, 모르겠다. 난 메모를 동그랗게 구겨서 내무반 입구에 있는 휴지통을 향해 던졌다.

"이야, 맛있겠다!"

히데키가 어느새 내 옆에 와서 화과자 상자를 보더니 입이 귀에 걸렸다.

"이건 또 저 조센진 거냐?"

그가 상자가 두 개인 것을 두고 하는 말이었다.

"응."

"야, 이거 그냥 우리가 먹어버리면 안 되냐?"

히데키가 대식의 빈자리를 힐끔 보며 말했다. 어차피 메모도 버렸는데······

"그래, 자, 돌려 먹자."

난 대식에게 줄 상자를 히데키의 손에 넘겼다.

병사들은 신이 났다. 단것은 아무리 사소한 것이라도 인기가 넘쳤다. 상자 두 개가 순식간에 비워졌다.

모두들 우물거리며 과자의 맛을 음미하고 있을 때 대식이 문을 열고 들어왔다. 그를 보자 나는 좀 께름칙한 기분이 들었다.

그런데 자신의 자리로 발걸음을 옮기던 대식의 발치에 뭔가가 툭 차였다.

아차 싶었다. 내가 내던진 메모지가 휴지통 안으로 들어가지 않았던 것이다.

대식이 허리를 숙여 그 종이를 집어 들더니 그걸 살펴보았다.

이윽고 그가 종이에서 고개를 들어 나를 똑바로 쳐다보았다. 그의 눈에 불꽃이 튀었다. 그가 군장과 소총을 털썩 내려놓더니 저벅저벅 나를 향해 걸어왔다.

난 허리를 세우고 앉았다.

"이거 네가 이랬지?"

기왕 물은 엎질러졌다. 발뺌은 하기 싫다.

"그래, 중요한 거였나?"

"어머니가 나한테 보내는 거였다."

그의 말속에 담긴 분노가 넘실거렸다.

"아, 그래? 조선말로 쓰였으니 내가 알 수가 있나? 다음부턴 일본어로……"

내가 말을 맺기도 전에 대식이 군홧발 그대로 침상 위로 뛰어올라왔다. 그러더니 나를 향해 그의 군화가 곧장 날아들었다.

난 몸을 틀어 군화를 피하며 그의 발을 잡아 확 밀쳤다. 그러곤 용수철처럼 재빨리 자리를 박차고 일어섰다.

누군가 뒤에서 대식을 향해 소리쳤다.

"이 자식이 어디서 군홧발로 침상을 올라와! 못 배워먹은 조센진 같으니! 할 말이 있으면 말을 먼저 하란 말이야!"

하지만 나를 노려보는 대식의 눈동자는 아랑곳없었다. 그는 다시 나를 향해 돌진해 왔다. 그리고 내 얼굴을 향해 주먹을 날렸다.

나는 반사적으로 상체를 낮춰 놈의 주먹을 머리 위로 스쳐 지나가게 한 후 주먹으로 녀석의 몸통을 내질렀다. 퍽 하는 느낌이 주먹을 타고 전달되었다. 제대로 들어갔다.

녀석이 움찔하며 반걸음 뒤로 물러났다.

난 틈을 주지 않고 그에게 반걸음 다가가며 놈의 턱을 가격했다. 그러자 놈의 턱이 휙 돌아가며 휘청 뒤로 물러났다.

병사들도 화끈 달아오르며 난리가 났다. 치노 오장이 "건방진 조센진, 버릇을 고쳐줘!"라고 외치는 소리가 들려왔다.

오장의 인가가 떨어지자, 나머지 병사들은 나와 대식에게 싸울 공간을 만들어주듯 동그랗게 주변을 비웠다. 그러곤 모두 나를 응원하는 소리를 질렀다.

물러섰던 대식이 정신을 가다듬으며 나를 노려보았다. 재차 공격의 기회를 찾고 있는 것이었다.

돌연 그가 상체를 약간 숙인 채 양팔을 벌리고 황소처럼 돌진해 왔다. 그러곤 나의 몸통을 거머쥐려 했다.

나는 그의 숙여진 안면을 향해 무릎을 세워 쳤다. 놈의 뒤통수가 풀썩 흔들리는 것이 보였다.

하지만 그는 돌진한 기세 그대로 나의 몸통을 양팔로 감더니 날 침상 아래로 세차게 밀어 던졌다. 한 발이 들렸던 나는 중심을 잃고 침상 아래로 넘어지고 말았다. 어디라고 특정할 수도 없이 몸 여기저기서 날카로운 고통이 밀려들었다.

난 급히 고개를 들어 녀석을 보았다. 그는 분노에 이성을 잃은 얼굴로 넘어진 나를 재차 덮쳐 왔다. 야수 같았다. 나는 그를 향해 급히 발을 내질렀다. 몸통에 정통으로 발길질을 당하자 그는 주춤했다.

그사이 난 몸을 일으켰다. 위험한 순간이었다.

나와 놈은 다시 침상 아래 바닥에서 서로를 노려보고 섰다. 주변에 빙 둘러선 병사들은 더욱 흥분하며 "죽여라! 죽여라!" 소리를 질렀다.

그렇게 소리치는 병사들에게 뒤를 막힌 채 눈을 번득이고 서 있는 놈의 모습에서 문득 오늘 낮에 본 늑대를 떠올렸다. 궁지에 몰려 사방이 적으로 둘러싸였던 늑대. 그 늑대의 숨통을 내 손으로 끊었다. 네놈도 다르지 않을 것이다!

그때 놈이 달려들었다. 아까와 같은 자세였다. 난 무릎을 사용하는 대신 주먹으로 놈의 면상을 가격했지만 놈은 다시 두 팔로 나를 붙잡더니 힘을 쓰기 시작했다. 나는 버텨보았지만, 놈은 기어이 나를 바닥에 넘어뜨렸다. 녀석은 기교는 없어도 완력이 대단했다.

넘어진 후 내 위에 올라탄 놈은 얼굴을 향해 주먹을 내려치기 시작했다. 나는 몸을 비틀거나 손을 들어 막으며 정타를 겨우 피하긴 했지만 전세가 심히 불리했다. 나도 틈을 찾아 주먹을 송곳처럼 올려붙였다. 하지만 내려치는 주먹의 위세가 워낙 무시무시했다.

"뭐하는 짓이야!"

그때 누군가 문을 벌컥 열고 들어오며 소리를 내질렀다. 우렁찬 목소리. 보지 않아도 카네다 소위다.

그 소리에 놈도 나도 주먹을 멈췄다. 한편으로 다행이다 싶었다. 그때 내 얼굴 위로 뭔가 투둑 떨어져 내렸다.

보니, 대식의 코 아래로 굵은 핏줄기가 흐르고 있었다. 불결했다. 움직임이 우뚝 멈춘 그를 밀쳐내려 했다.

"비켜, 이 자식아!"

하지만 놈은 바위처럼 굳건했다.

"안 떨어져!"

다시 뒤에서 소위의 외침이 쩌렁 울렸다.

그래도 녀석은 꿈쩍하지 않았다. 그러자 소위의 군홧발 소리가 후다닥 들려오더니 녀석의 뒷덜미가 낚아 채였다. 그와 동시에 그의 몸이 내 몸에서 붕 뜨는가 싶더니 저만치 나동그라졌다. 카네다 소위의 완력도 놀라웠다.

비로소 자유를 얻은 나는 재빨리 몸을 일으켰다. 손으로 얼굴을 닦아보니 녀석의 피가 묻어 나왔다.

더럽다는 생각을 채 하기도 전에 내 눈에 별이 번쩍 튀었다. 소위가 그대로 내 정강이를 걷어찬 것이었다.

"둘 다 따라 나와!"

이렇게 가까이서 대식의 얼굴을 마주 보기는 난생처음이었다. 심히 마음이 불편했다. 하지만 카네다 소위의 이글거리는 눈앞이라 어쩔 수가 없었다.

나와 대식은 횡으로 눕힌 소총 한 자루를 마주 잡은 채 양발을 벌리고 서서 반쯤 무릎을 구부린 기마 자세를 취하고 있었다. 녀석은 휴지로 콧구멍을 틀어막고 있었고 광대뼈가 벌겋게 부어올라 있었다. 난 거울을 볼 사이는 없었지만 눈두덩이 욱신거리는 걸로 봐서 내 얼굴도 가히 보기 좋지는 않을 듯했다.

정말 언제까지 이 녀석과 이러고 있어야 하는 건지! 난 슬쩍 소위를 쳐다봤다.

"어딜 보나! 정면을 보란 말이야! 서로에게서 눈을 떼지 않는다, 알겠나!"

"네!"

하는 수 없이 시선을 돌려 다시 대식을 쳐다봤다. 맙소사⋯⋯

"그 상태로 듣는다. 여기는 전쟁터다. 우리는 적과 싸운다. 전우끼리가 아니다! 우리는 모두 일본 제국의 군인들이다, 알겠나!"

"네, 알겠습니다!"

나와 대식이 동시에 대답했다. 그것조차 나는 싫었다.

"적을 코앞에 두고 서로 치고받는 짓을 서슴지 않다니. 그것도 내 소대에서! 있을 수 없는 일이다! 잊을 수 없는 교훈을 마음에 새겨주겠다! 복창한다! 우리는 하나다!"

"우리는 하나다!"

"함께 죽고!"

"함께 죽고!"

"함께 산다!"

"함께 산다!"

"그 자세 그대로 방금 복창한 것을 내가 멈추라고 할 때까지 반복한다. 실시!"

나와 대식은 어쩔 수 없이 소위의 명령을 따라 "우리는 함께 죽고 함께 산다"를 외치기 시작했다.

이 역겨운 놈과 소총 한 자루를 마주 잡고 이런 구호를 외치고 있으려니 어깨와 허벅지에 몰려오는 근육통은 둘째치고 속이 뒤틀리기 시작했다. 이게 대체 무슨 꼴이란 말인가. 어이가 없다 못해 수치심에 배를 확 가르고 죽어버리고 싶은 참담한 심정이었다.

카네다 소위가 다시 입을 열었다.

"그 소총은 너희를 묶어주는 끈이다. 서로 협력하면 소총은 한

결 가벼워질 것이다. 그러나 마음을 모으지 않으면 지옥이 따로 없다. 내가 돌아올 때까지 그 자세를 유지하며 내 말을 깊이 깨닫도록. 만약 불시에 내가 돌아왔을 때 자세가 흐트러져 있거나 구호를 외치고 있지 않으면, 각오들 하라고. 알겠나?"

"네, 알겠습니다!"

나와 대식이 일제히 외쳤다. 정말 싫다.

"시작!"

"우리는 하나다! 함께 죽고! 함께 산다!"

우리가 구호를 외치기 시작하자 카네다 소위는 야속하게 정말 어디론가 획 가버렸다.

아, 제발…… 차라리 그가 노려보고 있기라도 하면 나을 텐데. 아무도 없는 어두운 밤에 단둘이 이러고 있자니 영 죽을 맛이었다.

카네다 소위가 사라지고 얼마간의 시간이 흘렀다. 우리 목소리는 소위가 있을 때보단 작아졌지만 그래도 구호를 멈추진 않았다. 사실 이젠 기계적으로 입에서 흘러나와 내가 무슨 말을 하고 있는지도 몰랐다.

묵직한 소총이 이젠 쇠뭉치처럼 느껴졌다. 어깨 근육이 경련을 일으킬 때마다 소총이 달달 떨렸다. 기마 자세를 한 다리도 후들거렸고 땀이 비 오듯 뚝뚝 떨어졌다. 괴로웠다. 인내의 한계치를 넘어선 지는 이미 오래다.

"우리는…… 하나다……"

문득 내 귀에 내 목소리만 들려와 입을 퍼뜩 다물었다. 눈동자를 들어 그를 보았다. 녀석은 땀에 흠뻑 젖은 얼굴로 나를 노려보고 있었다.

"까는 소리 그만하고!"

황당했다.

"내 말 잘 들어!"

난 놈을 노려봤다.

"앞으로 서로 없는 사람 취급하자, 어? 난 그냥 조용히 시간 때우고 무사히 집으로 돌아가고 싶을 뿐이야. 그러니까 날 건드리지 말라고, 알았어?"

"흥, 난 전투를 하려고 여길 왔지, 너처럼 시간이나 때우러 온 게 아니야. 너 같은 조센진을 군에 들이다니, 군부도 미쳤지!"

"내 말이! 난 이 전쟁과 아무 상관도 없는 사람이야. 잘난 너나 싸우다 뒈지든지 말든지! 난 돌아가서 다시 달릴 수만 있으면 돼!"

"소위도 미쳤어. 이런 놈이랑 어떻게 함께 살고 함께 죽는단 말이야!"

"이하동문이다, 이 새끼야!"

화가 머리끝까지 치밀었다. 당장 이 소총을 집어 던지고, 아니, 이 소총을 빼앗아 들고 놈의 면상을 갈겨버리고 싶었다.

맞잡은 소총이 바들바들 떨렸다. 이번엔 힘들어서가 아니라 힘이 들어가서였다.

녀석도 소총을 꽉 붙잡으며 나를 잡아먹을 듯 노려봤다. 그러곤 갑자기 무릎을 펴며 일어서더니 소총을 당기기 시작했다.

나도 질세라 자세를 잡고 총을 당겼다. 누구든 총을 빼앗는 자가 상대방의 두개골이라도 쪼갤 기세였다. 난 내 허리띠에 총알 주머니가 있다는 것에 생각이 닿았다.

"그쳐!"

그때 카네다 소위의 외침이 고요한 밤공기 속에 쩌렁 울렸다. 나와 대식은 동시에 퍼뜩 멈추었다.

"이 자식들이 정말 밤을 새야 정신을 차리겠군그래."

소위가 다가오며 말했다. 하지만 그의 말투는 어딘가 누그러져 있었다.

"출격 명령이 떨어졌다. 우리는 내일 하루하 강을 넘어 적진으로 들어간다. 오늘은 숙소로 돌아가 취침한다. 다시는 이런 일 용납하지 않겠다!"

그는 냉엄한 표정으로 말했다.

"네, 알겠습니다!"

나와 대식은 동시에 대답했다.

6월의 막바지로 접어든 태양은 뜨겁게 내리쪼였다. 우리는 완전군장을 하고 소총을 어깨에 걸친 채 끝이 보이지 않는 평원 위를 줄 맞추어 행군하고 있었다. 행렬의 앞도 뒤도 평원처럼 끝없이 늘어섰다.

23사단 전체가 출동하는 이번 대규모 작전의 목표는 하루하 강 동편 언덕을 불법 점거하여 진지를 구축한 소련군을 격파하는 것이었다.

이를 위해 노무라 대좌의 연대가 소련군 진지의 북쪽으로 멀찍이 돌아 강을 건넌다. 도하를 마치면 연대는 남하하여 소련군 진지의 강 건너 반대편을 장악할 것이다. 즉, 그들의 퇴로를 차단하는 것이다.

그러면 나머지 사단 병력이 전차를 앞세워 소련군의 정면과 측면을 포위 공격한다. 그렇게 사방에서 소련군을 포위하여 전멸시키는 것이다.

카네다 소위의 소대는 노무라 대좌의 연대에 소속되어 있었으므로, 우리가 도하를 할 것이다. 그중에도 우리 소대가 선봉에 섰다.

적진으로 들어간다는 것은 가슴이 두근거리는 일이었다. 카네다 소위가 있으니 두려워할 것은 없다. 그도 이번에 자신의 평판을 유감없이 발휘하려 마음먹은 것 같았다.

저만치 앞에는 말을 타고 가는 노무라 대좌가 보였다. 안장 위에 앉아 허리를 곧추세우고 자연스레 팔을 늘어뜨려 고삐를 잡은 자세가 늠름해 보였다. 그는 무릎까지 오는 긴 장화를 신었고, 허리춤에 찬 일본도가 멋스럽게 뒤로 뻗쳤다. 근사했다.

욱일기가 펄럭였다. 대륙 위로 펼쳐진 파란 하늘을 배경으로 욱일기의 붉은 태양이 펄럭이며 사방으로 햇살을 뿜어내고 있는 것이다.

"바다에 가면 물에 잠긴 시체,
산에 가면 풀이 난 시체,
천황 곁에 죽으면, 후회 없으리."
우리는 군가를 부르며 행진했다.

마음도 피도 뜨거워졌다. 전 아시아를 향해 뻗쳐나가는 강성한 일본, 그 아래 하나 되는 아시아, 천 대, 그리고 8천 대 지속될 천황의 세상을 위해 나는 기꺼이 목숨을 버리리.

"아, 목말라. 이런 거 대신 그냥 물을 더 가져왔으면 얼마나 좋아."

행군을 멈추고 잠시 휴식하는 사이 히데키 일등병이 투덜거렸다. 체력이 그리 강한 편이 아닌 그가 군장에 매어놓은 화염병을 보고 하는 소리였다.

병에 석유를 반쯤 붓고 석유를 적신 헝겊을 심지로 만들어 입구를 막아놓은 것이었다. 소련 전차와의 교전에서 유용하게 쓰일 거라며 준비해 왔다.

그러자 그 말을 들은 카네다 소위가 대꾸했다.

"정 목 마르면 저걸 그냥 마셔도 된다, 히데키 일등병. 대신 네 담뱃불은 내가 붙여주지."

주변의 병사들 사이에 웃음이 퍼져갔다.

히데키는 뚱 썹은 얼굴로 옆의 대식을 쓱 돌아보았다. 무슨 말을 하려다 입을 꾹 닫았다.

"이크, 이건 또 뭐야!"

히데키가 다시 호들갑스레 군화를 풀에 비볐다. 말똥을 밟은 것이었다.

"흐, 냄새. 소련 애들이 정말 우리가 오는 걸 모를까? 이 말똥 냄새는 모스크바까지 나겠는걸."

병사들이 키득거렸다.

히데키가 소위에게 물었다.

"소위님, 요즘 시대에 걷고 말 타고 해서 기습 공격이 되는 겁니까? 트럭 타고 달려도 온종일인데 말입니다."

"불평 그만해라. 툭하면 고장만 나는 토요타 트럭을 타느니 그냥 걷는 게 훨씬 빠르니까. 벤츠 트럭이라면 모를까."

내 마음에서 펄떡이는 잉어처럼 말이 솟구쳐 입 밖으로 튀어나왔다.

"토요타도 언젠가는 벤츠 못지않은 트럭을 만들 겁니다."

"그래? 어째서 그렇게 확신하지?"

"일본이 30년 전에 러시아 제국을 격파했을 때도 동양의 섬나라가 서양 제국을 꺾을 거라 예상한 사람은 많지 않았습니다. 토요타는 이제 두 살 난 회사입니다. 머지않아 분명 독일 차를 따라잡을 날이 올 겁니다."

"내 살아생전에 그런 날을 볼 수 있다면 좋겠군."

소위는 씩 웃어 보였다.

문득 대식의 얼굴이 눈에 들어왔다. 그는 꿰다놓은 보릿자루처럼 소총을 어깨에 기대어놓은 채 시무룩하게 먼 산을 보고 앉아 있었다.

어느덧 해가 지평선 아래로 넘어가고 달과 별들의 왕국이 도래했다. 공기 중엔 한낮의 열기는 사라지고 서늘한 기운이 맴돌고 있었다.

우리들은 국경인 하루하 강에 근접함에 따라 침묵한 채 행군하고 있었다.

대평원에 뜨는 별들은 특별한 데가 있었다. 사방이 모두 평평하게 트여 있고 저 멀리 지평선 바로 위에서부터 별들이 뿌려져 있으니, 고개를 쳐들지 않고도 별들을 볼 수 있는 것이다. 주변에 불빛도 없고 공기도 청명하기 그지없어 별빛이 깜빡거리는 것까지 선명하게 보였다.

고개를 들어보니 검은 벨벳 위에 반짝이는 보석 가루를 뿌려놓은 듯 별들이 가득했고, 신비로운 은하수가 그 사이를 가로지르고 있었다. 시야에 들어오는 대부분의 공간이 별들로 덮여 있어 환상적이다.

이 땅이 온전히 일본의 땅이 된다는 것은 정말 멋진 일이다.

드디어 하루하 강에 도착했다. 강폭이 상당히 넓었다. 달은 잔잔한 수면 위에서 은빛으로 찰랑거리고 있었다. 하늘엔 뭉게구름의 부드러운 테두리가 달빛을 받아 고요히 빛나고 있었다.

우리는 조용하고 신속하게 강의 동쪽 언덕에 야영 준비를 시작했다. 오늘 밤은 허락된 땅에서의 마지막 밤이 될 것이다.

나는 잠시 검은 강의 아득한 저편을 바라보았다. 앞으로 격렬히 펼쳐질 전투의 심상이 이토록 정적이고 아름다운 풍경 위에 묘한 대비를 만들어내자 마음이 설렜다. 내일이면 한 번도 디뎌본 적 없는 적의 영토에 발을 내딛는다.

야영 준비가 끝났다. 나는 하늘을 마주 보고 누웠다. 달이 엄청나게 밝았다. 눈이 부셔 눈을 가늘게 떠야 했다.

그때 늑대의 긴 울음소리가 울려 퍼졌다. 그 소리는 차가운 달빛에 녹아들며 깊은 구슬픔을 자아냈다. 짐승에게 무슨 한이 저리도 깊이 사무친 걸까?

누군가 나를 흔들어 깨우는 바람에 퍼뜩 놀라 눈을 떴다. 설마 늦은 게 아닌가, 벌떡 몸을 일으켰다. 하지만 아직 한밤중이었다. 날 깨운 건 히데키 일등병이었다.

"이제 도하 준비해야 돼."

그가 목소리를 낮춰 말했다.

나는 자리에서 일어나 그와 짝을 이뤄 신속하게 군장을 싸기 시작했다. 저쪽에 군장을 싸는 대식이 보였다. 달빛 때문일까, 그의 얼굴엔 핏기가 없어 보였다. 잠도 설친 것 같았다.

노무라 대좌는 말 위에 앉아 번득이는 눈으로 강 앞에 도열한 병사들을 쳐다보았다. 모두 도하 준비를 마쳤다. 이제 저 검은 강을 건너기만 하면 된다.

대좌가 입을 열었다.

"제군들, 내 말을 가슴 깊이 새기도록. 군인의 임무는 산처럼 무겁지만, 그 목숨은 깃털처럼 가볍다."

모두들 숨소리 하나 없이 결전의 각오로 불타올랐다. 천황 곁에 죽으면 후회 없으리!

대좌가 탄 말을 선두로 병사들이 강을 향해 걸어 들어가기 시작했다.

강의 수면 바로 아래로는 공병들이 미리 설치해놓은 가교가 놓여 있었다. 적의 정찰병에게 우리의 월경 의도를 들키기 않기 위해 다리를 수면에서 한 뼘 정도 아래에 잠기도록 만들어둔 것이었다.

병사들이 가지런히 줄지어 달빛 비치는 수면 위를 걸으며 강의 가운데를 향해 나아갔다. 병사들의 머리 위로는 별들이 쏟아져 내릴 것 같았다. 초현실적이었다. 그리고 아름다웠다.

시원한 강물이 참방거리며 군화 안으로 스며들었다. 투지가 온몸에 짜릿하게 퍼져나갔다. 우리는 신세계로 들어간다.

15 대식의 일지
1939년. D-Day 5년 전 / 몽골 측 노몬한 평원

야심한 새벽 도하를 마친 우리 연대는 지난 이틀 동안 강을 따라 남쪽으로 내려왔다. 야간 중에만 이동하고 주간에는 참호를 파고 숨어 있었다.

내 앞으로는 길게 줄지어 행군하는 병사들이 보였고, 내 뒤로는 따라오는 병사들의 발걸음 소리가 들렸다. 아무도 입을 열지 않았다.

문득 요이치를 돌아보았다. 녀석은 마치 보물을 찾아 해골섬에 도착한 해적 같은 얼굴을 하고 있었다. 어이가 없었다. 용감하다 해야 할지, 철부지라 해야 할지.

난 두려웠다. 오른편 저만치에 펼쳐진 야트막한 언덕 위에 설치된 소련의 대포들을 경계하며 조심스럽게 남진하기 시작한 후로 두 번째 맞는 새벽이었다. 지금껏 아무 교전이 없었지만, 내 신경은 온통 오른쪽 언덕 위에 쏠려 있었다. 군화 아래 밟히는 적진의 풀들이 밑창을 뚫고 발바닥을 찔러오는 것 같았다.

사령부는 소련의 주력 부대가 이곳에서 7백 킬로미터나 떨어져 있을 것이라 판단하고 있었다. 하지만 부대 내에서도 이에 대해 의견이 분분했다.

이번 작전을 반대했던 장교들은 소련군에 대한 정보가 턱없이 부족하고, 23사단이 아직 신생이라 충분한 화력을 확보하지 못한 점을 들었다고 했다. 그래서 혹시 몰라 준비했다는 것이 고작 화염병이었다.

나는 힐끗 오른편 언덕을 쳐다보았다. 눈을 비볐다. 언덕 너머 저 멀리 서쪽 지평선에서 뿌옇게 먼지가 일어나는 것이 보였던 것이다. 내 눈에 눈곱이라도 낀 게 아닌가 했다. 하지만 또렷이 보였다.

그것은 분명 먼지구름이었다! 뭉게뭉게 피어오른 먼지의 윗면은 새벽의 햇살을 받아 붉었고, 자로 그은 듯 그 아랫부분은 누리끼리한 잿빛이었다.

심장이 철렁 내려앉았다. 설마 저게 소련군은 아니겠지! 저만큼의 먼지구름을 상공으로 피어 올릴 정도의 적이라면 대체 얼마나 대규모 병력이란 말인가? 분명 주력 부대는 7백 킬로미터 밖에 있다 했는데……

모두들 웅성이며 서쪽 지평선을 쳐다보았다. 거대한 먼지구름을 목격하고는 다들 크게 동요하고 있었다.

저 앞에 말을 탄 노무라 대좌는 목에 건 쌍안경을 들어 지평선을 살폈다. 그의 말도 불길한 징조라도 느꼈는지 연신 고개를 쳐들며 귀를 이리저리 돌리고 발을 굴렸다.

대좌가 쌍안경을 급히 내리더니 외쳤다.

"적이다! 전원 전투 준비! 참호를 파라! 참호를!"

그가 시퍼렇게 날이 선 일본도를 뽑아 높이 치켜들었다.

그것을 보자 군인들은 정신이 번쩍 들었다. 모두들 군장을 벗어 던지고 군용 삽을 꺼내어 미친 듯이 땅을 파기 시작했다. 소대장들은 대원들을 향해 마구 소리치며 지시했다.

난 혼란에 빠져들었다.

'제기랄! 제기랄!'

삽질을 하며 속으로 외쳤다. 풀의 질긴 뿌리를 끊으며 삽을 땅에 깊이 박아 최대한 많이 최대한 빨리 흙을 퍼냈다. 여름의 습기를 머금어서인지 땅은 부드러웠다. 적의 직격탄에서 몸을 숨길 만큼 깊이 파야 한다. 조금이라도 더 깊이, 더 깊이!

"대포를 세워라! 포격 준비!"

뒤쪽에서 포병들이 말을 대포에서 분리하기 시작했다. 그런데 긴급한 분위기 때문인지 말들이 크게 동요하며 날뛰었다. 그러다 대포와 채 분리가 되지 않은 어떤 말의 고삐가 풀려버렸다. 그 말은 참호를 파던 한 무리의 병사들을 향해 내달았다.

곧 충돌할 듯 아찔한 순간에 말이 옆으로 방향을 틀었다. 그러자 뒤에 딸려 오던 대포가 옆으로 넘어지며 그대로 병사들을 덮쳤다. 아, 하는 순간에 벌어진 일이었다.

깔린 병사들은 비명을 질러댔다. 끔찍했다. 비명만으로도 그들의 고통이 피부에 섬뜩하게 와 닿았다.

난 문득 내가 삽질을 멈추었다는 것을 깨닫고는 다시 미친 사람처럼 삽질하기 시작했다. 흙이 얼굴과 입속으로 튀어 들었지만 아랑곳없었다. 더 깊이! 더 깊이! 머릿속이 하얘져갔다.

"한대식! 이제 그만 파! 사격 준비해!"

억센 손이 삽을 든 내 팔을 잡았다. 돌아보니 카네다 소위였다. 소위의 검은 눈동자는 미동도 않고 내 겁먹은 눈동자를 노려보았다.

"정신 차려! 안 그러면 죽는다! 총 잡아!"

난 삽을 바닥에 던지고 소총을 잡았다. 그간 훈련에서 배운 것은 까마득히 잊혀져 있었다. 참호에 몸을 웅크린 채 소위를 보았다. 한 가닥 위안은 그와 내가 한 참호에 들어 있다는 것이었다. 그는 서쪽 지평선 쪽을 향해 삽으로 얼굴을 가린 채 참호 밖으로 얼굴을 내밀었다.

나도 바닥에 누운 내 삽을 잡았다. 삽날에는 두 개의 눈구멍이 뚫려 있었다. 나도 삽으로 얼굴을 가린 채 고개를 내밀어 눈구멍을 통해 먼지구름을 살폈다. 구름 아래 지평선에 점점이 찍힌 것들이 죽 펼쳐져 있었다.

"저, 저게 뭘까요?"

"아마 소 떼는 아니겠지."

태연한 그의 말투에 난 고개를 돌려 소위를 쳐다봤다.

그가 시선을 지평선에 고정한 채 말했다.

"저건 소련의 기갑사단이야. 저런 먼지구름을 만들어낼 수 있는 건 탱크나 장갑차 뭐 그런 것들이지. 잘 봐두라고."

탱크!

온몸에 소름이 돋았다. 우리는 전원 보병에다 대포 약간이다. 덤벼드는 늑대 무리 앞에 놓인 양 떼나 다름없다. 심장이 마구 방망이질 쳤다.

소련의 기갑사단이 점점 뚜렷하게 모습을 드러내기 시작했다. 탱크들이었다. 어림잡아 30대가량은 되어 보였다. 몸체 전면에는 개구리눈처럼 생긴 한 쌍의 헤드라이트가 양쪽에 부착되어 있었고, 그 위 포탑에는 뾰족한 주포가 우리를 향해 똑바로 뻗어 있었다. 뒤로 먼지를 일으키며 달리는 탱크들의 위용과 압박감은 어마어마했다.

마치 구름을 뚫고 나타난 지옥의 괴물들 같았다. 소총의 총알 따위로는 가려움조차 느끼지 못할 것이다.

"BT-5로군. 쾌속 전차야. 시속 50킬로미터까지 속도가 나거든."

카네다 소위가 말했다.

저렇게 육중한 쇳덩어리들이 그런 속도로 달릴 수 있다니…… 일으키는 먼지구름의 크기와 탱크의 속도는 비례하는 것 같았다. 일본의 전차와는 비교도 되지 않는다.

"탱크들 뒤로 혹시 트럭이 보이나?"

나는 소위의 질문에 정신을 차리고 탱크의 뒤를 살폈다. 폭풍처럼 치솟는 먼지구름 속에 트럭은 보이지 않았다.

"없는 것 같습니다!"

목소리가 갈라졌다.

"좋아. 해볼 만하겠어."

나는 귀를 의심했다. 해볼 만하다니. 뭐가 말인가?

"포격 개시!"

노무라 대좌의 명령이 떨어지자 "펑, 펑" 하며 일제히 아군의 대포가 불을 뿜기 시작했다.

천지가 진동했다. 몸이 부르르 떨렸다. 그러면서도 두 눈은 삽날의 눈구멍을 통해 적의 탱크를 주시했다. 제발 포탄들이 저 고삐 풀린 탱크들을 그 자리에 못 박아주기를 간절히 바라면서.

하지만 탱크들과 거리가 먼 뒤쪽의 땅이 솟구쳐 오르는 것이 먼지구름 사이로 보였을 뿐 괴물들은 점점 더 우리와의 간격을 좁혀 오고 있었다. 탱크가 너무 빨라서 대포로 그것을 맞춘다는 것은 불가능해 보였다.

손이 덜덜 떨렸다. 눈은 분명 뜨고 있는데 눈앞이 캄캄했다.

"착검해!"

속이 울렁거렸다. 카네다 소위가 내 팔을 붙잡아 힘껏 당겼다. 난 참호 바닥에 주저앉고 말았다.

"착검하란 말이야!"

"네…… 네!"

허리춤에 찬 대검을 뽑아 소총 앞에 착검을 하려 했다. 하지만 손이 너무 떨려 아무리 정신을 집중해도 구멍을 맞출 수가 없었다. 술에 잔뜩 취한 기분이었다.

"퍼퍼퍼펑!"

참호 위로 맹렬한 포격 소리가 일제히 터졌다. 아군의 대포 소리와 달랐다. 소련 탱크들이 아군을 향해 쏘는 것이리라. 포격 소리에 바로 이어 아군 진지 여기저기가 폭발을 일으키는 소리가 들려왔다.

그때 내 귀에 낯선 소리가 들려왔다. "끼끼끼끼" 하는 소리였는데, 그것이 탱크의 바퀴, 즉 철판을 이어 만든 무한궤도가 돌아가는 소리라는 걸 직감했다.

'그런데 이 소리가 어떻게 이렇게 가까이서 들릴 수 있지?'

난 바닥을 향하고 있던 고개를 돌렸다. 참호의 거무튀튀한 흙벽 위로 시리도록 푸른 하늘이 보였다.

그때 탱크의 무한궤도가 그 파란 하늘을 가리며 나타났다.

"으악!"

내 입술 사이로 비명이 터져 나왔다. 동시에 쇳덩어리 무한궤도가 눈앞으로 떨어져 내려왔다. 눈을 질끈 감았다.

압사하게 될 줄은 상상도 못했는데, 제길……

이상했다. 무한궤도의 끼끼거리는 소리는 계속되는데 나의 생각과 느낌은 계속 이어졌다.

눈을 떠보았다. 어두운 탱크의 바닥이 보였다. 그것은 빠르게 지나가고 있었다. 그리고 곧 탱크의 바닥과 무한궤도는 시야에서 사라지고 다시 새파란 하늘이 드러났다.

후…… 한숨이 몰려 나왔다. 그러자 이상하게도 울렁이던 속이 다소 가라앉기 시작했다. 손을 들어보자 떨림도 사라졌다.

"이제 착검할 수 있겠나!"

카네다 소위가 소리쳤다.

그를 쳐다보았다. 침착한 검은 두 눈동자. 퍼뜩 정신을 차렸다.

"아, 네!"

몸을 일으켜 바닥에 떨어진 대검을 주워 소총 입구에 착검시켰다.

"좋아! 그럼 소총과 화염병 두 개를 들고 나를 따른다. 알겠나!"

"네……"

"나를 믿어라! 믿으면 살 수 있다!"

그때 나를 투시하듯 쳐다보는 그의 힘찬 눈동자가 내 마음 깊숙한 곳을 건드렸다.

"알겠습니다!"

나는 화염병 두 개를 군장에서 뽑아냈다. 소총을 등 뒤로 돌려 메고는 양손에 한 병씩 들었다. 소위를 쳐다보았다.

"따라와!"

카네다 소위는 번개처럼 참호 밖으로 뛰어나갔다. 나는 그를 따랐다.

참호 밖의 풍경은 참혹했다. 얼마나 포를 쏘아댔는지 탱크가 뿜어낸 포연으로 전장의 공기가 뿌옇다. 바닥엔 대포의 잔해들과 철모와 소총들이 나뒹굴고 있었다. 모두 일본군의 것들이었다. 여기저기 아무렇게나 널브러진 병사들은 초록의 풀 위로 붉은 피를 쏟아내며 시체로 변해가고 있었다.

"빨리!"

다시 소위의 외침이 들렸다. 나는 그를 따라 달리기 시작했다. 그가 어디를 향해 달리는지도 모르고 무조건 따라갔다. 매캐한 화약 냄새가 코를 찔러왔다.

이윽고 우리는 한 소련 탱크의 후미에 바짝 붙어 섰다. 탱크의 포탑은 전면을 향하고 있었다.

소위가 나에게 탱크의 몸체 위로 올라가라는 손짓을 하더니 내 손에 든 화염병을 잡았다. 나는 화염병을 놓고 자유로워진 두 손으로 괴물의 몸체를 붙잡고 위로 오르기 시작했다. 손바닥 아래로 놈의 몸통이 머금은 오전의 냉기가 전해졌다. 그 싸늘함과 단단함이라니……

"펑!"

그때 탱크가 발포를 했다. 진동이 내 손을 통해 느껴졌다. 소름이 돋았다.

다시 얼어붙을 만도 했지만, 내 몸도 마음도 이제 어느 정도 적응을 한 모양이었다. 나는 몸체 위로 올라가 소위로부터 화염병을 건네받았다. 그러자 소위도 위로 올라왔다.

다 올라온 소위는 몸을 낮추며 앞을 향해 가자고 손짓했다. 나는 그를 따랐다.

막 발걸음을 떼는데 갑자기 덜컥하며 탱크가 전진하기 시작했다. 그와 나는 걸음을 멈추고 자세를 급히 낮추었다. 불식간에 숨까지 멈추었다.

탱크는 느릿하게 10미터 정도 전진하다가 새로운 목표물을 찾았는지 우뚝 멈춰 섰다.

그제야 난 숨을 내쉬었다. 포탑이 전방의 목표를 향해 돌아가다 멈췄다. 소위와 나는 포탑의 바로 뒤, 몸통의 중앙으로 재빨리 걸어갔다.

소위가 손가락으로 아래를 가리켰다. 내려다보니 철사로 촘촘히 짠 널찍한 철망 커버가 부착되어 있었다.

"펑!"

다시 괴물이 온몸을 떨며 포탄을 토해냈다.

난 소위가 가리킨 철망을 보았다. 거기서 괴물의 입김 같은, 뜨거운 열기가 확 솟아올랐다.

"한가운데를 총검으로 십자로 찢어!"

나는 둘러멘 소총을 벗어 양손으로 거머쥐었다. 총구 앞으로 길게 나온 대검이 햇살에 번뜩였다.

그동안 소위는 라이터를 꺼내 화염병 두 개에 모두 불을 붙였다. 그가 나를 보며 고개를 끄덕였다.

나는 그것을 신호 삼아 철망의 한가운데로 대검을 힘껏 찔러 넣었다. 뿌득하며 철망이 찢겼다.

"좀 더 길게!"

나는 총검을 뽑아 다시 찔렀다.

그동안 괴물은 아무것도 모르는 듯 태연히 몇 발짝을 옮겨 다시 포탄을 뿜어냈다.

나는 몇 번을 찌른 끝에 철망 가운데를 십자로 찢는 데 성공했다.

"물러서!"

소위가 나에게 외치더니, 불붙은 화염병 하나를 십자를 향해 힘껏 내리꽂았다.

"펑."

작은 폭발음과 함께 안에서 시뻘건 불꽃이 일며 아래에서 검은 연기가 뿜어져 나왔다. 그곳은 엔진룸이었다. 우리는 괴물의 심장에 불을 붙인 것이다.

탱크는 아무것도 모르는 듯 방향을 틀며 전진했다.

우리는 자세를 낮추며 기다렸다. 그는 그동안 나머지 화염병에도 불을 붙였다.

엔진룸에서 올라오는 검은 연기가 점점 더 짙어졌다. 그러자 안에서 이상한 소리가 나더니 이동하던 탱크가 출렁거리며 멈춰 서고 말았다.

그러자 소위는 재빠른 걸음으로 포탑 옆에 바짝 붙어서 한 손엔 화염병을 든 채 권총을 빼어 들고 해치를 겨누었다. 해치는 직사각형으로 포탑 윗면에 나란히 두 개가 붙어 있었다. 두 명이 위로 올라올 수 있도록 되어 있는 모양이었다.

그때 안쪽에서 뭔가 딸깍거리는 소리가 들렸다. 난 다시 숨을 멈췄다. 해치가 위로 열리면서 그 아래로 해치를 밀어 올리는 손이 보였다. 상당히 흰 팔뚝이라는 생각이 든 순간, 소위가 눈을 번득이며 열린 해치를 향해 권총을 쏘았다.

"탕, 탕, 탕!"

흰 팔뚝이 안으로 쑥 빨려 들어갔다. 안에서 알아들을 수 없는 고함 소리가 울리더니, 총성과 함께 총알이 핑핑 위로 솟구쳐 올랐다.

소위는 다른 손에 들린 화염병을 안을 향해 세차게 던져 넣었다. 그러자 안에서 병 깨지는 소리와 함께 비명 소리가 들려왔다. 마치 동굴 속에서 상처 받은 짐승이 내지르는 소리 같았다. 검은 연기도 치솟아 올랐다.

"뛰어내려!"

소위가 내 앞을 지나 탱크 아래로 뛰어내렸다. 나도 따라 뛰었다. 그러곤 뒤도 돌아보지 않고 달리는 그를 따라 달렸다.

"퍼펑!"

뒤에서 엄청난 폭음이 솟구치자 소위와 나는 바닥에 납작 엎드렸다.

뒤를 돌아보니, 포탑이 몸체로부터 튕겨 나와 바닥에 떨어져 있었고, 괴물의 목이 잘린 곳에서는 검은 연기와 함께 피처럼 새빨간 불꽃이 타오르고 있었다.

"화염병의 불이 탱크 내부에 있는 포탄의 화약에 옮겨붙은 거다. 이제 알겠지?"

소위가 나를 보며 말했다.

탱크 하나 잡는데 총알 몇 방과 화염병 두 개면 족하다니. 경륜이란 이런 거구나, 감탄이 절로 나왔다.

"화염병을 더 가져와! 소총은 이리 주고."

소위가 바닥에 엎드린 채 나에게 말했다.

"네!"

난 그에게 소총을 넘기고 몸을 벌떡 일으켜 달리기 시작했다. 가장 가까이 보이는 참호로 향했다.

참호로 뛰어 들어간 나는 그곳에 있는 군장을 살폈다. 하지만 여긴 화염병이 없었다. 어쩌면 모두가 화염병을 준비한 건 아닐지도 모른다.

우리 소대의 것으로 보이는 참호를 찾아 뛰어들었다. 그러자 발에 뭔가 뭉클한 것이 밟혔다. 발을 들어보니 피투성이로 짓이겨진 무언가였다. 형체는 전혀 알아볼 수 없었지만 상태나 밟힌 느낌으로 보아 신체의 일부라는 것은 분명해 보였다.

갑자기 속에서 구토가 밀고 올라왔다.

"우웩!"

참호 옆으로 토를 쏟아냈다.

입에 남은 찌꺼기를 뱉어내며 소매로 입 주위를 닦다가, 눈에 들어온 참혹한 광경에 할 말을 잃고 말았다.

이 참호는 적의 포탄에 직격당한 것 같았다. 참호 벽 여기저기 피와 살점이 흩뿌려져 있었고 바닥엔 몇 구의 시체가 뒤엉켜 있었는데, 그 옆으로 작은 피 웅덩이가 만들어져 있었다.

다시 역겨움이 북받쳐 올랐지만, 빨리 화염병을 찾아 소위에게 돌아가야 한다는 생각에 급히 주변을 돌아보았다. 시체 아래 깔려 있는 군장이 보였다. 시체를 옆으로 밀어내자 군장에 화염병이 매어 있었다. 온전했다. 다만 피범벅이 되었을 뿐.

나는 미끄덩거리는 병을 군장에서 어렵사리 떼어냈다.

그러다 문득 내가 밀어낸 시체에 눈이 갔다. 난 화들짝 놀라고 말았다. 그는, 아니, 그것은 히데키 일등병이었다. 하반신이 마치 밟아놓은 붉은 토마토처럼 으깨져 있었다.

'그럼 이 피는……'

나는 손에 묻은 피를 미친 사람처럼 군복에 닦았다.

'빨리 오란 말이야!'

그때 머릿속에 쩌렁 카네다 소위의 호통이 울려왔다. 퍼뜩 정신을 차리고 병을 가지고 참호 위로 뛰어 올라갔다.

그러자 조금 떨어진 곳에 어떤 병사가 온몸에 피를 뒤집어쓴 채 바닥에 멍하니 앉아 있는 뒷모습이 보였다. 어깨의 계급장을 보니 그도 나와 같은 일등병이었다. 하염없이 전장을 바라보며 퍼질러 앉아 있는 것이 정신 줄을 놓은 것 같았다.

그냥 갈까 하다가 연민의 마음이 들어 다가가 어깨를 흔들었다. 그의 어깨엔 피를 뒤집어쓰지 않은 곳이 거의 없었다. 그건 내 손도 마찬가지지만.

"이봐요. 괜찮아요?"

그가 천천히 고개를 돌렸다. 나는 얼굴에 온통 피 칠갑을 한 그가 누구인지 알아볼 수 없었다. 하지만 그는 나를 어슴푸레 알아보는 눈치였다. 어딘가 초점이 나간 듯한 그의 눈동자를 가만히 들여다보다가, 퍼뜩 깨달았다.

"요이치!"

16 요이치의 일지

1939년. D-Day 5년 전 / 노몬한 전장

지옥…… 생지옥이었다.

사람이 피와 살과 뼈로 이루어져 있다는 말은 전부 사실이었다.

참호에서 나는 기적적으로 살아남았다. 하지만 앞으로 무엇을 해야 하는지 아무 생각도 떠오르지 않았다. 그저 지옥 같은 참호에서 기어 나왔을 뿐이다. 동료들의 뼈와 살점을 딛고.

광활한 평원 위에서는 맨몸이라 해도 과언이 아닌 아군을 소련 탱크들이 마음껏 살육하고 있었다. 나는 이 믿기지 않는 광경을 넋 놓고 바라보고만 있었다.

그때 누군가 내 어깨를 흔들었다. 고개를 돌려 그를 보았다.

익숙한 얼굴이다. 하지만 그가 누구인지 떠오르지 않는다.

"요이치!"

그가 내 이름을 부른다. 내가 아는 사람인가?

"정신 차려! 이 바보 자식아!"

그가 소리치며 나의 어깨를 마구 흔들었다. 그러자 내 머릿속에 뿌옇게 들어찬 안개가 조금씩 걷히기 시작했다.

"한대식?"

나는 그를 새삼스레 쳐다보았다. 뭘 했는지 시커먼 그을음을 뒤집어쓴 얼굴에 흰자위가 유난히 하얗게 보였다. 그 가운데 검은 눈동자가 나를 뚫어져라 노려보고 있었다. 그 속에 언뜻 경멸의 빛이 어렸다.

난 내 어깨를 잡은 그의 팔을 뿌리쳤다.

"이거 놔!"

"다친 데는 없어?"

"네가 무슨 상관이야!"

화가 났다. 나의 이런 모습을 보다니!

그때 갑자기 그가 억센 힘으로 나를 잡아 질질 끌기 시작했다.

"뭐, 뭐야!"

"여기 있으면 안 돼! 참호 안으로 들어가."

"거긴 안 들어가! 안 들어간다고! 이거 봐, 이 자식아!"

"시끄러워!"

그는 막무가내였다. 나는 기다시피 그에게 끌려가 참호 속으로 던져졌다.

바닥으로 굴러떨어진 나는 기겁을 하고 몸을 움츠리며 주변을 돌아보았다. 하지만 여긴 깨끗했다. 아까의 그 참호가 아니었다.

난 바닥에 누운 채 그를 올려다보았다. 한없이 새파란 하늘 아래 그가 우뚝 서 있었다.

"여기 꼼짝 말고 있어!"

내게 외치더니 시야에서 휙 사라졌다.

난 잠시 그대로 누워 있었다. 폭음과 총탄 소리, 고함 소리, 비명 소리가 한데 엉켜 하늘을 향해 뻥 뚫린 참호의 입구를 통해 넘어 들어왔다.

대체 무슨 일이 벌어진 거지? 왜 그가 나를 여기에 끌어다놓은 거지? 그의 행동을 납득할 수는 없었지만 그보다 부끄러웠다. 조선인에게 이런 모습을 보였다는 사실이.

난 벌떡 일어섰다. 내 머리가 참호 밖으로 나오자 "쾅!" 하며 탱크의 포격 소리가 요란하게 울렸다.

"윽!"

동시에 나는 다시 참호 속으로 몸을 웅크리고 말았다. 머릿속에서 포격 소리가 메아리치며 뱃멀미라도 하듯 속이 메슥거렸다.

다시 억지로 몸을 일으켜 조심스레 머리를 밖으로 내밀었다. 그리고 평원 위의 광경을 살피던 나는 깜짝 놀라고 말았다. 탱크 몇 대가 검은 연기를 무럭무럭 공중으로 피워 올리며 불타고 있는 것이다. 둘러보니, 카네다 소위와 대식이 화염병을 들고 조를 이뤄 탱크를 불태우고 있었다. 마치 오랫동안 호흡을 맞춰온 명콤비 같았다.

'나도 이대로 있을 순 없다!'

참호 바닥을 돌아보았다. 거기엔 주인 잃은 소총이 놓여 있었다. 급히 그것을 주워 들었다. 그때 어디선가 요란한 기관총 소리가 울렸다.

고개를 들어보니 탱크의 해치를 열고 나온 소련 병사가 기관총을 포탑 위에 고정시키고는 주변에 화염병을 들고 몰려드는 아군 병사들을 향해 맹렬히 사격을 가하고 있었다.

기관총 사격에 한 병사의 치켜든 손에 들린 화염병이 깨지면서 불길이 그의 팔을 타고 흘러내려 온몸에 옮겨붙어버렸다. 그는 바닥에 뒹굴며 비명을 질렀다.

나는 이를 악물었다. 소총에 얼굴을 붙이고 가늠자를 통해 기관총을 잡은 소련 병사를 겨누었다.

"탕!"

하지만 기관총은 여전히 불을 뿜고 있었다. 너무 조급했다.

다시 심호흡을 골랐다. 그러곤 호흡을 멈추었다. 그의 어깨는 기관총이 일으키는 반동으로 들썩이고 있었다. 앙다문 그의 이빨이 새하얬다.

"탕!"

나의 손가락이 부드럽게 방아쇠를 당기자, 소련 병사의 상체가 전원 끊긴 기계처럼 맥없이 풀썩 해치 위로 엎어졌다.

숨을 내쉬었다. 기분이 한결 나아졌다. 이토록 부인할 수 없이 명백하고 즉각적인 인과관계의 아름다움을 나는 사랑했다.

기관총 사수가 죽자 아군 병사들이 그 탱크 위로 기어 올라가 해치에 걸린 시체를 끌어내고는 포탑 안으로 화염병을 던져 넣으며 마무리를 했다.

나는 다음 목표를 찾아 시선을 옮겼다. 여기저기 아군이 적의 탱크를 불태워가고 있었다. 돌연 탱크들이 일제히 기수를 돌리더니 왔을 때처럼 전속력으로 물러가기 시작했다.

"적이 퇴각한다!"

누군가 기쁨에 소리를 질렀다.

동시에 여기저기서 "만세!" 소리와 함께 총성이 솟구쳐 올랐다. 사지에 들어갔다가 살아난 자들의 환희였다.

나도 다리의 힘이 풀려 다시 참호 바닥에 주저앉고 말았다.

대식의 얼굴이 떠올랐다. 그을음을 뒤집어쓴 검은 얼굴에 또렷한 흰자위. 나를 향해 던지던 경멸의 눈빛. 나를 끌고 가던 억센 손길…… 무어라 형언할 수 없는 기분들이 한데 뒤섞여 들었다.

전장의 상황은 암울했다. 푸르른 초원 위에 주저앉아 검은 연기를 토해내며 불타고 있는 탱크들도 상당수였지만, 아군의 피해도 막대했다. 쇳덩어리 대 인간의 대결이었다. 어찌 보면 아군의 4할 가량이 살아남은 것도 기적이라 할 수 있다.

탱크의 검은 연기를 무럭무럭 빨아올리는 하늘은 거짓말처럼 새파랬다. 해는 이미 부쩍 위로 솟아 찬란한 빛을 온 세상을 향해 던지고 있었다.

그 아래 펄럭이는 욱일기의 붉은 태양과 열여섯 갈래로 뻗친 햇살 문양이 왠지 무색해 보였다.

생존한 병사들은 사망한 전우들의 시신을 수습하거나 참호를 보강하고 있었다. 모두들 말이 없었다. 하지만 그들의 표정에서 회의감과 공포를 엿볼 수 있었다. 다들 소련군이 재차 공격을 해올 경우 어떻게 견딜 수 있을지 마음이 천근만근이리라.

하늘엔 독수리들이 어느새 날아왔는지 원을 그리며 우리 머리 위를 돌고 있었다. 놈들은 나머지 생존자들마저 모두 죽어나가기를 조용히 기다리고 있는 것 같았다.

저만치 떨어진 곳에서 대식이 하늘을 올려다보고 있었다. 제국에 대한 충성심도 사명감도 없는 녀석이 아까의 전장에서는 분명 활약했다. 그것도 눈부시게.

카네다 소위의 능력이 새삼 대단하게 느껴졌다. 마치 자신의 반에서 최악의 열등생을 한순간에 우등생으로 끌어올린 선생같이 보였다.

그렇다. 대식은 여기서 살아남아서 집으로 돌아가 다시 트랙 위를 뛰고 싶은 것이다. 다음 올림픽에 재도전하고 싶은 것이다. 그것이 열등생의 분투의 원동력이었을 것이다.

육상은 그가 가진 전부라고 수희도 나에게 말했었다.

수희…… 문득 그녀는 잘 지내고 있는지 궁금해졌다. 내가 그녀에게 군대에 간다고 말한 날, 정원을 가로질러 가던 그녀의 뒷모습이 생생했다. 지금 이곳에 서서 그 모습을 떠올리니 왠지 머나먼 낯선 나라의 일처럼 느껴진다.

그녀가 내게 등을 돌리고 사라진 다음 날, 그녀는 내 방문을 노크하고는 사라졌다. 방문 앞에는 센닌바리만 물끄러미 놓여 있었다.

넉넉히 길게 자른 깨끗한 흰 광목천 위에 십자 모양의 붉은색 땀 하나.

그런데 수희는 천 아랫부분에 검정색 실로 글귀를 하나 새겨놓았다.

"그런즉 믿음, 소망, 사랑, 이 세 가지는 항상 있을 것인데 그중의 으뜸은 사랑이라."

그녀는 종종 이렇게 알 수 없는 말을 하곤 했다.

혹시 지금 나에게 고백을 하는 것일까? 사랑이 세상의 으뜸이네 뭐네 하면서?

설사 그렇다 해도 모른 척하기로 했다. 전장으로 나가는 마당에 그녀의 마음을 받을 수는 없다. 게다가 신사 참배까지 거부하는 조선 여인과 나는 어차피 맺어질 수 없는 사이인 것이다.

바지의 허리춤 안쪽을 더듬어보았다. 센닌바리가 단단히 매여 있었다.

저편에서는 노무라 대좌와 장교들이 모여 회의를 하고 있었다.

장교의 수도 출발했을 때에 비해 눈에 띄게 줄었다. 그들 근처에는 대좌의 애마가 죽어 거대한 배를 드러낸 채 드러누워 있었다.

회의가 끝났는지 장교들이 흩어졌다. 카네다 소위도 우리 소대를 향해 걸어왔다. 살아남은 소대원들이 그의 주위에 모였다.

"모두 잘 들어라. 노무라 대좌는 퇴각 결정을 내렸다."

병사들의 눈에 안도의 빛이 스쳤다.

"적의 주력 부대가 어느새 이곳까지 이동을 했는지 위에서는 까맣게 모르고 있었다. 하지만 천만다행으로 적도 기갑사단만으로 공격을 감행해 오는 실수를 범했어. 보병과 함께 왔다면 화염병은 무용지물이었을 거야. 그걸 뒤늦게 깨닫고 놈들도 퇴각했지만, 다음번엔 분명히 보병과 함께 올 거다. 우리도 즉시 퇴각하지 않으면 전멸이다."

전멸이라는 말에 겨우 살아남은 병사들의 얼굴이 흙빛이 되었다.

"그럼 지금 당장 퇴각 준비를 시작합니까?"

치노 오장이 물었다.

"준비는 시작해. 다만 한 가지 문제가 있어. 사령부의 정식 퇴각 명령 없이는 퇴각할 수가 없다."

"그럼 빨리 퇴각 명령을 요청하면 되지 않습니까?"

치노 오장이 다급한 듯 물었다.

"전 연대의 통신 장비가 모두 파괴되거나 작동하지 않는다. 사령부에 연락할 방법이 없어."

병사들이 다시 사색이 되었다.

"현대식 장비가 모두 못 쓰게 되었으니, 재래식 방법을 쓰는 수밖에. 전령을 보낸다."

소위는 대식을 쳐다보았다.

그러자 나와 병사들의 시선이 모두 대식에게 쏠렸다. 대식은 놀라는 눈치였다. 놀라긴 나도 마찬가지였다.

"한 군, 다친 데 없나?"

"네…… 없는 것 같습니다."

내 기분 탓일까, 소위가 대식을 보는 눈길에서 깊은 신뢰가 묻어났다.

"후지와라 군은?"

그가 갑자기 나를 돌아보며 물었다.

"저도 괜찮습니다."

그러자 대식이 걱정스런 얼굴로 소위에게 물었다.

"하지만 저는 말을 탈 줄 모릅니다."

"그런 건 걱정하지 않아도 된다. 말은 모두 소실되었으니까. 두 사람은 도하 지점의 사령부까지 달려가야 한다."

달려간다고? 여기서 도하 지점까지 40킬로미터는 족히 될 텐데!

나도 모르게 대식을 쳐다보았다. 그도 동시에 나를 쳐다보았다.

"두 사람 모두 올림픽에 출전하려 하지 않았나. 아테네 병사가 마라톤 평원을 달렸듯이 이번에 두 사람이 실력 발휘를 해줘야겠다. 이건 명령이다. 우리 모두의 생존 여부가 두 사람의 다리에 달렸다. 알겠나?"

우리의 종목은 만 미터였다. 그것도 장거리 달리기로 분류되긴 하지만 마라톤 거리는 그 네 배에 달한다. 그런 거리를 쉬지 않고

177

달려본 적은 없는데, 페이스 조절을 어떻게 해야 할지 감이 오지 않았다.

"네! 알겠습니다."

대식이 각오한 듯 대답했다.

그러자 소위가 나에게 물었다.

"후지와라 군은?"

"하겠습니다!"

녀석에게 지기는 싫다.

"무리라는 거 나도 안다. 하지만 두 사람이 한 조로 서로 끌어주고 밀어주면 해낼 수 있을 거야. 또 해내야만 한다. 최대한 빨리."

달리기가 이렇게 쓰이게 될 줄은 꿈에도 몰랐다. 게다가 대식과 한 조를 이룬다는 건 더군다나……

죄중을 보니 치노 오장부터 해서 병사들이 나와 대식을 보는 눈이 달라졌다.

"손기정이랑 너는 같은 조선인이잖아. 부탁한다."

치노 오장이 간절한 목소리로 대식에게 말했다.

얼마 전 내무반에서 나와 대식이 싸울 때 조센진의 버릇을 고쳐주라고 외치던 그의 목소리가 내 귀에 아직 생생했다. 아무리 상황이 바뀌었다고 저런 얼굴이라니.

"즉시 출발 준비하도록."

"네!"

우리는 동시에 대답했다.

#17 대식의 일지

1939년. D-Day 5년 전 / 몽골 측 노몬한 평원

나의 맨발이 바람처럼 초록의 대지 위를 달리고 있었다. 발바닥 아래로 밟히는 풀의 느낌이 푹신하고 보드라웠다.

군복 바짓단은 그 위로 각반을 둘러매어 나풀거리지 않게 했다. 허리엔 대좌의 후퇴 명령 요청서가 든 가죽띠를 둘러찼고, 군모 뒤쪽으로는 천을 늘어뜨려 목덜미를 햇볕으로부터 가렸다.

그래도 하늘의 정점에서 내리쪼이는 햇살은 따가웠지만 질주하는 몸에 와 닿는 바람은 시원하게 땀을 식혀주었다. 경쾌하게 달리는 발걸음에 맞춰 오염 없는 깨끗한 초원의 공기가 허파를 들락거렸다. 그럴 때마다 폐의 깊숙한 곳까지 점점 깨끗해져갔다. 시야를 아무리 멀리 두어도 끝없는 지평선만 보였다.

항상 경기장의 트랙을 돌았던 나는 전혀 새로운 달리기를 경험하고 있었다. 인공적인 느낌이 완전히 배제된 원초적인 질주. 비본질적인 것들을 모두 제거한 순전한 본질로의 회귀, 바로 그것이었다.

나와 요이치가 출발할 때 주변에 소식을 듣고 몰려온 병사들이 열띤 응원을 보내주었다. 일본인이 나의 달리기를 응원한 것은 난생처음이었다.

노무라 대좌까지 친히 와서 격려해주었다. 일본군 내 조선인의 역할에 대해서 회의적인 편이라고 알려진 노무라 대좌도 이번만큼은 나와 힘주어 악수했다.

대좌는 소총도 없이 적진을 달려야 하는 우리를 위해 요이치에

게 자신의 권총까지 건넸다. 그것을 받아 든 요이치는 대단한 영
예라도 입은 듯 몸 둘 바를 몰라 했다.

나의 뒤에는 요이치가 약간의 거리를 두고 달리고 있었다. 지금
껏 그와 나는 몇 차례 선두를 바꿔가며 달려왔다. 요이치의 맨발
이 사뿐사뿐 초원을 내딛는 소리를 듣고 있었다. 그 소리가 나의
마음에 희미한 위안이 되고 있음을 부정할 수 없었다.

이 광대한 초원 위에 똑똑히 들리는 건 두 개의 발소리와 숨소리
뿐이었다. 그 소리들은 각각의 박자와 리듬감을 가지고 겹쳤다 흩
어지기를 반복하며 자연스러운 무언의 조화를 만들어내고 있었다.

"너무 빨라! 내가 리드한다."

뒤에서 요이치가 외쳤다.

페이스 조절은 그에게 맡겼다. 내가 서서히 속도를 줄이자, 그
가 조금씩 앞으로 다가왔다. 그런데 바로 등 뒤까지 다가온 그가
앞으로 나서지 않고 뒤에 그대로 머물렀다.

왜 그러지 싶은데,

"너 괜찮아?"

"괜찮은데? 왜?"

"너 목덜미에 피가 흐르는 것 같은데?"

그 말에 손으로 뒷목을 급히 훔쳐보았다. 손바닥에는 땀과 함께
피가 적잖이 묻어 나왔다. 깜짝 놀랐다.

아까부터 목과 뒤통수가 이어지는 부근에 화끈거리는 느낌이 있
긴 했었다. 그러고 보니 달리기 전에 벗은 군복 상의의 목덜미에도
피가 묻어 있긴 했지만 별로 대수롭게 여기지 않았다. 전장에선 누

구 피가 누구 피인지 알 수 없으니까. 아마 탱크가 뒤에서 폭발을 일으키면서 파편이 날아든 모양이다.

"괜찮아. 앞으로 가."

요이치에게 말했다.

"문제 있으면 말하라고."

요이치가 내 옆을 지나면서 말했다.

그가 리드하기 시작하자 난 속도를 더 줄이며 뒤로 물러났다.

얼마나 달렸을까. 온몸에 땀이 비 오듯 흘러내렸다. 수통은 거의 비었고, 발바닥의 느낌은 없어진 지 오래였다. 머릿속이 텅 비면서 스멀스멀 눈이 감기려 했다.

'아, 이제 한계다. 주저앉고 싶다.'

내가 똑바로 달리고 있는지도 더 이상 알 수 없었다.

그때 문득 저 앞에 짐승 한 마리가 보였다. 혹시 소련 병사인 건 아닐까? 나는 흐릿해져가는 눈에 힘을 잔뜩 주며 그것을 노려보았다. 그러자 점차 상이 또렷이 맺혀갔다. 그것은…… 은회색의 거대한 늑대였다! 얼마 전 요이치가 죽였던 바로 그 늑대!

놈은 홀로 초원을 딛고 서서 하염없이 하늘을 올려다보고 있었다. 대체 뭘 저렇게 쳐다보는 걸까? 나도 고개를 들어보았다.

하늘 높이 독수리가 날고 있었다. 날개로 태양을 가릴 만큼 거대한 독수리였다. 사방이 어두워졌다. 난 직감했다. 아들이 하늘의 아버지와 상봉하려는 순간이라는 걸. 가슴이 두근거렸다.

늑대가 독수리를 향해 긴 울음을 울었다. 그 울음은 "아버지여, 왜 나를 버리셨나이까?"라고 외치는 것이었다. 그러자 하늘 높이 떠 있던 독수리가 그 울음에 응답하듯 신속히 땅으로 내려오기 시작했다. 그 그림자가 늑대 위에 점점 짙어져갔다.

"털썩."

뾰족한 풀잎들이 내 뺨을 찔러왔다.

"대식! 대식!"

누군가 나를 불렀다. 하지만 더 이상 아무 소리도 들려오지 않았다. 나는 초원에 우두커니 서서 하늘을 올려다보았다. 독수리가 빠르게 내려오고 있었다.

18 요이치의 일지

1939년. D-Day 5년 전 / 몽골 측 노몬한 평원

뒤에서 포대 자루 쓰러지는 소리가 들려 걸음을 멈추고 뒤를 돌아보았다. 대식이 바닥에 쓰러져 있었다.

그의 이름을 부르며 그에게 뛰어갔다. 풀 위에 엎어져 있는 그의 러닝셔츠 뒷면이 땀에 섞여 흘러내린 피에 상당히 많이 젖어 있었다.

"대식! 정신 차려!"

대식을 바로 누이며 소리쳤다. 하지만 그는 이미 기절한 것 같았다. 난감했다.

일단 햇볕을 피할 수 있는 곳에 그를 누이기 위해 조금 떨어진 곳에 있는 덤불가로 그를 끌고 갔다. 완전히 의식을 잃은 그의 육체는 꽤나 무거웠다.

덤불 옆에 그를 누이고 그의 허리에서 전령의 가죽띠를 풀어 내 허리에 찼다. 덤불 그늘이 그의 상체를 듬성듬성하게나마 가려주었다.

햇볕에 노출된 그의 맨발이 눈에 들어왔다. 골격과 힘줄이 강인해 보이는 발은 온통 초록 물이 들었고 끊긴 풀잎들이 들러붙어 있었다.

난 기구한 운명을 타고난 사내의 얼굴을 내려다보았다. 그런데 거기서 수희의 얼굴이 보였다. 남매라 어딘가 꽤나 닮긴 닮았다.

고개를 들어 북쪽 지평선을 바라보았다. 도하 지점까지 3분의 1 정도 남은 것 같았다. 지옥에서 가까스로 살아남은 전우의 애절한 얼굴들이 떠올랐다.

'이제 어쩐다?'

그를 여기 두고 사령부까지 갔다가, 돌아오는 길에 데리고 가는 수 외엔 떠오르지 않았다. 그동안 혹시 소련군이나 몽골군이 그를 먼저 발견한다면 곤란하겠지만, 그건 운에 맡기는 수밖에.

숨을 고르며 주변을 둘러봤다. 끝없는 초록의 풀밭과 파란 하늘 외엔 아무것도 보이지 않았다.

'행운을 빈다, 대식.'

북쪽을 향해 몸을 돌렸다. 그러자 허리춤에 매인 센닌바리의 광목천이 살갗에 거칠게 느껴졌다.

잠시 망설이다 다시 그를 향해 돌아섰다. 그리고 대좌가 나에게

준 권총띠를 허리에서 풀어 그의 옆에 내려놓았다.

그랬다가 다시 띠를 그의 허리에 둘러매주었다. 누군가 다른 사람이 그 권총을 빼내려 한다면 대식이 깰 수 있도록.

나는 달리기 시작했다. 이제 내 귀엔 나의 발소리밖에 들려오지 않았다. 단조로웠다. 지금까지 달려오면서 그의 존재가 차지했던 공간을 비로소 깨달았다.

적막한 고독이 신경을 더욱 날카롭게 세웠다. 내 눈은 적의 기미를 찾아 불안하게 사방을 살피기 시작했다. 오랫동안 누적되어 있던 피로도 잊고 나의 맨발은 초원의 풀을 짓이기며 날듯이 달렸다.

대평원에 말발굽 소리가 또랑또랑하게 울려 퍼졌다. 나는 사단장이 내어준 말 등에 올라 거침없이 달렸다. 바람이 머리칼 사이로 상쾌하게 스쳐 지나갔다.

저 앞에 대식을 눕혀두었던 덤불이 보였다. 나는 고삐를 당겨 속도를 줄이며 덤불로 향했다.

그런데 대식이 누웠던 자리를 보고 깜짝 놀라고 말았다. 그가 흔적도 없이 사라졌다!

'그사이 적에게 당한 건가!'

급히 주변을 둘러보았다. 하지만 사방에 펼쳐진 지평선은 정적을 지키고 있을 뿐이었다. 말발굽 소리만 갈피를 못 잡고 있었다.

말에서 뛰어내려 덤불 주위를 자세히 살펴보았다. 혹시 떨어진 탄피나 핏자국이 있을까 해서였다.

그러나 아무것도 찾을 수 없었다. 대체 어떻게 된 걸까? 대식에게 무슨 일이 벌어진 거지? 마음은 황망히 답을 찾아 헤매었다.

그때 그의 목소리가 마음에 떠올랐다.

'난 이 전쟁과 아무 상관도 없는 사람이야. 잘난 너나 싸우다 뒈지든지 말든지! 난 돌아가서 다시 달릴 수만 있으면 돼!'

대식과 내가 기합을 받을 때 그가 내게 했던 말이었다.

순간 뜨끔한 깨달음이 들불처럼 마음에 번져갔다.

'그가 탈영을 했다!'

이곳엔 유목민들이 자유로이 돌아다니며 목축을 하고 있었다. 대식은 그들과 합류하여 게르*에 숨어 지내다가 적당한 때에 집으로 돌아가려는 것이다.

"조센진은 정말 어쩔 수가 없군!"

화가 치밀었다. 놈에게 대좌의 권총까지 채워주었는데, 그걸 대좌에게 어찌 설명한다? 이렇게 배신을 당할 줄이야. 역시 조선인을 믿는 게 아니었다. 분노와 후회가 뒤섞였다.

말 등에 뛰어올랐다. 한시도 지체할 수 없다. 채찍을 가하자 말은 힘차게 내닫기 시작했다.

멀리서 나를 발견한 병사들이 환호성을 올리는 것이 보였다. 그들을 보자 한편으론 기뻤지만, 대좌에게 설명할 일이 묵직했다.

나는 뛰어 나온 병사들과 반갑게 조우하며 말에서 내렸다. 말의 갈색 몸이 땀에 흠뻑 젖어 흑색처럼 보였다. 녀석의 목덜미를 툭툭 쳐주었다. 수고했다는 칭찬이다.

---

* 목재 골조에 양털 카펫을 두른 몽골 유목민의 이동식 주택.

카네다 소위가 뛰어왔다.

"어떻게 됐어?"

"퇴각명령서 수령했습니다."

소위의 눈이 반짝였다. 주변 병사들의 표정에도 살았다는 안도와 기쁨이 역력했다. 소위는 내 뒤를 둘러봤다.

"그런데…… 한대식은? 사령부에 남은 건가?"

그의 어리둥절한 눈동자가 내 눈 속에서 답을 찾고 있었다.

"아뇨, 사라졌습니다."

"사라져?"

탈영이란 말이 선뜻 나오지 않았다.

그의 미간이 일그러졌다.

"그게 무슨 말이야? 사라지다니?"

"아무래도…… 탈영한 것 같습니다."

'탈영'이란 단어가 내 입술을 떠나자 찬 서리라도 내린 듯 분위기가 얼어붙었다. 탈영자는 사형이다.

카네다 소위는 도저히 믿지 못하겠다는 눈으로 나를 쳐다보았다. 그는 오전의 전투에서 어지간히 대식에 대한 믿음을 갖게 된 모양이었다.

나의 보고를 받은 노무라 대좌도 안색이 어두워졌다.

"내 권총까지 가지고 탈영을 했다 이 말이지……"

대좌의 나지막한 말투에서 살기마저 느껴졌다. 등골이 오싹했다.

"아직 탈영인지 확신하기는 이릅니다. 적에 의해 생포되었을 가능성을 완전히 배제할 수 없습니다. 한대식 일등병은 오전의 전투에서 맹활약을 했습니다. 탈영을 할 병사가 아닙니다."

카네다 소위는 대식을 옹호하고 나섰다.

그는 나를 쳐다보며 입을 열었다.

"분명히 주변을 샅샅이 살펴보았나? 급히 오느라 서둘렀던 거 아니야?"

"아닙니다. 꼼꼼히 살폈습니다. 하지만 주변은 깨끗했습니다. 탄피도 핏자국도 땅이 팬 흔적도 없었습니다. 평지라는 지역의 특성상 그가 근처에 있었다면 제가 못 보았을 리 없습니다."

마치 내가 일부러 버려두고 오기라도 했다는 듯 나를 몰아붙이는 그의 말투에 은근히 화가 치밀었다.

소위와 나 사이에 분위기가 이상하게 흐르는 것을 감지했는지 대좌가 입을 열었다.

"알겠다. 이 문제는 병영으로 돌아가서 마무리 짓도록 하겠다. 조선인이 탈영했다는 것이 그렇게 이상할 것도 없는 일이지. 후지와라 일등병은 이 시간부터 1계급 특진이다. 소위, 전군에 즉시 퇴각 명령을 하달하도록!"

"네!"

소위와 나는 대좌에게 경례를 올려붙였다.

난 의식적으로 소위를 쳐다보지는 않았지만 그의 미심쩍은 시선을 느낄 수 있었다.

"전원 퇴각 준비! 5분 후 출발한다!"

대좌의 막사를 나서며 소위가 병사들을 향해 외쳤다.

그러자 초조하게 명령을 기다리던 병사들의 동작이 갑자기 분주해졌다.

소위는 나에게 시선도 주지 않은 채 소대를 향해 저벅저벅 걸어갔다. 나는 가만히 그의 뒤를 따랐다.

상등병이 된 기쁨보다는 억울한 기분이 나를 사로잡았다. 대좌의 말처럼 조선인이 일본군에서 탈영했다는 건 그리 이상할 것도 없는 일이다. 소위도 그때 대식이 내게 했던 말을 들었어야 했다.

19 대식의 일지
1939년. D-Day 5년 전 / 몽골 측 노몬한 평원

바람이 격렬하게 일고 있었다. 착륙 직전의 독수리가 늑대와 나란히 선 내 머리 위에서 거대한 날개를 내저어 일으키는 바람이었다. 옷깃이 종잇장처럼 나부꼈고, 풀들이 태풍을 만난 듯 바닥에 바짝 누웠다.

문득 옆을 돌아보니 방금까지 같이 있었던 늑대는 사라지고 없었다. 하시만 어디로 갔는지 생각해볼 겨를이 없었다.

양철 쟁반만 한 독수리의 검은 눈동자가 나를 똑바로 내려다보고 있었다. 두 눈동자 사이에 굳건하게 자리 잡은 검고 윤기 나는 날카로운 부리는 나를 내리찍을 듯 하강했다.

거의 지면에 닿을 듯 내려온 독수리는 대들보만큼 굵고 긴 발가락을 나를 향해 쫙 벌렸다. 그 끝에 달린 장검같이 길고 예리한 발톱들이 내 몸을 한칼에 동강 낼 듯 날아들었다.

"으악!"

나는 발버둥을 치며 비명을 질렀다.

"첨벙."

차가운 액체가 손과 발에 휘저어졌다.

나는 번뜩 눈을 떴다. 고개를 들어보니 강물이었다. 강 건너 저편이 매우 멀었다. 하늘 위 구름들은 석양을 받아 황금색으로 물들어 있었다. 내 몸의 반은 강둑에 기댄 채 반은 강에 잠겨 있었다.

'여기는…… 하루하 강?'

나는 몸을 벌떡 일으켰다. 머릿속이 찡하게 울렸다. 머리를 싸쥐며 내 뒤로 펼쳐진 평원을 돌아보았다. 저만치 덤불이 하나 있었다.

그러자 기억이 나기 시작했다. 한참을 달리다가 어느 순간 깨어나보니 저 덤불 아래였다. 아마 달리던 중에 기절했던 것 같다. 깨어나자 목이 타들어가는 것 같아 물을 찾아 여기 강가까지 내려왔다. 허겁지겁 목을 축이고는 강둑에 누운 채 그대로 잠이 들었던 모양이었다.

그런데 요이치는 어디로 갔지? 문득 허리에 찬 권총이 눈에 들어왔다. 이건 대좌의 권총인데 내가 차고 있다는 건 녀석이 나에게 채워놓았다는 건데…… 머리가 묵직해 잘 돌아가지 않았다.

첨벙거리며 강에서 걸어 나와 초원 위로 올라섰다. 좌우를 살펴보았다. 좌측은 남쪽으로 우리 부대가 있던 곳이고, 우측은 도하교가 설치된 사령부 방향이다.

어느 쪽으로 가야 하나? 해가 뉘엿뉘엿 넘어가고 있는 것으로 봐서 시간이 꽤 지났는데……

그때 저 멀리 우측 지평선 가까이 깃발이 나부끼는 것이 자그맣게 보였다. 욱일기였다!

"요이치, 이 자식이! 날 버려두고!"

마음이 뜨겁게 달아올랐다. 여기는 적지다.

깃발을 향해 급히 걸음을 떼어놓았다. 몸이 으스러질 것 같았다.

#20 요이치의 일지
1939년. D-Day 5년 전 / 노몬한 평원 도하 지점

우리 연대는 퇴각을 위해 새로이 설정된 도하 지점까지 이제 2, 3킬로미터가량만을 남겨두고 있었다. 강 건너편 저 앞의 도하 지점에는 사단 군기가 나부끼는 것이 보였다. 다소 마음이 놓였다.

사령부에서도 우리의 신속한 퇴각을 위해서 공병을 투입하여 수중 도하교를 남쪽으로 이동 설치하였다. 그러지 않았다면 우리는 이 상태로 적지에서 밤을 보냈어야 했을 것이고, 내일 아침 해를 맞이하는 병사는 얼마 되지 않았을 것이다.

대식이 떠올랐다. 그는 지금쯤 어디서 무얼 하고 있을까? 유목민을 만나 게르에 몸을 숨기고 있을까? 아니면 소련군이나 몽골군에게 먼저 발견되어 현장에서 사살되거나 포로로 끌려갔을까?

우리와 함께했더라면 무사히 퇴각할 수 있었을 텐데, 왜 그런 바보 같은 선택을 해야만 했을까? 나중에 수희에게 이걸 어떻게 설명을 해야 할까? 한숨이 나왔다.

그때 갑자기 부대가 술렁이기 시작했다. 나는 불현듯 왼쪽으로 고개를 돌려 해가 지는 서쪽 지평선을 바라보았다. 맙소사! 지평선 바로 위에 걸려 있어야 할 해가 먼지구름에 가려 있다! 오전에 보았던 바로 그 먼지구름이었다. 병사들은 탄식을 내질렀다.

"전속력으로 전진!"

갈색 말 위에 탄 노무라 대좌가 칼을 빼 들며 호령했다. 칼날이 희번덕거리자 말이 히히힝 울었다. 대좌는 다리 입구를 향해 급히 말을 달렸다.

우리는 혼비백산했다. 오전의 공포가 뇌리에서 쭈뼛하게 되살아났다. 퇴로가 아예 막혀 있었다면 차라리 죽음을 각오한 일전이라도 벌일 텐데, 도하교가 바로 눈앞이니 퇴각 명령을 받은 우리의 온 신경은 다리로 쏠려버렸다.

신속히 전진을 하면서도 나는 시선을 돌려 서쪽 지평선을 바라보았다. 혹시나 하는 희망에 눈을 가늘게 뜨고 먼지구름 속을 살폈던 것이다. 이번에도 보병과 함께 오지 않았다면⋯⋯

적의 탱크 뒤로 줄지어 선 작은 물체들⋯⋯ 틀림없는 트럭들이었다! 화염병은 더 이상 석유를 담은 유리병 이상의 의미를 가질 수 없다.

카네다 소위를 쳐다보았다. 의지할 사람은 그밖에 없다. 그도 부상자를 들쳐 업은 채 서쪽 지평선을 살피며 신속히 걸음을 옮기고 있었다. 부상자의 크게 뜨인 눈은 공포에 얼어붙어 있었다.

"치노, 마키토, 후지와라! 부상자를 다른 병사들에게 넘겨주고 화염병을 들고 나를 따른다!"

호명되지 않은 병사들이 부상자들을 인계했다.

소위는 이번엔 어떤 묘안을 가지고 있는 걸까, 난 소총을 둘러 메고 화염병을 군장에서 떼어내며 그를 보았다.

치노 오장이 얼떨떨한 얼굴로 물었다.

"어, 어디로 가십니까?"

"조금이라도 시간을 벌어야 해. 화염병 챙겼으면 따라와!"

그는 냅다 탱크들을 향해 달리기 시작했다.

그걸 본 치노 오장과 마키토 상등병의 얼굴은 흙빛이 되었다.

"가요!"

난 그들에게 외치고 소위를 따라 달렸다. 두 사람도 곧 뛰기 시작했다.

하늘 높이 먼지를 일으키며 맹렬히 달려드는 탱크들이 부쩍부쩍 가까워졌다. 그 탱크를 마주 보며 달리는 나의 심장이 마구 방망이질 쳤다.

소위가 멈춰 섰다. 나도 그 옆에서 멈췄다. 그는 라이터로 화염병에 불을 붙였다. 그러곤 자신의 화염병 심지를 내 화염병 심지에 대어 점화시켰다. 나는 오장과 상등병의 화염병에도 똑같이 했다.

소위는 먼저 불붙은 병을 탱크를 향해 멀리 집어 던졌다. 화염병은 저만치 날아가 바닥에 떨어지며 깨졌고, 그 자리가 불타기 시작했다.

"저 불을 향해 모두 화염병을 던져!"

우리는 일제히 병을 던졌다. 그러자 불길이 합쳐지며 초원 위의 불타는 부위가 넓어졌다.

"모두 엎드려! 사격 준비!"

우리는 엎드려서 소총을 겨누고 이글거리는 불길 너머로 바짝바짝 좁혀오는 탱크들의 대열을 바라보았다. 등줄기에 식은땀이 흘러내렸다.

이제 무슨 기적이 벌어지려나. 탱크들의 무한궤도 소리가 소름 끼치게 들려왔다. 개구리 눈깔 같은 전조등들이 무표정하게 우리를 노려보고 있었고, 그 위 포탑의 대포는 금방이라도 불을 뿜을 것만 같았다. 마키토 상등병의 이가 딱딱 부딪치는 소리가 내 귀에까지 들려왔다.

그때 탱크들이 속도를 확 줄이기 시작하더니 이내 모두 멈춰 섰다. 이게 어떻게 된 일인가 싶은데, 탱크 뒤에 따라오던 트럭들에서 보병들이 뛰어내리기 시작했다. 그들은 줄을 맞춰 탱크 뒤에 늘어섰다.

전열을 정비하자 탱크들이 다시 전진하기 시작했다. 다만 이번엔 보병의 보속에 맞춰 천천히 다가왔다. 카네다 소위가 시간을 번다고 했던 의미를 이해했다.

"사격 개시!"

소위의 명령에 따라 우리는 방아쇠를 당기기 시작했다. 탱크의 몸체에 총알이 퉁기자 그 뒤의 소련 보병들이 바짝 몸을 숨겼다.

그때 한 탱크의 포탑이 우리를 향해 도는 것이 보였다.

"모두 흩어져! 도하교로 달린다!"

모두 벌떡 몸을 일으켰다. 그러곤 일제히 내닫기 시작했다.

"펑!"

무시무시한 기세의 폭음이 등 뒤에서 치솟았다. 고개를 슬쩍 돌려보니 우리가 엎드려 있던 자리에 폭연이 자욱했다. 머리칼이 곤두서는 것 같았다.

나는 다리를 향해 미친 듯이 달렸다. 뒤에서 콩 볶는 듯한 소총 소리와 대포 소리가 들려왔다. 여기저기 땅이 솟구쳤다.

전방의 도하교 입구에는 마치 깔때기 속의 액체가 좁은 출구로 모이듯 병사들이 몰려들었다. 노무라 대좌가 말 위에 높이 앉아 칼을 빼어 든 채 병사들에게 호통을 치며 간신히 질서를 잡고 있었다.

가장 먼저 다리를 건너기 시작한 병사들은 어둠이 내리기 시작한 강의 중간 정도에 이르렀다. 그들은 하얀 물보라를 일으키며 물 위를 달리고 있는 것처럼 보였다.

나는 이를 악물고 날듯이 달렸다. 다리 입구에 몰린 병사들의 후미에 거의 도달했을 때 오른편에서 달려오는 한 병사를 보았다. 그는 맨발이었다.

'대식!'

순간 뭔가 헛것을 본 것처럼 어쩔했다. 탈영한 것이 아니었나?

"모두 대열을 맞춰 반격한다!"

대좌가 외치자 나의 주의는 대식에게 오래 머물지 않았다. 뒤를 돌아보니 탱크들이 바짝 죄어들고 있었다. 그 뒤에 늘어선 소련 보병들도 잔뜩 몸을 도사리고 있었다.

다리 입구에서 부채꼴로 늘어선 아군이 일제히 돌아서서 적에게 사격을 가했다. 하지만, 탱크 앞에 소총은 무용지물이다. 단지 실낱같은 시간이라도 벌어준다면 그나마 다행인 것이다.

앞선 병사들은 계속 도하 중이었지만, 내 차례가 오기는 아무래도 틀려 보였다.

'쳇, 여기서 이렇게 죽을 모양이군.'

분했다. 좀 더 많은 적이라도 죽였어야 하는 건데. 이가 뿌드득 갈렸다.

그때 퍽 하며 옆에서 누군가 나를 덮쳐 왔다. 바닥에 나뒹굴며 보니 대식이었다.

"개자식! 날 일부러 버려둔 거지!"

그가 내 위에 올라타 멱살을 쥐고 흔들었다.

"안 그랬으면 다리를 건넜을 거 아냐!"

난 이제 아무래도 상관없었다.

"일부러 그랬다면 어쩔래? 날 죽일 거냐?"

내 입에서 피식 웃음이 새어 나왔다.

그의 눈이 분노로 파르르 떨렸다. 그러곤 벼락같이 권총을 들어 내 얼굴에 들이댔다.

"은혜를 원수로 갚는 놈! 죽일 테다!"

난 눈을 감았다. 어차피 일본군은 적에게 포로가 되지 않는 게 원칙이다. 정보를 유출하지 않기 위해서이기도 했고, 사무라이로서의 마지막 자긍심이기도 했다. 포로가 될라 치면 자결하거나 아군끼리 서로 총을 쏴주기도 했다.

대식의 권총이 부들부들 떨렸다.

"쏴! 쏘란 말이야!"

나는 눈을 부릅뜨며 외쳤다.

그때…… 난 보았다. 그의 눈에 맺힌 눈물을.

"퍼퍼펑!"

엄청난 폭음이 들려왔다. 하지만 그건 지금까지 들었던 어떤 폭음과도 달랐다. 나와 대식의 얼굴이 폭음이 나는 방향으로 동시에 돌아갔다.

입이 다물어지지 않는 광경이었다. 강의 한가운데에 산 같은 물기둥이 하얗게 솟구치고 있었다. 그 주위로 수면 아래 숨겨 있던 도하교의 상판들이 조각조각 나 공중에 날아오르고, 병사들의 몸통과 사지는 각기 다른 방향으로 흩어지고 있었다.

마치 거대한 고래가 수면 아래서 강력한 꼬리로 다리를 쳐올린 것 같았다. 미리 다리 아래에 폭탄을 설치해두었던 건가?

허공에 떴던 물체들이 수면으로 쏴 하며 떨어져 내리자 허리가 끊긴 도하교는 양 끝이 강안에 고정된 채 중앙이 물살에 쓸리며 삽시간에 가라앉았다.

나리 위에 서 있던 병사들은 모두 강으로 빠져들었다. 아수라장이 펼쳐졌다.

강의 가장자리에 빠졌던 병사들은 양쪽 강안으로 헤엄쳐 올라갔지만, 가운데의 병사들은 서로 엉켜들었다. 혼돈 속에 서로를 붙잡으며 살려고 발버둥 치는 것이었다.

순식간에 강의 수면은 뚝뚝 끊기는 병사들의 비명 소리와 그들

196

의 몸부림이 만들어내는 하얀 물거품으로 가득 찼다. 아비규
환······

순간 낯선 소리가 들렸다. 돌아보니 어느새 바짝 다가온 소련
병사들이 우리들에게 총구를 겨누며 뭔가 소리치고 있었다. 아마
무기를 버리고 항복하라는 소리이리라.

그러자 여기저기 자결하는 일본 병사들의 총성이 울렸다. 난 여
태 대식이 내 얼굴을 향해 겨눈 권총의 총열을 움켜쥐고 내 이마
에 바짝 갖다 댔다.

"쏴! 빨리!"

대식을 향해 외쳤다.

하지만 대식은 권총을 확 잡아 뺐다.

그러곤 느닷없이 강을 향해 뛰기 시작했다. 그를 향해 소련 병
사가 뭐라고 외쳤고, 곧이어 총성이 요란스레 울렸다.

대식이 우뚝 멈춰 섰다. 그의 손에서 권총이 툭 떨어졌다. 그러
곤 두 손이 서서히 올라갔다. 소련 병사가 그에게 총을 겨눈 채 다
가갔다.

"흐흐흑!"

양팔을 든 채로 그의 어깨가 들썩였다.

"왜······ 왜!"

그가 강 건너편을 향해 포효하듯 외쳤다.

그 울부짖음에 내 살갗에 소름이 돋아났다. 그러나 그의 절규는
강 위의 아우성에 묻혀 뻗어나가질 못했다.

사점死點을 향해서

#21 대식의 일지

1939년. D-Day 5년 전 / 수용소행

아직 해도 채 뜨지 않은 새벽, 우리는 포로용 막사 밖으로 끌려나왔다. 세 대의 소련군 트럭이 대기하고 있었는데, 우리는 각 트럭에 나뉘어 태워졌다.

트럭 앞면에는 동그라미가 삼등분된 마크가 붙어 있었다. 카네다 소위는 그걸 보더니 자조적인 말투로 말했다.

"흥, 이렇게 벤츠 트럭을 타보는군."

두 대의 트럭은 서쪽을 향했고 나와 카네다 소위, 그리고 요이치 등 스무 명가량이 탄 트럭은 북쪽을 향했다. 그 갈림이 무엇을 의미하는지는 알 수 없었다. 자신의 앞날에 대한 백지 같은 무지가 공포스러웠다.

다만 병사들은 포로 맞교환의 가능성을 조심스레 점쳤다. 지금도 전투가 계속 진행되고 있을 테고 소련군 포로도 점점 늘어갈 테니 전투가 종결되면 자연스레 상대방 포로를 서로 교환하는 절차가 진행되리라는 것이었다.

꽤 그럴듯하게 들렸다. 국경분쟁 전투가 마무리될 때까지만 기다리면 다시 집으로 돌아갈 수 있을지도 모른다. 어쩌면 전사하지 않고 사로잡힌 것이 차라리 잘된 것일지도 모른다.

우리는 평원 위를 한참 달린 후 동서로 가로지른 산맥을 통과해 '네르친스크'에 도착했다. 이곳은 소련의 영토였다.

거기서 우리는 야간열차에 태워졌다. 소련 병사들은 기차 한 칸에 우리들을 태우고 앞뒤 출입문에 지키고 섰다.

열차의 창밖 풍경이 뒤로 움직이기 시작하자 나는 창에 머리를 기댔다. 온몸이 좌절감을 스펀지처럼 빨아들였다.

문득 캄캄한 저 앞 선로 옆에서 작은 푯말이 빠르게 다가오는 것이 보였다. 6천5백 킬로미터라고 쓰여 있는 걸 확인한 순간 그것은 뒤로 휙 달아나버렸다.

"여기서 모스크바까지의 거리인 모양이군. 제길."

옆에 앉은 카네다 소위가 투덜거렸다.

경성에서 부산까지가 5백 킬로미터니까…… 그 열 배가 훨씬 넘는다. 인식의 범위를 넘어서는 거리다. 깊이를 알 수 없는 심연으로 빠져들 듯 아찔했다.

군의 화신과 같던 카네다 소위마저도 완전히 다른 사람처럼 되어 있었다. 그의 눈동자엔 쓰디쓴 냉소가 그림자처럼 드리워졌고, 입술의 양 끝은 삐뚜름히 비틀려 내려가 있었다.

원래 그는 위기의 상황에서 누구보다 먼저 돌파구를 찾아내던 사람이었으며, 사람들은 그에게 먼저 의견을 구하곤 했다. 하지만 지금은 그에게 말을 걸기조차 조심스러워 하는 눈치였다.

요이치도 해적 놀이 하던 얼굴은 온데간데없고 혼란스러운 눈빛만 가득했다. 저 자식이 나를 초원에 버려두지만 않았어도……나는 고개를 돌려버렸다.

이제 철길 옆 푯말엔 3천3백 대의 숫자들이 보였다. 네르친스크로부터 3천 킬로미터 넘게 온 것이다. '노보시비르스크'라는 곳에서 하차한 우리는 남쪽으로 향하는 기차로 다시 옮겨졌다.

몇 시간을 달린 끝에 '카자흐스탄'이라는 나라가 시작된다는 표지판이 나왔다. 나로서는 처음 들어본 나라였는데, 그 땅 또한 어찌나 큰지 달리는 차 안에서 밤을 지낸 후에 '알마티'라는 도시에 도착했다.

여기서 내린 우리는 이번엔 군용 트럭에 태워져 서쪽을 향해 달렸다. 달리는 트럭의 오른편으로는 너른 광야가, 왼쪽엔 험준한 산맥이 동서로 늘어서 있었다.

그렇게 수 시간을 달리던 트럭은 산맥의 끝자락에서 남쪽으로 기수를 돌렸고, 우리는 또 하나의 국경을 통과했다. 이번엔 '키르기스스탄'이었다. '스탄' 돌림자의 이 나라들은 모두 소련의 연방국가라고 했다.

해가 지고 우리는 '비슈케크'라는 상당히 큰 도시에 도착했는데, 이곳이 키르기스스탄의 수도라고 했다.

하지만 이곳도 목적지가 아니었다. 내 정신은 기진맥진해졌다.

트럭에서 내린 나는 아무 생각 없이 주인에게 끌려가는 나귀처럼 소련 병사들이 가라 하면 가고 서라 하면 섰다.

다음 날 아침 우리는 다시 트럭에 실려 산맥을 왼쪽에 둔 채 강을 따라 동쪽으로 달렸다.

사람들 사이에 말이 없어진 지 이미 오래였다. 몽골 초원에서 트럭에 실린 후로 꼬박 닷새가 지났다. 우리는 그저 트럭이 덜컹거리는 대로 몸이 흔들릴 뿐 다들 오래된 야채처럼 시들시들해져 있었다.

한참을 달리던 트럭이 멈춰 서자 모두들 내렸다. 눈앞에는 바다가 펼쳐져 있었다. 하지만 그것이 호수라는 말을 듣고 입이 벌어지고 말았다.

이 호수는 '이식콜'이라고 불렸는데, 호수의 까마득한 사방을 만년설로 덮인 산맥들이 겹겹이 둘러싸고 있었다. 내가 처한 상황만 아니었다면 첨벙 뛰어들어 물장구라도 치고 싶을 만큼 아름다웠다. 하지만 이곳 역시 경유지일 뿐이라는 말에 나는 눈길을 돌렸다.

호숫가에 위치한 '리바치'라는 도시에서 소련 병사들은 트럭에 기름을 보충하고, 우리는 간단히 끼니를 해결했다. 그러곤 다시 트럭에 실려 험준한 산맥들 사이로 남서쪽으로 뻗은 골짜기를 따라 달렸다.

침묵하던 카네다 소위가 밖을 보며 입을 열었다.

"아무래도 포로 맞교환은 물 건너 간 것 같군. 교환할 거면 이렇게 멀리까지 끌고 갈 리가 없지."

그 말에 모두의 표정이 무겁게 내려앉았다.

나는 제발 소위의 짐작이 이번엔 틀렸기를 간절히 마음속으로 빌고 또 빌었다.

하지만 이 세상 것 같지 않은 바깥 풍광은 소위의 말에 점점 더 권위를 실어주는 듯했다.

평원이 나왔다가 다시 산맥이 나오기를 반복했다. 가도 가도 끝없는 땅덩어리. 이토록 땅이 넓은데 왜 인간들은 그 손바닥만 한 땅을 두고 처절하게 피를 흘려야 했을까? 헛되이 사그라진 그 많은 생명들, 꿈들은 다 어찌할 것인가? 나의 꿈은 또 어찌 될 것인가?

늦은 오후에 트럭은 한 산골 마을에 도착했다. 이곳은 표지판도 없는 작은 마을이라 이름을 알 수 없었다.

이곳에서 우리를 기다리고 있던 것은 기마병들이었다. 말들은 털이 카펫처럼 두껍고 꼬리가 땅에 닿을 듯 길었다. 날쌘 경주용 말이라기보다는 강인한 느낌의 말이었다.

우리는 기마병들에게 인계되었고, 트럭은 리바치로 돌아갔다.

여기서부터 우리는 남쪽으로 뻗은 좁고 긴 계곡을 따라 걸었다. 양쪽으로 웅장한 산들이 하늘을 찌를 듯 높이 치솟아 끝도 없이 이어져 있었다. 큰 칼로 썩둑썩둑 깎아놓은 듯한 산꼭대기는 허옇게 만년설을 뒤집어쓴 채 긴 그림자를 계곡에 늘어뜨리며 기괴한 분위기를 자아냈다.

한 시간쯤 걸었을까, 우리는 계곡을 지나 작은 평지에 도착했다. 그곳엔 또 하나의 작은 마을이 있었는데, 이곳 역시 이름을 알 수 없었다. 그보다 이런 곳에도 사람이 사는 마을이 있다는 게 더 놀라웠다.

동네 아이들이 쪼르르 우리를 구경 나왔다. 그들의 생김은 조선의 아이들과 비슷해 보였다. 이들을 보고 있으면 조선의 시골로 돌아온 것 같은 착시 현상이 일순 들었지만, 그들의 입에서 나오는 낯선 말들은 오히려 아득한 기분을 들게 했다.

우리는 원래 중앙아시아의 기마민족이었다가 까마득한 과거에 한반도로 이주하여 정착했다는 이야기가 떠올랐던 것이다.

우리는 마구간 같은 곳에 감금되었고, 멀건 죽이 한 사발씩 주어졌다. 오랜만에 걸어서인지 그것마저도 허겁지겁 먹어치우고는 건초가 깔린 바닥에 누웠다.

마른풀 냄새가 물씬 올라왔다. 익숙함과 생소함이 뒤섞인 그 냄새는 나의 처절한 현실을 고스란히 일깨워주고 있었다.

깨어보니 아침이었다. 일찍부터 희멀건 죽 한 사발을 마시는 둥 먹는 둥 하고 우리는 마구간 밖으로 나왔다. 고도가 높아서인지 한여름인데도 으스스 추웠다.

우리는 양팔을 포박당한 채로 말 위에 높이 앉은 기병들에 둘러싸여 걷기 시작했다.

동네 사람들이 순박한 얼굴로 늘어서서 우리를 구경했다. 세상의 풍파와 뚝 떨어진 이곳에서 평화롭게 군락을 이루고 사는 이들에게 우리들의 모습은 얼마나 우스꽝스러워 보일까?

우리는 마을 입구를 나와 서쪽으로 길게 뻗은 골짜기를 따라 걸었다. 골짜기의 양옆으로는 높은 산들이 하늘로 솟구쳐 있었다. 연옥이 있다면 바로 이런 곳이지 않을까 싶었다. 다리가 천근만근 무거웠다.

계속 서진하던 우리는 해가 머리 꼭대기에 떠오를 때쯤 방향을 틀어 남쪽으로 난 오르막길로 접어들었다. 고도가 더욱 높아져 산소가 희박한데 오르막을 걷자 금세 숨이 가빠왔다.

정상에 가까워지자 사방이 눈으로 뒤덮여 있었다. 만년설이었다. 땀이 급속히 식으며 오들오들 떨려왔다. 말의 털이 두꺼운 것은 이런 기후에 적응한 탓인 모양이었다.

다른 사람들도 산소 부족에 허기에 추위까지 겹치자 하얀 입김을 길게 내뿜으며 기진맥진했다. 두통을 호소하는 사람들도 있었다. 그나마 나는 폐활량이 커서인지 다른 사람들보단 사정이 좀 나은 것 같았다.

정상에 도달하자 눈앞에 펼쳐진 광경에 복잡하던 생각들이 딱 멎었다. 발아래로 거대하고 시리도록 새파란 호수가 펼쳐져 있었던 것이다.

이식콜만큼은 아니지만, 몇 년 전 경성으로 여행 갔을 때 남산에 올라 내려다보았던 경성보다는 분명 더 커 보였다. 어떻게 이런 고지대에 저렇게 큰 호수가 있는지……

기병들은 이곳에서 우리를 잠시 쉬게 했다. 기병대장은 말채찍을 들어 아득하게 보이는 호수 건너편을 가리키며 그곳이 목적지라고 했다.

그 말 때문인지, 산소가 부족해서인지 정신이 어찔어찔해왔다.

사방 어딜 둘러봐도 험한 산맥들이 지평선 가득 겹겹이 늘어서 있었다.

사고가 멎어버린 머릿속에서 떠오르는 말은 단 하나였다.

'천혜의 유배지.'

카네다 소위의 짐작이 이번에도 맞았을 거란 소름 끼치는 예감이 나를 짓눌렀다.

모두들 얼빠진 얼굴로 흰 입김을 간헐적으로 뿜으며 언덕 아래로 펼쳐진 광경을 두리번거릴 뿐 아무도 말을 하지 않았다.

그들의 넋이 나간 모습에서 문득 만주의 하루하 강 건너편에서 나를 바라보던 일본 군인들이 떠올랐다. 그들도 강둑에 서서 어정쩡한 자세로 강 건너 소련군에게 포위당하는 우리를 넋 놓고 바라보고 있었다.

다리가 폭파되고 나자 강은 천국과 지옥의 경계선이 되어버렸고, 그들은 천국에, 우리는 지옥에 속하게 되었던 것이다. 그 장면을 떠올리니 내 마음이 다시 와르르 무너져 내린다.

여기까지 오는 내내 아무도 입 밖에 내지 않았지만 누구나 마음속에 담고 있을 진짜 의문은 누가 왜 그 다리를 폭파시켰는가이다. 분명한 건 소련군은 아니었다는 것이다. 또 하나 분명한 건 지금 내 눈앞에 초라하게 앉아 있는 일본 병사들이나 강 건너 불구경하던 그 인간들이나 다리를 폭파시킨 망할 놈이나 모두 같은 종자라는 사실이다.

이가 뿌득 갈렸다. 그러자 이내 턱이 덜덜 떨려왔다. 추위 때문인지 증오 때문인지 두려움 때문인지 알 수 없었다.

#22 요이치의 일지

1939년. D-Day 5년 전 / 호숫가 수용소

여름인데 입김이 나온다. 여긴 눈밭이니 입김이 나는 건 당연하다. 문제는 내가 어쩌다 이런 이상한 곳까지 오게 되었는가이다.

'그렇게 서둘러서 도하교를 폭파시켜야만 했을까?'

폭파 명령을 내렸을 누군가에게 그 답을 듣고 싶었다.

"출발!"

기병대장이 외쳤다.

우리는 이제 산마루에서 내려가기 시작했다. 그에 따라 조금씩 온도가 따뜻해져갔다. 입김도 사라졌다. 마치 어떤 차원을 통과하는 벽을 지나 완전한 미지의 세계로 발을 들인 것 같은 기분이었다.

사실 이들이 우리를 어디로 끌고 가는지는 별로 궁금하지도 않았다. 어차피 나는 그때 죽었어야 하는 목숨이다. 덤으로 쉬는 숨을 어느 하늘 아래서 쉰들 무슨 차이가 있겠나. 일본 제국의 하늘이 아닌 다음에야 어차피 모두 적지일 뿐이다. 무엇을 해야 할지 또 무엇을 할 수 있는지 내 머리는 완전히 텅 비어버렸다.

눈앞에 펼쳐진 호수는 다가감에 따라 점점 더 거대해져갔다. 호수와 그 사방을 둘러싼 산맥들 사이에는 너른 목초지가 자리 잡고 있었다. 멀리서 보니 몽실몽실 무리 지은 양 떼들을 양치기가 어디론가 몰아가고 있었다. 호수의 오른편 저 멀리로 해가 넘어가며 산맥 위에 쌓인 만년설을 황혼으로 물들이고 있었다.

산마루를 내려와 평지를 걸었다. 하지만 호수 건너편 목적지와의 거리는 좀처럼 줄어드는 것 같지 않았다.

그러는 사이 해가 완전히 넘어가 하늘엔 달과 별이 빽빽이 얼굴을 내밀었다. 평평한 호수의 수면에 비치는 달빛과 별빛은 슬프도록 아름다웠다. 한 번도 본 적 없는 광경을 보고도 아름답다고 느낄 수 있다는 건 신비로운 일이다.

기병대장은 이곳에서 야영할 것을 명령했다. 양들이 뜯어 먹은 풀 위에 몸을 눕히자 풀 내음이 물씬 올라왔다.

수희가 떠올랐다. 아니, 수희가 만들어준 잣죽이 떠올랐다. 어느 생각이 먼저였는지는 명확치 않지만, 지금 무척 배가 고프다는 건 명확했다. 이들이 건넨 희멀건 죽은 정말 최악이었다.

내 어머니는 부유하게 자랐다. 그래서 부엌에서 자신의 손으로 직접 음식을 할 필요가 없었다. 그것은 아버지에게 시집을 와서도 마찬가지였다. 그래서인지 내 기억 속엔 어머니의 손으로 직접 해준 음식을 먹어본 추억이 별로 없다. 내가 먹고 싶은 것이 있으면 아주머니들이 모두 만들어주었다. 태어나서부터 그랬기 때문에 모두들 그러는가 보다 했다.

그러던 어느 날 수희네 집 앞 작은 마당에서 수희 어머니가 아들딸과 함께 모여 앉아 오손도손 부침개를 부쳐 먹는 걸 본 적이 있었다. 그 모습이 내 시선을 사로잡았다. 무언가 지금껏 내가 가져보지 못한 어떤 것을 그들이 가지고 있다는 생각을 떨쳐낼 수 없었던 것이다.

그때부터였다. 어머니가 직접 음식을 해주지 않는 것에 불만을 갖기 시작했던 것은. 하지만 한 번도 어머니에게 요구한 적은 없었다. 어차피 어머니가 들어줄 수 없는 요구였기 때문에. 응석 어린 요구나 투정이 우리 집 안에서는 조금도 받아들여지지 않는다는 것을 나는 어릴 적부터 체득하고 있었다.

그런데 수희가 잣죽을 손수 만들어 왔다. 그것도 내 인생에 제일 괴롭던 순간에. 반만 커튼이 걷힌 창에서 들어오던 햇살에 하얗고 따스하게 빛나던 잣죽이 나의 뇌리에 또렷이 새겨져 있었다.

'지금 수희의 죽 한 그릇이 있었으면……'

그리움이 가슴을 서늘하게 파고들었다.

새벽에 기상한 우리는 손바닥만 한 빵 한 조각만 먹고 하루 종일 호수를 빙 돌아 강행군을 한 끝에 해가 뉘엿뉘엿 질 때쯤 수용소 앞에 도달했다. 눈이 쑥 들어간 것 같았다.

수용소는 목초지와 산이 만나는 곳에 세워져 있었는데, 산을 등지고 그 지형을 이용해 건물들이 자리 잡고 있었다.

수용소 전방에는 나무 기둥들을 일정한 간격으로 세우고 철조망을 빈틈없이 둘러쳐서 담으로 삼았다. 수용소 여기저기엔 지상에서 5미터가량은 족히 되어 보이는 높은 망루가 설치되어 있었고, 거기에선 탐조등이 주변을 살피고 있었다.

우리는 열린 철조망 문을 통해 들어갔다. 철조망의 날카로운 가시가 피부를 당장이라도 꿰고 들어올 듯이 섬뜩하게 느껴졌다.

안으로 들어가자 우리는 우측으로 완만한 곡선을 그리며 뻗은 대로를 따라 걸었다.

대로의 오른편으로 10여 채의 통나무 오두막들이 줄지어 서 있었다. 왼편엔 용도를 알 수 없는 통나무 건물들이 서 있었고, 그

왼편에는 급한 경사를 이루며 산이 시작되었다.

그런데 이상한 것은 경비병 외에는 사람이 보이지 않는다는 것이었다. 두리번거리며 대로를 따라 걷던 나는 문득 통나무 오두막의 창문 뒤로 얼핏 어떤 얼굴을 보았다. 곧 사라진 그 얼굴은 사람의 얼굴이라기보다는 살아 있는 해골 같았다. 으스스한 기분에 빠져들었다.

대로 끝에 널찍한 마당이 나왔다. 마당 뒤로는 왼편의 산에서 산허리가 뻗어 나와 마당 전방 오른편에서 높은 산마루를 이루고 있었다. 마치 거대한 용이 몸뚱이를 왼편에 두고 호수를 향해 긴 목을 뻗어 지면에 턱을 대고 엎드린 듯한 형상이었다.

"카네다 소위. 우리 장병들 전원의 성명과 계급을 모두 파악하고 있나?"

노무라 대좌가 말했다. 그간 면도도 한번 못한 대좌의 얼굴엔 지친 기색이 완연했지만 눈빛만은 또렷했다.

하지만 소위는 그늘이 깊게 드리운 눈길로 용머리 언덕만 바라보고 있었다. 용머리 뒤로 펼쳐진 하늘은 온통 오렌지색으로 물들어 있었다.

"소위, 내 말 들었나?"

대좌가 채근하는 말투로 물었다. 그러자 소위는 고개를 쓱 돌려 대좌를 보았다.

조마조마했다. 카네다 소위는 언젠가부터 더 이상 내가 아는 그가 아니게 되어버렸다. 지금도 그는 대좌를 자신에게 난데없이 말을 거는 행인 쳐다보듯 하고 있다.

"그런 건 알아서 뭐에 쓰실 겁니까?"

가슴이 철렁했다. 소위의 얼굴은 삐딱하게 비틀려 있었다.

대좌의 휘둥그레진 눈이 곧 노기로 번득였다.

"소위! 우리의 전투는 아직 끝나지 않았어! 이럴 때일수록 군의 기강이 더욱 절실한 거다! 모범을 보여라, 소위!"

대좌의 힘이 넘치는 말이 내 마음에 한 가닥 빛을 비추었다.

하지만 소위는 변함없는 자세로 내뱉었다.

"흥, 군의 기강이라면 도하교 폭파 같은 거 말입니까?"

소위의 이죽거림에 대좌와 소위를 둘러싼 공기가 팽팽히 당겨졌다.

"그건 적이 거꾸로 도하할 가능성을 차단하기 위해 내린 결정이다!"

"누가 내린 결정입니까……"

소위의 음산한 물음에 대좌는 멈칫했다. 모든 이의 시선이 일순 대좌의 입으로 쏠렸다. 대위는 입술을 곱씹었다.

그러곤 묵직하게 입을 열었다.

"사단장이다."

모두의 눈이 휘둥그레졌다. 사단장이라니…… 일개 장교의 독단적이고 파렴치한 결정이었기를 바랐는데…… 우리는 '공식적'으로 버려진 것이다.

"월경 공격을 계획했을 때부터 작전에 있었던 거다. 절대로 적이 거꾸로 넘어오게 하지 말라는……"

게다가 '계획적'으로 버려졌다.

충격에 입을 반쯤 벌리고 대좌를 쳐다보던 소위의 눈이 매서워졌다.

"적은 절대로 거꾸로 넘어올 수 없었습니다. 도하교가 탱크의 하중을 견디지 못한다는 거, 당신도 알지 않습니까!"

대좌는 잠시 멈칫했다.

하지만 이내 소위를 노려보며 완고한 음성으로 말했다.

"사단장은 적절한 판단을 한 거야. 상관의 명령을 의심하지 마라!"

"그건 전혀 적절한 판단이 아니었습니다! 대본영의 허가도 받지 않은 월경 작전이 실패로 돌아가니까 크게 문책당할 것이 두려웠겠죠! 그런데다 소련군이 코앞에 닥치니까 당황해서 앞뒤 따져보지도 않고 허겁지겁 다리를 폭파시킨 겁니다! 사단장은 자기의 목을 지키기 위해 우리를 눈앞의 적에게 먹이로 내던져준 거라구요! 그런 걸 군의 기강이라고 부릅니까? 내가 아는 군의 기강이란 함께 죽고 함께 사는 겁니다!"

그의 말 한마디 한마디가 내 영혼에 지진을 일으키고 있었다.

"카네다! 네 이놈!"

대좌가 눈에 불을 켜며 외쳤다.

하지만 소위는 조금도 굴하는 기색이 없었다. 오히려 대좌를 비웃듯 비릿한 표정으로 말했다.

"어쩌면 당신에게 책임을 물은 걸지도 모르죠. 이 작전은 당신이 적극 주장했던 거니까. 여기 있는 사람들은 말하자면 모두 희생된 셈이죠. 당신의 그 무모함 때문에. 당신의 그 잘난 명예욕 때문에!"

대좌의 얼굴이 일그러졌다. 하지만 대꾸를 하지 않았다. 아니, 못하는 것 같았다. 그저 분노에 부들부들 떨고 있을 뿐.

하늘과 땅이 뒤바뀐 것 같은 느낌에 나는 곤혹스러웠다. 사단장과 대좌의 이기심이 우리를 이곳으로 내몰았다는 것, 소위가 대좌에게 당당히 대든다는 것, 이 모두가 비현실적이었다. 그러나 이것이 엄연한 현실이라는 사실이 나를 뒤흔들었다.

"일동 차렷!"

수용소 스피커가 쩌렁 울렸다. 그 소리는 산골짜기에서 메아리가 되어 돌아왔다.

모두 정면을 돌아보았다. 단상 위로 한 남자가 오르고 있었다. 그는 50대 중반의 나이에 단단한 느낌을 주는 체구를 하고 있었다. 주변 사람들의 태도로 보아 높은 사람인 것 같았다.

단상 위에 오른 남자가 우리를 향해 돌아섰다. 숱이 많은 희끗희끗한 머리를 뒤로 깔끔하게 빗어 넘긴 그는 짙은 눈썹 아래로 예리한 눈초리를 번득이며 우리를 살펴보고 있었다. 매의 부리부리한 눈이 떠올랐다.

그가 굵고 강인한 음성으로 단 위에 설치된 마이크를 향해 입을 열었다. 러시아어라 알아들을 수는 없었지만, 일말의 주저함도 단어의 중복도 없이 적당한 빠르기로 매끈하게 말하고 있다는 것은 알 수 있었다.

그가 말을 멈추자, 단상 아래에 있던 한 중앙아시아인이 통역을 했다.

"동무들, 환영한다. 나는 이곳 굴라크의 소장 페트로프이다. 한 가지 동무들이 분명히 알아두어야 할 것은 굴라크는 노동수용소이지 포로수용소가 아니라는 사실이다. 따라서 포로 교환은 동무들과는 무관한 이야기이다."

마당은 찬물을 끼얹은 듯 고요했다. 서로를 쳐다보는 우리의 눈빛 속에 어린 당혹감과 좌절감만이 소란스레 오가고 있었다.

"동무들은 소련을 상대로 전쟁을 일으킨 중범죄자들이다. 따라서 이곳의 다른 범죄자들과 마찬가지로 헌신적인 노동을 통해 소련에 진 죗값을 모두 치러야만 집으로 돌아갈 수 있다. 형기는 전적으로 내가 결정한다."

페트로프라는 이름의 소장이 우리를 쓱 훑어보고는 말을 이었다.

"이 중에 조선인이 있는 것으로 안다. 조선 동무는 손을 들라."

순간 모두의 시선이 대식에게 쏠렸다.

대식은 어리둥절한 얼굴로 손을 들었다.

"앞으로 나오라."

대식이 엉거주춤하게 앞으로 걸어 나갔다.

모두들 그에게 무슨 일이 벌어질지 촉각을 곤두세웠다.

대식이 대열의 앞으로 나가자 경비병이 그의 팔을 끌어 단상 앞으로 데리고 가 우리와 멀찍이 떼어놓았다. 대식은 불안한 듯 우리와 단상 위를 번갈아 보았다.

대식을 보던 소장은 눈길을 들어 우리를 쳐다보며 말했다.

"일본 동무들, 지금 이 순간부터 동무들의 파시스트적 삶은 끝났다. 파시스트란 누구인가? 국가 간의 문제를 이성적인 논의에 의해서가 아니라 무력을 통해 해결하려 하는 사람들이다. 또한 인간이 모두 평등하다는 것을 부정하고 계급을 인정하여 상위 계급이 하위 계급을 억압하는 것을 당연시한다. 이제부터 동무들은 파시스트의 길을 버리고 가열한 노동을 통해 우리 소련의 공산주의, 사회주의 가치관을 체득하도록 한다."

우리들 사이에 당혹스런 눈빛이 오갔다.

통역이 끝나자 소장은 계속 말을 이었다.

"조선은 오랫동안 일본 제국에 의해 부당하게 식민지로 강점되어 탄압받아왔다. 하지만 여기서는 이 조선 동무가 조장이 되어 일본 동무들을 통솔할 것이다."

우리는 모두 입이 떡 벌어졌다.

"조장의 명령은 곧 나의 명령이다. 절대복종하도록!"

소장이란 작자는 조선인이 일본인에 대해 가지고 있는 증오를 수용소에서 필요한 통제의 기능으로 써먹으려는 모양이다. 기분 나쁘리만큼 간교한 의도다.

소장의 얼굴을 새삼 쳐다보았다. 호락호락한 상대가 아니다.

더 이상 대식은 우리를 돌아보지 않았다. 그저 망부석처럼 전방을 주시하고 있을 뿐. 그는 지금 어떤 얼굴을 하고 있을까? 복수의 칼을 갈고 있을까? 일본에게? 나에게?

소장은 대식에게 말했다.

"조장은 자신의 조를 잘 이끌어서 우수한 생산 실적을 거둘 경우, 굴라크 밖의 호숫가 정착촌에서 살도록 해주겠다. 그곳은 얼마간의 자유와 풍요함이 있는 곳이다. 이곳에서 조금 더 생활해보면 그것이 얼마나 절실한 것인지 깨닫게 될 것이다. 또한 정착촌의 생활 태도에 따라 조기 석방도 가능하다. 조장은 이 점 명심하고 나의 지시를 충실히 이행하도록."

대식의 뒷모습은 미동도 하지 않았다.

"또한 나는 일본 동무들에게 자력갱생의 기회를 부여하고자 한다. 동무들 중에 일본에서 태어났다는 이유만으로 어쩔 수 없이 파시즘에 젖어 살아온 사람들도 있을 것이다. 지금 이 순간 그것을 깨닫고 뉘우치는 마음으로 새로운 사상에 마음을 열고자 하는 동무들은 앞으로 나와 조장 옆에 서라. 부조장 및 간부의 역할을 주겠다. 단, 반성에 대한 증표로 앞에 놓인 저것을 밟고 지나간다."

경비병들이 무언가를 가져와 대식과 우리 사이의 바닥에 넓게 펼쳤다.

욱일기였다. 전쟁터에서 주웠는지 여기저기 해어지고 더러워져 있었다. 우리들은 분노와 당혹감에 술렁였다.

"천황 폐하 만세! 대일본 제국 만세!"

쩌렁하며 누군가 외친 소리에 나는 깜짝 놀랐다. 그는 다름 아닌 노무라 대좌였다.

"만세! 만세! 만세!"

그는 두 손을 번쩍 쳐들며 만세삼창을 했다.

나의 가슴에도 강한 전류가 흘렀다. 나도 두 손을 쳐들려 하는데 어떤 손이 옆에서 내 손목을 강하게 붙잡았다.

"안 돼!"

나지막하지만 강한 목소리에 고개를 돌려보니 카네다 소위였다. 그는 주위를 노려보며 말했다.

"모두들 가만히 있어!"

우리가 멈칫하는 사이, 경비병들이 대좌를 끌어냈다. 그리고 그를 욱일기 앞에 무릎 꿇렸다. 경비병 하나가 그의 뒤에 서서 소총으로 뒷목을 겨냥하고는 단상 위의 소장을 바라보았다. 소장이 짧게 고개를 끄덕였다.

"탕!"

노무라 대좌의 몸이 맥없이 앞으로 고꾸라졌다. 그의 상체가 욱일기 위에 엎어졌는데, 목에서 뿜어져 나오는 피가 욱일기의 붉은 태양 아래에 또 하나의 이지러진 태양을 그려나갔다. 나는 눈도 깜빡이지 않고 그 광경을 보고 있었다. 가슴이 터질 것 같기도, 죄어드는 것 같기도 했다.

소장이 쓰러진 대좌를 가리키며 카랑카랑하게 외쳤다.

"죽고 싶은 자 또 있는가? 스스로 선택하라. 개죽음인가, 갱생인가!"

마당은 고요했다. 개미가 기어가는 소리도 들릴 것 같았다.

내 심장은 튀어나올 듯 방망이질 쳤다. 비굴하게 연명할 것인가, 깨끗하게 산화할 것인가! 내 머릿속에서 목소리들이 쩌렁쩌렁 다투었다.

그때 상상도 하지 못할 일이 벌어졌다. 카네다 소위가 앞으로 저벅저벅 나가기 시작했던 것이다. 그 광경에 우리 모두는 얼어붙어버렸다.

욱일기 앞에서 소위는 대좌를 묵묵히 내려다보고 섰다.

이윽고 그는 전장을 누비던 군화를 들어 욱일기를 지르밟았다. 그러고는 한 걸음, 다시 한 걸음, 욱일기를 밟고 지나갔다.

그는 대식 옆에 나란히 섰다.

피가 싸늘히 식어버리는 것 같았다.

"환영한다. 삶을 택하는 것은 생명체로서 절대 부끄러운 일이 아니다. 살아남는 것이야말로 모든 생명체에게 주어진 절대적 사명이기 때문이다. 또 없는가?"

그는 득의양양한 얼굴로 우리를 하나하나 훑어보았다.

그러자 또 세 명이 앞으로 나가 카네다 옆에 섰다. 치노 오장, 마키토 상등병, 그리고 마츠오카라는 병장이었다.

하늘이 무너진다는 게 이런 기분일까.

페트로프 소장은 만족한 얼굴로 말했다.

"좋다! 다들 지금부터 파시즘의 잔재를 모두 벗고 새로운 사상으로 새로운 삶을 시작한다. 실시!"

저쪽에서 피골이 상접한 노동자가 죄수복이 잔뜩 실린 수레를 밀고 들어오는 것이 보였다. 경비병들이 우리에게 총부리를 대며 군복을 벗으라는 듯 소리쳤다. 그러자 하나둘씩 옷을 벗기 시작했다. 나도 모자를 벗고 상의의 단추를 풀기 시작했다. 참담했다.

페트로프 소장의 얼굴을 뚫어지게 쳐다보았다. 어떻게 하면 저 득의만면한 얼굴을 일그러뜨릴 수 있을까 맹렬히 궁리하기 시작했다.

'여기를 탈출하겠어. 일본의 근성이 어떤 것인지를 똑똑히 보여주겠어!'

그것이 내가 적에게 끼칠 수 있는 최대한의 타격이 될 것이다. 나의 전투는 아직 끝나지 않았다!

난 손에 들린 군복 상의의 어깨에서 일장기 패치를 북 뜯어내 둥글게 말아 입안에 넣고 머금었다.

묵묵히 혁대를 풀고 바지를 내리자, 허리에 매인 센닌바리가 눈에 들어왔다. 때 묻은 천 위엔 천 개의 붉은 십자수가 가득했다.

센닌바리를 풀어 두 손에 받쳐 들고 바라보았다. 수희가 새겨놓은 수수께끼 같은 글귀……

"그런즉 믿음, 소망, 사랑, 이 세 가지는 항상 있을 것인데 그중의 으뜸은 사랑이라."

누군가 센닌바리를 확 낚아채 갔다. 군복을 수거하던 경비병이었다.

'반드시 집으로 돌아가리라!'

#23 대식의 일지
1939년. D-Day 5년 전 / 굴라크 갱

손바닥이 아렸다. 이미 껍질이 한 번 벗겨졌는데도 쇠망치질은 익숙해지질 않는다.

누리끼리한 테가 서린 돌을 찾아 갱 벽에서 떼어내는 작업이었다. 그 테는 돌에 섞인 금이었고, 그것이 이 굴라크의 존재의 이유였다. 또한 우리의 존재의 이유이기도 했다.

하지만 언제나 금이 우리의 목숨보다 높은 우선순위에 있었다. 이곳에서의 인간이란 그저 지시하는 사람의 말을 알아들을 수 있는 기계 정도로 취급되었다. 내가 이곳에 들어온 지 한 달도 되지 않아 벌써 숱한 사람들이 굶어 죽고, 맞아 죽고, 사고로 죽었다.

나는 이를 악물었다. 조에 할당된 생산량 자체가 초인적으로 금을 캐내지 않는 한 달성이 불가능한 숫자였다. 하지만 그걸 달성해야만 정착촌으로 나갈 수 있다.

망치질을 멈추고 돌아보니 지하수로 축축한 바닥에 금광석이 꽤나 쌓였다.

"작업 그만. 이거 전부 수레에 담아."

난 이곳에 들어온 이후로 이들에게 경어를 쓰지 않고 있었다. 조원 스물두 명 전원 나보다 나이도 많고 계급도 높았다. 요이치를 제외하고.

내 명령에 치노 오장, 마츠오카 병장, 마키토 상등병, 이 세 명의 간부들만 쇠망치와 정을 내려놓으며 삽을 잡으려 했다.

"잠깐. 간부들은 빼고. 나머지, 내 말 안 들려? 수레에 담으라고!"

그제야 몇몇이 나를 돌아보았다. 눈빛들이 곱지 않다.

"왜? 내 말이 말 같지 않아?"

손에 든 정을 바닥에 집어 던졌다. 땡그랑하는 소리가 갱에 울려 퍼졌다.

"전원 동작 그만!"

카네다 소위가 쩌렁 외쳤다. 그러자 조원들이 어기적 동작을 멈추며 마지못해 차렷 자세를 취했다.

지금껏 항상 이런 식이었다. 소위가 나서줘야만 하는 척한다. 하지만 더 이상은 나도 못 참겠다. 누구 때문에 내가 이 고생인데…… 내 팔뚝에 찬 붉은 완장의 의미를 똑똑히 깨닫게 해주리라.

"모두 똑바로 들어. 앞으로 내 말에 재깍재깍 반응하지 않는 사람들에겐 두 번 말하지 않겠다. 무슨 말인지 알아!"

소리를 내질렀다.

하지만 일렬로 선 이들의 떨떠름한 표정은 그다지 변함이 없었다. 대답이 없는 것은 말할 것도 없고.

"그래, 잘 모르겠다, 이거지? 다들 도구를 내려놓는다. 실시."

내가 눈에 시퍼렇게 불을 켜고 으르렁거리자 조원들이 도구를 바닥에 내려놓았다. 나는 팔을 걷어붙였다. 그리고 조원 중 가장 나이가 많은 오카자키 앞으로 다가갔다.

그는 대위 출신으로 카네다 소위를 제외하고는 유일한 장교였다. 송충이 눈썹에 능구렁이 같은 자다. 이자를 꺾지 못하면 조원들을 손아귀에 쥘 수가 없다.

"이봐, 오카자키. 내 명령은 누구의 명령과 같다?"

그가 콧방귀라도 낄 듯한 눈으로 날 쳐다보았다.

"대답해!"

카네다 소위가 그에게 소리쳤다.

그러자 순간 오카자키가 날 선 눈으로 소위를 노려보았다.

나는 소위에게 말했다.

"내가 할게요."

소위가 고개를 끄덕였다.

난 다시 오카자키를 노려보았다.

"난 아직 네 대답을 듣지 못했는데?"

오카자키는 다시 유들거리는 눈이 되어 나를 비스듬히 쳐다볼 뿐, 입을 열 생각은 조금도 없어 보였다.

"이봐, 답을 모르는 거야, 아니면 벌써 내 질문을 까먹은 거야? 어?"

내가 건들거리며 묻자, 그의 눈에 조금씩 동요가 일었다.

"아, 까먹은 모양이지? 그딴 돌대가리로 전쟁을 하니까 이길 턱이 있겠어?"

그의 눈매가 매서워지더니 턱 근육이 움찔거렸다.

"왜, 기분 나빠? 머리는 나쁜 게 성깔은 좀 있나 보지? 새끼, 천생 군바리네, 이거."

"일등병 자식이 어디서!"

그의 입에서 말이 거칠게 튀어나왔다.

나도 지지 않고 그를 노려봤다.

"일등병? 네가 아주 돌았구나! 아직도 파시스트 버릇을 못 버렸어! 경비병이라도 불러야 정신을 차릴래? 엉!"

나는 그의 정강이를 있는 힘껏 걷어찼다. 그간의 울분을 모두 담은 일격이었다.

"어쿠!"

그가 외마디 소리를 지르며 바닥에 주저앉았다.

"일어서! 어디서 엄살이야! 네 엄마 젖이라도 물려줘?"

내 앙칼진 목소리가 갱 안을 쩌렁 울렸다.

오카자키가 절뚝이며 일어섰다. 땀이 송글송글 맺힌 그의 얼굴이 잔뜩 일그러져 있었다.

"우리 기초부터 다시 시작하자. 내 호칭이 뭐지?"

"한…… 대식 동…… 무."

"그래, 잘 아네. 머리가 완전히 이건 아닌가 봐?"

돌멩이를 툭 차며 빈정거렸다.

"그럼 이제 상급자 과정으로 들어가볼까? 내 명령은 누구의 명령과 같다고?"

오카자키가 볼을 씰룩이는데 문득 저쪽 끝에 선 요이치의 얼굴이 내 눈에 띄었다. 그는 잔뜩 화가 난 얼굴로 나를 노려보고 있었다.

"페트……"

"잠깐."

난 손을 들어 오카자키가 대답하는 것을 막았다.

"어이, 요이치. 네가 한번 대답해봐. 넌 그나마 여기서 머리가 돌아가는 놈이니까."

나는 그의 앞으로 걸어갔다. 녀석의 눈동자에 불이 들어 있었다. 후지와라 상과의 약속 같은 건 이미 휴지 조각이 된 지 오래였다.

나는 얼굴을 그에게 가까이 들이대며 말했다.

"질문 생략. 답을 말해봐."

하지만 녀석의 입술은 움직일 기미가 없었다.

"어서!"

다시 내 목소리가 쩌렁 울렸다.

"이 새끼가!"

일본인 특유의 장대한 고함 소리가 갱 안 가득 반향을 일으켰다. 하지만 요이치의 입은 닫힌 채로였다.

난 소리친 자를 찾아 고개를 옆으로 돌렸다. 오카자키였다. 그는 분노에 찬 얼굴로 한 손에 뾰족한 정을 쳐든 채 나를 향해 달려들고 있었다.

가슴이 철렁 내려앉았다. 아까 그가 주저앉았다가 일어나면서 슬그머니 정을 쥐었던 모양이었다. 꼼짝 없이 정에 내 가슴팍이 뚫리겠구나 싶었다.

순간 콰당 하며 그가 바닥에 엎어졌다. 동시에 정이 땡그렁 하며 그의 손을 빠져나갔다.

눈을 들어보니 카네다 소위가 넘어진 오카자키의 뒤에 서 있었다. 소위의 다리가 돌아가 있는 걸로 보아 그가 뒤에서 오카자키의 발을 걸어차 넘어뜨린 모양이었다.

나는 냅다 오카자키를 뛰어 넘어가 갱 입구를 향해 외쳤다.

"아흐라이니크! 아흐라이니크!"

경비병들을 부르는 소리였다.

그러자 입구 쪽에서 후다닥 뛰어오는 소리가 들려왔다. 경비병들의 그림자가 갱 벽에 어른거렸다. 난 하얗게 질린 조원 놈들을 향해 사악한 웃음을 지어 보였다.

"무슨 일이야?"

경비병 둘과 함께 나타난 세르게이가 일본어로 야무지게 물었다. 입소 첫날 소장의 통역을 맡았던 자였다. 그는 '밍가드'라는 중앙아시아의 소수민족으로, 작은 키에 까무잡잡한 얼굴을 하고 있었다. 20대 중반의 젊은 나이임에도 불구하고 검은 눈동자엔 산전수전 다 겪은 간특함과 은근한 독기마저 배어 있었다.

그는 10대 때 일자리를 찾아 중국 상해를 통해 조선까지 들어가 온갖 잡일을 다 하고 돌아왔다고 했다. 그래서 그는 러시아어, 중국어, 일본어를 모두 구사할 수 있었다.

세르게이는 쭉 찢어진 예리한 눈으로 일본인들을 훑어보았다.

나는 아직도 바닥에 넘어져 있는 오카자키를 가리켰다.

"저 사람. 저 사람이…… 다쳤어요."

오카자키와 일본인 조원들은 모두 내 얼굴을 쳐다보았다.

"다쳐? 어디를?"

"다리요."

세르게이가 내 얼굴을 한번 보더니 경비병들에게 러시아어로 설명했다. 곧 경비병들의 표정이 시큰둥해졌다. 마치 먹이를 노리고 달려든 승냥이들이 사냥에 허탕 친 것처럼. 그들은 갱 밖으로 어슬렁거리며 나갔다.

나도 오카자키에게 죽음보다 더한 고통을 맛보게 해주고 싶은 마음이 간절했지만 참기로 했다. 나에겐 건강한 조원이 한 명이라도 더 필요하다. 그들이 광적으로 일을 해줘야만 내가 집으로 갈 수 있으니까.

세르게이가 오카자키에게 다가가 그의 다리를 만졌다. 오카자키는 신음 소리를 냈다. 진짜 아픈 건지 연기를 하는 건지, 꽤나 생동감 넘쳤다.

세르게이는 금세 일어나더니 나에게 말했다.

"부러진 건 아니니까 상관없어. 다시 작업 시켜."

"다들 들었지? 이제 꾀병 그만 부리고 일어나서 작업 시작해!"

조원들이 오카자키를 바닥에서 일으키고는 모두 정과 쇠망치를 잡고 벽의 돌을 쪼기 시작했다. 그러자 세르게이는 나에게 고개를 끄덕여 보이고는 갱을 나갔다.

나는 조원들을 향해 낮은 목소리로 말했다.

"광석을 수레에 담아. 간부들은 말고."

조원들의 눈이 순간 오카자키에게 쏠렸다. 그는 나를 한번 쳐다보더니 망치를 내려놓고 삽을 잡았다. 그러자 조원들이 우르르 달려들어 광석을 수레 안으로 퍼 담기 시작했다.

수레에 광석이 가득 실리자 나와 카네다 소위는 그걸 밀고 갱 밖으로 나갔다. 그가 나를 보며 씩 웃었다.

갱도를 나가자 조금 넓은 터가 나왔다. 여기서부터 사방으로 갱도가 퍼져나가 있었고, 이곳 터에는 각 갱도에서 채굴한 금광석들이 쌓여 있었다.

"후…… 담배 당기는군."

수레 바닥에 놓여 있던 마지막 금광석을 더미 위로 던져 올리고는 카네다 소위가 말했다.

우리는 수레를 밀고 다시 우리 조에 배정된 갱으로 향했다.

"아깐 고마웠습니다. 소위님 아니었으면 나 완전히 갈 뻔했어요."

내가 품에서 담배 한 개비를 꺼내어 그에게 슬쩍 건넸다. 그의 눈이 휘둥그레지며 담배를 받아 소매에 숨겼다.

　그는 놀라움에 가득한 눈으로 은밀하게 물었다.

　"이거 어떻게 구한 거야?"

　"세르게이한테서요."

　"무슨 대가로?"

　"그와 일본어로 대화를 나누기로 했어요. 하루 10분씩. 일본어를 안 쓴 지 오래되었다네요. 그리고 나도 그한테 러시아어를 배우기로 했구요. 아무래도 정착촌으로 나가려면 필요할 것 같아서요."

　그가 나를 향해 빙긋이 웃어 보였다.

　"네가 정말 정착촌으로 나가고 나면 여긴 꽤나 심심하겠군."

　나는 그를 보며 피식 웃었다.

　"담배 생각은 아직 없는 건가?"

　그가 물었다.

　"네, 아직은……"

24 요이치의 일지

1939년. D-Day 5년 전 / 굴라크 숙소 가는 길

　"잠깐 이야기 좀 해도 될까?"

　나는 대열의 가장 뒤에서 걷고 있는 대식의 옆으로 붙으며 물었다. 오늘의 작업을 마치고 갱에서 나와 숙소로 돌아가는 길이었다.

하지만 그는 나를 힐끗 보았을 뿐 대답도 하지 않고 앞만 보며 걸었다. 그의 주의를 붙들어야 했다.

옆을 살피며 목소리를 낮춰 말했다.

"여기를 탈출할 생각이야."

"뭐?"

대식의 찌푸린 눈살 사이로 두 눈이 반짝였다. 동시에 그 눈은 주변을 살폈다.

"무슨 헛소리야."

"집으로 갈 수 있는 방법이 있어."

대식의 눈이 험악해졌다.

"괜한 수작 부리지 마. 여기서 개죽음하고 싶지 않으면."

"갱도를 파서 굴라크 반대편 산기슭으로 뚫고 나가는 거야."

그는 나를 미친놈 보듯 쳐다봤다.

"가능해. 갱도들의 방향과 깊이, 각도 등을 측량한 지도만 있으면."

"그런 지도가 어디 있는데?"

"내가 그릴 거야. 지난 한 달 동안 갱도를 유심히 살피면서 방법을 찾아봤어. 그리고 찾아냈어."

"이 새끼가 하라는 망치질은 안 하고 엉뚱한……"

그는 어이없다는 얼굴이었다. 그러곤 다시 고개를 돌리고 앞만 보며 걸었다.

마음이 조급해졌다.

"지도 자체를 완성하는 건 6개월. 그다음엔 목표 지점까지 금맥이 잘 이어져만 준다면 1년 정도 후엔 탈출로가 뚫려. 운이 안 따르면 몇 년이 걸릴 수도 있지만."

"아, 근데 그걸 왜 나한테 이야기하냐고?"

"조장의 동의 없이는 불가능한 일이니까."

"하, 이 새끼…… 아쉬우니까 이제 간에 붙었다 쓸개에 붙었다 하시겠다? 잊었나 본데, 나 조선인이야, 조선인."

"조선인이든 일본인이든 집으로 돌아가고 싶은 건 마찬가지 아니냐?"

"물론 마찬가지지. 그걸 아는 놈이 나를 그 노몬한 적지에 권총 한 자루 달랑 쥐어놓고 내팽개쳐뒀냐?"

그의 목소리에 힘이 들어가 있었다.

"그건 고의로 그랬던 게……"

"고의건 사고건, 문제는 서로 간에 신뢰가 없다는 거야. 알겠어? 너랑 나랑은 서로 생각도 다르고 입장도 달라서 당최 같이 뭐를 할 수가 없는 사람들이라고."

그는 주변을 의식하며 높아진 목소리 톤을 다시 낮추었다.

"이렇게 위험천만한 계획을 진행하다가 무슨 사고가 나면 네가 나를 또 배신하지 말라는 법 있어? 그땐 나도 죽고 너도 죽어. 왜 그딴 짓을 해?"

나는 뭐라고 답해야 할지 떠오르지 않았다. 그가 그렇게 느끼고 있는 한 내가 무슨 말을 해도 그 느낌을 지울 수는 없으리라.

발걸음에 힘이 쑥 달아나버렸다. 그가 계획을 승인하지 않는 한 우리는 단 한 걸음도 앞으로 나갈 수가 없다.

저 앞에 통나무 숙소들이 보였다. 조별로 한 채씩 썼다. 우리 조의 숙소 앞에 이를 때까지 우리는 서로 아무 말도 하지 않았다. 앞으로 어찌해야 할지 착잡했다.

인솔하던 경비병이 숙소 앞에서 돌아가자 대식이 나를 똑바로 쳐다보았다.

"내 말 잘 들어. 난 내 방식대로 집으로 돌아갈 거야. 나한테 걸리적거리지 마."

나는 분해서 눈물이 날 것 같았다.

"하지만 네 계획은 눈감아주겠어. 후지와라 상한테 할 말은 있어야겠으니까. 대신 난 아무것도 모르는 거야. 알았어?

난 뛸 듯이 기뻤다. 하지만 무표정하게 대답했다.

"알았다."

"서로 각자의 길을 가는 거다. 지금까지 그래왔던 것처럼."

그가 돌아서서 성큼성큼 걸어갔다. 나는 그의 멀어져가는 등을 바라보고만 있었다.

#25 대식의 일지
1940년. D-Day 4년 전 / 용머리 언덕

용머리 언덕을 오르는 길은 가팔랐지만 발걸음은 가벼웠다. 호수가 훤히 내려다보이는 언덕마루에 가까워지자 물기가 잔뜩 머금은 여름의 훈풍이 불어왔다. 그러자 내 기분도 훈훈해졌다.

고개를 돌려 굴라크 쪽을 보았다. 내가 선 언덕에서부터 저만치 산까지는 용 모가지처럼 산줄기가 뻗어 있었다. 산줄기를 가운데 두고 왼쪽엔 남자의 숙소와 제련소, 광산이 자리하고 있었고, 오른쪽엔 여자의 숙소가 있었다. 그곳 마당에 드문드문 여자들이 걸어 다니는 것이 보였다.

지난겨울은 혹독하기 그지없었다. 영하 30도 이하로 내려가는 날이 부지기수였고 눈은 끝도 없이 내리고 또 내렸다.

겨우내 엄청나게 많은 사람들이 죽었다. 동상으로, 굶주림으로, 폐병으로, 혹은 원인 모를 이유로. 우리 조에서도 다섯 명이나 죽어 나를 포함한 총원이 열여덟 명으로 줄었다.

죽은 자들은 산골짜기 후미진 곳에 '망자의 계곡'이라 부르는 곳에 묻혔다. 그것도 봄이 되어 땅이 녹은 후의 일이었다. 겨울엔 땅이 꽝꽝 얼었기 때문에 겨울 동안 시신들은 창고에 보관했다.

발가벗겨진 앙상한 시체는 조그만 궤짝에 구겨 넣다시피 담겨 동태처럼 얼어붙었다. 그걸 보고 있노라면 도저히 저것이 한때 살아 있는 사람이었다는 사실이 믿겨지지 않았다.

이곳의 죄수들은 다양한 이유로 잡혀 왔다. 키르기스스탄이 소련에 흡수되는 것을 반대하는 전단지를 뿌렸다가, 혹은 단순히 스탈린을 욕했다가 잡혀 온 사람들도 있었다. 소련은 체제에 불만을 품은 자들을 사형 대신 말 그대로 '죽도록' 일을 시키는 굴라크로 보내버렸다.

또한 그들의 아내, 누나, 여동생도 함께 잡혀 왔다. 단지 불평분자의 친족 관계라는 것이 이유였다. 그들은 마당의 반대편, 용모가지 너머에 분리 수용되었는데, 거기서 무슨 일이 벌어지는지는 알 수 없었다. 여자 수감자들 중에 배가 잔뜩 부른 여자들의 모습을 항상 볼 수 있었던 것으로 보아, 아마 굴라크 직원들이 그들을 성적 노리개로 삼고 있는 것 같았다.

왠지 남의 일 같지가 않았다. 사람이 벌레보다도 못한 존재로 전락한 이곳이야말로 진짜 지옥이다.

이 지옥에서 20세를 맞이했다. 하지만 아무에게도 알리지 않았다. 알릴 사람도 없었고 알리고 싶지도 않았다. 생일날 아침 눈을 떴을 때 그저 이 지옥을 하루라도 빨리 끝내달라고 마음속으로 무작정 빌었다.

그래서인지 세상을 움켜쥔 듯 굴던 혹독한 겨울도 서서히 물러가고 계절은 봄으로 바뀌어갔다. 철조망 너머로 어느덧 초원의 풀색이 짙어지며 양들은 살이 올랐고, 완연해진 여름 기운 속에 말들은 힘차게 내달렸다.

지난 10개월 동안 우리 조는 할당량을 초과 달성했다. 앞으로 두 달만 더 현 상태를 유지하면 나는 호숫가 정착촌으로 나갈 수 있는 것이다.

벌써부터 고향으로 성큼 다가간 느낌이었다. 정착촌으로 나가자마자 틈틈이 달리기 연습을 시작할 것이다. 그리고 집으로 돌아가면 바로 런던 올림픽 출전에 도전할 것이다.

경비대장의 재촉에 나는 다시 몸을 돌려 그를 따라 언덕 위로

234

향했다. 곧 언덕마루에 올라섰다. 마루는 전방의 호수를 향해 길게 뻗은 타원형이었는데, 이쪽 끝에서 반대편 끝까지는 족히 3~4백 미터가량 되어 보였다.

나와 가까운 곳의 높은 지대에 초소가 하나 있었고 중간쯤의 낮은 지대엔 굴라크 직원 식당, 그리고 다시 마루 끄트머리의 높은 지대엔 페트로프 소장의 집무실 겸 사택이 지어져 있었다. 모두 통나무로 지어졌는데, 특히 소장의 사택은 멋들어지고 호화로워 보였다.

경비대장과 함께 사택의 현관으로 들어섰다. 실내 공기엔 향기로운 통나무 냄새가 은은히 배어 있었고, 후덥지근한 바깥과는 달리 온도와 습도가 쾌적했다.

현관을 지나 거실에 발을 들이자 입이 떡 벌어지고 말았다. 거실의 전면은 통유리로 되어 있어 호수와 초원과 산맥이 벽화처럼 바로 눈앞에 펼쳐져 있었다.

저 아래로는 파랗고 거대한 호수가 자리 잡고 있었고, 그 주위로 너르게 펼쳐진 초록의 평원 위엔 하얀 양 떼들이 옹기종기 모여 풀을 뜯고 있었다. 평원의 가장 바깥은 머리에 만년설을 뒤집어쓴 산맥들이 굽이굽이 끝도 없이 둘러서 있었다.

"한대식 동무."

난 퍼뜩 돌아섰다. 페트로프 소장이 거실로 걸어 나오고 있었다. 난 다시 한 번 놀랐다.

소장 뒤로 펼쳐진 거실의 한쪽 벽면 전체가 책장이었다. 거기엔 다양한 색과 크기의 책들이 빼곡히 꽂혀 있었다. 그 책장을 배경으로 서 있는 소장을 보자, 저 책들이 모두 그의 시원스레 빗어 넘긴 머릿속에 들어가 있는 건가 싶어 더욱 위축감을 느꼈다.

"아, 안녕하십니까?"

"우선 자리에 앉지."

그가 손으로 가리키는 소파에 앉았다. 푹신했다.

여기는 완전히 별세계다. 거실은 하나의 흐트러짐 없이 깔끔하게 정돈되어 있었다. 이 사람은 이곳 생활을 즐기고 있다는 느낌이 거실 곳곳에서 물씬 배어 나왔다.

소장은 맞은편 소파에 앉아 나의 눈을 바라보았다. 짙은 눈썹 아래로 깊이 박혀 있는 그의 연갈색 눈동자는 사람을 꿰뚫는 듯한 안광을 내뿜었다. 무언가 오싹한 느낌이 등줄기를 훑고 지나갔다.

"동무, 심리학이라고 아나? 그러니까 사람의 마음에 대해 연구하는 거지."

그가 손가락을 들어 자신의 관자놀이 부근에서 원을 그려 보였다.

"네……"

나는 고개를 끄덕였다.

"바빈스키라는 사람이 말했지. '인간의 영혼을 뒤흔들 만큼 신실하고 심오한 감정 앞에서는 히스테리가 설 자리가 없다.' 히스테리란 마음의 병 같은 거야. 의욕이 없어진다거나, 우울해진다거나, 신경질을 부린다거나."

그는 내가 확실히 이해하고 있는지를 확인하려는 듯 말을 잠시 멈추었다. 나는 따라가고 있다는 표정을 지어 보였다. 대충은 그랬다.

"대부분 이곳에 들어온 노동자들은 어떤 식으로든 히스테리를 보이게 되지. 지내봐서 알겠지만, 안 그러면 이상한 거지. 안 그런 가?"

"네…… 그렇죠."

"그런데 이상한 건 말이야. 자네 조원들을 가만히 보면 별다른 히스테리를 보이지 않는다는 거야. 지난 10개월간의 성적이 말해 주듯이 금을 캐는 일이 무슨 즐거운 일이라도 되는 양 모두들 열심이란 말이야. 왜일까? 조장으로서 어떻게 생각하나?"

숨이 턱 막혔다. 혹시 요이치의 계획에 대해 뭔가를 눈치챈 것 아닌가 하는 생각에 간담이 서늘해졌다. 하지만 본능적으로 답을 끌면 안 된다는 생각이 들었다.

"잘은 모르겠습니다. 저는 일본인이 아니라서……"

나는 머릿속에서 요이치의 계획을 싹싹 지우고 있었다.

언젠가 세르게이로부터 페트로프 소장이 이곳 굴라크의 소장으로 부임하기 전에는 소련의 유명한 대학의 심리학 교수였다는 말을 들은 기억이 났다. 그에게 이곳은 하나의 거대한 심리연구실이고 우리는 실험용 쥐라고 했었다.

소장의 눈이 예리하게 반짝였다.

"그들의 영혼을 사로잡은 신실하고 심오한 감정의 정체가 뭘까? 사도 바울은 믿음, 소망, 사랑의 세 가지가 있다고 말하지. 굴라크에서 사랑이 싹틀 리는 없고, 뭔가 소망이라도 품고 있는 건가?"

머리칼이 쭈뼛거렸다. 조그만 궤짝에 담긴 시체들이 눈앞에서 오락가락했다.

"아마…… 믿음인 것 같습니다. 그들은 그들의 왕을 신이라고 믿으니까요."

"흠…… 천황에 대한 믿음이라."

소장의 머릿속에서 톱니바퀴가 철컥철컥 돌아가고 있는 것 같았다. 그의 생각이 더 파고들기 전에 다른 곳으로 주의를 돌려야 한다.

"하지만 저도 잘 모릅니다. 그저 그들이 히스테리 안 부리고 열심히 금을 파내면 저에게도 좋고 소장 동무에게도 좋다는 것밖에는."

"그건 확실하지."

그의 눈매가 슬며시 풀어졌다. 그러곤 나를 향해 잔뜩 기울였던 몸을 뒤로 젖히며 소파 등받이에 푹신하게 기대었다. 그러곤 잠시 말이 없었다. 나는 마치 칼날 위에 서 있는 기분이었다.

이윽고 생각을 정리한 듯 그는 나를 보며 입을 떼었다.

"앞으로 두 달이다. 지금처럼만 하면 그땐 정착촌으로 내보내주겠어. 난 약속을 지키는 사람이니까. 그게 무엇이건 간에 말이야."

"최선을 다하겠습니다."

그의 집무실을 나서면서 한숨이 터져 나왔다. 숙소로 돌아가면 요이치에게 분명히 말할 것이다. 그 망할 놈의 지도를 내 눈에도 띄지 않게 꽁꽁 숨겨두고 절대 꺼내보지도 말라고. 안 그러면 내 손으로 직접 없애버리겠다고.

굴라크의 철조망 밖으로 발을 내디뎠다. 내 뒤로 문이 퉁 소리를 내며 닫혔다. 고개를 돌려보니 날카로운 가시가 비죽비죽한 철조망 뒤로 모여 있던 죄수들이 경비병의 명령에 따라 흩어지기 시작했다.

두 달이 무사히 지났다. 페트로프 소장은 일부러 내가 정착촌으로 나가는 모습을 수감자들로 하여금 목격하도록 했다. 아마 이것도 심리 실험의 하나일 것이다.

그들은 작업장으로 향하면서도 철조망을 사이에 두고 다른 차원으로 이동해버린 나를 힐끔힐끔 돌아보았다. 새로 조장이 된 카네다 소위, 부조장이 된 치노 오장, 마츠오카 병장과 마키토 상등병의 얼굴에 부러움과 애련함이 교차하고 있었다.

반면에 요이치나 오카자키의 얼굴엔 그다지 변화가 없었다. 그저 무심하게 한번 쓱 돌아보았을 뿐 씩씩하게 작업장으로 향했다.

나는 알고 있다. 그들은 자신의 힘으로 곧 탈출할 수 있다는 자신감에 불타고 있다는 것을. 그러거나 말거나 이제 나랑은 아무 상관도 없는 일이다.

마차가 나를 기다리고 있었다. 경비병은 마부의 옆에, 나는 짐 칸에 올랐다. 마차가 흔들리며 출발했다.

이른 오전의 여름 햇살이 내 위로 쏟아지고 있었다. 얼마 만인가, 이렇게 느긋하게 햇볕을 쬐어본 게. 모자를 벗었다. 신선한 바람이 머리칼 사이사이로 파고들었다. 상쾌했다. 자유의 감각이 온몸의 세포를 하나씩 깨우기 시작했다.

이제부터 난 건강해질 것이다. 다시 햇볕에 그을릴 것이고, 다시 살도 오를 것이고, 다시 초원 위를 달릴 것이다. 그리고 4년 후의 런던 올림픽에 출전할 것이다.

반 시간쯤 지나서 마차가 멈춰 섰다. 난 짐칸에서 바닥으로 내려섰다. 풀이 푹신하게 뒤덮여 있었다. 굴라크의 철조망 안에서는 풀 한 포기조차 찾아볼 수 없었다. 배가 고픈 노동자들이 모두 뜯어 먹었기 때문이었다.

발아래에 무성한 풀들이, 바로 눈앞에 펼쳐진 바다 같은 호수가 끔찍하던 굴라크의 고통을 차츰 녹여 없애고 있었다.

경비병과 나는 호수의 나루터 바로 앞에 위치한 작은 판잣집으로 향했다. 오랫동안 변덕스런 자연에 시달렸는지 판자는 빛이 바랜 회색이었다. 그 색깔이 투명한 호수의 물색과 생생한 풀들의 녹색 사이에서 멋스럽게 어우러졌다.

판잣집에 들어가자 안에서는 살짝 퀴퀴한 비린내가 풍겨왔다. 실내는 좁고 긴 구조였다. 입구 가까이에는 커다랗고 낡은 테이블이 하나 있었고, 그 뒤로 60대로 보이는 은발의 노인이 앉아 있었다.

노인의 빽빽한 은발에서부터 굵게 주름진 얼굴과 긴 팔 끝에 달린 크고 거친 두 손이 마치 이 건물의 회색 판자 같은 느낌을 주었다. 특히 인상적인 것은 그의 눈동자였다. 호수 물이 그대로 망울진 듯 투명한 파란색이었다.

그렇다고 절대 부드러운 인상은 아니었다. 무표정한 얼굴이 허튼짓을 호락호락 받아주지 않겠노라 선언하고 있었다.

경비병은 그를 '이바노프 촌장'이라고 부르며 그에게 나와 관련된 서류를 건넸다. 이 사람이 이곳에서의 나의 태도에 대해 어떤 보고서를 작성하느냐에 조기 석방 여부가 달렸다.

촌장은 서류를 꼼꼼히 훑어보더니 나와 서류를 번갈아 보았다.

"까레이스키인가?"

그가 경비병에게 물었다.

까레이스키란 직역하면 '고려인'으로, 일본의 식민지 통치를 피해 연해주 등 소련 땅으로 이주해 들어간 조선 사람들을 일컫는 말이었다. 엄밀한 의미에서 난 까레이스키는 아니지만 그냥 '조선인이냐?'는 질문으로 받아들였다.

"네, 그렇습니다."

경비병이 대답하기 전에 내가 먼저 대답했다. 경비병은 힐끗 나를 쳐다보았다.

이바노프 촌장은 새파란 눈동자로 조금 의외라는 듯 나를 쳐다보았다. 조금 이상하리만큼 길게 쳐다보더니 입을 열었다.

"묘한 일이군."

난 그 말의 의미를 알 수 없어 그를 멀뚱히 쳐다보았다.

"어떻게 조선인이 여기까지 왔지?"

"그 서류에 적혀 있습니다."

이번엔 경비병이 대답했다.

촌장은 서류의 아래쪽을 들여다보며 내용을 읽었다. 그의 눈동자가 좌에서 우로 더듬어나갔다. 그러곤 보일 듯 말 듯 고개를 끄덕였다.

그가 눈길을 들어 나를 쳐다보며 말했다.

"굴라크에 들어간 지 1년 만에 정착촌으로 나왔군그래."

그의 표정은 아무래도 잘 읽히지가 않는다.

"동무가 저 안에서는 어떤 마술을 부렸는지 모르겠지만, 여기서는 안 통해. 자유가 절대 공짜로 주어지는 건 아니지. 6시 기상했을 때, 12시 정오에, 17시 하루 일과를 마쳤을 때, 19시 저녁 식사 후, 22시 취침 전, 이렇게 하루 다섯 번 나에게 보고해. 더 자세한 규칙들이 있지만 그건 차차 알게 될 거야. 지금은 이거 한 가지만 기억해. 만일 그 규칙들 중 단 하나라도 어기는 날엔 곧장 굴라크 행이야. 알겠나?"

"네, 알겠습니다. 그런데…… 일과는 어떤 것입니까?"

"고기잡이, 그리고 양치기."

금광석을 캐던 것에 비하면 훨씬 수월할 것 같았다.

"고기는 잡아본 적이 없는데요."

"굶다보면 금방들 배우지. 하루 식량 배급은 일과를 달성한 만큼 지급되니까 알아서 하라고."

바늘로 찔러도 피 한 방울 안 나올 것 같은 노인이었다. 왠지 여기서의 생활도 녹녹지 만은 않을 듯싶었다.

26 요이치의 일지
1940년. D-Day 4년 전 / 굴라크 갱

대식이 철조망 울타리 밖으로 나갔다. 그는 내게 선언했듯이 자신의 방식으로 일보 전진을 이뤄낸 것이다. 오늘 아침 숙소에서 대식의 텅 빈 침대를 보는 기분이 묘했다.

242

오늘따라 정을 때리는 망치 소리가 평소보다 더 단단하게 귓전을 울린다.

"정말 다들 열심이로군. 쿨록쿨록!"

카네다 상이 말했다.

빈정거리는 듯한 그의 말투에 다들 잠시 망치질이 느슨해졌지만, 이내 땅땅 힘차게 정을 두드렸다.

그는 작년 겨울을 보내면서 폐에 이상이 생겼다. 아무래도 갱의 먼지로 인한 진폐증인 것 같았다. 그가 겨울을 넘기지 못할 거란 예상도 있었지만 그는 살아남았고 대식의 뒤를 이어 조장이 되었다.

"그런데 한 가지 물어보자, 요이치."

난 쇠망치질을 멈추며 천천히 그를 향해 돌아섰다.

"네, 조장 동무."

나는 얼굴에 아무런 표정도 띄우지 않았다. 하지만 예전에 내가 그를 바라보던 표정을 그가 떠올릴 수 있다면 지금 나의 무표정을 '냉소'라 봐도 무방하리라.

"언제쯤 산 반대편으로 뚫고 나가게 되나?"

난 주변을 살폈다. 쇠망치 소리가 요란했다.

"최대한 빨리 파면 1년 반가량입니다."

그에게 조금이라도 희망을 심어주고 싶었다. 그런데 그의 표정이 이상했다.

"그럼 1년 반이면 바깥은 겨울이잖아. 겨울에 이 험한 산을 넘어 집으로 가려는 건 아니겠지?"

"물론…… 그렇습니다. 그래서 속도를 조절해나갈 겁니다. 2년째 초여름에 뚫고 나갈 수 있도록."

"속도를 올려서 1년 안에 뚫을 수는 없는 건가?"

한 대 맞은 기분이었다.

"겨울 동안 인원 손실도 있었고, 또 이번 겨울에 어떻게 될지 모릅니다. 그건 불가능할 것 같습니다."

"그럼 결국 2년에 맞추게 되겠군. 속도를 좀 늦춰서라도."

"그렇습니다."

"그때까지 내가…… 살아 있을까?"

카네다 상은 고개를 앞으로 슬그머니 내밀어 나를 빤히 쳐다보았다.

아무런 대답을 할 수 없었다. '무슨 약한 소리십니까, 살아 계셔야죠'란 말도 도저히 나오지 않았고, 그렇다고 '사실 저도 회의적입니다'라고 답할 수도 없는 노릇이다.

"쿨록쿨록!"

그가 깊은 기침을 해대더니 침을 바닥에 탁 내뱉었다. 다시 나를 쳐다보는 그의 눈 밑에 검은 그림자가 더욱 짙게 드리워졌다.

"내 말 똑똑히 들어. 속도를 늦추는 건 일절 인정할 수 없어. 우리 조는 무조건 강행군이다. 매달 할당량을 초과 달성해야 한다고! 전부 알아들어?"

그의 목소리가 날카롭게 갱 벽을 울렸다.

그가 매서운 눈으로 조원들을 하나하나 돌아보았다.

내가 네놈들 생각을 모를 것 같아? 난 네놈들과 함께 가지 않아.

난 대식과 함께 갈 거야.

"나도 1년 후엔 이 망할 놈의 갱에서 정착촌으로 나가야겠어! 쿨룩! 그래야만 내가 살 수 있다고!"

"그렇게 살아서 뭐할 건데?"

낮지만 힘 있는 목소리가 그의 말을 받았다. 오카자키 대위였다. 나는 머리칼이 쭈뼛 서고 말았다.

카네다 조장이 이글거리는 눈으로 대위를 노려보더니 그를 향해 터벅터벅 발걸음을 옮겼다. 그러곤 대위 앞에 바짝 다가서서 위협적인 목소리로 물었다.

"살아서 뭐하다니? 네놈들이 지금 하고 있는 짓거리는 살겠다고 하는 짓거리 아니야?"

"네 녀석하고는 질적으로 달라. 너한테 설명해줘도 이제 넌 이해도 못하겠지. 천황 폐하를 등진 놈이니까."

대위가 치노 상, 마츠오카 상, 마키토 상을 차례로 노려보았다. 모두 욱일기를 밟았던 자들이다.

"흥! 천황 좋아하시네! 착각들 하지 말라고. 네놈들은 일회용 소모품에 불과해. 충성 같은 건 짝사랑에 불과하다고! 정신 차려, 이것들아! 쿨룩쿨룩!"

그는 간신히 숨을 추스렸다. 할 말이 많았던지 그는 곧장 입을 열었다.

"네놈들이 설사 돌아간다고 치자. 또 제국이 너희 놈들을 반기는 척을 했다고 치자. 그다음은 또 뭐냐? 다시 전쟁터에서 일회용처럼 버려지는 것뿐이야. 그런 취급을 당하려고 거기까지 꾸역꾸

역 돌아가냐, 이 바보들아?"

그는 손을 들어 우리들을 죽 가리켰다. 그의 입가가 한껏 비틀려 있었다. 여기서 겨울을 나면서 그에게 생긴 새로운 표정이었다. 혹한과 폐병은 그의 영혼 어딘가를 크게 일그러뜨려놓은 것 같았다.

그가 대뜸 대위의 멱살을 움켜쥐었다.

"오카자키. 한번 말해봐. 천황이 신이야? 우리에게 일방적인 희생만을 요구하는 게 정말 신이란 말이야? 당신은 알잖아! 왜 이 어린것들까지 허상을 보게 만들어!"

모두의 눈동자가 대위에게 쏠렸다. 그의 바위 같은 표정은 꿈쩍하지 않았다.

"그게 허상이면 뭐가 실상인데? 이 어두침침한 갱이 실상인가? 일본에서 천리만리 떨어져 나온 우리를 아무도 찾지 않는다는 게 실상인가? 우리 모두가 결국 여기서 뼈를 묻게 될 거라는 게 실상이야? 정말 그래? 너도 결국 돌아가고 싶은 거잖아! 안 그래?"

대위의 목소리가 날카롭게 울렸다.

그러자 카네다 상은 멱살을 쥔 손을 스르륵 풀었다. 그의 얼굴에서 칼날 같던 번득임이 사라졌다.

"왜 아니겠어. 하지만 난 군으로 돌아가지 않아. 천황의 곁 따위로는 돌아가지 않는다고! 내 부모형제, 내 처자식에게 돌아갈 거야. 나를 아껴주고, 나를 그리워하고, 지금도 변함없이 나를 기다리고 있을 그들에게 돌아갈 거라고. 그 외에 다른 건 모두 허상일 뿐이야."

아무도 입을 열지 않았다. 모두 고개를 떨구고 발끝만 바라본 채.

"그런데 가장 큰 허상이 뭔지 알아?"

카네다 상이 키득키득 웃으며 우리를 돌아보았다.

"여기서 탈출해서 집으로 돌아갈 수 있다는 생각 그 자체지. 큭 큭…… 쿨룩! 여기까지 오면서 대체 뭘 본거야? 산 반대편으로 굴을 뚫는다고 해도 거기서 집까지 어떻게 돌아가겠다는 거야? 이 광대한 소련 땅을 지나서? 그러고 나면 또 중국 땅을 거쳐서? 둘 다 우리 적국인데? 아니, 제국의 적들, 천황의 적들이지. 그리고 네놈들은 모두 그 똘마니들이고. 고분고분 통과시켜줄 것 같냐?"

그가 할 말 있으면 한번 해보라는 식으로 우리를 훑어보았다. 눈들이 나를 향했지만 나도 대꾸할 말이 없었다. 내 계획도 탈출로를 뚫는 것까지이지, 그다음은 없었다. 밖의 사정을 전혀 알 수 없기 때문에 아무런 계획도 세울 수가 없는 것이다.

하지만 분명히 방법을 찾을 수 있을 것이다. 여기 와서도 탈출로를 만들어낼 수 있었다면 분명 밖에서도 길을 발견할 수 있을 것이다. 그걸 여기서 모른다는 이유만으로 손 놓고 있는 것이 오히려 바보 같은 일이다.

그러나 나는 입을 열지 않았다. 쓸데없이 카네다 상과 충돌하고 싶지 않다. 그는 몸과 마음에 큰 상처를 입은 환자일 뿐이니까.

"과연 너는 돌아갈 수 있을까? 정착촌으로 나갔다고?"

오카자키 대위가 냉소 띤 얼굴로 말했다.

"일단 살아 있으면 언젠가 기회가 오겠지. 필요하면 소련이 붕괴될 때까지라도 기다릴 거다, 정착촌에서. 알겠어? 그러니까 너희들은 속도 조절 같은 건 꿈도 꾸지 말고 무조건…… 쿨록쿨록!"

그는 허리를 숙여가며 고통스레 기침을 토해냈다. 아무래도 말을 맺을 수 없을 것 같았다.

"작업 개시!"

보다 못한 치노 부조장이 외쳤다.

우리는 모두 돌아서서 다시 망치질을 시작했다.

쇠망치가 정의 머리를 때리는 소리가 쩌렁쩌렁 울렸다. 그 소리와 함께 '허상'이라고 외치던 카네다 상의 목소리가 머릿속에 욱신욱신 울려 퍼졌다.

만세일계의 천황 폐하가 신이 아니라니. 믿음을 잃은 자여, 세상의 모든 불행이 당신의 것이 되리라.

#27 대식의 일지
1940년. D-Day 4년 전 / 호숫가 초원

나는 달린다. 습기를 머금은 싸늘한 새벽 공기를 가르며. 이슬에 젖어 미끈하고 폭신한 풀을 발아래로 느끼며.

신선한 공기가 폐 깊숙이까지 들어가며, 돌먼지로 찌든 폐에 활력을 불어넣는다. 심장은 뜨거운 혈액을 온몸으로 펌프질하고, 피부엔 땀이 배어 나온다. 하얗던 팔은 여전히 가늘긴 했지만 이제는 연한 갈색을 띠고 있다. 다리의 근육들은 아직 빈약했으나, 리드미

컬하게 수축과 이완을 반복하며 서서히 긴 동면에서 깨어난다.

호숫가 정착촌으로 나온 지 한 달 만에 처음으로 달려보는 것이었다. 이곳으로 나온 순간부터 달리고 싶었지만 앙상하게 허약해진 몸으로 달렸다가는 되레 큰 탈이 날 것 같아 지금껏 참았다.

지난 한 달 동안 대자연이 사람의 영혼과 육체에 얼마나 많은 영향을 주는지를 체험했다. 티 한 점 없이 맑은 공기 속에 하루를 시작하고 푸르른 대지를 밟으며 맑은 물을 마실 수 있는 것은 천국의 축복이다. 하루 일과를 마무리하고 호수의 석양을 받으며 집으로 돌아오는 시간은 내 영혼의 생명수와도 같았다. 러시아인들은 이런 대자연을 곧잘 '어머니 자연'이라고 불렀다.

페트로프 소장의 황금은 땅속에 묻혀 있으나, 나의 황금은 사방에 널려 빛을 발한다. 페트로프의 황금은 수많은 이들의 통한과 피를 요구했지만, 나의 황금은 아무런 대가도 요구하지 않은 채 나에게 넘치는 행복을 베풀어준다.

'어머니 자연'이 건네는 생명수와 황금으로 내 몸과 마음은 빠르게 회복되어갔다. 그리고 오늘 새벽 상쾌하게 일어난 나는 마침내 달리기를 시작할 수 있었던 것이다.

런던 올림픽이 열리는 1944년, 내 나이는 스물넷이 된다. 손기정 선수가 베를린 올림픽에서 금메달을 땄을 때 그의 나이 역시 스물넷이었다. 아직 내게도 기회는 있다.

노몬한의 초원을 달릴 때는 출혈 때문에 완주하지 못했지만, 나중에 당시를 돌이켜보면서 마라톤으로 종목을 바꾸고 싶다는 마음이 강렬해졌다. 갇힌 트랙 위를 다람쥐처럼 맴도는 것보다 진짜 길을 달리고 싶어졌기 때문이었다. 사람들이 다니고 차가 다니고 연인들이 헤어지고 또 만나는 역동적인 삶의 현장 속을 달리고 싶었다.

호숫가를 달리며 나는 한 번도 본 적 없는 런던의 거리를 상상했다.

검정색 돌이 깔린 차도와 그 주변으로 노랑머리에 파란 눈을 가진 관중들이 가득 몰려 깃발을 흔든다. 런던의 근사한 궁전과 탑들이 멀리 보인다. 가슴이 부풀어 올랐다.

그때 문득 마차를 끌며 런던의 길거리를 달리는 말발굽 소리가 귓가에 들려왔다. 그런데 그것은 돌길 위를 또각거리는 소리가 아니라 푹신한 땅을 중량감 있게 내딛는 소리였다. 소리는 나를 향하고 있었다.

고개를 돌려보니 초원 저쪽에서 고삐도 안장도 매지 않은 말 한 마리가 나를 향해 가벼운 발걸음으로 달려오고 있었다. 나를 따라오는 것 같았다. 신기한 일이었다.

녀석도 피차 마찬가지라는 듯 나를 똑바로 바라보며 다가오고 있었다.

나는 시선을 말에게 고정한 채 계속 달렸다. 말은 내게 점점 다가왔다. 그러곤 적당한 거리를 유지한 채 나와 속도를 맞춰 나란히 달렸다. 말 입장에선 달린다기보다는 빠르게 걷는다고 하는 편에 더 가까웠다.

그러면서 녀석은 긴 얼굴의 옆쪽에 붙은 크고 윤기 나는 검은 눈동자로 나를 유심히 관찰하는 것 같았다.

나는 속도를 높여보았다. 내가 조금씩 앞으로 나가자 말도 금세 앞으로 나왔다. 내가 뒤처지면 말도 따라 발을 늦추었다. 정말 신기한 일이었다. 달리기 파트너가 생기다니.

그렇게 속도를 높였다 늦추었다 하며 달리다가 몸에 슬슬 무리가 오는 것 같아 서서히 달리기를 멈추었다. 오늘은 녀석 덕분에 생각했던 것보다 훨씬 많이 달렸다.

말을 쳐다보았다. 내가 멈췄으니 이제 녀석도 갈 길을 가겠거니 했다. 그런데 녀석도 내 근처에서 발걸음을 멈추더니 고개를 푸르르 떨었다. 그러곤 긴 목을 숙여 이슬 맺힌 풀을 뜯기 시작했다.

잠시 가만히 녀석을 보다가 호기심이 생겨 내 발치에 있는 긴 풀을 손으로 잡아 뽑았다. 그러곤 녀석을 향해 내밀며 다가갔다.

말은 고개를 쳐들더니 내 손에 들린 풀에 관심을 보였다. 내가 더 가까이 가자 녀석은 긴 목을 내밀어 씰룩거리는 검고 큰 입술로 내 손에 들린 풀을 조심스레 감아 물더니 슬쩍 당겨 빼 갔다. 그러곤 질겅질겅 씹는데, 이빨이 부딪치는 소리가 투박하고 큼직하게 울려 나왔다.

가까이서 보니 말은 정말 거대하고 아름다운 동물이었다. 쭉 뻗은 사지며, 근육질 몸이며, 정말 달리기를 위해 태어난 존재 같았다. 손을 뻗어 녀석의 어깨를 토닥였다. 탄탄했다. 왠지 흐뭇한 기분이 피어 올랐다.

풀을 한 움큼 더 뽑아서 녀석의 입으로 건네주었다. 큼직한 이빨 소리를 울리며 잘도 받아먹는다.

"안녕. 내일 또 보자."

녀석의 널찍한 뺨을 쓰다듬으며 작별을 고하고는 몸을 돌려 호수 나루터로 향했다.

저 멀리 흰머리의 산맥들 위로 붉은 태양이 찬연히 얼굴을 내밀고 있었다.

고개를 돌려보니 녀석은 그 자리에서 계속 풀을 뜯고 있었다. 풀만 먹고도 저런 몸이 나온다는 게 새삼 신기했다. 나도 풀을 뜯어볼까 하는 엉뚱한 생각이 슬쩍 들었다.

찰박찰박 잔잔한 파도가 뱃전에 부딪쳐왔다. 나는 좁은 배 바닥에 엉거주춤 서서 어망을 양손에 나누어 쥐고 몸의 균형을 잡고 있었다. 조그만 노 젓는 배는 내가 균형을 잃으면 금세 뒤집힐 것 같이 위태위태했다.

어느 정도 안정감이 들자 잔잔한 거울 같은 호수의 수면을 향해 어망을 내던졌다. 어망의 바닥이 찌그러진 원을 그리며 수면 위에 떨어져 내렸다. 이번에도 실패다. 원이 활짝 퍼지면서 떨어져야 그 아래 있던 고기들을 많이 잡아들일 수 있는 것이다.

그물을 당겨보니 겨우 서너 마리의 작은 물고기들만 그물코에 걸려 올라왔다.

여기서 잡은 물고기나 양은 대부분 굴라크로 들어갔다. 하지만 거기 있을 때 생선이나 고기를 먹어본 기억이 없었다. 아마 모두 페트로프 소장이나 굴라크 직원들에게 돌아가는 거겠지. 수감자들은 그토록 굶기면서.

바닥에 앉아 그물코에 걸린 물고기 중에 너무 작은 것은 도로

놓아주고 나머지를 통에 담았다. 통 안을 보니 한숨이 나왔다. 오늘도 제대로 식량 배급을 받기는 글러 보였다. 그래도 미소가 입가에서 떠올랐다.

고개를 들어 해를 보았다. 해는 벌써 서쪽 하늘에 낮게 걸려 있었다. 조금 있으면 석양이 온 세상을 황금빛으로 물들이기 시작할 것이다.

나는 그물을 정리하고는 노를 배 양쪽으로 걸쳤다. 그리고 천천히 두 손으로 노를 저었다.

짙은 가을의 냄새를 물씬 풍기며 바람이 불어왔다. 그 바람은 햇살에 지친 내 살갗을 달래주었다. 호수 위로 고요히 드리운 산 그림자가 장대하고 아름다웠다. 그 위로 내 배가 물살을 가르며 만들어낸 파문이 조용히 번져나갔다. 이 넓은 호수 위에 나 홀로 떠 있었다.

노래라도 한 곡조 뽑고 싶어졌다. 하지만 이런 풍경과 어울릴 만한 멋들어진 노래는 아는 게 없었다. 그저 맞아가면서 배운 일본 군가 몇 곡이 머릿속에 맴돌았지만, 그런 건 집어치워버렸다.

어머니가 보고 싶었다. 내가 우승한 날 막걸리를 한잔하시고는 기분 좋게 가락을 뽑으시던 어머니. 사람들은 박수를 치며 박자를 맞추었고 흥이 오르자 어머니의 노래는 곧 합창이 되었다. 난생처음 보았다. 어머니가 사람들 앞에서 노래를 부르는 모습은.

그때 어머니가 부르던 노래를 몇 소절 따라 불러보다가 목이 콱 막혀왔다. 그렇게나 좋아하셨는데, 내가 결국 이 꼴이 되었으니…… 지금 어머니는 어떤 모습으로 계실까……

그 생각을 하니 갑자기 가슴을 쥐어짜는 듯 고통이 밀려왔다. 왈칵 눈물이 솟구쳐 볼을 타고 줄줄 흘러내렸다. 결국 입술 사이로 울음소리가 터져 나왔다.

나는 노 젓던 손을 멈추고 노를 당겨 배 안으로 걸쳤다. 그리고 배 바닥에 엎드려 울기 시작했다. 바닥이 요람처럼 부드럽게 흔들리자, 둑이 터지듯 울음이 쏟아져 나왔다. 오랫동안 참아왔던 울음이 한꺼번에.

청아하고 적막한 호수 위로 내 울음소리가 번져갔다. 물새가 푸드득 날아올랐다.

28 요이치의 일지

1941년. D-Day 3년 전 / 굴라크 갱

큰일이 터지고 말았다. 설마설마했는데 독일의 히틀러 총통이 두 달 전 소련을 공격해 들어왔다. 전면전이었다. 재작년 가을 폴란드 침공을 시작으로 히틀러는 2년도 채 되기 전에 유럽의 대부분을 손에 넣었다. 이제 그는 그 여세를 몰아 소련의 곡창지대와 풍부한 자원을 넘보고 있는 것이다.

정보가 통제되어 있었으므로 여기서 실제 전황을 알 수는 없었다. 그러나 굴라크 내의 분위기가 초긴장 상태로 급변한 것으로 보아 독일이 상당히 기세를 올리고 있지 않나 추측했다.

전쟁이 발발하자 소련 공산당은 이곳 굴라크에 더 높은 금 생산량을 부과한 모양이었다. 전쟁은 돈이 많이 드는 일인 것이다. 덕분에 우리의 작업 시간은 부쩍 늘어났고, 카네다 조장은 더욱 눈에 불을 켰다.

그는 자신의 계급과 신분 때문에 오히려 대식보다 우리를 더 매섭게 몰아쳤다. 괴로웠다. 중노동이 괴로웠고 그토록 변한 그를 보는 게 괴로웠다.

그는 곧잘 숨이 넘어갈 것처럼 기침을 해대곤 했다. 우리는 그가 지난겨울을 살아남지 못할 거라 예상했다. 그래서 그가 우리에게 악을 쓸 때마다 우리는 곧 죽을 사람 소원 들어주는 셈치고 고스란히 받아주었다.

그런데 카네다 상은 용케도 겨울을 넘겼다. 천황 폐하에 대한 믿음도 충성도 없는 그가 폐병과 같은 천형을 견뎌내는 힘은 어디서 나오는 건지 의아했다.

그러나 악귀처럼 버티던 그도 결국 이틀 전 혼절하고 말았다. 그리고 그는 폐병 환자들을 따로 모아놓은 병동 숙소로 옮겨졌다.

병동이라고는 하지만 특별한 치료가 행해졌던 건 아니었다. 그보다는 가망 없는 수감자들을 따로 분류해두었다고 보는 게 더 정확했다. 대부분 병동 숙소에서 얼마를 버티지 못하고 궤짝에 담기는 신세가 되었다.

할당량이 올라가긴 했지만 분명 이번 달도 무난히 할당량을 초과할 것이었다. 그러면 카네다 상은 지금까지 생산량 초과 달성을 수를 무려 11개월이나 채운 것이고 동시에 그는 결국 정착촌으로 출소를 한 달 앞두고 병동 숙소로 실려 간 셈이다. 그로서는 억장이 무너지도록 원통한 일일 것이다.

하지만 그 덕분에 1년 반 걸릴 거라 예상했던 굴착 작업을 우리는 1년 만에 달성했다. 애초에 작업의 숙련도 향상을 계산에 넣지 않았던 것도 있었다.

우리 조원들은 집으로 돌아가면 모두 모여서 금광 채굴 회사를 만들자고 농담 삼아 말했다. 우리처럼 금을 빨리 캐내는 광부는 세상 어디에도 없을 것이다. 이곳에서 1등이면 세계에서 1등일 것은 확실했다.

그런즉, 내 지도상으로는 우리가 파는 이 갱은 이미 반대편 산기슭으로 뚫고 나왔다. 하지만 오차라는 것이 있을 테니 실제로 언제 탈출로가 뚫릴지는 알 수 없다. 아예 엉뚱한 방향으로 파왔을 가능성도 완전히 배제할 순 없다.

지도를 그리기 시작하면서 지금까지 밤마다 베개에 넣어둔 일장기 패치를 손에 쥐고 얼마나 기도했는지 모른다. 오차 없는 지도를 그릴 수 있게 해달라고. 우리 민족의 머리 되시는 천황 폐하의 곁으로 돌아가 그의 몸을 이룰 수 있게 해달라고. 일장기는 어느덧 반질빈질해졌다.

조원들도 첫해 겨울에 훈련이 되었는지 지난 겨우내 사망자는 두 명뿐이었다. 그래서 조의 총원은 열넷이었다. 최초 이곳에 온 스물세 명 중 사망자가 지난해까지 합쳐서 모두 일곱 명이니, 열여섯이 남았지만, 하나는 병동으로 하나는 정착촌으로 나갔다.

바깥에서의 1년은 어땠을까. 대식은 겨울을 얼마나 호사롭게 지냈을까.

이른 새벽 숙소를 나서면서 문 옆에 붙어 있는 조그맣고 꾀죄죄한 거울을 들여다보았다. 움푹 들어간 두 눈과 앙상하게 도드라진 광대뼈는 내가 2년 전 이곳을 들어올 때 창문에서 얼핏 보았던 어떤 사람의 얼굴 그대로였다. 다만 코 아래로 입과 턱 주변을 뒤덮고 있는 수염이 뼈와 피부밖에 남지 않은 얼굴을 그나마 가려주고 있었다. 나는 못 볼 것을 본 사람처럼 얼른 시선을 돌리며 숙소를 나섰다.

호롱불이 어른거리는 갱은 어두침침했고 바닥은 추적거렸다. 우리는 쇠망치와 정을 집어 들었다. 이제는 그것들이 마치 신체의 일부처럼 느껴졌다. 누리끼리하게 금테가 쳐진 부위 옆으로 정을 대고 망치질을 시작했다.

카네다 상의 뒤를 이어 새로운 조장이 된 것은 치노 상이었다. 안 그래도 마른 체격이었던 그는 거의 해골처럼 변해 있었다.

졸지에 조장이 된 그의 노선은 아직 확실치 않았다. 전임자처럼 정착촌을 나가기 위해 앞으로 12개월 동안 우리를 닦달할지, 아니면 우리와 같은 배를 탈지. 탈출로에 대한 그의 기대치에 달렸으리라.

"캉!"

그때 정이 돌을 뚫고 들어가는 소리가 유난히 크게 들려왔다. 우리는 일제히 소리가 난 곳을 돌아보았다. 굴착 작업에 이골이 난 모두의 귀에 그 소리는 분명 심상치 않게 들렸던 것이다.

마츠오카 상이었다. 그의 쇠망치가 내려친 정이 돌 속에 반 정도 박혀 있었다. 그도 놀란 얼굴이었다. 그가 다시 망치로 정의 머리를 내려치자 캉 소리가 홀가분하게 울리며 단번에 그 정은 머리 바로 아래까지 푹 박혀버렸다.

다들 놀란 눈으로 서로를 쳐다보았다.

"마츠오카! 비켜봐!"

옆에 있던 치노 상이 다급히 외쳤다. 그가 바닥에 있던 삽을 들어 날을 정의 머리 아래에 받쳐 넣었다. 그리고 삽자루를 젖히자 별로 힘들일 것도 없이 정이 쑥 뽑혀 나와 바닥에 땡그랑 떨어졌다.

그리고……

빛이 있었다. 정이 만들어낸 작은 구멍을 통해 쏟아져 들어오는 눈부신 빛……

그 빛은 구멍 앞에 엉거주춤 서 있는 치노 상의 가슴팍을 강렬하게 비추었다. 그러곤 사방으로 튀어 나가는 광자들의 회백색 돌가루를 뒤집어쓴 그의 머리칼과 눈썹에, 작게 좁아 든 검은 동공 위를 덮은 투명한 수정체에, 유령처럼 해쓱해진 볼에, 언제 빨았는지 알 수 없는 더럽고 낡은 작업복에, 마디가 툭 불거진 거친 손에도, 그 손에 헐겁게 쥐인 투박한 삽에도 날아들고 있었다.

세상에 그토록 강렬한 빛을 내뿜는 것은 오로지 하나. 태양뿐이다.

온몸에 전율이 일었다. 해냈다…… 우리가 해낸 것이다…… 지난한 인고의 세월을 뚫고 우리가 길을 열었다! 집으로 돌아가는 그 길을!

"빨리 막아!"

오카자키 대위가 외쳤다. 그러자 치노 상이 허겁지겁 바닥의 축축한 흙을 한 움큼 집어 정 구멍을 메웠다.

그러자 순식간에 칠흑 같은 어둠으로 되돌아갔다. 호롱불은 갱 구석에서 계속 타고 있을 테지만 내 눈에는 아무것도 보이지 않았다. 그 짧은 순간에 내 눈이 태양의 강력한 빛에 적응해버린 탓이었다.

모두들 그대로 가만히 짜릿한 암흑 속에 서 있었다.

문득 코끝에 살며시 전해지는 여름의 기운을 느꼈다. 그 작은 구멍을 통해 바깥을 불어가던 여름의 훈풍이 새어 들어왔던 모양이다.

심장이 두근거리는가 싶더니 나는 이미 우리 집의 정원에 와 있었다. 잘 손질된 짙푸른 정원수들 사이를 지나 비단잉어가 헤엄치는 연못에 가 닿았다. 거기엔 바위에 걸터앉은 어떤 사람의 뒷모습이 보였다.

수희였다. 그녀를 알아본 나는 조심스레 다가갔다. 그녀가 돌아보길 기대하면서. 그녀의 환한 미소를 소망하면서.

그때 서서히 호롱불에 비친 갱 안의 사물들과 사람들이 눈에 들어오기 시작했다. 연못가 수희는 사라져버렸다. 황급히 눈을 감았다. 하지만 한번 놓쳐버린 그녀의 모습을 다시 찾을 수는 없었다.

순간…… 눈물이 주르륵 흘러내렸다. 그녀가 미치도록 보고싶었다. 가슴이 타들어가는 것 같다.

취침 점호가 시작되었다. 이맘때면 모두들 예민해지고 날카로

위졌었다. 하지만 오늘은 분위기가 달랐다. 모두들 갱에 들이치던 햇빛을 마음에 소중히 감싸쥐고 있는 것이다.

그래도 긴장감은 높았다. 큰일을 앞두고 절대 빈틈을 보여서는 안 된다고 오카자키 대위는 강조했었다. 그건 어느 누구도 원하는 일이 아니었다. 지난 세월을 생각하면 절대 있어서도 안 되는 일이었다.

광구를 나와 숙소로 오는 길에 마주친 수많은 수감자들의 모습이 떠올랐다. 그들은 만성피로에 절어 있었고, 죽지 못해 연명하며 하루하루를 힘겹게 이어가고 있었다.

나는 그들에게 한없는 연민을 느꼈다. 나에게 그런 지위를 부여해준 것은 마음에 품어진 희망이었고, 그 희망을 만들어낸 것은 믿음이었다.

우리의 힘의 근원이자 진리의 원천이신 천황 폐하, 우리는 이제 당신의 곁으로 돌아갑니다. 천황 폐하 만세. 대일본 제국 만만세.

활짝 열린 숙소 문간에는 치노 조장이 서 있었다. 지난 이틀간은 툭 치면 쓰러질 듯 위태해 보였던 그의 뒷모습이 오늘은 꼿꼿하게 느껴졌다.

혈로가 뚫리면서 우리들의 의기는 용광로 속의 쇳물처럼 혼연일체가 되어 있었다. 우리가 숙소로 돌아온 후 오카자키 대위는 배신자 3인방에게 지난 일을 모두 용서하겠다고 말했다. 3인방도 우리와 함께 떳떳한 황군으로서 영광스럽게 귀환한다는 데 뜻을 모았다.

탈출일은 사흘 뒤로 정했다. 그동안 필요한 물품들을 준비하기로 했다. 대위는 조원들에게 각자가 챙길 물품을 할당했다. 카네다 상을 어떻게 할 것이냐를 두고 3인방과 약간의 이견이 있었지만, 그를 남겨두고 가는 수밖에 어쩔 도리가 없다는 것에 쉽사리 의견이 모아졌다.

내 눈은 대식의 빈 침대로 향했다.

네가 지금 어떤 모습으로 있든지 간에 집으로 돌아가는 건 나다. 너는 페트로프 소장의 농간에서 벗어날 수 없을 것이다. 잘 있어라, 대식. 너를 기다리는 사람들에게 너에 대해 나쁜 말은 하지 않으마.

저벅저벅 소리와 함께 경비대장이 숙소 입구에 모습을 드러냈다. 그런데 그 뒤로 또 하나의 머리가 계단을 밟으며 올라오는 게 보였다. 뒤로 가지런히 빗어 넘긴 머리. 그것은 페트로프 소장이었다. 그가 취침 점호에 나타난 것은 이번이 처음이었다.

돌연 불길한 예감이 휘감아왔다. 내 마음은 격렬히 저항했다. 별일 아닐 것이다. 별일 아닐 것이다.

눈동자를 굴려보니 다른 조원들도 크게 다르지 않은 눈치였다.

소장 뒤로 세르게이도 따라 올라왔다. 치노 조장이 떨리는 목소리로 점호 보고를 하는데, 페트로프 소장이 손을 들었다. 그러자 조장이 우뚝 보고를 멈추었다.

아무리 발버둥 쳐도 내 심장은 가장자리부터 조금씩 얼어붙어 갔다.

소장이 조장에게 비켜서라는 손짓을 하자 조장은 허수아비 같이 껑충한 몸을 문간 옆으로 붙여 세웠다. 그의 몸짓도 완전히 얼어붙어 있었다.

소장이 숙소 안으로 발을 들였다. 목조 바닥 위에 묵직하게 울리는 그의 구둣발 소리가 유난히도 크게 들렸다. 그의 뒤로 경비대장이 따라 들어와 눈을 부라리며 위압적으로 우리를 둘러봤다.

소장은 무뚝뚝하면서도 예리한 눈초리로 우리를 하나씩 둘러보며 숙소 중앙으로 걸어 들어왔다. 나와 눈이 마주쳤다. 그런데 그의 가시 같은 눈동자가 다른 사람에게 옮겨 가지 않았다. 심장이 철렁 내려앉았다.

그가 나를 향해 뚜벅뚜벅 걸어왔다. 나는 완전히 얼어붙고 말았다. 침착하자고 속으로 외치던 소리도 사라지고 없었다.

소장은 내 바로 앞에서 발걸음을 멈추었다. 냉혈한의 눈동자가 나를 훑었다. 으스스한 전율에 나도 모르게 주먹을 꼭 쥐었다.

그가 매 같은 시선을 나에게 고정한 채 손을 들어 문간에 서 있던 세르게이에게 오라는 손짓을 했다. 세르게이가 신속히 다가왔다.

"동무."

섬뜩한 소장의 중저음의 목소리.

"네!"

"동무는 굴리크를 뭐라고 생각하나?"

"노동을 통해서 사상을 교화하는 곳입니다."

그는 세르게이가 미처 통역을 마치기도 전에 가시 돋힌 어투로 자신의 말을 쏟아냈다.

"아무런 대가를 바라지 않는 순수한 땀과 피, 또 그것이 만들어 내는 순수한 황금. 그렇게 유지되는 하나의 순수한 공동체. 그것

262

이 바로 이곳 굴라크다."

그는 세르게이가 모두를 향해 통역을 마치기를 기다렸다.

"나는 보여주고 싶었다. 이러한 이상 사회가 존재할 수 있다는 것을. 소련의 인민들에게 또 어딘가에 있을 내 아내와 아들에게."

세르게이가 경직된 얼굴로 통역을 하는 동안 소장의 날이 잔뜩 선 동공이 내 눈동자 위에 핀처럼 고정되어 있었다. 섬뜩했다. 눈을 감아버리고 싶을 만큼.

"그런데! 네놈이 거짓과 비밀을 품었어! 이 순수한 굴라크에 독을 퍼뜨렸어! 나의 이상을 망가뜨리려 들었어!"

그의 무시무시한 눈이 나를 노려보았다. 불꽃이라도 튀어나올 것 같았다. 순간 내 안에서 무언가가 뜨끈하게 녹아내리기 시작했다.

"대장!"

그가 경비대장을 향해 앙칼지게 외쳤다.

그러자 경비대장이 바깥을 향해 뭔가를 외쳤고, 곧이어 여러 명의 총을 든 경비병들이 계단을 뛰어 올라와 숙소로 들이닥쳤다.

내 혼이 발바닥을 통해 서늘하게 빠져나가는 걸 느꼈다. 모든 조원들의 얼굴도 새파랗게 질렸다.

경비대장이 내 침대를 가리키며 뭐라고 외치자 경비병들이 득달같이 달려들어 이층 침대 전체를 바닥에 쾌당 하고 눕혔다. 바닥에 누운 목제 침대의 다리 밑면에 다리 속을 관통하는 구멍의 동그란 입구가 훤히 드러났다. 이들은 모든 걸 알고 있다.

그때 벼락같이 카네다의 얼굴이 떠올랐다. 정착촌행을 목전에 두고 병동으로 옮겨진 그가 이런 선택을! 통렬한 직감이 뇌리를 강타하자 몸이 부들부들 떨려왔다.

소장은 침대 다리의 동그랗게 파인 홈을 유심히 보면서 한 걸음 한 걸음 다가갔다. 광기 어린 즐거움마저 그의 눈동자에 떠돌았다.

"안 돼!"

난 손을 뻗으며 소리를 쳤다. 아니, 내 속에서 소리가 터져 나왔다. 그것은 무너져 내리는 현실 앞에 내 영혼이 치는 발버둥이었다. 헛된 줄 알면서도 칠 수밖에 없는 그런 몸부림.

경비대장이 번개같이 허리춤에서 권총을 뽑아 내 얼굴에 똑바로 겨눴다. 난 그 자리에 멈춰 서고 말았다. 왜 그랬는지 모르겠다. 죽든 말든 이젠 상관도 없는데.

페트로프 소장은 벌러덩 자빠진 침대 다리 밑면의 동그란 홈에 조심스레 손가락을 집어넣었다. 이윽고 돌돌 말린 누리끼리한 종이가 그의 손가락 끝에 딸려 나왔다. 오랫동안 내 손에 의해 조금씩 창조되어온 그 지도가, 우리에게 혈로를 알려준 그 믿음직한 안내자가 냉혈한 같은 파괴자의 손에 속절없이 들려 있었다.

소장은 흉악한 기생충이라도 집어 든 것 같은 표정으로 종이를 펼쳤다. 그리고 미간을 잔뜩 찌푸린 채 지도를 살펴보았다.

어느덧 그의 미간이 펴지는가 싶더니 그의 두 눈이 송충이 같은 눈썹 아래로 반짝였다. 보물 지도라도 손에 넣은 사람처럼.

경비대장이 소장에게 뭔가를 물었다. 그러자 소장은 방해하지 말라는 듯이 손을 내저으며 귀찮다는 듯 뭐라고 대답했다. 경비대장이 다시 경비병들을 향해 뭐라고 외치자, 내 뒤에 있던 경비병이 총부리로 등을 밀었다. 나는 숙소 문을 향해 걸어 나갔다.

선두에 선 내가 넋을 잃은 채 문을 나서서 계단을 터벅터벅 내려가는데, 갑자기 숙소 안에서 큰 외침이 들려왔다.

"전원 옥쇄하라! 천황 폐하의 이름으로!"

오카자키 대위의 비장한 외침이었다.

'옥쇄'라는 말을 듣는 순간 내 영혼에 불꽃이 댕겨졌다. 비굴한 삶보다는 깨끗한 죽음을! 천황 폐하의 이름 앞에 옥처럼 아름답게 부서지리라!

"천황 폐하 만세!"

"탕타탕!"

숙소 안에서 통렬한 외침 소리와 동시에 번쩍번쩍 불빛이 일며 총성이 터져 나왔다.

정신이 아뜩해져왔다. 발이 공중에 붕 뜬 것 같았다. 총알도 두렵지 않았다.

나는 순간 몸을 획 돌리며 뒤에 선 경비병의 총신을 잡아챘다. 깜짝 놀란 경비병이 방아쇠를 당기자, 탕 하는 총성이 귓전을 때리며 손바닥 아래 쥐어진 강철 총신이 확 달아올랐다.

나는 등주먹으로 힘껏 경비병의 코를 가격했다. 주먹 아래로 코뼈가 부러지는 느낌과 함께 경비병이 비명을 지르며 총에서 손을 놓았다.

잽싸게 총을 낚아챘다. 그리고 방아쇠에 내 손가락을 걸며 코를 감싸 쥔 경비병을 향해 총구를 겨눴다. 내 또래의 경비병이 겁에 질린 파란 눈으로 나를 쳐다보았다.

'나와 함께 지옥으로 가자!'

방아쇠를 당기려는 순간,

"퍽!"

눈앞에 불똥이 번쩍 튀었다. 소총의 차갑고 단단한 개머리판이 내 턱 깊숙이 모질게 파고들었던 것이다.

순간 온몸의 힘이 썰물처럼 빠져나갔다. 난 그대로 바닥으로 무너져 내리며 두 무릎으로 땅을 찍고는 앞으로 철퍼덕 엎어졌다. 바닥에 볼을 찧었지만 고통은 느껴지지 않았다.

귀가 먼저 먹통이 되었다. 눈은 분명 부릅뜨고 있었지만 시야가 온통 흑백으로 바뀌더니 검은 점들이 여기저기 찍혔다. 그 점들이 순식간에 커지더니 완전히 내 시야를 뒤덮고 말았다. 몸의 감각도 사라졌다.

그렇게 나는 외부 세계와 단절되었지만 의식은 살아 있었다. 암흑으로 가득한 의식 속에서 누군가 흐느끼는 소리가 들려왔다.

수희였다. 아, 수희가 나를 위해 울고 있다······

간절히 붙잡고 싶었던 그 희미한 의식은 오래지 않아 어두운 심연 속으로 빠져들고 말았다.

#29 대식의 일지

1941년. D-Day 3년 전 / 호수

그물이 보기 좋게 활짝 펼쳐지며 수면을 향해 둥그렇게 떨어져 내렸다.

그물을 슬슬 당기자 수면 가까이 좁아 든 원추의 공간 안에 은빛 몸부림들이 가득 보이기 시작했다. 그러나 그물을 갑자기 당겨내면 안 된다. 살살 당기면서 물고기들이 그물 밑면의 물고기집으로 들어가도록 해야 한다.

그물을 끌어내 배 바닥에 내려놓으니 은빛 물고기들이 그물에 갇혀 오글오글했다. 양동이로 모두 옮겨 담자 이제 양동이 네 개가 물고기로 그득했다. 오늘은 이걸로 작업 끝이다.

요즘 들어 부쩍 부산이 있는 동쪽 하늘을 바라보는 일이 잦아졌다. 이곳으로 나온 지 1년이 가까워오면서부터였다. 페트로프 소장은 1년 동안의 평가에 따라 나를 귀향 조치할 것인지를 결정하겠다고 했다.

오늘 이바노프 촌장이 내 문제를 상의하기 위해 소장을 만나러 들어갔다. 촌장에게 작업 종료 보고를 할 때면 소장이 어떤 결정을 내렸는지 들을 수 있을 것이다.

"후……"

나도 모르게 긴 한숨이 새어 나오자 나는 두 손을 맞잡고 비볐다. 아마 잘될 것이다. 나에 대한 촌장의 평가는 좋은 편이니까. 하지만 마음이 파르르 떨리는 것은 억누르기 힘들었다.

잡은 물고기들을 배급소에 넘기면서 배급 식량과 약간의 물고기를 덤으로 얻었다. 저녁에 다니아르 노인을 집으로 오라고 했는데, 그와 함께 먹을 것이다. 두 사람만의 조촐한 잔치인 셈이다. 이제 그와 헤어지면 영영 다시 보지는 못할 것이다.

다니아르 노인은 키르기스스탄 유목민으로 아들과 함께 굴라크에 끌려왔다가 너무 나이가 많아서 혼자만 정착촌으로 분류되어 나왔다고 했다. 그는 더 이상은 말하지 않았다. 나도 묻지 않았다.

그는 정착촌에서 크게 쓸모 있는 일을 했는데, 서검을 하는 일이었다. 페트로프 소장은 애초에 그 목적으로 그를 정착촌으로 내보낸 것 같았다.

서검이란 겨울이 시작되는 11월에 말이나 양을 잡아 겨울과 봄 동안 먹을 식량을 준비하는 일이었는데, 말 세 마리와 양 30마리를 잡는 큰일이었다. 동물들은 이때 가장 살이 올랐고, 12월부터는 영하 10도 이하로 떨어져 야외에서 하는 작업 자체가 힘들어지기 때문에 11월은 유목민들 사이에서 대대적인 서검의 계절로 통했다.

특히 이곳 유목민들은 말고기를 즐겼는데, 말의 창자는 소금에 듬뿍 절인 말의 갈빗살을 그 속에 채워 넣어 '카즈'라는 음식을 만들었다. 일종의 순대였다. '카즈'는 경험이 많은 노인들만 만들 수 있었는데, 그 일을 바로 다니아르 노인 한 사람이 담당했다.

이렇게 서검을 한 음식들은 대부분 굴라크의 간부들과 직원들에게 공급되었고 약간만이 정착촌 사람들을 위해 남겨졌다. 수감자에게 돌아갈 것은 물론 없었다.

268

다니아르 노인은 그 많은 양의 '카즈'를 정성 들여 만들었다. 나는 옆에서 그를 거들면서 느낄 수 있었다. 그가 원수 같은 굴라크 간부들을 위해 이토록 공을 들이는 것은 페트로프 소장에게 자신의 아들을 잘 부탁한다는 의미라는 것을. 하지만 내 마음을 서글프게 했던 것은 그 아들이 아직 살아 있다는 보장이 전혀 없다는 것이었다.

그럼에도 불구하고 힘든 내색도 없이 묵묵하게 시린 손을 놀리는 그의 모습을 보고 있노라면 마음이 숙연해졌다.

그동안 나랑 친해진 '오딘'이라는 이름의 그 말은 서검의 대상에 오르지 않았다. 대상은 주로 나이가 어린 동물들이라 이미 성년이 된 녀석은 해당 사항이 없었다. 하지만 오딘은 서검이 진행되는 동안은 우리 근처에 얼씬도 하지 않았다.

나는 다니아르 노인의 지도하에 오딘을 타는 것에도 제법 익숙해졌다. 이 거대하고 아름다운 생명체가 종이 완전히 다른 나를 기꺼이 자신의 등에 태우고 드넓은 초원을 달리는 느낌은 매우 특별했다.

하지만 이제 곧 그 녀석과도 작별을 고해야 하리라.

나는 배급 식량을 손에 들고 떨리는 마음으로 촌장의 사무실로 향했다. 지금까지 어렵사리 마음의 평안을 유지하고 있었는데 그의 사무실이 눈에 들어오자 그 평안은 한순간에 와르르 무너져 내렸다.

사무실 계단 앞에 이르자 무릎까지 후들거렸다. 머릿속에 온갖 생각들이 사방팔방에서 바람처럼 불어닥쳤다. 계단 하나를 오를 때마다 입술이 바짝바짝 말라왔다. 튀어나올 듯 뛰는 가슴을 달래며 사무실 문을 노크했다.

"들어오게."

나는 문을 열고 들어갔다. 이바노프 촌장은 자신의 테이블에 앉아 있었다. 테이블 위로 올려진 두 손은 깍지를 끼고 있었다.

"어서 오게, 동무. 여기 앉게나."

그가 깍지 낀 손을 풀며 책상 맞은편 의자를 가리켰다. 나는 의자를 향해 걸어갔다. 내 발걸음이 지나치게 조심스럽다는 걸 느끼며 나는 호수처럼 파란 그의 눈을 주시했다. 그 눈동자 위에 어떤 기운이 감도는지 파악하려 애썼다.

"오늘 하루는 어땠나?"

그가 씩 미소를 지었다.

"좋았습니다."

의자를 당겨 앉으며 대답했다.

나의 관자놀이 위에서 맥박이 툭툭 뛰는 게 느껴졌다.

"물고기는 많이 잡았나?"

이 사람이 나를 피 말려 죽이려는 모양이다.

"양동이 네 개를 다 채웠습니다."

"오, 많이도 잡았군. 이제 여기 생활에 완전히 익숙해졌나 보군 그래."

나는 입을 꾹 다문 채 그를 응시하고만 있었다.

"그래, 알아. 동무가 궁금해하는 게 뭔지. 결론부터 말하면, 이번에 동무는 집으로 돌아가지 못하게 되었어. 미안하네."

싸늘한 기운이 머리끝부터 발끝까지 순식간에 타고 내려갔다. 거울을 보지 않아도 내 얼굴이 새하얘졌다는 걸 느낄 수 있었다.

그가 아무런 말도 못하는 나를 보며 말을 이었다.

"최근에 벌어진 독일과의 전쟁 때문에 전국에 비상이 걸렸어. 페트로프 소장 말로는 전시에 또 다른 적국의 병사를 풀어주는 일은 아무래도 위로부터 허가를 받을 수가 없다고 하네. 일단 전쟁이 끝날 때까지 기다려야 할 것 같아. 게다가……"

이미 그의 말은 내 귀에 들어오지 않았다. 내 속은 검붉은 피눈물로 가득 차오르고 있었으니까.

"……일본인들이 탈출을 시도하다가 발각되었어."

그 말이 내 귀에 휙 날아들었다.

"그 일로 조원 전원이 사살당하고 단 한 명이 살아남았다더군. 굴라크가 그 일로 발칵 뒤집혔어."

"그 살아남은 사람이…… 누구입니까?"

말이 힘겹게 내 입술을 떠났다.

"이름이 뭐랬더라…… 일본 이름은 워낙 입에 붙지 않아서. 우이치인가, 오이치인가 뭐 그런 이름이었는데."

요이치! 요이치가!

언제 어떻게 집으로 돌아왔는지도 몰랐다. 정신을 차리고 보니 나는 현관문 앞에 멍하니 서 있었다. 손엔 아직도 몇 마리의 물고기와 배급 식량 주머니가 쥐어져 있었다.

그제야 다니아르 노인과의 약속이 기억났다. 이제 곧 그가 올

시간이다. 나는 후다닥 문을 열고 들어가 도마 위에 물고기를 올리고 비늘을 벗기고 배를 갈랐다.

손은 움직이고 있지만 머릿속은 텅 비어 있었다. 그저 남의 손 놀리듯 식칼 사이로 손가락들이 움직여 다니고 있었다.

내 앞에 생선이 타닥타닥 소리를 내며 타기 시작했다. 집 앞에 화로를 내놓고 그 앞에 쪼그리고 앉아 석쇠 위에 생선을 올려 굽고 있었다. 생선 기름 타는 연기가 무럭무럭 밤하늘로 피어올랐다. 하늘엔 별이 촘촘히 박혀 있었다.

멍하니 밤하늘을 바라다보고 있으니 마음이 먹먹해져갔다. 형언할 수 없는 그리움과 애석함이 멍 자국 위를 짓누르듯 가슴이 아려왔다.

그때 누군가 어둠 속에서 말했다.

"생선 다 탄다."

고개를 돌려보니 다니아르 노인이 어둠 속에서 걸어 나오고 있었다. 그의 손엔 약속대로 말고기가 들려 있었다.

문득 그 모습이 연로한 내 아버지의 모습 같다는 생각이 들었다. 늙으신 내 아버지란 본 적도, 볼 수도 없었지만 왠지 꼭 그럴 것만 같았다.

"집에는 언제 가?"

그의 물음에 대답 대신 눈물이 볼을 타고 줄줄 흐르기 시작했다. 이미 울고 있었는지도 모르겠다.

그러자 그는 아무 말 없이 내게 다가와 꼬챙이 같은 손으로 등을 토닥여주었다. 그 토닥임이 내 심장에 와 닿았다. 난 자리에서 벌떡 일어나 그의 앙상한 몸을 부둥켜안으며 울음을 터트렸다.

내 눈물이 그의 어깨를 흥건히 적시고 있는 것을 보고서야 죄스러운 마음에 그를 놔주었다.

"집으로 들어가자."

그가 담담히 말하며 내 손을 잡아끌었다.

고개를 돌려 생선을 보니 완전히 숯이 되어 있었다. 하지만 그가 차분한 목소리로 나에게 말했다.

"괜찮아. 이 호수엔 널린 게 물고기니까. 너에게도 아직 그만큼 많은 날들이 있어."

어둠 속에서 나를 응시하는 그의 지혜로운 눈빛이 별처럼 조용히 반짝였다.

"다니아르, 물어보고 싶은 게 있어요."

"뭐지?"

난 주변을 살폈다. 밤이 내린 정착촌은 사방이 고요했다. 조심해야만 했지만 더 이상 담아두기 힘든 의문이었다.

"혹시…… 여기서 조선으로 가는 길을 알고 있지 않나요? 당신은 유목민이잖아요."

내 간절한 질문에 그의 눈빛이 아득한 기억을 떠올리듯 깊어졌다. 그는 무언가를 알고 있다! 나는 초조하게 그의 얼굴을 바라보았다. 그의 굵게 팬 주름에는 나로서는 짐작도 할 수 없는 세월의 무게가 고스란히 담겨 있다.

"혜성 같은 길이 있어. 때마다 찾아오지. 하지만……"

"하지만?"

그가 내 눈동자를 똑바로 응시했다.

"불길한 길이야."

길이 있다! 하지만 불길하다? 뜨겁고 차가운 두 마디 말들이 내 마음속에서 끝없이 순환을 일으켰다.

#30 요이치의 일지
1941년. D-Day 3년 전 / 독방

윙윙거리던 파리가 또다시 내 얼굴에 내려앉았다. 하지만 나른 해진 정신은 구태여 고개를 돌려 파리를 쫓을 의지도 맺지 못했다. 오히려 파리들의 존재만이 나의 의식 밖에 세계가 존재한다는 사실을 일깨워주고 있었다.

눈을 떠보려다가 말았다. 눈앞에서 그다지 멀지 않은 곳에 쇠문이 보일 것을 알기 때문이었다. 그 문을 보는 순간 다시 숨이 막혀올 것이다. 상상하는 것만으로도 벌써 가슴이 갑갑해져온다.

다리가 저렸다. 두 무릎을 접고 바닥에 쪼그려 앉은 자세로 얼마나 있었던 걸까. 무르팍에 닿은 쇠문의 나사 머리가 이젠 아예 무릎을 파고들어오는 느낌이다. 난 꿈틀거리며 무릎의 위치를 옆으로 조금 옮겼다.

그러자 이번엔 엉덩이 아래로 진흙 같은 것이 짓눌렸다. 이것은 나의 변이다. 이 속에 갇혀 지낸 지난 며칠 동안 어느 정도 익숙해진 줄 알았는데 다시 속이 메슥거린다.

처음엔 가슴이 미칠 듯 답답해져 목청이 터져라 소리도 지르고 쇠문을 발로 차며 벽에 주먹질도 해보았다. 하지만 그러면 그럴수록 가슴이 후련해지기는커녕 쇠문과 3면의 벽이 점점 더 가까이 옥죄어 드는 것 같았다. 결국 나는 발작을 일으켰다. 그랬던 것 같다.

시간이 얼마나 지났는지 정신이 몽롱하게 깨어난 후에야 깨달았다. 내 힘으로는 이 상황과 싸워서 이길 수 없다는 것을.

마음을 모아 천황 폐하에게 기도하기 시작했다.

"천황 폐하, 폐하의 이름을 더럽히며 비굴하게 삶을 구걸하기를 저는 원하지 않습니다. 제게 당당히 죽을 수 있는 용기를 주십시오."

간절한 기도 끝에 갑자기 눈물이 터져 나왔다. 뜨거운 불덩이 같은 것이 가슴속에 떠다녔다. 기도에 응답이 온 것 같았다.

그렇게 한참을 감격 속에 울면서 기도하다가 까무룩 잠이 들었다. 잠이 어슴푸레 깬 후로 마음이 한결 차분해진 것 같았다.

그때 쇠문 위쪽에 눈 구멍이 철컥 소리를 내며 열렸다. 난 바닥에 쭈그리고 앉은 채로 고개를 들어 위를 쳐다보았다.

내 머리 위 저 높은 곳에 가로로 긴 직사각형의 빛이 비쳐 들어오고 있었다. 조금 후 그 빛을 가리며 어떤 사람의 두 눈동자가 나타났다. 그것은 페트로프의 연갈색 눈동자였다.

그 눈동자들이 곧 아래를 향했고, 내 눈과 마주쳤다. 무표정한 그 눈동자들은 나를 실험실 동물처럼 관찰하고 있었다.

그러더니 쇠문의 중앙 틈이 내 머리 바로 위로 철컥하며 열렸다. 하루 한 번 멀건 죽을 넣어주는 틈이었다. 그곳으로 그의 목소리가 들려왔다.

"어떤가? 이제는 말할 마음이 생겼나? 지도 작성법에 대해서."

페트로프의 음성에 이어 세르게이의 통역이 따랐다.

그러자 내 전우들의 외침과 연이은 총성이, 고결한 옥이 산산이 깨어지는 소리가 귓가에 울려왔다.

"그런 건 네 엄마한테나 물어보시지."

철컥! 철컥! 하며 쇠문의 위아래의 틈들이 요란스레 닫혔다. 심통난 아이가 방문을 닫아걸듯.

빛이 사라지자 공간이 다시 어둠 속에 잠겼다.

"킬킬킬."

내 웃음소리가 어두침침한 공간에 울려 퍼졌다.

#31 대식의 일지
1941년. D-Day 3년 전 / 소장 집무실

페트로프 소장을 이렇게 마주 대하는 것도 내가 이곳을 나간 후로 처음이었다. 그사이 그의 주름은 더 깊어졌고 어딘지 모르게 지쳐 보였다. 1년이라는 시간에 비해 도드라진 변화라는 생각이 들 정도로. 그의 거실도 예전만큼 깔끔하지 않았다.

아마 독일과의 전쟁 때문일 것이다. 어쩌면 요이치의 일도 한몫했을지 모른다. 그래서인지 소장과의 면담 요청은 쉽게 받아들여졌다.

요이치를 독방에서 꺼내 와야만 했다. 다니아르 노인에게 그 '혜성 같은 길'에 대해 듣고 보니, 불길하든 길하든 그 혜성을 붙잡으려면 요이치가 반드시 필요했다. 그를 빼내는 데 성공한다면 혜성은 우리를 집으로 데려다주겠지만, 실패한다면 그것은 올라타서는 안 되는 또 다른 불길한 궤적일 뿐이다.

"이제 2주를 넘겼으니 그는 매일 새로운 기록을 쓰고 있는 셈이지. 독방 생존 최장 기록."

페트로프 소장의 얼굴은 피로해 보였지만 눈동자만은 전보다 더 번들거렸다. 마치 뱀눈처럼.

"이미 그런 상태라면 죽으면 죽었지 입을 열지 않을 겁니다."

나는 최대한 평이한 얼굴로 말했다. 소장은 내 지식을 필요로 한다는 사실을 잊지 말아야 한다.

"그런가? 어릴 때부터 같은 집에서 자랐다고?"

"네, 그에 대해선 잘 알죠. 고집이 염소처럼 센 놈입니다."

"그건 나도 이미 알고 있어. 문제는 어떻게 하면 놈이 지도 작성법에 대해 입을 열겠나 하는 것이지."

"우선 어떻게 생긴 지도인지 볼 수 있습니까?"

물론 나는 대략 어떻게 생긴 지도인지 알고 있다. 하지만 예리한 페트로프 소장의 의심을 사지 않기 위해 이곳에 오기 전에 미리 생각해뒀던 질문이었다.

277

"따라오게."

그는 자리에서 일어나 거실 한편에 난 계단을 향해 걸어갔다. 나는 그를 따라가면서 계속 마음속에 남은 그 지도에 대한 희미한 기억마저 박박 지워내고 있었다. 그 지도를 본 순간 나는 진실로 놀라워해야만 한다.

그는 계단을 내려갔다. 계단의 끝에 다다르자 문이 하나 나왔다. 그는 주머니에서 묵직한 열쇠 꾸러미를 꺼내더니 그중 하나로 문을 열었다.

"들어오게."

그가 앞서 안으로 들어갔다. 그를 따라 어둡고 비밀스러운 분위기를 스산히 풍기는 방 안으로 발을 들여놓았다. 이곳은 지하라 그런지 공기가 더 서늘했다.

그가 벽에 붙은 스위치를 손가락으로 '탁' 올리자 여기저기 설치된 조그마한 형광등이 일제히 깜빡거리더니 파리한 불빛이 켜지며 '웅' 하는 소리가 공간에 깔렸다.

나는 소스라치게 놀라고 말았다. 형광등 아래엔 해골들이 전시되어 있었다! 얼핏 봐도 20구는 족히 되었다. 해골은 허리 높이 정도의 좁은 육면체 기둥 위에 가지런히 놓여 있었고, 그 옆에는 뭔가가 적힌 작은 종이가 붙어 있었다.

충격을 가까스로 억누르며 가까이 있는 해골에 다가가 종이를 보았다. 거기엔 해골 주인 것으로 보이는 흑백사진이 붙어 있었다. 예쁘장하고 단아한 여인의 얼굴에는 쑥스러운 듯 미소가 번져 있었다. 그 옆으로 그녀의 이름과 성별, 출생일, 그리고 사망일이

기입되어 있었다.

그녀는 23세 여성으로 사망일은 불과 한 달 전이었다. 종이의 마지막 특징난에는 '갈색 머리, 갈색 눈동자, 풍만한 가슴'이라고 적혀 있었다.

나도 모르게 시선이 다시 해골로 향했다. 희끄무레하고 동그란 머리통, 움푹하게 그늘진 눈구멍과 얼굴 한가운데 뻥 뚫린 비강…… 속이 울렁거렸다.

그때 페트로프 소장이 나를 향해 돌아섰다. 소름이 확 돋았다. 이 사람은…… 사람이 아니다! 푸르스름한 형광등 불빛을 받은 그의 얼굴이 기괴했다.

그가 얼어붙은 나를 향해 느긋하게 말했다.

"그렇게 기겁할 거 없어. 여긴 죽어서 그냥 잊혀지기엔 아까운 사람들을 기념하기 위해 만든 특별한 곳이니까. 일종의 명예의 전당이지."

그가 씩 웃어 보였다. 그의 하얀 이빨이 형광등의 파리한 불빛에 물들었다. 여기서 당장 도망치고 싶었다. 내가 애초에 왜 여길 왔었는지조차 가물가물해져버렸다.

"참고로, 모두 여자들이야. 남자들 중엔 그다지 기억할 만한 인물이 없었거든, 최근까지는…… 저길 보게."

그가 손가락으로 가리키는 곳을 보았다. 한쪽 벽 앞에 해골들이 2단으로 피라미드처럼 쌓아 올려져 있었다. 그 벽에는 액자가 하나 걸려 있다.

거의 넋이 나간 나는 그 액자를 보기 위해 천천히 몇 발짝을 걸었다.

액자 속에 든 것은 바로 요이치의 지도! 녀석이 애지중지하던 지도가 박제처럼 들어앉아 있었다! 섬뜩했다. 내 얼굴에 어떤 표정이 떠올라 있는지 신경 쓸 겨를도 없었다.

"그래, 저것이 바로 그 지도다. 세밀하기 이를 데 없어. 아름답기까지 하다고. 어마어마한 압력 속에서 결정체를 이룬 인간 정신의 다이아몬드지. 대단하지 않나?"

그는 내 옆으로 다가오며 거장의 예술품을 찬탄하듯 말했다.

"왜 그들이 그동안 히스테리에 빠지지 않았었는지 미스터리가 드디어 풀렸어. 그들의 영혼을 붙든 건 바로 저것이었어. 저 다이아몬드의 힘은 그토록 강력했던 거야."

소장은 손을 들어 요이치의 지도를 가리켰다. 그러더니 액자 아래 쌓여진 해골들에 한 발짝 다가섰다. 가만히 보니 아랫단은 한 면에 세 개, 윗단엔 두 개씩 쌓아 올려져 있었다.

"자, 여길 봐. 이 지도를 따라 갱을 열심히 파나간 자들의 해골이야. 한때 동무의 조원들이기도 했었지. 가장 아랫단에 깔린 것이 아홉 개, 이 윗단에 깔린 것이 네 개, 그 위에 하나를 놓을 자리가 비어 있지. 여기가 바로 요이치의 해골이 얹힐 자리야."

그가 손으로 네 개의 해골 위 허공에 요이치의 해골을 쥐고 올려놓는 시늉을 해 보였다. 마치 작품의 완성을 눈앞에 둔 예술가처럼 의욕 넘치는 얼굴로……

모골이 송연해졌다. 내가 이런 괴물을 상대로 협상을 하러 왔단 말인가……

"하지만 놈을 그냥 죽여서 여기에 얹기엔 너무나 아까워! 어떻게 저런 엄청난 지도를 만들었는지 그 방법이 알고 싶어 미치겠단 말이지. 대체 저걸 어떻게 그렸을까? 놈의 해골을 쪼개서 알아낼 수만 있다면 그렇게라도 할 텐데. 독방에 2주일을 간혀서도 도무지 입을 열지 않으니……"

애석함이 그의 광기 어린 눈동자에 절절히 어렸다. 내 머리는 백지가 되어버렸다. 이 방 안의 모든 해골의 어두운 눈구멍들이 일제히 나를 향하는 것 같았다.

여기서 이렇게…… 주저앉을 수는 없다. 머릿속 백지 위에 꾹꾹 눌러쓴 글씨 자국을 뚫어져라 노려보았다.

"제…… 생각엔…… 이제 방법을 바꿔서 그의 마음을 부드럽게 달래주면 오히려 입을 열 수 있지 않을까요? 달래는 건 제가 할 수 있는데요……"

미완의 역작을 등지고 선 소장이 나를 뚫어져라 쳐다보았다.

"어떻게 그의 마음을 달래줄 건가?"

"허락만 하신다면…… 그를 정착촌으로 데리고 가서 며칠 푹 쉬게 해주면서 천천히 이야기해보는 게 어떨까 합니다. 환경이 좋아지면 아무래도 마음도 따라 풀리니까요."

"정착촌이라……"

그의 머릿속의 톱니바퀴가 철컥철컥 맞물려 돌아가는 것 같았다.

"그리고…… 우리는 어릴 적부터 친구였습니다. 무…… 물론 크면서는 아무래도 좀 멀어지긴 했지만요."

기괴한 빛을 발하는 그의 눈동자를 보며 나는 자꾸만 해골 피라미드의 제일 위에 내 해골이 놓일 것만 같은 오싹한 기분이 들었다.

"그럴듯해. 그렇게 하지! 일주일을 주겠네. 지도를 어떻게 그렸는지 반드시 실토를 받아내도록!"

"아…… 알겠습니다!"

하마터면 내 입에서 '감사합니다!' 라는 말이 튀어나올 뻔했다.

숙였던 고개를 드는 순간, 나는 불길한 기분에 휩싸이고 말았다. 그의 눈동자가…… '이상해. 뭔가 너무 쉽게 풀렸어……'

#32 요이치의 일지
1941년. D-Day 3년 전 / 독방

파리들이 갑자기 확 늘어났다. 언제인가 다리 사이에서 뭔가가 꼬물거리길래 잡아서 봤더니 구더기였다. 파리가 내 변에 알을 깐 것이었다. 기겁을 하고 놈들을 양옆의 벽으로 변과 함께 흩뿌렸다.

그랬는데 이제 그놈들이 번데기를 거쳐서 일제히 날개를 달고 파리가 된 모양이었다.

눈을 감고 고개를 한쪽으로 돌린 채 광대뼈를 무릎에 올려놓았다. 파리들이 계속 붕붕거리며 얼굴 주위를 날아다닌다. 크기에 비해 날갯짓이 사뭇 힘차다.

나도 날개를 달고 훨훨 날아봤으면. 발도 없던 구더기에서 날개 달린 파리로 변태할 수 있다는 건 생각해보면 엄청난 초능력이다. 인간에겐 왜 그런 능력이 없는 것일까.

문득 꽉 끼던 독방 속이 언젠가부터 약간 넓어졌다는 걸 깨달았다. 무릎을 세우고 쪼그리고 앉은 다리도 예전처럼 저리지 않았다. 왜 그런가 봤더니 팔다리가 그사이에 엄청나게 가늘어져 있었다.

나도 이제 파리로 변태하는 모양이다. 등이 슬슬 가렵다. 내 등에서도 투명하고 튼튼한 날개가 돋아나려는 거다.

천황 폐하에게 날아가자. 돋아난 날개에 피가 돌자 붕붕거리며 바람을 일으킨다. 이제 힘차게 날아서 호수를 건너고 산맥을 넘고 평원을 가로지르고 바다를 건너 폐하에게 가는 거다. 그러면 폐하는 그간의 노고를 치하해주시겠지.

가는 길에 수희도 데리고 가자. 수희는 날 징그럽다고 하지 않을 거야. 그녀라면 나를 있는 그대로 받아주겠지.

부모님께도 인사를 드려야지. 아니야, 아무래도 그건 안 될 것 같다. 아버지는 내가 파리가 된 걸 보면 '난 너 같은 아들 둔 적 없다!'고 호통칠 거고, 어머니는 '에구머니! 흉측해라!' 하며 파리채를 휘두를 테니.

부모의 기대에 미치지 못하면 난 아무것도 아닌 존재임을 뼈저리게 깨달아야만 했다. 그래서 어릴 때부터 난 죽어라 노력했다. 하늘같이 높은 두 분의 기대에 맞추려고. 그 조센진보다 나아지려고……

하지만 결국 집으로 돌아가는 것은 대식이다. 난 이번에도 그에게 졌다. 나는 패배자다.

"부우웅!"

분한 마음에 내 날개가 힘껏 진동했다. 사방이 쇠로 된 독방 전체가 부르르 떨렸다.

"스르릉."

쇠문의 빗장이 풀리는 소리였다.

"끼이익."

쇠문이 열렸다. 신선한 바깥 공기와 환한 빛이 들이쳤다. 눈을 질끈 감았다. 귓가에 가득하던 파리 소리가 순식간에 밖으로 사라졌다.

내가 드디어 미쳐가는 모양이다.

"후지와라 동무!"

이것은…… 페트로프의 목소리?

"후지와라 동무!"

눈을 떴다. 하지만 눈이 너무나 부셔서 다시 눈을 감고 말았다. 손으로 빛을 가리며 조금씩 눈을 떴다.

내 앞에 열린 쇠문 너머로 사람들의 실루엣이 보였다.

"동무, 내가 인정하겠소. 동무가 이겼어."

나의 눈이 서서히 빛에 적응하자, 실루엣들이 또렷해져갔다. 그들은 페트로프 소장과 세르게이, 그리고 경비대장이었다.

"정말 대단해. 동무에게 이런 비참한 죽음은 어울리지 않지. 내가 동무를 경외하는 마음에서 천황의 군인다운 명예로운 죽음을 부여하기로 했다. 천국에서 노무라 대좌와 오카자키 대위에게 내 안부 전해주게."

세르게이가 통역을 마치자 페트로프는 경비대장에게 고개를 끄덕였다.

그러자 경비대장과 경비병이 팔을 뻗어 내 양팔을 잡았다. 그러다 경비대장이 내 악취 때문인지 고개를 휙 돌리며 내 팔에서 손을 뗐다. 그가 뒤로 빠지자 또 다른 경비병이 달려들어 내 팔을 잡아 일으켰다.

그러는 동안 나는 계속 페트로프가 한 말의 의미를 이해하려 애썼다. 가벼운 포대 자루처럼 독방에서 들려 나와 복도를 질질 끌려가면서 겨우 깨달아졌다. 나는 지금 총살을 당하러 가는 중이라는 것을.

한없이 가벼워지고, 더러워질 대로 더러워진 나는 양쪽 팔을 경비병들에게 붙들린 채 아무런 저항도 할 수 없었다. 나의 맨발은 그저 축 늘어져 바닥에 질질 끌릴 뿐이었다. 한때 몽골 초원을 굳건하게 밟으며 달렸던 그 맨발이……

언제나 천황의 군인으로서 치졸하게 사느니 떳떳하게 죽기를 바라왔었다. 그런데…… 기분이 이상했다. 배 속에 천 마리 나비가 팔랑거리는 기분이었다.

'천황 폐하, 제발 당당히 죽을 수 있는 용기를 제게 주소서.'

나는 포박당한 채 대기하고 있던 마차의 짐칸에 짐짝처럼 실렸다. 그러자 경비병이 흰 보자기를 손에 들고 내게 다가왔다. 머리에 씌울 모양이었다. 내 시선은 화살처럼 호수와 산맥으로 향했다. 내가 살아서 보는 마지막 풍경이리라.

눈이 시리도록 파란 호수가 시야에서 완전히 사라지는 순간 두려움이 엄습했다. 호흡이 가빠왔다. 입을 벌려 숨을 쉬어야 했다. 그러자 보자기가 벌려진 내 입술에 척 달라붙어 숨 쉬기가 더 힘들었다.

나는 노래를 부르기 시작했다.

"바다에 가면 물에 잠긴 시체……

산에 가면 풀이 난 시체……

천황 곁에 죽으면, 후회 없으리……"

기분이 조금씩 가라앉았다. 나는 이 군가를 부르고 또 불렀다.

얼마나 갔을까. 내 입술은 어느덧 말라붙었고 목소리는 갈라졌다.

그때 마차의 흔들림이 멈추었다. 내 입에서 군가가 더 크게 흘러나왔다. 경비병들이 내 팔을 잡아 짐칸에서 끌어내렸다. 나는 머리에 보자기가 씌워진 채 그들이 이끄는 대로 비척비척 걸어갔다.

나는 더욱 힘차게 군가를 부르기 시작했다. 간간이 내 울먹임이 섞여 들어 음정이 부정확해졌다. 하지만 군가에서 그런 건 별로 중요하지 않다. 힘차게, 씩씩하게, 황군답게!

"바다에 가면 물에 잠긴 시체!

산에 가면 풀이 난 시체!

천황 곁에 죽으면! 후회 없으리!"

내 발이 첨벙거리며 물을 밟고 들어갔다. 호숫가인 모양이었다. 경비병이 내 무릎을 꿇렸다. 무릎이 얕은 물에 잠겼다. 나는 물에 잠긴 시체가 될 것인가, 풀이 난 시체가 될 것인가.

"준비."

페트로프의 낮고도 뚜렷한 음성이 들렸다.

딱딱한 총구가 내 옆머리에 닿았다.

심장이 마구 요동쳤다. 목청껏 부르는 군가 사이로 들숨을 쉴 때마다 보자기의 천이 집요하게 입술에 달라붙었다.

철컥하며 총알이 장전되는 소리가 귓전을 때렸다.

"천황 곁에 죽으면! 후회 없으리!"

나는 울부짖었다.

"발사!"

"탕!"

"으아아악!"

총성과 함께 비명이 메아리쳤다. 나는 벼락처럼 발버둥을 쳤다. 두 다리가 물의 저항을 받으며 물보라를 일으키는 소리가 들려왔다.

"헉! 헉!"

나는 거칠게 숨을 내쉬었다. 아직…… 숨이 붙어 있다…… 하지만 머리의 피가 모두 빠져나간 기분이었다.

별안간 보자기가 확 당겨지더니 눈앞이 밝아졌다. 호수의 풍경이 번진 수채화처럼 눈에 들어오자 정신이 혼미해져갔다. 사람들이 껄껄거리며 웃는 소리가 들렸다.

"너에게 새 생명을 안겨준 구세주다."

페트로프가 웃음기 배인 목소리로 말했다.

그때 호숫가를 따라 나를 향해 걸어오는 누군가가 보였다. 햇살이 강렬했다.

나는 멍해진 머리에서 스르르 빠져나가는 의식을 간신히 붙잡으며 나를 향해 오는 사람에게 초점을 맞추려 애썼다. 점차 그의 모습이 뚜렷해져갔다.

'대식……?'

내 머리가 고꾸라지며 물속에 첨벙 빠져들었다.

#33 대식의 일지
1941년. D-Day 3년 전 / 정착촌 숙소

식탁 의자에 앉아 거실의 한쪽 벽에 붙어 있는 침대를 힐끗 보았다. 기적이 내 침대 위에서 잠을 자고 있다. 요이치를 굴라크에서 내 집으로 끌어내는 데 성공한 것이다!

녀석은 지난 이틀 동안 깨지도 않고 내리 자고 있다. 많이 피곤했을 것이다. 아니, 죽지 않은 것이 용하다.

소장의 간악한 머리는 요이치를 나에게 인계하는 순간까지도 쉬지 않았다. 그는 한 경비병이 요이치의 머리에 총을 겨누게 하고 자신의 발사 명령에는 다른 경비병이 허공에 총을 쏘도록 했다.

그것은 요이치의 생존 욕구를 철저히 일깨우겠다는 계획이었고, 꽤 성공을 거둔 것으로 보였다. 그의 비명은 생존에 대한 꿈틀거리는 욕망 같았다.

그것은 나에게도 반가운 소리였다. 그가 살고자 해야 우리가 살 수 있기 때문이었다.

그가 나에게 인계된 첫날 나는 혼절한 그를 호숫가에 눕혀놓고 씻기기부터 해야 했다. 상태가 이루 말할 수 없이 형편없었다. 더럽기도 했거니와 가느다랗게 야윈 팔다리와 해골을 연상시키는 얼굴이 도저히 나와 트랙 위에서 치열하게 각축을 벌였던 요이치라고 믿기 힘들었다. 그의 육체는 그를 보지 못한 지난 1년간의 고생을 여실히 웅변하고 있었다.

이래가지고 혜성 같은 그 길을 잡아탈 수 있을지…… 하지만 나는 그의 의지력을 믿는다.

요이치의 덥수룩한 머리칼과 제멋대로 자란 수염은 그대로 두었다. 그건 왠지 녀석의 기호를 반영해서 처리해야 할 것 같았다.

페트로프 소장은 요이치의 마음을 풀어주기 위해 필요한 식료품을 마음껏 내주었다. 냉장고까지 갖춘 그의 식료품 창고 안에는 눈이 휘둥그레질 만한 것들이 많이 들어 있었다.

형형색색의 말린 과일들과 견과류, 치즈 덩어리와 양고기, 말고기, '카즈'도 창고에 아직 남아 있었다. 이 지역에서 많이 난다는 석류즙과 함께 포도주도 한 병 얻었다. 깨같이 작고 검은 알갱이들이 뭉쳐진 것도 있었는데 철갑상어 알이라고 했다. 하지만 그는 자랑만 했을 뿐 그것만은 내어주지는 않았다. 나도 어차피 먹어본 적이 없으니 아쉬울 것도 없었다.

그렇게 받아 온 식료품들을 거실 한쪽에 쌓아놓았는데 녀석은 깨어날 줄을 몰랐다. 그것을 보고 있으면 창자가 호강해보겠다고 주리를 틀고 입에 침이 고여 견디기 힘들었다.

요이치는 지난 이틀을 꼬박 잤으니 오늘 밤은 깨워볼 참이다. 페트로프 소장이 내게 준 시간은 일주일이다. 최소한 5일째 되는 날엔 여기를 떠나야 한다. 벌써 이틀이 지났다. 그렇게 생각하니 은근히 조바심이 났다.

이바노프 촌장에게 취침 보고를 한 후 집으로 돌아와 요이치를 위해 가벼운 식사거리부터 만들었다. 오랫동안 이렇다 할 음식을 먹지 못했을 그의 속을 생각해서였다.

음식이 준비되자 그에게 다가가 어깨를 가만히 흔들었다.

"요이치! 일어나, 요이치!"

그는 깊은 바다에서 수면을 향해 천천히 올라오듯 조금씩 잠에서 깨어났다. 이윽고 가벼운 신음 소리와 함께 흐릿하게 눈을 뜨더니 나를 가만히 쳐다보았다. 아직 무슨 일이 일어난 건지 잘 모르는 것 같았다.

"일어나. 지난 이틀 동안 잠만 잤어. 기억나?"

그는 여전히 꿈속을 헤매는 얼굴이었다. 그의 눈동자가 문득 나를 향했다. 말이 없었다. 기억을 되살리는 듯했다.

"이게…… 무슨 냄새지?"

꺼져가는 목소리로 그가 물었다.

"음식을 좀 했어. 일어나서 먼저 좀 먹고 자초지종은……"

내가 말을 마치기도 전에 그가 몸을 부스스 일으켰다. 자신이 입고 있는 깨끗한 옷을 한번 쳐다보고는 이내 코를 벌름거렸다.

내가 식탁 쪽을 돌아보자 그가 유령처럼 침대에서 일어나더니 식탁을 향해 휘청휘청 걸음을 옮겼다. 그 뒷모습을 보고 있자니 안쓰러웠다. 잠시 망설이다 그에게 다가가 부축하려고 팔을 뻗었다.

"괜찮아."

그가 돌아보지도 않은 채 말했다.

나는 그 자리에 우뚝 섰다. 기운 없는 목소리 속에도 꼬장꼬장함이 살아 있었다. 죽다 살아나도 성깔은 변하지 않는 모양이다.

식탁으로 다가간 그가 나를 등진 채 의자를 빼 자리에 앉았다. 그러곤 허겁지겁 식탁 위에 놓인 숟가락을 집어 접시에 담그더니 입으로 가져가 후루룩 넘겼다.

그것은 잣죽이었다. 내가 속탈이 날 때마다 어머니가 만들어주던 것을 흉내 내어보았다. 어머니의 잣죽을 먹고 나면 신기하게도 금방 기운을 차리곤 했었다.

마침 페트로프 소장의 창고에 쌀과 잣이 있어서 만들어보았는데 비율상으론 쌀이 약간 부족했다.

"흐흐흐흑!"

요이치가 느닷없이 고개를 떨구며 흐느끼기 시작했다. 깜짝 놀랐다.

'맛이 이상한가?'

그는 양팔을 식탁에 올려놓은 채 앙상한 목덜미와 어깨를 부들부들 떨며 속절없이 흐느끼고 있었다. 맛 때문에 저리 울 리는 없어 보였다.

나는 어찌할 바를 몰라 숨죽이고 가만히 서 있었다. 자존심 강한 요이치가 우는 건 처음 봤다. 그것도 펑펑.

그 모습을 보고 있자니 일순 내 눈에도 눈물이 핑 돌았다. 독방 생활이 그만큼 고되었다는 뜻이리라. 평범한 일상이 얼마나 놀라운 기적의 소산인지 이제 그도 알게 되었으리라.

이윽고 요이치의 울음은 잦아들었고, 그가 다시 잣죽을 떠서 입으로 가져갔다. 죽을 우물거리가 싶더니 또 울음을 터트렸다.

난 고개를 갸우뚱했다.

'그렇게 맛있나?'

나는 가만히 침대로 걸어가 걸터앉았다. 아무래도 좀 걸릴 듯했다. 울고 싶을 땐 실컷 우는 게 좋다. 나도 그랬으니까.

"이야기 좀 해."

그가 숟가락을 내려놓으며 돌아보지 않은 채 내게 말했다. 안 그래도 그의 숟가락이 접시 바닥을 긁는 소리를 들으면서 어디서부터 이야기를 꺼낼까 생각하고 있었다.

나는 침대에서 일어나 식탁으로 걸어가 그를 마주 보며 자리에 앉았다.

"잣죽…… 맛있었냐?"

시선을 피하는 그의 얼굴에 슬며시 홍조가 일었다. 아마 펑펑 운 때문에 부끄러운 것이리라.

"으…… 응. 잣이 많이 들었더구나."

"아, 그거? 응, 쌀이 좀 모자랐거든."

녀석은 이 지경이 되어서도 혀는 멀쩡한 모양이다. 잣이 많이 들었다고 투정이라도 하려는 건가?

"그랬구나."

요이치가 가만히 고개를 끄덕였다. 그의 시선은 빈 접시를 향해 있었다. 하지만 딱히 접시 바닥을 본다기보다는 어딘가 먼 곳을 바라보고 있는 느낌이었다.

정말 알 수 없는 녀석이다.

"기운이 좀 났으면 이제 내 이야기를 좀 들어볼래?"

시간이 별로 없다.

"그래, 듣고 싶다."

그가 시선을 들어 퀭한 두 눈으로 나를 바라보았다. 비록 얼굴은 갖은 고생에 시달린 기색이 역력했지만, 눈빛만은 생생했다. 울어서 그런 건지도 모르지만.

"잘 들어. 집으로 돌아갈 수 있는 방법이 생겼어."

"집으로······?"

그의 눈에는 강렬한 빛이 감돌았다.

"그래, 그것도 곧."

"어떻게?"

"너 실크로드라고 들어봤지? 비단 상인들이 중국이랑 유럽 사이를 오가던 길. 그 길이 여기 중앙아시아를 통과한다더군. 키르기스스탄의 수도 비슈케크에서 중국으로 들어가는 관문인 '토르가르트'를 지나 상해까지 가는 캐러밴이 있대."

"잠깐 좀 천천히 설명해봐. '비슈케크'가 어디에 있는 거고, 토르······ 그 관문이란 건 어디에 있는 건데?"

"비슈케크는 우리가 처음 여기 올 때도 지나왔던 곳이야. 여기서는 서쪽이지. '토르가르트'는 키르기스스탄에서 중국으로 넘어가는 국경 관문이야. 여기서는 동쪽이고. 그러니까 중국인 캐러밴이 토르가르트를 지나 비슈케크로 가서 물건을 팔고 다시 비슈케크에서 출발해서 토르가르트를 통해서 상해로 돌아가는 거야."

"그 대상 행렬이 여기를 지나간다는 거야?"

"응, 우리가 여기 올 때 산골 마을 두 개를 지났던 거 기억나? 처음 마을에서 우리는 기마병들에게 인계되었지. 두 번째 마을에서는 하루를 묵었고. 첫 마을 이름이 '사리불락'이고 두 번째 마을이 '캥수'야. 캐러밴은 '사리불락'에서 며칠 묵고 토르가르트를 향해 출발할 거야."

"그게 언젠데?"

"9월 초순. 그러니까 1, 2주 후야. 여름 한 철 장사를 하고 날이 추워지기 전에 중국으로 돌아가는 거지."

요이치의 눈이 커졌다.

"그런데 이걸 다 어떻게 알았지?"

"여기에 다니아르라는 키르기스스탄 유목민 노인이 있어. 그가 말해줬어."

"그 노인은 그런 길을 알면서도 왜 여기에 남아 있지?"

"좀 긴 이야기인데, 아들이 굴라크에 잡혀 있어서 일종의 아들 옥바라지를 하고 있는 셈이야."

"그렇구나."

요이치가 비로소 납득한 듯 고개를 끄덕였다.

사실 며칠 전 나는 다니아르 노인에게 함께 이곳을 떠나자고 말했었다. 아들이 이미 죽었을지도 모르니. 페트로프 소장 방을 나오면서 얼핏 들은 이야기가 있었다. 하지만 그는 거절했다. 저 굴라크의 철조망이 녹슬어 끊어지는 날까지 여기 남아 있겠다고 말했다. 그의 결연한 눈은 이미 끊어지는 철조망을 보고 있는 것 같았다. 결국 난 더 이상 권유할 수 없었다.

"그럼 중국 캐러밴들은 우리를 자신들과 일행인 양 꾸며서 국경을 통과한다는 건가?"

요이치의 질문에 나는 다니아르 노인 생각에서 빠져나왔다.

"그렇지."

"그리고 우리를 상해까지 데리고 가준다? 우릴 먹여가면서?"

"그래, 상해 근처까지만 가면 일본군과 만날 수 있겠지."

"하지만 왜 중국인들이 우리에게 그런 호의를 베풀 거라고 생각하지?"

그의 눈에 강한 회의감이 떠올랐다. 중국과 전쟁이 한창인 일본인으로서는 중국인들에게 호의를 기대할 수 없는 것은 당연했다. 죽임을 당하지 않는 것만도 감지덕지일 테니까.

"호의를 베푸는 게 아니야. 대가를 지불할 거니까. 그들은 상인이야. 돈으로 움직이는 사람들이지. 돈만 충분히 준다면 네 국적 따윈 관심도 없을 거야. 그냥 나랑 같은 조선인인 척해."

문득 조선인인 척하며 숨죽이고 지낼 놈의 모습을 떠올리니 통쾌한 마음이 슬그머니 들었다.

"하지만 그들에게 줄 돈이 어디 있어?" 금괴라도 털자는 거야?

"소장의 금에 손을 댔다가는 그가 지옥까지 따라올 걸?"

"그러면?"

"대금은 착불 조건이다."

"착불……"

요이치의 머리가 굴러가기 시작했다. 조각들이 그의 머릿속에서 하나하나 맞아들어가는 것이다.

"그래서 내가 필요했던 거였군. 정확히 말하자면 내 아버지의 돈이……"

"맞아."

만약 상인들에게 돈을 지불하지 못하면 나와 요이치는 또 어느 이름 모를 곳에 노예로 팔려 가거나 그들에게 죽임을 당할 것이다.

"돈이라면 얼마든지 줄 수 있어. 난 후지와라 집안의 독자니까."

그의 초췌한 얼굴에 화색이 돌았다. 하지만 그의 대답은 아직 완전하지 않았다. 내 입장에서는.

그가 아직 채 펴지지 않은 내 얼굴을 보더니 덧붙였다.

"네 몫까지 모두."

그의 손을 덥석 잡고 싶은 충동이 일었다. 겨우 참았다.

34 요이치의 일지

1941년. D-Day 3년 전 / 호숫가

해가 진다. 만년설이 덮인 산맥들의 머리 위로 붉은 노을이 번진다. 그 풍경은 호수 위에 또 하나의 대칭 세계를 만들어낸다.

나는 호숫가에 자리 잡은 대식의 숙소 계단에 앉아서 그 광경을 보고 있었다.

대식이 짧게 깎아준 머리를 쓰다듬어보았다. 까칠까칠한 머리칼이 상쾌했다. 입 주위와 턱도 말끔했다. 오랜만에 더운물로 세수하고 느긋하게 거품을 잔뜩 내어 입과 턱 주위에 바르고 꼼꼼히 면도를 했다. 그러고 있자니 콧노래가 절로 나왔었다.

석양을 바라보며 아름다움에 가슴이 설렜던 것이 얼마만이던가. 그건 빼어난 풍광 탓도 있겠지만 기분 탓도 있으리라.

지난 며칠을 틈나는 대로 먹고 잤다. 마치 막 태어난 아기처럼. 그렇다고 앙상해진 육체가 당장 예전 같아지지는 않겠지만 몸과 마음엔 전에 없던 밝은 에너지가 돌기 시작했다.

처음 대식의 침대에서 눈을 떴을 때 당혹스러웠다. 당당하게 죽지 못했다는 부끄러움이 밀려들었던 것이다. 그러나 그 기분을 한순간에 날려 보낸 것이 바로 잣죽 냄새였다.

마술에 걸린 듯 식탁 앞으로 이끌려 가 잣죽 한술을 입에 넣은 순간, 나는 그날의 내 방으로 돌아가 있었다. 그리고 내 모든 것을 받아줄 것만 같은 수희의 온화한 미소가 눈앞에 있었다.

나는 살고 싶어졌다. 사랑하고 싶고, 결혼하고 싶고, 아이를 기르고 싶어졌다. 가족들과 웃고 떠들고 싶어졌고, 집 안을 청소하고 정원을 손질하고 비단잉어에 먹이를 주고 싶어졌다.

그리고 그 열망은 대식의 계획을 듣는 순간 불쑥 자라 내 마음을 온통 차지해버렸다.

나는 결국 제국을 위해 목숨을 버릴 수 있는 위인이 아니었다. 게다가 삶의 열망을 품은 지금에는 애초에 어떻게 그런 결심을 했었는지가 오히려 의아할 지경이었다. 일진광풍이 나를 뒤흔들고 지나간 기분이었다.

평원 저 멀리서 말을 탄 대식이 양을 몰고 오는 것이 보였다. 언제부터 말을 탔는지 상당히 능숙해 보였다. 건강해 보이는 그를 보니 마음이 든든해졌다.

테이블 위엔 난생처음 먹어본 카즈, 생선구이, 말고기, 양고기, 말린 살구, 빵, 치즈가 널려 있었다. 우리는 페트로프가 제공한 최후의 만찬을 즐겼다. 포도주까지 한잔씩 마시고 나니 얼큰한 기운이 감돌았다.

"넌 집으로 돌아가면 육상을 다시 할 거냐?"

대식이 나에게 물었다.

"아니, 안 할 거야. 그만하면 할 만큼 했어. 어차피 그다지 올림픽에 나갈 생각도 없었으니까."

술기운 때문인지 꽤나 솔직하게 대답했다. 하지만 내가 한때 육상에 열을 올렸던 건 그를 꺾어놓고 싶은 마음 때문이었다는 말은 하지 않았다. 아직 그만큼 취하진 않았다.

"넌? 계속할 건가 보지?"

"물론이지. 44년 런던 올림픽엔 꼭 출전할 거야."

1944년이면 지금부터 3년이 남았다. 난 고개를 끄덕였다.

"그렇구나. 넌 할 수 있을 거야. 소질도 있고 노력도 쉬지 않으니까."

그는 여기서도 매일 아침 달리기 연습을 하고 있었다. 그의 눈이 조금 커졌다. 아마 내가 그를 칭찬한 건 이번이 처음일 것이다.

"하지만 종목을 바꿀 거야."

놀라움을 가리며 그가 말했다.

"그래? 뭐로?"

"마라톤."

녀석은 아예 제2의 손기정이 되기로 마음을 먹은 모양이다.

"왜?"

"육상만을 위해 만들어진 트랙 위를 달리는 건 이제 별로 흥미 없어. 진짜 길 위를 달리고 싶어. 사람이 다니고, 차가 다니고, 말이 막 다니는 그런 진짜 길."

일본 정부에서 그를 순순히 올림픽에 나가게 둘 지는 미지수다. 하지만 그런 골치 아픈 주제를 지금 파고드는 건 별로 내키지 않았다.

"그것도 좋겠네."

나는 고개를 끄덕였다.

"그럼 너는 집으로 가면 뭐할 거냐?"

대식이 내게 물었다.

"글쎄, 아직 별로 생각한 게 없어."

"지금껏 갱을 팠을 땐 뭔가 생각한 게 있었던 거 아냐?"

"지금까진…… 군으로 복귀할 거라고만 생각했는데, 그건 아닐 것 같고…… 그냥 연애나 할까 싶다."

대충 둘러대려다 뜻하지 않은 말이 나와버렸다.

"연애? 상대는 있고?"

"응…… 뭐."

왠지 부정하는 건 수희에게 죄짓는 기분이 들었다. 대신 녀석의 눈이 커졌다.

"있어? 누군데?"

"누구라고 말하면 알아?"

그의 여동생과 연애하겠다는 말은 차마 입에서 떨어지지 않았다.

"네가 동선이 뻔한데…… 누군데? 말해봐."

"조선인이야."

녀석의 눈이 접시만 해졌다.

"조선 여자라고?"

이 정도는 미리 말해둬야 나중에 욕을 덜 먹을 것 같았다. 어차피 알게 될 테니.

"네가 조선 여자랑 연애를 한다고?"

"그게 그렇게 이상하냐?"

대식이 포도주병을 들어 입구에 눈을 대고 안을 들여다보았다.

"소장이 여기다 무슨 약을 탔나?"

난 피식 웃었다. 저런 반응이 무리가 아니라는 건 나도 안다.

"야, 조선 여자가 무슨 네 장난감이냐? 괜히 책임지도 않을 거면서 함부로 건드리지 마라."

"왜 이래? 잘 알지도 못하면서. 난 진지하다고."

"얼마나 진지한데? 결혼이라도 하려고?"

말문이 막혔다. 상체를 젖히며 톤을 바꿔 말했다.

"너 취침 보고 하러 안 가? 이제 자야지. 내일 새벽에 떠나야 하는데."

"이거 봐, 이거. 괜히 엄한 여자 울리지 말고 아서라."

"난 진지하게 사귈 거야. 장난도 아니고 심심풀이도 아니야. 다만 그녀의 동의도 없이 미래의 일을 내 멋대로 입에 담을 수 없을 뿐이야."

이 녀석이 수희의 오빠만 아니었어도 이런 설명은 하지 않았을 것이다.

대식이 미심쩍다는 얼굴로 나를 보며 자리에서 일어났다.

"하여튼 조선으로 돌아가서 보면 알겠지. 자명종 하나 더 빌려 놨으니까 새벽 2시로 잘 맞춰놔라. 두 개 다."

"그래."

난 자리에서 일어나며 대답했다.

순간 '언제부터 이 녀석이 나한테 명령조로 말했지?' 하는 생각이 불쑥 들었다. 은근히 불쾌해지려고 했지만, 이곳에서의 그의 기득권을 인정하자고 마음먹었다.

대식은 이바노프 촌장에게 보고하기 위해 집을 나섰다. 나는 자명종을 맞춰놓은 후 바닥에 얇은 요를 한 장 깔고 누웠다. 대식의 침대와 조금 떨어진 곳이었다.

앞으로 또 한동안 녀석과 가까이 자게 될 것이다. 정말 질긴 인연이다. 게다가 내가 수희랑 사귀게 되면 또 옆에서 얼마나 잔소리를 해댈지.

눈을 감았다. 이제 곧 말을 타고 여기를 뜬다고 생각하니 가슴이 두근거렸다. 체력을 위해서 조금이라도 잠을 자야 하는데……

나는 마음속으로 초원에 모인 양 떼를 떠올리고는 한 마리씩 세기 시작했다. 여기서 양 떼를 떠올리는 건 쉬운 일이었다.

#35 대식의 일지
1941년. D-Day 3년 전 / 정착촌 숙소

"쾅! 쾅!"

퍼뜩 놀라 눈을 떴다.

"쾅! 쾅! 쾅!"

"빨리 문 열어!"

자명종을 보았다. 1시 32분. 몸을 벌떡 일으켰다.

"문 열라고!"

밖에서 누군가 러시아어로 외치며 거칠게 문을 두들겨댔다. 불길한 기분에 사로잡혔다.

요이치을 돌아보자, 그도 어느새 바닥에서 몸을 벌떡 일으켰다.

"누구세요?"

내가 밖을 향해 외쳤다. 최대한 아무렇지도 않은 듯한 목소리로.

나를 쳐다보는 요이치의 얼굴엔 공포감이 역력했다.

"페트로프 소장의 명령이다! 빨리 이 문 열어!"

"무슨…… 일이죠?"

최대한 시간을 끌어보려 했다. 하지만 그렇다고 무슨 뾰족한 수가 떠오르지도 않았다. 나도 모르게 숨이 가빠왔다.

"문을 열어보면 알 것 아니야!"

나는 요이치를 향해 침착하라는 손짓을 보내며 침대에서 일어섰다. 요이치도 따라 일어서려고 했지만 다리가 후들거리며 다시 주저앉고 말았다.

'침착하자. 침착하자.'

속으로 읊조리며 문을 향해 갔다.

내가 요이치의 앞을 지나치는 순간 그가 나의 손을 덥석 잡았다. 그의 손이 심하게 떨고 있었다.

나는 나지막이 속삭였다.

"괜찮아. 별일 아닐 거야."

내가 손을 슬며시 풀려고 했다. 하지만 그는 손을 놓치면 마치 물에 빠져 죽기라도 할 듯 더욱 세게 내 손을 붙잡았다.

나는 그의 눈을 가만히 바라보았다. 그의 눈동자는 귀신을 본 어린아이처럼 와들와들 떨고 있었다.

"나한테 맡겨."

그가 조금씩 내 손을 놓아주었다.

"문 열라니까!"

다시 요란하게 문을 두드려댔다. 그는 화들짝 놀라 내 손을 놓았다.

"나갑니다. 문짝 부서지겠어요. 드미트리 동무."

빠른 걸음으로 문으로 다가가 문을 열자 경비대장이 경비병들과 함께 들이닥쳤다.

"무슨 일입니까? 이 밤중에?"

"요이치를 굴라크로 데리고 간다."

"네? 지금요?"

"그래, 지금!"

순간 내 시선이 요이치에게 향했다. 그는 러시아어를 하진 못했지만 분명 자신의 이름과 굴라크가 나란히 입에 올랐다는 것 정도는 눈치챘을 것이다.

그는 얇은 요 위에 주저앉은 채 온몸에 서리가 내린 사람처럼 꼿꼿해져 있었다.

경비병들이 그에게 다가가려고 하자 나는 급히 팔을 들어 그들을 막으며 말했다.

"잠깐만요. 페트로프 소장은 분명히 나에게 일주일을 준다고 했어요. 이제 4일밖에 지나지 않았습니다. 뭔가 착오가 있는 거예요. 소장에게 다시 확인을……"

그때 누군가 문 안으로 뚜벅뚜벅 걸어 들어왔다. 기름기 흐르는 넓찍한 볼과 찌를 듯한 안광. 페트로프 소장이었다. 숨이 멎을 것 같았다.

"한대식 동무. 그동안 수고 많았어."

여유롭게 말하는 낮고 투박한 그의 음성이 몽둥이처럼 내 심장을 때려왔다.

그가 시선을 돌려 요이치를 쳐다보았다.

"이제 저 친구를 우리가 데리고 간다."

"하지만 소장 동무. 아직 실토를 받아내지 못했습니다. 조금만 더 시간을 주시면 입을 열 겁니다. 원래 일주일을 주신다고 하지 않았습니까?"

"실토는 나한테 해야지 동무에게 하는 건 소용없어."

"네?"

"동무는 이미 동무의 역할을 충분히 했어. 이젠 내 차례야."

"무슨 말씀이신지……"

페트로프 소장은 식탁 앞으로 걸어가 그 위에 놓인 포도주병을 집어 들었다. 얼마나 남았는지 보려는 듯 병을 흔들어보았다.

"사람의 마음이란 말이야, 마치 강철과 같아. 두드리면 두드릴수록 강해지지. 그런 마음을 깨부수려면 두드리기만 해서는 안 돼. 동무가 말한 대로야."

그는 짐짓 느긋한 표정을 지으며 말했다. 그러곤 힐끗 요이치를 쳐다보더니 다시 나에게 시선을 돌렸다.

"그럴 땐 불에 다시 살살 달구면서 풀어주는 거야. 그렇게 철이 붉게 달아올랐을 때 재빨리 찬물에 담그는 거지. 갑자기 확!"

그가 손에 쥐고 있던 포도주병을 바닥에 떨어뜨렸다. 나무 바닥에 쿵 하며 떨어진 병은 옆으로 넘어지며 굴렀다. 안에 남아 있던 포도주가 꿀럭꿀럭 밖으로 넘쳐 나왔다. 마치 피를 토해내듯이.

페트로프가 구르는 병을 발로 밟아 멈추게 했다. 그의 눈빛이 기괴하게 번득였다.

"그런 다음에 내려치면!"

그가 발을 들어 아래에 누운 병의 복부를 힘껏 내리밟았다.

"콰직!"

병이 그의 두툼한 가죽 구두 아래서 박살이 났다.

"강철 같던 그 마음도 유리처럼 박살이 나지."

소름이 온몸에 확 끼쳤다.

소장이 반쯤 얼이 빠진 나의 어깨를 툭툭 쳤다.

"동무는 달구는 역할을 충실히 해줬어. 여기부터는 나한테 맡기라고."

그가 빙그레 미소를 지으며 요이치를 향해 저벅저벅 다가갔다. 나의 시선이 깨어진 병으로 향했다. 거기서 검붉은 액체가 흘러나와 마룻바닥을 적시고 있었다. 입안이 바짝 말랐다.

요이치 앞에 우뚝 선 그가 무기력한 수감자를 내려다보고 말했다.

"동무, 그 며칠 사이에 아주 신수가 훤해졌구먼그래. 내가 준 음식들이 입에 썩 잘 맞았던 모양이지? 이발에 면도까지 깔끔하게 하고 나니 제법 미남인걸!"

소장의 말투 속엔 웃음기마저 배어 있었다. 그의 비밀 지하실이 떠올랐다.

아무것도 알아듣지 못하는 요이치가 나를 애절한 눈빛으로 쳐다보았다. 낯빛이 흙빛이었다. 그 얼굴…… 생전 처음 본 그의 그런 얼굴이 내 마음을 후비고 들었다.

별안간 소장이 사나운 얼굴로 외쳤다.

"당장 끌고 가! 독방으로!"

경비병들이 달려들어 요이치의 양팔을 붙잡아 일으켰다. 그는 경악하기 시작했다.

"대식! 이제 어떻게 할 거야! 대식!"

그가 애타게 내 이름을 불렀다.

하지만 나는 고개를 떨구고 말았다. 바닥에 부서진 포도주병이 다시 눈에 들어왔다. 거기엔 산산조각 난 나의 계획이, 나의 꿈이 드러누워 있었다. 그리고 터져버린 내 심장이 거기서 철철 피를 흘리고 있었다.

이제 곧 요이치도 저리되리라. 나는 고개를 들어 문 밖으로 질질 끌려 나가는 그를 향해 외쳤다.

"요이치, 그가 원하는 거 다 말해줘! 모두 다! 그 대신 살려달라고 해야 해! 꼭……"

#36 요이치의 일지
1941년. 조금 후 / 쿨라크

나는 굴라크의 어딘가를 향해 끌려갔다. 다시 보자기에 머리를 덮인 채 그저 개처럼 질질 끌려갈 뿐이었다. 나를 총살을 시키려는 건지, 목매달아 죽이려는 건지 알 수 없었다.

일행이 모두 걸음을 멈추었다. 그러자 휙 보자기가 걷어내졌다.

독방 앞이었다! 심장이 멈추는 것 같았다. 독방의 쇠문이 악마의 아가리처럼 쩍 열려 있었고, 씻어내지도 않았는지 그 안에서는 익숙한 악취가 풍겨왔다.

경비병들은 독방을 향해 나를 인정사정없이 끌고 갔다. 벽에 붙어 자고 있던 파리들이 깜짝 놀란 듯 일제히 날아올랐다.

"아…… 안 돼! 안 돼!"

나는 눈이 뒤집혀 발버둥을 쳤다. 하지만 내 비쩍 곯은 몸뚱어리는 억센 경비병들에 의해 공중에 번쩍 들리고 말았다. 사지가 허공에서 버둥거렸다. 나는 그대로 독방에 처박혔다.

두 발 아래로 바닥이 질퍽거렸다. 머릿속이 하얘졌다. 뒤로 철컹하며 쇠문이 굳건히 닫히며 빛이 순식간에 사라져버렸다.

"문 열어! 문 열어! 이 문 열라고! 으아아아!"

두 손이 부서져라 쇠문을 두드려댔다. 머릿속에서 포도주병이 퍽 하며 터져나갔다. 속이 갑자기 메스껍다 싶더니 먹었던 것이 한꺼번에 다 올라왔다.

"우웨엑!"

앞섶이 축축이 젖었다. 눈앞이 아찔했다. 그렇다고 주저앉기는 더 싫었다. 정수리를 쇠문에 기댄 채 힘겹게 주먹으로 문을 내려쳤다.

"이 문 열라고…… 흐흐흐흑. 제발…… 이 문 열어요…… 흐흐흑…… 페트로프 동무……"

밖에서 페트로프 소장의 음성이 들렸다. 그리고 세르게이의 통역이 뒤따랐다.

"이제 말하겠나?"

"네, 네…… 말하겠어요. 뭐든지……"

페트로프 소장이 옆 사람에게 무언가 명령을 내리는 것 같았다. 그러자 절그럭거리며 쇠문의 자물쇠를 여는 소리가 들렸다.

다시 문이 열렸다. 소장의 의기양양한 얼굴이 보였다.

"대신…… 살려줘요."

소장의 눈이 가늘어졌다.

나는 취조실 책상 앞에 앉아 있었다. 책상 건너편엔 위대한 승리자 페트로프 동무가 호기심 가득한 연갈색의 눈동자를 초롱초롱 빛내고 있었다.

나는 피투성이가 된 주먹을 만지작거리며 그가 알고 싶어 하는 것을 줄줄이 불고 있었다. 최대한 자세하고 최대한 고분고분하게.

페트로프 소장은 모든 걸 다 받아 적고는 포식을 하고 난 만족스러운 얼굴로 펜을 테이블 위에 내려놓으며 물었다.

"이건 호기심에 묻는 건데, 동무는 정말 일본의 천황을 신이라고 믿고 있나?"

몸이 으슬으슬 떨려왔다. 돌아가고 싶은 생각뿐이었다. 집으로…… 나를 아끼고 또 내가 아끼는 사람들이 있는 따스한 곳으로……

"아니었으면 좋겠습니다."

#37 대식의 일지

1941년. D-Day 3년 전 / 정착촌 숙소

"따르르르릉."

화들짝 정신을 차렸다. 새벽 2시에 맞춰둔 자명종이 울리는 것이었다. 허겁지겁 요이치의 잠자리 머리맡에 놓인 자명종을 눌러껐다. 요이치가 끌려 나간 후로 나는 넋을 잃고 그가 잠자던 요 위에 앉아 있었던 것이다.

내 손을 잡았을 때 부들부들 떨리던 그의 손이, 그의 애절한 눈동자가 나의 뇌리를 떠나지 않았다.

노몬한 평원에서 그가 피 칠갑을 하고 주저앉아 있었을 때도 그것은 잠시 멍해진 것이었지 공포에 떨고 있는 것은 아니었다. 내가 그를 다른 참호로 끌었을 때도 그는 자존심을 세우며 놓으라고 외쳤었다.

"따르르르릉."

또다시 자명종 소리가 새벽의 고요를 뒤흔들었다. 깜짝 놀라 소리 나는 쪽을 보니 이번엔 잠자리의 발치였다. 아마 요이치가 두 번째에는 확실히 일어나게 하려고 발아래 쪽에 둔 모양이었다.

네 발로 후다닥 기어가 자명종을 눌러 끄는 순간, 급속히 휑한 공간을 메워버린 정적 속에 심장이 두근거리는 소리가 들려왔다. 그것은 곧 천둥같이 울리는 오딘의 발굽 소리가 되어 내 귓전에 생생하게 울려 퍼지기 시작했다. 실크로드를 따라 중국을 향해 달리는 그 발굽 소리가……

나는 벌떡 자리에서 일어나 집을 뛰쳐나갔다. 그러곤 마구간을 향해 달렸다.

마구간 문을 벌컥 열고 들어서자 안에 있던 말들이 놀라 잠에서 깨며 히히힝거렸다. 곧장 오딘에게로 갔다. 녀석도 막 잠에서 깨어 말똥말똥한 눈으로 나를 바라보았다.

어젯밤, 잠자리에 들기 전에 요이치와 내 짐 꾸러미들을 마구간 짚 더미 사이에 숨겨두었다. 그것을 파헤쳐 꺼내 내 꾸러미를 오딘의 몸에 밧줄로 고정시키기 시작했다. 녀석은 내 기분을 알아차렸는지 묵묵히 있어줬다.

'요이치 따위 없어도 나 혼자 갈 수 있어!'

나는 이를 악물며 등자를 밟고 오딘의 등에 오르려 했다.

그러다 문득 지푸라기 바닥에 덩그러니 놓인 요이치의 짐이 내 시선을 붙잡았다. 외면하려 했지만 고개가 돌려지지 않았다.

경비병들에게 끌려가며 퀭한 눈으로 나를 보던 요이치가 자꾸만 떠올랐다. 후지와라 상에겐 또 뭐라고 할 것인가…… 아들을 버리고 온 나를 위해 돈을 내어줄 리 없다.

결국 오딘의 등자에서 발을 빼고 말았다. 오딘이 고개를 돌려 크고 검은 눈동자로 나를 바라보았다.

통나무집 문이 열려 있었다. 문을 두드릴까 하다가 그냥 살며시 문을 밀고 들어갔다.

내부는 조용했다. 창문을 열어놓았는지 집 안은 스산한 가을 냄새가 가득했다.

"카네다 소위. 안에 있어요?"

거실로 향하는 좁은 복도를 걸으며 그를 불렀다. 그러자 안쪽에서 희미한 인기척이 났다.

그는 요이치가 다시 굴라크로 잡혀간 후 얼마 되지 않아 이곳 정착촌으로 나왔다. 서류상 사유는 '건강 악화'라고 되어 있었지만, 이바노프 촌장은 소위가 페트로프 소장에게 유용한 어떤 것을 건넨 대가일 것이라 추측했다. 굴라크 내에는 산송장이나 다름없는 사람이 얼마든지 있었기 때문이었다.

유용한 어떤 것이 무엇이었는지는 알 수 없다. 하지만 구태여 묻지 않았다. 인간성이 소멸된 시공간에서 어차피 떳떳할 수 있는 인간은 아무도 없다. 누가 누구에게 돌을 던지랴.

거실로 나와보니 그는 창가로 옮겨놓은 침대에 누워 있었다. 그의 얼굴 옆으로 창문이 열려 있었고, 그 위에 드리운 얇은 흰 커튼이 바람에 가만히 흔들리고 있었다. 화사한 가을 햇살이 거실에 부드럽게 번져 있었다.

창밖을 보고 있던 카네다 소위가 고개를 돌려 나를 바라보았다. 그의 입가에 희미한 미소가 걸렸다.

"어서 와."

그의 눈 아래엔 검은 테두리가 짙게 걸려 있었고 안색도 누렇게 떠 있었다.

"몸은 좀 어때요?"

"괜찮아. 굴라크 안에 있을 때보단 한결 낫지."

희미한 그의 말소리 끝에 잔잔한 기침이 그의 목 속에서 가랑거렸다. 기침이 멎자 그가 숨을 힘겹게 고르며 말을 이었다.

"요즘 들어 아내와 자식 생각이 부쩍 많이 나는군."

"자식이 있었어요?"

"있지. 나도 본 적은 없지만. 우리가 노몬한에서 싸우고 있었을 때 배 속에 있었어. 그 전투가 끝나면 휴가를 얻어 출산을 보러 가기로 되어 있었지."

그가 다시 가랑거리며 기침을 했다.

"후…… 하지만 난 그 아이가 아들인지 딸인지도 몰라. 지금쯤 딱 두 살이 되었겠군……"

그에게 이런 사연이 있었다니……

"소위님을 닮았으면 귀엽겠어요."

난 그의 예전 모습을 떠올리려고 애쓰고 있었다.

"아내가 예뻤지……"

그는 창밖으로 시선을 돌렸다. 아내를 떠올리는 것 같았다.

"불쌍하지. 결국 그 아이는 아비도 한번 보지 못하고……"

저런 몰골로 여기에 누워서도 아이 걱정을 하다니.

"약한 소리 하지 마세요. 조만간 집으로 돌아가게 되겠죠."

난 일부러 힘주어 말했다. 어쩌면 그것은 나 스스로에게 하는 말이기도 했다.

소위는 대답이 없었다. 그의 시선은 고요히 일렁이는 커튼 너머로 푸르른 초원을 향하고 있었다.

나도 말없이 창밖 풍경을 바라보았다. 비취색 하늘엔 새하얀 솜뭉치 같은 구름이 둥실 떠가고, 거울 같은 호수엔 산 그림자가 드리워져 있었다. 호수 앞의 드넓은 초원 위에 양 떼들이 모여 풀을 뜯고 있었고 말들은 뛰놀았다.

"유목민들이 어떻게 장례를 치르는지 아나?"

"아뇨."

그가 고개를 돌려 나를 보았다. 이상하리만큼 편안해 보이는 얼굴이었다.

"우선 죽은 사람을 벌거벗겨서 수레에 싣고 밧줄로 고정시키지. 그리고 말을 수레에 매어서 울퉁불퉁한 곳을 마구 달리는 거야. 수레가 요동을 치겠지. 그렇게 달리다보면 언젠가 시체가 밧줄에서 풀려나서 수레 밖으로 떨어지게 되지. 그러면 그 떨어진 자리가 그대로 장지가 되는 거야. 요동치는 삶을 살다가 찾아온 궁극의 평안. 유목민들에게 죽음이란 그런 거야."

"그럼 그 자리를 파고 시신을 땅에 묻나요?"

"아니, 땅에 떨어진 그대로 두고 집으로 돌아가. 며칠 후에 돌아와보면 그 자리에 하얀 뼈만 남아 있지. 늑대들이 뜯어 먹거든."

"일부러 뜯어 먹게 둔단 말인가요?"

"그래, 뼈만 남아 있어야 비로소 유족들이 안심을 해. 죄를 지은 사람의 시체는 늑대들이 먹지 않는다고 믿거든. 그건 유족들에겐 대단한 불명예지. 하지만 늑대의 배 속으로 들어간 사람은 늑대를 통해 하늘로 올라간다고 믿어. 늑대는 하늘 신의 아들이니까. 망자는 하늘에서 아버지를 만나고 조상을 만나고 가족과 재회하는 거야."

아무리 주검이라고 해도 자기의 부모가 늑대에게 깨끗이 먹혀야 오히려 기뻐한다니……

고인의 시신을 풍수지리까지 세세히 따져가며 소중하게 매장하는 문화에서 자란 나로서는 당황스러운 풍습이다. 그건 일본인도 마찬가지 일것이다.

"내가 죽거든 그렇게 장례를 치러줘."

나는 퍼뜩 놀라 그를 쳐다보았다. 그의 새카만 눈동자는 미동도 없었다.

"부탁이야."

"하…… 하지만 이곳 분지에서 늑대를 본 적은 없는데요?"

"상관없어. 늑대가 있다 해도 어차피 내 시신은 먹지 않을 거니까."

그의 목에서 기침이 끓어올랐다. 이번에는 소리가 깊은 것이 금세 멈출 것 같지 않았다. 그는 고통스레 기침을 하면서 내게 몸을 일으켜달라 손짓했다. 급히 그의 상체를 일으키며 옆에 놓인 깡통을 그의 입가에 가져다 댔다. 그러자 그가 가래를 칵 하며 뱉어냈다. 나는 눈을 돌렸지만, 깡통 바닥에 떨어지는 소리가 꽤 묵직했다.

"하……"

조금 편해졌는지 그가 숨을 길게 내쉬었다.

내 손 아래로 느껴지는 그의 몸은 초라하고 앙상했다. 만주에 있을 때 건장한 체격과 넘치던 기백은 모두 어디로 갔는지……

그는 천천히 고개를 돌려 창밖을 보았다.

"커튼을 좀 걷어줘."

커튼을 걷자 그는 파란 하늘을 올려다보았다.

"나도 하늘로 올라가고 싶군. 내 가족을 만나려면 이제 저리로 올라가는 수밖엔 없는데……"

힘없는 목소리에 절절히 배인 간절함에 내 마음이 아려왔다.

"올라갈 거예요. 소위님은 좋은 사람이니까요."

그가 고개를 돌려 내 얼굴을 물끄러미 바라봤다.

"아직도 담배를 태우지 않나?"

갑작스런 질문에 나도 모르게 시선이 땅으로 향했다.

"네……"

"육상 때문에?"

"네……"

겨우 고개를 들어 그를 보았다. 그의 깡마른 얼굴에 흐릿한 미소가 번졌다.

"죽어서 하늘로 올라가는 건 그쪽이겠군."

"네? 어째서요?"

"너는 죄를 짓지 않았을 테니까. 소망 없는 삶은 죄투성이일 뿐이야."

카네다 소위는 얼마 후 숨을 거두고 말았다. 그도 직감했던 것이리라. 하지만 아무도 그의 임종을 목격한 사람은 없었다. 내가 일과를 마치고 그의 집을 찾아갔을 때 그의 몸은 이미 싸늘하게 식어 있었다.

쓸쓸하기 그지없었다. 한 생명의 마지막 장면이 누구의 머리에도 남겨지지 않았다는 것이. 마지막 장면이야말로 그 생명의 의미를 완결 짓는 순간인 것을.

나는 그의 유언을 지켜주기로 했다. 옷을 모두 벗기고 그를 수레의 짐칸에 밧줄로 묶어 고정시켰다. 그러곤 오딘을 수레에 매어 초원과 산이 맞닿는 후미진 곳을 찾아다녔다. 그러다 바닥이 울퉁불퉁하고 사람의 눈에 잘 띄지 않는 곳을 찾았다.

나는 오딘을 힘차게 달리게 했다. 계속 채찍질을 했다. 가벼운 수레는 덜컹덜컹 소리를 내며 요동쳤다. 고삐를 꼭 쥐었다.

그 요란한 소음과 함께 내 기억 속 그의 인생의 장면들이 차례로 눈앞에서 명멸했다. 무엇보다도 초원에서 탱크에 늠름하게 맞서던 그의 모습이 눈에 박힌 듯 가시지 않았다.

눈물이 차올라 시야를 가렸다. 수레의 진동에 뜨거운 눈물이 볼을 따라 흘러내렸다.

그때 덜커덕하며 수레가 튕겨 올랐다. 급히 고개를 돌리니 그의 시체가 밧줄에서 풀려나 초원에 풀썩 떨어지는 것이 보였다.

오딘의 고삐를 당겨 수레를 옆으로 돌려 세웠다. 들판 저만치에 카네다 소위는 누워 있었다. 세상에 왔을 때처럼 맨몸 외엔 아무것도 지니지 않은 채.

사람들은 마치 영원히 죽지 않을 것처럼 살아간다. 일신의 안위와 영광만을 위해 남의 마음에 못질을 해가면서까지 자신의 욕망만을 채운다. 그러나 채우고 또 채워도 종국엔 저렇게 맨몸이 되어 흙으로 돌아갈 것을.

그날 밤 나는 홀로 멍하니 의자에 앉아 있었다. 나를 삼킬 듯 뻗쳐오는 어둠을 식탁 위 촛불 하나가 힘겹게 물리치고 있었다.

우리는 무엇을 소망하며 살아가야 하는가? 죄를 짓지 않을 소망이란 무엇일까?

그때 이상한 일이 벌어졌다. 교교한 달빛으로 가득한 밤하늘에 늑대의 긴 울음소리가 낭랑히 울려 퍼졌던 것이다.

벌떡 일어나 창문을 열었다. 내 귀를 의심했다. 지금껏 한 번도 이곳에서 늑대 울음소리를 들은 적이 없었던 것이다.

하지만 다시 늑대의 장쾌한 울음소리가 밤의 적막을 가르며 들려왔다.

가슴이 뛰었다. 늑대는 죄 많은 그의 영혼마저 구원하려 이곳까지 온 것이다. 이제 그는 곧 하늘로 오르리라.

마음이 급해져 창밖을 향해 외쳤다.

"잘 가요, 카네다 소위! 하늘에서 가족들과 꼭 다시 만나길 빕니다!"

밤하늘엔 반짝이는 별들이 가득했다.

#38 요이치 일지

1942년. D-621일 / 굴라크 마당

영하 20도까지 떨어졌던 지난 12월 초, 일본이 미국의 하와이 진주만에 대규모 공습을 가했다는 소식이 이곳까지 날아들었다.

간담이 서늘해졌다. 과연 일본이 서쪽으로는 중국, 동쪽으로는 미국과의 전쟁을 동시에 수행할 만큼의 국력이 되는 걸까? 천황 폐하가 정말 신이시라면 폐하의 판단이 틀렸을 리야 없겠지만……

진주만 공습에 격분한 미국은 전쟁의 물결에 뛰어들어 대서양 건너 유럽에서는 독일과 이탈리아, 그리고 태평양에서는 일본을 상대로 전쟁을 벌이고 있었다. 아마 지구상에 총성이 울리지 않는 곳은 북극이나 남극 정도밖에 남아 있지 않을 듯했다.

이곳의 상황도 암울했다. 작년 초여름 히틀러가 소련을 침공한 후로 독일의 동진은 계속되고 있었다. 지난겨울 소련은 모스크바를 극적으로 방어하는 데는 성공했지만 상당히 광범위한 지역이 이미 독일에게 넘어가 있었다. 이런 추세라면 이곳 중앙아시아 지역도 머지않아 전화에 휩싸일 것이다.

요즘은 스탈린그라드의 전황 소식으로 굴라크가 술렁거리고 있었다. 스탈린그라드는 소련의 주요 중공업 도시로 원래는 트랙터 같은 농업용 장비를 생산해오다가 전쟁 발발 후에는 탱크를 생산해오고 있었다. 게다가 코카서스에서 생산된 석유가 이곳을 통해 소련 전역으로 공급되고 있었다.

하지만 스탈린그라드는 그러한 전략적 중요성만을 가진 게 아니었다. 현 소련의 최고 통수권자 이름을 딴 도시인 만큼 국가의 자존심이 걸린 전투로 여기는 모양이었다.

이러한 바깥 소식들에 있어 내 귀가 되어준 사람은 세르게이였다. 모든 조원들이 죽고 홀로 된 나는 그에게 의지할 수밖에 없었다. 그도 독방에서 2주나 살아남은 나를 조금은 인정해주는 눈치였다. 보통의 사람이 넘볼 수 없는 극한의 영역을 다녀온 사람에게 인간은 경외심을 갖기 마련이다.

요즘 페트로프도 굴라크 경영보다는 전쟁 소식에 더 빠져 있는 것 같았다. 시국이 초비상사태라 그런지 그의 얼굴에선 예전같이 능글거리던 웃음이 사라졌고, 눈초리에 항상 날이 서 있었다.

오늘은 작업도 거르고 오전부터 수감자 전원에게 마당에 집합하라는 명령이 떨어졌다. 내가 이곳에 들어온 이래로 그가 전원 소집 명령을 내린 것은 몇몇 수감자를 본보기로 처형시킬 때를 제외하고는 한 차례도 없었다.

마당에 모인 수감자들도 이런 이례적인 분위기를 느끼며 줄 맞춰 바닥에 앉은 채 수군거리고 있었다.

달리 이야기를 나눌 사람도 없는 나는 잠자코 단상을 바라보고 있었다. 무리 속에 있으면서도 나는 늘 외톨이였다. 아마 대식도 관동군 소대에서 이런 느낌이었으리라.

이윽고 페트로프가 단상 위로 올라갔다. 그리고 마이크에 대고 예의 그 거침없고 강건한 말투로 뭔가를 열렬히 떠들어댔다. 나는 그의 말 속에 '스탈린그라드'가 여러 번 언급되는 것만 알 수 있었지만, 평소와 달리 급박함과 초조함이 엿보였다.

그때 대열 밖에서 간부들과 함께 서 있던 세르게이가 나에게 다가와 내 옆에 앉았다. 그러곤 통역을 하기 시작했다. 주변 사람에게 방해가 되지 않기 위해 나지막이 말하는 세르게이의 말투 속에 담긴 페트로프의 열변은 기묘한 느낌을 주었다.

"히틀러의 개들이 우리 조국 소련의 성스러운 스탈린그라드를 더럽히고 있다. 이에 스탈린 총사령관으로부터 지상 명령이 떨어졌다. 스탈린그라드를 끝까지 사수하라. 히틀러의 개들을 섬멸하라."

세르게이는 잠시 페트로프의 말에 귀를 기울였다.

"소련은 너희들에게 자유인이 될 기회를 부여하겠다. 소련을 위해 일어나 싸울 자 누구인가?"

수감자들은 술렁이기 시작했다. 하지만 바닥에 꼼짝 않고 앉아 있을 뿐 일어나는 사람은 아무도 없었다.

다들 스탈린그라드의 전황이 불리하다는 것을 알고 있었다. 얼마나 급했으면 군사훈련도 받지 않은 이런 수감자들에게까지 동원 명령이 내려왔겠는가? 아무리 이곳 생활이 고되다 하더라도 어차피 죽을 거라면 조금 더 익숙한 곳을 택하는 게 인지상정인 것이다. 게다가 우리들은 모두 소련이라면 이가 갈리는 사람들인데 누가 스탈린의 명예를 위해 피 흘리겠다고 나서겠는가?

그때 우뚝 수감자들의 술렁임이 멈추더니 그들의 시선이 일제히 한곳으로 쏠렸다.

단상 위의 페트로프조차 믿을 수 없다는 얼굴로 미간을 좁히며 모두의 시선이 향한 곳을 뚫어져라 쳐다보았다. 한 사람이 무리 중에 우두커니 일어나 있었다.

그것은 나였다.

#39 대식의 일지

1942년. D-621일 / 호수

정오의 태양이 머리 위에 수직으로 햇살을 떨어뜨리고 있었다. 철썩하며 노가 투명하고 반짝이는 수면 아래로 파고들었다. 몸을 뒤로 젖히며 노를 당기자 배가 앞으로 나아갔다. 오전 작업을 마치고 나루터로 돌아가는 길이었다.

이 호수도 원래는 바다였다고 한다. 그랬다가 대륙과 대륙이 맞붙을 때 그 사이에 끼어 호수가 되었다는 것이다. 나도 어쩌면 이 호수처럼 거대한 역사의 틈바구니에 끼어 뜻하지 않은 곳에 영영 박혀버린 걸지도 모른다.

배 옆으로 주름지는 물살 위에 타냐가 떠올랐다. 그녀는 이바노프 촌장의 열아홉 살 난 수양딸이었는데, 이번 여름에 자신이 다니는 대학의 첫 번째 방학을 맞아 아버지를 만나러 이곳까지 왔었다.

그런데 놀라운 것은 그녀가 나와 같은 까레이스키라는 사실이었다. 촌장은 타냐를 우슈토베에서 만났다면서, 그곳은 까레이스키들이 일군 마을이라고 했다.

우슈토베라면 내가 열차에 실려 이곳으로 끌려올 때 지나쳤던 곳이다. 카자흐스탄의 광대하고 척박한 벌판 한가운데에 섬처럼 떠 있던 작은 마을. 한글 간판들이 서 있던 바로 그곳이다.

타냐는 차분하고 예쁘장한 소녀였다. 게다가 나는 근처에도 가보지 못한 대학을 다닐 만큼 영민하고 근성도 있었다.

썩 사교적인 편은 아닌 듯했지만 그녀는 같은 조선인인 나만은 잘 따랐고 우리는 금세 친해졌다. 촌장도 방관하는 분위기였다. 그간 미미하게나마 그가 내게 보여주었던 호의가 또 다른 의미로 다가왔다.

참으로 오랜만에 생기 넘치는 한여름을 지냈다. 내 얼굴에서 좀처럼 미소가 떠나지 않는다고 다니아르 노인이 놀렸을 정도로.

그러나 달콤한 시간은 화살처럼 날아간다. 늦여름이 되자 타냐는 비슈케크의 집으로, 그녀의 학교로 떠나야만 했다. 떠나기 전 날 밤, 그녀는 처음으로 자신의 과거 이야기를 했다.

촌장에 의해 그녀가 발견된 곳, 우슈토베는 원래는 아무것도 없던 불모지였다고 한다. 스탈린은 일본 제국의 압제를 피해 한반도 북단의 러시아 영토에 모여 살던 조선인들을 강제로 기차에 태워 중앙아시아의 황무지에 내다 버렸다고 한다. 모두 죽어도 그만이고 혹시 산다면 개척 마을이 생긴다는 생각으로. 그들에게는 가재도구를 챙길 여유도 주어지지 않았다. 있는 것이라곤 흙밖에 없는 그곳에서 많은 사람들이 굶주림과 추위로 죽어나갔다.

기적같이 살아남은 이들은 맨손으로 흙을 파서 땅을 일구기 시작했다. 바로 그 땅에서 부모를 잃고도 악착같이 살아남은 한 소녀가 그곳을 지나던 이바노프 촌장의 눈에 띄었던 것이다.

가슴이 메어졌다. 나도 모르게 타냐를 꼭 끌어안았다. 타냐는 내년에 꼭 다시 오겠다며 눈물을 그렁그렁했었다.

'나도 여기에 뿌리를 내려야 하는 걸까?'

그녀가 떠난 후부터 나는 난생처음으로 내 꿈을 버린 삶에 대해

진지하게 고민해보기 시작했다. 그리고 놀라운 사실을 깨달았다.

작년 여름, 탈출 계획이 산산조각 나고 한동안은 올림픽을 떠올리기만 해도 가슴이 까맣게 타들어갔었다. 그런데 1년이 지난 지금은 그럭저럭 견딜 수 있을 것 같은 생각이 들었다.

누구나 꿈을 이루면서 사는 건 아니다. 어쩌면 꿈이란 꾸는 것만으로 그 사명을 다한 것일지도 모른다. 꿈이 잘려나가는 건 아프다. 하지만 타냐가 함께라면…… 그 자리에 새로운 꿈이 돋아날지도 모른다.

'이 호수처럼 이곳에서 생명을 길러내며 사는 것. 어쩌면 그것이 나의 운명인지도……'

나는 무심코 노질을 멈추고 저 멀리 나루터를 돌아보았다. 언제나 타냐가 걸터앉아 수줍은 듯 다리를 흔들며 나를 기다리던 곳이다.

바보 같다. 아직도 있을 리가 없는데…… 돌아오려면 아직도 1년이나 남았는데…… 매번 나루터를 향해 노를 저을 때마다 멀리서 돌아보는 게 버릇이 되어버렸다.

그런데 나루터 위에 몇 사람이 움직이는 것이 보였다. 늘 한적하던 곳인데 오늘따라 사람들이 많았다. 무슨 일이라도 있는 건가? 이곳에서 벌어지는 '사건'들이란 대게 안 좋은 것들뿐인데……

다시 노를 저었다. 삐그덕거리는 소리가 이상스레 마음에 부대끼며 숨이 가빠왔다.

어느 정도 가까이 왔다 싶어 노 젓기를 멈추고 뒤를 돌아보았다. 나루터 위에는 제복을 입은 남자들이 서성거리고 있다. 경비병들의 제복과는 달랐다. 저 빛바랜 녹색은 소련 육군의 군복 색깔이다. 갑자기 불안한 기분이 엄습했다.

두 명의 군인과 두 명의 경비병, 그리고 한 명의 간수가 모두 나란히 서서 나를 바라보고 있었다. 나를 기다리는 듯이. 왜 저들이 나를……

정오의 햇살 아래 서 있는 그들의 얼굴을 자세히 살펴보던 나는 눈을 비볐다. 그러곤 다시 나를 똑바로 쳐다보고 있는 한 명의 소련 군인의 얼굴을 바라보았다. 아무리 봐도 저 얼굴은……

요이치였다.

#40 요이치의 일지

1942년. D-621일 / 정착촌 숙소

대식이 식탁 의자에서 벌떡 일어났다. 그러고는 그 자리에서 서성거렸다. 그의 얼굴엔 혼란이 가득했다.

당황스러웠다. 나는 그가 당연히 쌍수를 들고 내 계획을 반길 줄 알았다. 그는 가슴에 품은 거대한 꿈을 위해서는 물불을 가리지 않는 남자라고 생각했다.

창밖에는 세르게이가 징병 장교와 경비병들과 함께 담배를 피우며 잡담을 나누고 있었다.

나는 의자에 앉은 채 대식에게 가만히 시선을 고정했다. 최대한 차분하고 확신에 찬 내 마음을 전하고 싶었다.

"그러니까 그 소련 군복을 입고 독일군에게 투항을 하겠다고?"

그가 나에게 불쑥 물었다.

난 고개를 끄덕였다.

"네가 기어코 머리가 어떻게 되었구나. 조선은 여기서 동쪽이야, 동쪽. 그런데 너는 지금 서쪽으로 가겠다고? 그것도 전쟁터로?"

"독일과 일본은 동맹국이야. 우리가 독일에 투항을 하면 그들은 우리를 베를린에 있는 일본 대사관으로 인계할 거다. 그러면 우린 집으로 돌아갈 수 있어. 대식, 좋든 싫든 우린 모두 일본인이야. 안 그래?"

그는 놀란 눈으로 날 쳐다보았다. 하지만 부정하진 않았다.

"그건 그렇다고 쳐도, 스탈린그라드는 지금 엉망진창이야. 네가 굴라크 안에 있어서 잘 모르는 모양인데, 거긴 전선이 따로 없어. 한 건물의 아래층엔 독일군, 위층엔 소련군이 점령하고 서로 뒤엉켜 싸우고 있다고. 곳곳에 숨은 저격수들은 또 어쩌고. 그 군복을 입고 스탈린그라드에 발을 들여놓는 순간 투항이고 뭐고 독일 저격수한테 가슴부터 뚫린다고. 뭘 제대로 알고 이러는 거야?"

"그래서…… 난 네가 필요해."

그는 말문이 막힌 듯 동그래진 눈으로 나를 쳐다보았다. 나도 이런 말을 쉽게 하는 사람은 아니다. 하지만 진심이다.

"나도 어려운 일이라는 거 알아. 하지만 우리가 서로의 등을 지켜주면 분명히 기회가 올 거야. 네 말대로 거긴 독일군들이 여기저기 흩어져 있어. 그건 그들과 마주칠 확률이 그만큼 높다는 말이기도 해."

그는 다시 서성이기 시작했다.

"대식, 내후년 런던 올림픽에 맞추려면 지금 가야 해. 스탈린그라드로."

그가 발걸음을 딱 멈추더니 회의 가득한 눈빛으로 물었다.

"런던 올림픽이 정말 열릴 거라고 생각해?"

솔직히 그건 나도 모른다. 더 솔직히 말하면 가능성은 낮다. 유럽의 대부분이 히틀러의 손아귀에 들어갔으니 만약 올림픽이 열린다 해도 유럽의 참가국은 영국과 독일 두 나라밖에 없을 것이다. 우스꽝스러워서라도 올림픽이 열리겠는가.

문득 그의 표정에서 어쩌면 희망을 확인받고 싶은 건지도 모른다는 느낌이 들었다.

"그건 아무도 모르는 일이지. 하지만 진인사대천명. 네가 할 수 있는 건 일단 다해봐야 하지 않겠어?"

그는 몸을 돌려 창밖으로 호수를 바라보며 깊은 한숨을 내쉬었다.

나는 느낄 수 있었다. 내 말이 그의 마음에 적지 않은 파문을 일으키고 있다는 것을.

말없이 호수로 시선을 던지고 섰던 그가 드디어 고개를 돌려 나를 쳐다보았다. 나는 그의 입술을 뚫어져라 쳐다보았다.

"언제…… 출발이지?"

그가 주저하며 물었다.

"내일이야."

내 목소리가 떨렸다.

#41 대식의 일지

1942년. D-620일 / 스탈린그라드로 가는 길

바퀴에 발굽이라도 달렸는지 기차는 소란스런 쇳소리를 쉼 없이 울려대며 전장을 향해 내달리고 있었다.

짐칸에 잔뜩 실린 소련 군인들 사이에서 우리는 벽에 등을 기댄 채 말없이 앉아 있었다. 처음엔 굉장히 불편한 광경이었다. 몽골 초원에서 우리들을 살육하던 바로 그 군복들 속에 한데 섞여 있다니……

하지만 그것도 차츰 익숙해지기 시작했다. 그러자 머릿속엔 많은 생각들이 떠오르기 시작했다.

정말 이 길을 가면 집으로 돌아갈 수 있는 걸까? 정착촌에 남았어야 하는 게 아니었을까? 답도 없는 물음이 꼬리에 꼬리를 물었다.

"괜찮아?"

옆에 앉은 요이치가 내 얼굴을 보며 물었다.

"뭐, 이제 와서 안 괜찮으면 다시 물러주냐?"

"고맙다. 함께 가줘서."

점점……

이 녀석 독방 신세 지고 나더니 이런 닭살스러운 말들을 술술 해댄다. 독방에서 닭 모이라도 먹인건가?

"네 판단이 옳았기를 바랄 뿐이다."

그때 옆에서 왁자한 소리가 들려왔다. 한 무리의 소련 병사들이 제비뽑기를 하고 있었다. 한 명이 당첨이 되자 그 사람을 두고 무리가 다시 왁자하게 떠들었다.

"뭐하는 거야?"

요이치가 물었다.

"깃발을 정했단다."

한숨 섞인 내 대답에 녀석의 눈이 동그래졌다.

"깃발?"

"항복할 때 가장 앞에 서서 백기를 들고 나갈 사람. 적의 총에 맞을 확률이 가장 높으니까."

짜증이 슬슬 올라왔다.

"너 정말 이거 잘하는 짓 맞냐?"

"걱정 마. 깃발은 내가 할 테니까."

"대답은 잘한다. 너 확실히 해라, 깃발."

아, 타냐!

난 모자를 푹 눌러쓰며 녀석으로부터 고개를 돌려버렸다.

달도 없이 캄캄한 밤이었다. 우리는 일고여덟씩 작은 배에 나눠 타고 조용히 볼가 강을 건너고 있었다.

반대편 강안은 군데군데 독일군 진지가 있다고 하는데, 소련 지 원군이 들어갈 수 있는 경로는 스탈린그라드의 동쪽 면을 따라 흐르는 이 강을 건너는 수밖에는 없었다.

낮에 본 강 건너의 도시는 여기저기 거대한 검은 연기 기둥이 하늘을 향해 치솟아 있고, 앙상한 해골처럼 서 있는 건물들 사이사이로 치열한 총성과 폭음이 들려오는 살벌한 곳이었다.

지금은 불타고 있는 몇몇 건물을 제외하고 도시는 완전히 암흑천지였다. 간간이 총성이 아련히 들려왔지만 대낮의 치열함에 비하면 자장가로 들릴 지경이었다.

병사들에게 총은 한 명 건너 한 자루씩 주어졌다. 나머지에겐 총알만 지급되었다. 장교들은 물자가 부족해서라고 말했지만, 난 그 밑에 깔린 사령부의 냉철한 계산이 읽혔다. 어차피 이 중에 절반은 스탈린그라드에 발을 들이자마자 죽을 거라는.

그렇게 요이치에겐 총이 주어졌지만 나는 빈손이었다. 대신 나는 노를 잡았다. 요이치는 나의 신들린 노질이 신기한 듯 연신 힐끔거렸다.

꽤 건너온 것 같은데도 아직 반대편 강안이 보이지 않았다. 볼가 강은 폭이 상당히 넓었다.

배에 탄 병사들은 모두 숨소리도 내지 않았고, 노가 물살을 저어가는 소리만 우리들 사이를 흘러 지나고 있었다.

모두들 배가 독일군 진지가 아닌 곳에 도달하기만을 간절히 바라고 있었다. 그건 독일군을 만나야 하는 나도 마찬가지였다. 다른 소련군과 함께 있는 상태에서는 투항할 수가 없는 것이다. 바짝 경계심이 든 독일군이 순순히 항복을 받아들이지 않을 테니까. 게다가 소련군 소대장이 우리의 투항을 수수방관하지도 않을 것이다.

　요이치의 계획은 일단 우리만 따로 이 무리에서 떨어져 나온 후에 적당한 기회를 찾는 것이었다. 하지만 언제 어떻게 기회가 올지는 전혀 예측할 수 없다. 그저 상황에 예민하고 신속하게 반응하는 수밖에.

　그때 암흑 속에서 느닷없이 탐조등의 하얀 불빛이 물결 위를 비추었다. 나는 화들짝 놀라 돌아보았다. 여기서 탐조등까지의 거리는 불과 백 미터가량밖에 되지 않는 것 같았다. 모두의 눈빛이 번뜩였다.

　탐조등 빛이 우측 끄트머리의 배를 향해 수면 위를 훑듯이 서서히 다가가기 시작했다. 우측 배에 탄 병사들 사이에 작지만 긴박한 동요가 일어났다.

　하지만 뭘 어찌해볼 도리도 없이 탐조등 빛은 그대로 배와 거기에 탄 병사들을 환하게 비추었다.

　순간, 병사들이 풍덩 물로 뛰어들었고 거의 동시에 독일군의 기관총이 불을 뿜으며 배를 조각내기 시작했다.

　"전원 돌격!"

　저쪽 배에 탄 소대장이 다급하게 외쳤다.

　"펑!"

　소대장의 목소리가 검은 강 위로 채 퍼져나가기도 전에 또 다른 배에 독일군의 포탄이 작렬하며 불길이 치솟았다. 그 맹렬한 불빛에 근처의 배들이 어둠 속에서 훤히 드러났다.

　정신이 번쩍 들었다. 배들은 하얀 물거품을 일으키며 격렬히 노를 젓기 시작했다. 탐조등은 더욱 집요하게 다음 타깃이 될 배를 찾아 비추었고, 그에 여지없이 총탄과 포탄이 날아들었다.

나도 미친 듯이 노를 저었다. 나머지는 모두 배에 납작 엎드렸다. 독일군 기관총이 숨넘어갈 듯 불을 뿜었다. 우측부터 배가 차례차례 격침되고 있었다. 우리 차례가 얼마 남지 않았다. 다급히 노를 강물에 수직으로 꽂아보니 바닥이 닿았다.

"모두 내려!"

나의 외침에 병사들은 좌우로 동시에 뛰어내렸다. 요이치부터 뛰게 하고 내가 마지막으로 뛰어내렸다. 첨벙하며 허벅지까지 물에 잠겼다. 나와 요이치는 강안을 향해 뛰었다.

"대식! 나랑 떨어지지 마!"

"알았어!"

그동안에도 탐조등, 기관총, 박격포는 쉬지 않고 배와 물에 빠진 소련 병사들을 학살해나가고 있었다.

물이 발목까지 잠기자 요이치가 나에게 외쳤다.

"잠깐만!"

그는 한쪽 무릎을 꿇고 탐조등을 향해 소총을 겨누었다.

"탕!"

그의 총성과 동시에 탐조등 불빛이 꺼지자 다시 암흑이 되었다.

역시…… 도망칠 조금의 틈이 생겼다.

뒤이어 도착한 배들에서 내린 병사들이 첨벙거리며 우리를 지나쳐 강안을 향해 내달렸다.

"가자!"

요이치가 암흑 속에서 몸을 일으키며 나에게 외쳤다.

"콰쾅!"

그때 바로 앞에서 폭발이 일어났다.

앞서 간 병사가 지뢰를 밟았는지 그는 공중으로 솟구쳐 오르며 사지가 흩어졌고, 화염이 주변을 환하게 비추었다.

그 순간을 놓칠세라 총탄이 빗발치듯 날아들었다. 나와 요이치는 바닥에 납작 엎드렸다. 싸늘한 강물이 가슴팍에서 찰랑거렸다.

뒤에선 소련 장교들이 고래고래 돌격을 외쳐댔다. 병사들은 몸을 일으키며 다시 전진하기 시작했다. 그들이 강안으로 오르자 여기저기 지뢰가 폭발을 일으켰다.

"우린 저쪽으로!"

요이치가 좌측에 엎어져 있는 작은 배를 가리켰다.

우리는 재빨리 몸을 일으켜 배를 향해 달렸다. 그때 다시 탐조등에 불이 들어왔다. 공포스러운 그 파리한 불빛은 강안을 휘저으며 독일군의 총탄을 이끌었고 그 앞에 걸린 소련 병사들은 추풍낙엽처럼 우수수 쓰러져나갔다.

우리는 간신히 작은 배 뒤로 몸을 숨겼다. 요이치와 나는 숨을 헐떡거리며 서로 쳐다보았다. 시선이 허공에서 강하게 얽혔다.

요이치가 말했다.

"우리는 여기서 본대랑 떨어지자."

"어디로?"

"독일군 진지를 왼쪽으로 크게 돌아 도시 안으로 들어가는 거야."

나는 고개를 살짝 내밀어 진로를 확인했다. 강안은 완전히 아비

규환이었다.

"알았어."

우리는 잠시 숨을 골랐다.

"가자!"

요이치가 먼저 상체를 숙이며 배를 돌아 나와 달리기 시작했다. 나도 그의 뒤에 바짝 따라붙었다.

그때 소련 장교의 날카로운 외침 소리가 뒤통수를 찔러왔다.

"거기 둘! 당장 이리 돌아와!"

우리는 그대로 얼어붙었다. 탈영자는 즉결 처형이다.

나는 천천히 돌아섰다. 소련 장교 하나가 우리를 향해 서슬 퍼렇게 권총을 겨누고 서 있었다. 반대편 손으로 자기 쪽으로 오라고 손짓했다.

돌아보니 요이치도 굳은 얼굴로 돌아서고 있었다. 우선 장교를 안심시키기 위해 내가 먼저 그를 향해 발걸음을 떼었다.

"탕!"

장교의 몸통에서 붉은 피가 솟구쳐 올랐다.

화들짝 놀라 요이치를 돌아보니 그의 손에 들린 소총의 총구가 장교를 똑바로 향하고 있었다.

다시 돌아보니 장교는 눈을 부릅뜬 채 바닥에 쓰러져 숨을 헐떡이고 있었다.

"탕!"

그의 가슴에 다시 총구멍이 뚫렸다.

"가자!"

요이치가 외치더니 몸을 휙 돌려 달리기 시작했다.

장교는 완전히 숨이 멎어 있었다. 요이치는 탈영 목격자를 깨끗이 제거한 것이다.

나도 냅다 뛰기 시작했다. 누군가 이 광경을 보았다면 우리는 독일군과 소련군 모두에게 쫓기는 신세가 될 터였다. 머리칼이 쭈뼛거렸다. 요란하게 오르는 총성들이 모두 나를 향한 것 같았다.

우리는 강안을 뒤덮은 긴 풀들을 헤치며 어둠 속을 달렸다. 총성이 조금씩 멀어져갔다.

나는 본능적으로 직감했다. 1차 관문은 통과했다는 걸. 그리고 이제 세상엔 요이치와 나 둘뿐이라는 걸.

또 하나…… 내 마음속에 동면하던 소망이 꿈틀대기 시작했다는 걸.

#42 요이치의 일지
1942년. D-617일 / 스탈린그라드 거리

대식과 나는 어두운 스탈린그라드의 거리로 도둑고양이처럼 조심스레 발을 들여놓았다. 거리는 온통 폭격을 맞아 무너져 내린 건물들의 잔해로 가득했다.

그 잔해들 사이 어느 구석에 독일 저격수가 도사리고 있을지 소련 병사가 진을 치고 있을지 알 수 없었다. 어느 쪽이든 우리가 그들에게 먼저 발견되는 한 도움이 되지 않는다.

그걸 생각하면 단 한 걸음도 떼기 어려웠다. 하지만, 전장에서 날아다니는 총알을 두려워하면 아무것도 할 수 없다. 목숨을 운명의 손에 내맡긴 채 냉정하게 내가 해야 할 일을 찾아 하는 것. 그것이 용기다.

그리고 내 뒤를 조용히 따르고 있는 대식의 발걸음 소리. 그것은 내가 상상했던 것 이상의 힘이 되어주고 있었다. 이 피로 물든 도시에서 내 등을 태연히 보일 수 있는 상대는 그밖에는 없는 것이다.

조금 더 들어가자 우리는 비교적 양호한 상태의 주택가 거리로 접어들었다. 전방을 보니 전쟁의 폭풍을 비켜 간 듯 멀쩡해 보이는 2층짜리 주택이 눈에 들어왔다.

나는 대식을 돌아보며 그 주택을 가리켰다. 대식도 그 집을 보더니 고개를 끄덕였다. 그와 나는 사방을 기민하게 살피며 사뿐사뿐 주택을 향해 다가갔다.

그 집은 작은 사거리의 모퉁이에 위치해 있어서 우측 정면의 현관과 우리 시야에 보이는 측면이 각각 도로에 면해 있었다. 정면의 도로는 왕복 2차선이었고 측면의 도로는 1차선으로 좁았다. 집의 후면엔 또 다른 집들이 도로를 따라 죽 늘어서서 좁은 골목을 이루고 있었다. 만약의 경우 탈출로는 정면의 현관밖엔 없어 보였다.

총이 없는 대식에게 현관 계단 아래에서 기다리게 하고 내가 먼저 계단을 올라갔다. 이 안에도 독일군 혹은 소련군이 숨어 있을

지도 모른다. 나는 조심스레 문을 열고 총구를 겨눈 채 안으로 살며시 들어갔다.

나무 마룻바닥을 내 군화가 소리 없이 디뎠다. 안은 모두 불이 꺼져 있었고, 사람이 오랫동안 비운 듯 헛헛한 느낌이 감돌았다.

희미한 불빛에 비친 내부는 완연한 일반 가정집이었다. 정면 안쪽엔 식탁이 놓인 식당과 부엌이 보였다. 우측엔 벽난로와 그 앞에 소파가 놓인 거실, 그리고 좌측 구석엔 피아노가, 벽에는 그림들이 걸려 있었다. 좌측 벽면에 2층으로 올라가는 계단이 보였다.

현관 밖으로 손을 내밀어 손짓하자 대식이 들어왔다. 대식에게 손짓으로 내가 1층을 둘러볼 테니 그는 계단으로 올라가 2층을 둘러보라고 했다. 그가 고개를 끄덕이며 계단을 향해 몸을 돌렸다.

나는 급히 그의 팔을 잡았다. 나를 쳐다보는 그에게 총을 건넸다. 그가 나는 어쩔 거냐고 손짓했다. 나는 우측의 벽난로 옆에 놓인 쇠로 된 긴 불쏘시개를 가리켰다. 그는 나와 불쏘시개를 번갈아 보더니 고개를 끄덕이며 총을 건네받아 계단으로 가만가만 다가갔다.

나는 그가 올라가는 것을 보고는 벽난로 앞으로 가 불쏘시개를 집어 들었다. 끝에 달린 뾰족한 쇠뭉치에는 가시처럼 작은 갈고리가 뻗친 것이 꽤 묵직했다. 한 손으로 잡고 몇 번 휘둘러보니 카타나와 무게중심이 다르긴 했지만 전체 무게가 얼추 비슷했다.

그걸 곧추세우고 벽난로 앞을 지나 안쪽으로 한 걸음씩 들어갔다. 식당이나 부엌엔 아무도 없었다. 주변을 둘러보다 거실 벽에 난 문 하나가 눈에 들어왔다. 그 문을 향해 다가갔다.

그때 갑자기 문이 휙 열리며 누군가 무심히 걸어 나왔다. 독일 병사였다! 그도 곧장 나를 발견하고는 소스라치게 놀라며 그대로 멈칫했다.

그의 활짝 열린 눈동자가 깜빡이지도 않고 나를 위아래로 긴급히 살폈다.

난 여전히 불쏘시개를 치켜든 채였다. 게다가 소련 군복……
침이 꼴깍 넘어갔다.

"나는 일본인입니다. 소련군이 아니에요. 항복합니다."

나는 독일어로 최대한 침착하게 말했다.

동시에 그에게서 시선을 떼지 않은 채 천천히 몸을 숙여 불쏘시개를 바닥에 내려놓았다. 독일 병사는 미동도 하지 않고 그런 나를 쳐다보고 있었다. 가만히 보니 그는 체구가 다부졌고 나이도 꽤 있어 보였다.

불쏘시개를 내려놓고는 천천히 두 손을 들어 보였다. 그의 등 뒤 방 안에서 비쳐 나오는 불빛에 동양인으로서의 내 얼굴이 잘 보이도록 약간 옆으로 섰다.

"나는 일본인입니다. 항복합니다."

비로소 그의 입가에 희미하게 미소가 떠오르는 듯했다. 그런데, 그의 눈은 웃고 있지 않았다. 내 얼굴보다는 소련 군복에 그의 시선이 머물고 있었다.

순간 그의 두 손이 자신의 어깨에 걸려 있던 소총을 향해 재빠르게 움직이는 것이 보였다.

나는 생각할 겨를도 없이 번개처럼 바닥에 놓인 불쏘시개를 집어 들어 그의 소총을 쳐냈다. 불쏘시개 끝의 갈고리에 소총이 걸리면서 바닥에 떨어졌다. 하지만 그에게서 가까운 곳이었다.

그가 소총을 향해 성큼 다가갔다. 절망적이었다. 그가 소총을 잡더니 나를 향해 휙 몸을 돌렸다.

"탕! 탕!"

눈을 질끈 감았다. 몸뚱이가 바닥에 쿵 쓰러졌다. 고통은 없었다. 이상할 정도로…… 눈을 슬쩍 떠보니 쓰러진 건 독일 병사였고 서 있는 것 나였다. 그가 쓰러진 마룻바닥에는 검은 액체가 스르르 번져가고 있었다.

고개를 돌려보니 대식이 계단 중간에 서 있었는데, 그의 손에 들린 소총의 총구에서는 연기가 피어오르고 있었다.

우리는 잠시 그대로 서 있었다. 어찌해야 할지, 무엇을 생각해야 할지 떠오르지 않았다.

대식이 입을 열었다.

"우리…… 정말 독일군한테 투항할 수 있는 거냐?"

#43 대식의 일지
1942년. D-616일 / 스탈린그라드 가정집

눈이 퍼뜩 뜨였다. 아침 해가 떴지만 날씨가 꽤나 쌀쌀했다. 온몸이 찌뿌둥했다. 몸을 누인 소파는 푹신했지만 어젯밤 내내 잠을 설쳤다. 새벽녘이 되어서 겨우 선잠이 들었던 모양이다.

내가 사살한 독일 병사는 방으로 끌어다 눕혀놓긴 했지만 마룻바닥에 흘린 그의 핏자국이 계속 거슬렸다. 돌아누워도 소용이 없었다. 어쩌면 그가 독일군에게 투항할 수 있는 마지막 카드였을지도 모른다는 생각이 밤새 유령처럼 뇌리를 떠돌아다녔다.

여기저기서 총성과 폭음이 높아지기 시작했다. 군인들의 하루 일과가 시작된 것이다.

나는 소파에서 몸을 일으켰다. 해가 사방을 훤하게 비추기 시작하자 무기력한 기분에 빠져들었다. 완전히 발가벗겨진 채 운명의 시험대 위에 올려진 느낌이었다.

이제 우리에겐 별다른 전략이 없었다. 그저 줄을 쳐놓고 먹이를 기다리는 거미처럼 여기에 웅크리고 앉아 저 현관문을 박차고 들어올 군인을 기다릴 뿐이다. 그것이 독일군일지 소련군일지 확률은 반반이다.

미래를 확률에 내맡기는 것이 최선일까 하는 생각도 들었지만, 거미도 그물에 파리가 걸릴지 새가 덮칠지 모르긴 마찬가지다. 그래도 거미는 번성해왔다. 우리도 어쩌면 기다림을 통해서 번성할 수 있을지도 모른다.

요이치는 일어나자마자 집 안 여기저기를 둘러보았다. 그는 남작의 아들답게 거실 구석에 놓인 피아노에도 관심을 보였다.

녀석은 피아노 앞에 앉아 악보를 들여다보았다.

"베토벤이군."

그러더니 건반 위로 양손을 쓱 들어 올렸다.

"잠깐! 뭐하는 거야?"

난 가슴이 철렁해서 나지막이 외쳤다.

그가 쓱 눈을 들어 나를 보았다.

"베토벤 들어보지 않을래?"

이 녀석이 지금 나랑 장난이라도 치자는 건가?

"시끄럽고, 그 건반 건드릴 생각은 하지도 마."

요이치가 으쓱해 보이며 자리에서 일어났다.

"이 집 사람들, 피난 가기 전에 마지막으로 연주했던 게 독일인
의 음악이었다니…… 아이러니지?"

나는 뚱하니 녀석을 쳐다보았다. 그런 감상은 예술가들이나 갖
는 것이다. 그리고 지금은 예술을 하기엔 심히 부적절한 상황이다.

"너 혹시 이 집에서 물감 같은 거 못 봤냐? 특히 붉은색?"

"왜, 이젠 미술까지 하려고?"

"투항할 때 필요한 거야."

"어디다 쓸 건데? 물감 뒤집어쓰고 다친 척이라도 할라고?"

"비슷해. 깃발 하려면 제대로 해야지."

"생각 한번 잘했네. 어제 2층에 보니까 아이들 방이 있는 것 같
더라. 한번 뒤져봐."

요이치가 2층으로 올라갔다.

그의 뒷모습을 보는 내 마음이 편치가 않았다. 꿈틀거리는 희망
때문에 나는 잔뜩 예민하고 초조해져 있었다. 마치 결승점을 눈앞
에 두고 아슬아슬 경기를 펼치는 주자처럼. 2등은 은메달이 아니
라 사자 밥이 된다.

마음을 달래려 서성이다가 피아노 옆의 벽에 붙은 그림이 눈에 들어왔다. 말 그림이었다. 초원 위에서 갈기를 휘날리며 힘차게 질주하고 있는 말.

가까이 다가갔다. 오딘이 떠올랐다. 그리고 타냐…… 그녀와 함께 오딘을 탔었다. 무서웠으면서도 내 팔 안에서 소리 지르지 않고 입술을 앙다물며 견디던 타냐.

보고 싶었다. 하지만 두 번 다시 만나지는 못하리라. 요이치의 계획이 성공하든 실패하든.

부질없는 꿈 때문에 나는 어쩌면 너무나 소중한 것을 버린 걸지도 모른다는 두려움이 거친 파도처럼 일어났다. 이내 산더미처럼 솟구치는 파도 앞에서 나는 작은 돛단배처럼 흔들거렸다.

도대체 나의 꿈은 어디까지 대가를 요구할 것인가? 이 꿈은 혹시 악몽이 아닐까……

그때 요이치가 계단으로 내려왔다.

"물감은 찾았어?"

"응, 찾았어."

그가 빙긋이 웃었다.

어떻게 저리도 여유로운 얼굴일까? 얼마나 많은 물감을 찾았길래……

"쾅!"

벽력같은 소리와 함께 현관문을 박차며 병사들이 집 안으로 들이닥쳤다. 화들짝 놀라 보니 소련 장교 한 명과 사병 한 명이 총부리를 겨누고 있었다. 우리는 두 손을 번쩍 들었다.

소련 장교가 우리의 군복을 보더니 총을 내리며 물었다.

"여긴 너희 둘뿐인가?"

"네, 그렇습니다. 어, 어젯밤에 여기서 독일 병사 하나를 사살했습니다."

나는 놀란 가슴을 애써 내리누르며 마룻바닥의 핏자국을 가리켰다.

아, 겨우 소련군으로부터 떨어져 나왔는데 다시 이들에 합류되게 생겼다.

장교는 고개를 빼고 핏자국을 확인하더니 요이치를 보며 물었다.

"중앙아시아에서 왔나?"

"까레이스키입니다."

내가 대신 대답했다. 일본인보다는 조선인이라고 해야 이들이 자극받지 않을 것이다.

"어제 볼가 강을 건넜는데 본대가 집중 공격을 받아 떨어지게 됐습니다."

"그러면 앞으론 나를 따르게."

"네, 알겠습니다."

나와 요이치의 시선이 허공에서 부딪쳤다.

순간 희미하지만 뚜렷하게 발밑에서 진동이 느껴졌다. 나와 요이치는 흠칫 놀랐다. 진동은 점점 더 뚜렷해지더니 집 안의 물건들이 덜덜거리기 시작했다.

"걱정 마. 우리 탱크니까."

장교가 말했다. 그러곤 사병과 요이치를 가리켰다.

"너희 둘은 2층으로 올라가서 주변을 정찰해."

사병이 앞장서서 계단으로 올라가자 나는 요이치에게 눈치를 주었다. 그러자 그도 소총을 들고 사병을 따라 위로 올라갔다.

탱크의 무한궤도가 딱딱한 도로 위를 굴러가며 만들어내는 소리와 진동은 초원에서 듣던 것과는 또 달랐다. 하지만 그런 점을 감안해도 이번 것은 느낌이 상당히 육중했다.

"T-34, 아직 본 적이 없나?"

장교가 나에게 물었다.

신기종인 모양이다.

"아…… 봤죠, 물론."

죄수 부대라는 사실을 구태여 알리고 싶지 않았다.

"이건 좀 다를 거야. 한번 봐."

장교는 슬쩍 장난기 흐르는 얼굴로 현관 문 옆으로 난 창문을 가리켰다.

나는 창문으로 다가가 집 앞 2차선 도로의 좌편을 내다보았다. 입이 떡 벌어졌다. 초원에서 봤던 탱크와는 완전히 달랐다. 몸체와 대포가 훨씬 더 거대했는데, 특이하게 전체가 국방색으로 도색되어 있지 않고 은회색의 철판 그대로였다. 다만 옆면에 검정색 페인트로 '스탈린에게 승리를!' 이라고만 적혀 있었다. 손으로 급하게 써넣은 듯했다.

"이곳 스탈린그라드 공장에서 방금 생산되어 나왔어. 도색할 시간도 없이 전투에 바로 투입되었지. 그런대로 볼만하지?"

햇살 아래 번쩍번쩍 빛나는 그 위용과 압박감에 나는 얼떨하게 고개를 끄덕였다. 3년 전 초원에서 저런 것과 맞닥뜨렸다면 아마 난 이 자리에 없었을 것이다.

그때 탱크의 진동 소리가 이중으로 들려왔다. 다시 창문을 내다보았지만 T-34 뒤로 다른 탱크는 보이지 않았다.

뭔가 이상한 느낌에 창문에서 떨어져 보았다. 그러자 이중의 진동 소리가 더 뚜렷해졌다.

장교도 그걸 깨닫고는 피아노가 놓인 쪽 창문을 쳐다보았다.

"탕!"

2층에서 총성이 울렸다. 나도 장교도 깜짝 놀랐다.

"뭐야?"

장교는 2층을 향해 외쳤다. 하지만 아무 대답도 들려오지 않았다. 순간적으로 많은 생각이 내 머릿속에서 뒤엉켰다.

"2층 무슨 일이냐고! 보고해!"

여전히 답은 없었다.

장교가 씩씩거리며 계단을 향해 걸어갔다. 나도 그를 따라갔다. 그러다 나와 장교는 동시에 멈춰 섰다. 탱크의 소음과 진동이 집의 정면만이 아니라 측면에서도 피아노 옆 창문을 통해 또렷이 들려오고 있었던 것이다.

장교는 그 창문으로 뛰어가 밖을 내다보았다. 나도 장교를 따라 창밖을 보았다. 좁은 골목길의 우측을 돌아본 장교는 기함을 했다.

차 한 대 지나갈 넓이의 골목을 탱크 한 대가 가득 메우며 전진해 오고 있었다.

"젠장! 독일 탱크다!"

장교가 외쳤다.

그 속도로 보건대 집 정면을 지나는 소련 탱크와 사거리 교차로에서 직각으로 맞닥뜨릴 것 같았다.

나는 순간 2층의 상황을 이해하려 애썼다. 총성이 났다면 요이치와 소련 병사 간에 다툼이 있었다는 것이고, 둘이 다투었다는 건 요이치가 독일의 입장을 택했다는 뜻일 것이다. 장교의 물음에 대답이 없었다는 건 소련 병사가 죽었다는 것.

"빨리 알려야 해!"

장교가 몸을 획 돌려 부리나케 T-34를 향해 현관으로 뛰어갔다.

동시에 내 머릿속에 불똥이 튀었다. 조금이라도 교차로에 늦게 진입하는 탱크가 상대를 제압하게 될 것이다!

나는 그를 향해 돌진했다. 그리고 뒤에서 그를 덮쳤다. 그의 권총이 바닥에 굴렀다.

"뭐야! 미쳤어!"

바닥에 깔린 그가 나를 밀쳐내려고 했지만, 나는 그를 붙들고 늘어졌다. 요이치의 판단이 옳았기만을 바랐다.

그와 나는 바닥에서 필사적으로 뒤엉키며 권총을 향해 조금씩 나갔다. 죽을힘을 다해 그를 내리눌렀다. 그러자 그가 팔꿈치로 내 턱을 가격했다. 별이 번쩍했지만, 이를 악물며 버텼다. 내가 어떻게 여기까지 왔는데!

문득 집 정면에 난 창문으로 T-34가 현관을 지나 교차로에 가까이 다가가는 것이 보였다.

"쾅!"

고막을 찢을 듯이 거대한 폭발음이 천지를 뒤흔들었다. 집이 무너지기라도 하는지 벽돌 파편이 사방으로 튀며 뿌옇게 먼지가 일었다. 정신이 아득해졌다.

파편들이 바닥을 구르는 소리가 멈추자 나는 고개를 들었다. 창문으로 T-34의 후면이 보였는데 어쩐 일인지 탱크의 포탑이 불타고 있었다. 고개를 돌려보니 교차로에 면한 집의 모서리의 양쪽 벽에 나란히 구멍이 하나씩 나 있었다. 정면 벽에 뚫린 구멍으로는 T-34가 내뿜는 화염과 연기가 보였고, 측면 벽에 뚫린 구멍으로는 연기가 모락모락 피어오르는 독일 탱크의 포신 끝이 보였다.

그 두 개의 구멍 아래 놓인 피아노는 하얗게 먼지를 뒤집어쓴 채 벽돌 파편이 그 위에 뒹굴고 있었다. 바닥엔 그림 속 말이 가운데가 뻥 뚫린 채 나동그라져 있었다.

믿을 수 없는 일이었다. 독일 탱크가 교차로에 진입하기 전에 대각선으로 발포하여 벽을 관통해 소련 탱크를 맞춘 것이다.

'요이치의 도박이 적중했구나!'

그때 아래에 있던 장교가 나를 밀치며 빠져나갔다. 그도 얼이 빠져 현관문으로 비틀비틀 걸어가더니 문을 열고 밖으로 나갔다.

"탕탕탕!"

총성이 요란하게 울렸다. 몇 발은 나무로 된 현관문을 뚫고 날아들었다.

교차로와 이 주변에 독일군이 매복하고 있었던 모양이다.

그렇다면 독일군은 T-34의 진로를 미리 알고 이곳에서 덫을 치고 기다렸다는 이야기다.

2층을 바라보았다. 요이치는 어떻게 되었을까?

생각이 뻗기도 전에 끽끽끽 하는 소리가 폐허가 된 거실을 오싹하게 울렸다. 독일 탱크가 앞으로 천천히 전진하는 소리였다. 동시에 대포가 돌아가면서 벽에 뚫린 구멍 안으로 쑥 들어왔다.

나는 휘둥그레진 눈으로 그것을 쳐다보고 있었다.

'설마……'

곧 탱크가 멈춰 섰다. 그러자 대포의 시커먼 구경이 똑바로 들여다보였다. 머릿속에서 핏기가 싹 가셨다. 내 몸이 용수철처럼 튀어 올랐다.

"쾅!"

#44 요이치의 일지
1942년. D-616일 / 스탈린그라드 가정집

나는 기겁했다. 맹렬한 폭음과 함께 집이 우수수 떨렸다. 내 몸과 마음까지 떨렸다.

2층에서 보니 교차로 건너편에 매복해 있던 독일군들이 조심스레 주택의 현관을 향해 다가오고 있었다. 그들은 소련 장교가 튀어나온 것을 보고 이 안에 소련군이 더 있을 것으로 판단했을 것이다.

'대식!'

나는 바닥에 쓰러진 소련 병사의 몸을 뛰어넘어 아래층을 향해 달려 내려갔다. 심장이 마구 요동치고 있었다. 독일군에 투항할 수 있는 절호의 기회가 왔는데 여기서 죽으면 안 돼!

하지만 저렇게 근거리에서 직격을 당하고는 어떤 인간도 살아남을 수 있을 것 같지 않았다.

나는 날듯이 계단을 뛰어 내려왔다.

"대식! 대식!"

아래층은 뿌연 먼지와 포연으로 가득했고 완전히 아수라장이었다. 평범한 가정집의 모습은 간데없고 벽돌 파편과 형체를 알아볼 수 없는 가재도구들이 뒤엉켜 바닥에 어지러이 널려 있었다. 벽에도 커다란 포탄 구멍들이 숭숭 뚫려 있었고 그중 측면 구멍엔 방금 포격을 가한 대포가 무시무시하게 버티고 있었다.

독일군이 곧 들이닥칠 테니 더 이상의 발포는 없을 것이다.

"대식! 어디야!"

희뿌연 거실 속에서 다시 외쳤다.

제발 살아 있어라! 녀석의 죽음을 내 눈으로 목격할 생각은 추호도 없었다. 나는 정신없이 거실 바닥 여기저기를 들추기 시작했다.

"대식! 대답해봐!"

그때 저쪽에서 희미한 신음 소리가 새어 나왔다. 나는 그쪽으로 허둥지둥 다가갔다. 뿌연 먼지 속 허물어진 벽의 파편들 사이로 대식이 누워 있는 것이 보였다.

"대식!"

그의 신음 소리가 더 커졌다.

멍도 질긴 놈이다. 그 포격에서 살아남다니!

나는 그에게 급히 다가가 주변의 파편을 치워냈다. 언뜻 보기에 큰 상처는 없을 것 같았다. 기적이다.

그때 집의 정면 쪽에서 군화 소리가 어지러이 들려왔다. 독일군이 온다!

나는 군복 상의를 급히 벗기 시작했다. 단추를 풀지도 않고 그대로 뜯어냈다. 어차피 다시 입지도 않을 옷이다. 다시는 입지 말아야 할 옷이다.

황급히 상의를 벗어 던지자 흰색 러닝셔츠가 드러났다. 한복판엔 검정색으로 큼직하게 직사각형이 그려져 있었고, 그 가운데엔 붉은 원이 들어 있었다. 일장기였다.

어제의 실패를 반복하지 않기 위해 생각해낸 방법이었다. 아까 아이들 방에서 찾아낸 물감으로 그려 넣었는데, 붉은 원 주위로 뻗어나간 햇살은 그리지 않았다. 붉은 물감이 부족할 것 같기도 했지만, 그다지 다시 보고 싶지 않은 문양이기도 했다.

나는 러닝셔츠 바람으로 대식의 몸을 뒤에 두고 현관을 향해 무릎을 꿇었다. 그러곤 만일의 총격에서 대식의 머리와 몸통이 충분히 가려지도록 위치를 조정하고는 두 손을 높이 들었다.

군화들이 현관 계단을 뛰어 올라오는 소리가 들렸다. 몸이 부들부들 떨려왔다. 마른침을 삼켰다.

"쾅!"

군화가 문을 박차더니 독일 병사 하나가 뛰어들며 다짜고짜 사격부터 가했다. 요란한 총성과 함께 사방에서 파편이 튀어 올랐다.

나는 몸을 살짝 웅크렸지만 피하지 않았다. 깃발은 내가 하기로 했던 거니까.

총성이 멎었다. 나는 그 순간을 놓치지 않고 힘껏 외쳤다. 아버지의 잔소리 때문에 억지로 공부했던 바로 그 독일어로.

"일본인입니다! 항복합니다!"

"나는 일본인입니다! 항복합니다! 제발 쏘지 마세요!"

왜 그런지 갑자기 볼을 따라 눈물이 흐르기 시작했다.

옅어진 집 안의 먼지 너머로 현관 앞에 키 큰 병사가 우뚝 서 있었다. 그의 부릅뜬 두 눈은 나를 노려보고 있었고, 그의 두 손은 소총을 꽉 움켜쥐고 있었다. 이제 저 방아쇠를 당기면 총알은 빗나가지 않는다.

병사의 밝은색 눈동자에 확대된 검은 동공이 또렷이 보였다. 나는 깨달았다. 그 동공들이 내 가슴에 고정되어 있다는 걸.

병사가 입을 열었다.

"일본?"

"네! 일본! 독일의 친구, 일본입니다!"

병사의 뒤편에서 "무슨 일이냐?"며 수군거리는 소리가 들려왔다. 병사가 뒤를 돌아보며 말했다.

"진주만의 영웅이 왔어."

그러자 작은 소요와 함께 병사들이 현관과 창문으로 다가와 신기한 듯 안을 들여다보았다. 살기는 이미 사라지고 없었다.

그들의 모습을 보는 순간 내 입에서 흐느낌이 터져 나왔다. 두 손을 내리며 뒤를 돌아봤다.

바닥에 누운 대식이 나를 올려다보며 말했다.

"이건 정말…… 말도 안 돼……"

그의 눈가에 가득 고였던 눈물이 옆으로 흘러내렸다.

"정말…… 네 말대로 됐어…… 네가 해냈어……"

"아냐, 우리가 해낸 거야, 우리가…… 이제 돌아가자…… 집으로……"

내 눈에서도 눈물이 비처럼 쏟아져 내렸다.

"요이치…… 그런데 나…… 다리가 안 느껴져……"

병원은 북새통이었다. 독일 군의관들과 간호 장교들이 피에 젖은 옷을 갈아입을 사이도 없이 분주히 오가고 있었고, 부상병들은 크고 작은 신음을 토해내고 있었다.

대식은 겨우 한쪽 자리를 차지하고 있었다. 그것도 처음엔 간호 장교가 소련 군복을 입은 나와 대식을 보며 기겁하는 것을 동행한 독일군 장교가 이야기를 잘해준 덕이었다.

파편을 모두 치우고 보니 대식의 오른쪽 종아리 아래가 온통 피투성이였다. 하필이면……

대식과 멀지 않은 곳에 누운 부상병도 다리가 피투성이였다. 군의관이 다가와 그의 군복을 찢고 환부를 살피더니 옆에 있던 톱을 들었다.

그걸 보는 대식의 얼굴이 공포감으로 일그러졌다.

"안 돼! 안 돼!"

"저건 네가 아니야."

나는 대식의 어깨에 손을 얹으며 그의 시선을 가리고 섰다.

"장교에게는 네가 육상선수라서 다리를 써야 하니까, 일단 여기서는 응급처치만 해달라고 했어. 정식 치료는 베를린으로 가서 큰 병원에서 하면 돼. 네 다린 괜찮을 거야."

대식이 내 손을 잡았다.

"그…… 그렇겠지? 나…… 다리는 안 돼…… 진짜…… 다리만은 안 돼……"

그가 아이처럼 울먹였다.

"알고 있어. 걱정하지 마."

나는 최대한 차분하게 말했다.

그는 높은 천장을 바라보며 길게 숨을 내쉬었다.

"으아아악!"

내 뒤에서 끔찍한 비명 소리가 날카롭게 치솟았다. 결국 다리를 톱으로 절단하는 모양이었다.

대식은 눈을 질끈 감으며 자신의 귀를 틀어막았다.

"내가 아니야…… 내가 아니야……"

#45 대식의 일지

1942년. D-612일 / 베를린

베를린은 생각 이상으로 웅장한 도시다. 나와 요이치는 차 안에서 거리의 풍경을 돌아보느라 정신이 없었다.

내 다리엔 부목을 대고 두툼하게 흰 붕대를 감아놓았다. 하지만 정말 베를린에 왔다는 사실에 잠시 다리의 고통마저 잊고 있었다.

차가 일본 대사관 앞에 도착했다. 대사관 건물 앞에 계양된 일장기가 바람에 가만히 흔들리고 있었다.

그걸 보는 순간 요이치는 얼굴이 한결 밝아졌지만 나는 마냥 좋을 수가 없었다. 내 기분은 오히려 복잡하게 꼬여갔다.

우리는 대사의 집무실로 안내되어 들어갔다. 적갈색의 마호가니 책상과 의자들, 그리고 대리석으로 장식된 실내는 고급스럽고 정갈했다.

"어서 오십시오. 이쪽으로."

동그란 안경을 끼고 머리를 단정하게 빗어 넘긴 대사가 반갑게 맞이하며 절도 있는 동작으로 소파 의자로 안내했다.

난 멍하니 그를 쳐다보았다.

'정말 오랜만이네, 진짜 일본 사람…… 젠장.'

"아, 빨리 뵙고 싶었습니다. 대단하십니다! 그렇게 엄청난 여정을 견뎌내시다니요."

대사는 우리와 맞은편 자리에 앉으며 휘황한 눈으로 말했다.

"두 분은 진정한 일본 정신의 화신이십니다."

"난 조선인인데요."

내 입에서 말이 툭 튀어나왔다.

대사는 약간 당황하는 것 같더니 곧 표정을 수습했다. 역시 프로다웠다.

"아, 그렇죠. 하지만 조선인도 크게 보면 일본인이니까요."

그 해석이 영 마음에 들지 않았다. 갑자기 다리의 상처가 욱신거렸다.

"나는 이제 조선으로 돌아가면 제대 처리되는 겁니까?"

"글쎄요. 포로로 지낸 시간도 엄밀히 말하면 군인으로 지낸 시간이니까 아마 제대 처리되지 않을까 합니다만, 확실한 것은 본국에 돌아가서 확인해보셔야 할 것 같습니다."

"그럼 내 다리 다친 건 국가에서 보상해주는 겁니까? 나도 일본인이라면서요."

나를 처다보는 요이치의 눈길을 일부러 무시했다.

"아, 그건 군부 소관이라 제가 뭐라고 말씀드리기는 좀 곤란합니다만."

대사가 다소 불편한 얼굴이 되었다.

"군부에서 우리한테 무슨 짓을 저질렀는지 아십니까? 그딴 데가 양심적으로 일 처리를……"

내 언성이 높아지자 안 되겠다는 듯 요이치가 끼어들었다.

"그 문제는 본국으로 돌아가서 이야기하고. 대사님, 저희는 언제 본국으로 송환될 수 있을까요?"

요이치는 최대한 공손하게 묻고는 다시 나에게 강렬한 눈빛을 보냈다.

나는 입을 꾹 닫았다. 그래, 일본인들끼리 잘해봐라, 제길.

"그에 대해선 참 죄송스러운 말씀을 드려야겠습니다. 미국이 참전하면서 유럽과 북부 아프리카 전선이 모두 교착 상태에 빠졌습니다. 현재로서는 일반적인 루트로는 귀국할 수 있는 길이 전면 차단된 상태입니다. 하루라도 빨리 돌아가시고 싶으실 텐데, 죄송합니다."

요이치는 멍해진 눈으로 나를 쳐다보았다. 황당하긴 나도 마찬가지였다.

내 입술이 씰룩거리자 요이치가 먼저 대사에게 물었다.

"그럼 여기서 얼마나 더 기다려야 하는 건가요?"

"지금으로서는 그것도 뭐라고 확언할 수 없는 상태입니다. 전쟁의 추이에 따라 달라질 수밖에 없어서요. 한 달이 될지, 1년이 될지……"

"그러면 이곳에서 기다리는 동안 저희 생활은 대사관에서 보조해주십니까?"

"죄송합니다. 저희도 본국으로부터 자금 조달을 원활히 받지 못하고 있어서 이곳에 발이 묶인 국민들을 일일이 지원하지는 못하고 있습니다."

대사가 머리를 조아렸다.

기름 발라 단정히 넘긴 머리가 반들거렸다. 왠지 그걸 보자니 울화가 치밀어 올랐다. 참으려 했지만 말이 입술 밖으로 튀쳐나갔다.

"우리가 일반 국민들과 같아요? 우린 피를 흘리며 전쟁을 치렀

다구요! 대애일본 제국을 위해서!"

'대'를 필요이상 길게 끈 것이 거슬렸는지, 대사의 눈빛이 냉랭해졌다.

"그만해, 대식. 대사님도 하실 수 없는 일은 어쩔 수 없는 거잖아."

요이치가 반 나무라듯 반 애원하듯 말했다.

하지만 나도 기가 막히는 것은 어쩔 수 없는 것이다.

나는 고개를 외로 꼬며 조선말을 내뱉었다.

"정말 어이없구만."

그러곤 붕대로 칭칭 감긴 다리를 테이블 옆으로 쭉 뻗었다. 그들의 눈이 내 다리로 향했다. 어색한 침묵이 내려앉았다.

그러자 프로답게 대사가 먼저 입을 열었다.

"일자리와 숙박할 곳은 제가 알아봐드릴 수 있습니다. 그다지 마음에 드시지는 않으시겠지만 말입니다."

"감사합니다. 잘 부탁드리겠습니다."

요이치가 얼른 말을 받으며 목례를 했다.

참 공손한 놈이다. 나는 대사를 쳐다보며 물었다.

"여기 올림픽 주경기장은 어디죠? 그 정도는 알려주실 수 있죠?"

요이치가 나를 째려봤다.

"아니, 하도 안 되는 게 많으시니까……"

나는 손기정 선수가 통과했다는 베를린 올림픽 주경기장의 '검은 문'으로 걸어 들어갔다. 이곳은 나에겐 성전이며 나는 순례자

357

이다. 내 영혼은 신실하고 심오한 감정에 사로잡혀 있었다.

이런 기분은 마음에 성전을 품고 있는 사람들만 누릴 수 있는 특권이다. 한 번 사는 인생에서 이토록 거룩한 감정을 모른 채 죽어가는 사람들을 나는 차라리 불쌍하다 말하겠다.

'검은 문'을 통과해 트랙으로 들어서자 12만 명을 수용할 수 있는 관중석이 빙 둘러서 있었다. 어마어마한 위용이었다.

손기정 선수가 전설적인 막판 스퍼트로 질주했던 이 거룩한 트랙 위를 나도 힘껏 달리고 싶은 욕망이 심장을 뜨겁게 달구었다. 그러나 발에 감긴 유난히도 흰 붕대가 내 눈을 찔러왔다.

"요이치."

난 돌아보지 않은 채 뒤에 서 있는 요이치를 불렀다.

"응?"

"뭐 하나 물어보자. 정말 솔직하게 대답해줘."

잠깐의 틈이 있었다.

"그래, 뭔데?"

"나…… 진짜 다시 달릴 수 있는 거냐?"

나는 미동도 하지 않고 온 신경을 등 뒤로 집중했다. 지금까지는 도저히 사실을 직면할 자신이 없어서 계속 미루어왔던 질문이었다. 하지만 이곳에 서고 나니 그 질문을 하지 않고는 더 이상 견딜 수 없어졌다. 그래도 그의 얼굴만은 돌아볼 자신이 없었다.

"군의관이 그렇게 말했어……"

자신 없는 말투.

"맹세할 수 있어? 네가 신봉하는 천황의 이름으로?"

바람이 훅 불어왔다. 스타디움의 공간이 횅하게 느껴졌다.

"응…… 맹세해."

거짓말이다……

녹아내리는 각설탕처럼 내 마음이 한쪽 모서리서부터 무너져 내리기 시작했다. 이제 다시 꿈을 꾸기 시작했는데…… 그 뜨거운 열정이 되살아났는데…… 왜 하필이면…… 하필이면 여기서!

"으아아아!"

내 목소리가 메아리쳤다.

휙 돌아서며 목발로 그를 가리켰다.

"거짓말을 하려면 제대로 하든가!"

요이치는 흠칫 놀란 눈을 하고 있을 뿐 말이 없었다. 아니, 하지 못했다. 그러다 결국은 시선을 피하고 말았다.

난 다시 돌아서서 트랙 위를 절뚝거리며 걷기 시작했다.

알고 있었다…… 사랑을 버리고 왔을 땐 필경 대가가 따를 것이란 걸. 이제 꿈이 밑동부터 송두리째 잘려나간 자리에 남은 것은…… 아무것도 없다. 날지 못하는 새는 무엇으로 살아가야 하는가?

투두둑 눈물이 내 볼을 떠나 트랙 위로 떨어져 내렸다.

인정할 수 없어! 난 다시 날아오를 거야! 군의관이 정말 그렇게 말했을 것이다! 예민해진 내가 요이치를 오해한 것뿐이야!

돌연 내 시선이 닿는 텅 빈 스타디움의 좌석에 관중들이 가득 들어차기 시작했다. 나치의 깃발이 걸려 있던 경기장엔 각국의 국기들이 바람에 힘차게 나부낀다.

그 광경 위로 아나운서의 열띤 음성이 들려왔다.

"여기는 올림픽 주경기장의 결승점입니다. 우리는 마라톤 우승자 일본 선수를 기다리고 있습니다. 12만 명의 관중들도 모두 일어서서 그를 기다리고 있습니다. 모두들 우승자인 일본 선수 '한대식'이 들어서게 될 주경기장의 정문인 검은 문을 조용히 주시하고 있습니다. 그 조선의 학생은 세계의 건각들을 가볍게 물리쳤습니다. 그 조선인은 마라톤 구간 내내 아시아의 힘과 에너지로 달렸습니다. 작열하는 태양을 뚫고, 거리의 딱딱한 벽돌 위를 달렸습니다. 이제 그가 엄청난 막판 스퍼트로 질주하며 경기장에 들어옵니다. 트랙의 마지막 직선코스를 달리고 있습니다. 아, 대단한 선수입니다. 최고의 힘을 가진 천부적인 마라토너입니다. 44년 런던 올림픽 마라톤 우승자 '한대식'이 막 결승점을 통과합니다!"

번쩍이는 사진기자들의 플래시 세례와 함께 나는 가슴을 한껏 내밀며 결승 테이프를 끊는다. 나의 심장은 힘차게 맥동하며 빛나는 환희를 온몸으로 펌프질 해 보낸다.

그 영광의 순간……

전기가 흐르듯 찌릿한 고통이 발목을 관통했다. 숨이 턱 막혀왔다. 나는 그대로 앞으로 고꾸라졌다. 목발이 트랙 위를 나뒹굴었다. 뒤에서 요이치가 나를 부르며 뛰어오는 소리가 들렸다.

나는 볼을 트랙에 댄 채 울음을 터트렸다. 휑한 관중석을 공허하게 메아리치는 내 울음소리는 비수가 되어 마음에 시리게 날아들었다.

#46 요이치의 일지

1943년. D-321일 / 베를린 식당

거품이 잔뜩 인 접시를 싱크대 물속에 넣고 순식간에 헹궈냈다. 그리고 이마에 맺힌 땀을 소매로 훔쳤다. 단순노동의 묘미란 숙련도의 급속한 증진에 있다. 내가 봐도 놀랄 만큼 내 손은 빠르고 빈틈없다. 이제 이 일을 한 지도 9개월이 넘었으니 사실 놀랄 일도 아니다.

어머니가 떠올랐다. 나의 이런 모습을 보면 뭐라고 할까? 어머니 자신도 부엌일을 하지 않는데 외동아들이 설거지의 달인이 되어 있으니……

하지만 막상 나는 그다지 싫지 않았다. 예전의 나라면 이런 천한 일은 할 수 없다며 노발대발했을 것이다. 그랬을 나를 떠올리니 빙그레 미소가 지어졌다. 참 철없던 시절이기도 했지만, 그래서 풋풋하기도 했던 시절이었다.

주방 문이 열리며 식당 주인 훔볼트 씨가 손님이 먹고 간 접시들을 큼지막한 손에 들고 들어왔다.

"마지막 손님이 갔어. 이제 마무리하고 퇴근해. 난 먼저 들어간다."

"네, 내일 봐요."

여긴 테이블이 다섯 개밖에 없는 작은 식당이었다. 훔볼트 씨 아래로 직원은 나와 주방장밖에 없었다. 훔볼트 씨가 홀을 맡고 주방장은 요리를, 나는 주방 보조 일과 온갖 잡일을 다 처리했다.

솜씨 좋은 주방장은 이미 퇴근하고 없었다.

훔볼트 씨가 주방을 나가자 나는 마지막 접시 위에 남은 소시지를 집어 들어 도마 위에 올렸다. 제법 많이 남았다. 칼로 손님이 먹은 부위를 잘라내고는 선반 위 접시에 올려놓았다. 거기엔 비슷한 모양의 소시지 세 덩어리가 더 있었다.

주방 정리는 금방 끝났다. 나중에 쓰레기만 밖에 갖다 버리면 된다. 나는 젖은 손을 앞치마에 닦고는 그 소시지 접시와 포크 하나를 들고 홀로 나갔다.

홀은 이미 불이 꺼져 있었고, 식당의 전면 유리를 통해 거리의 가로등 빛이 비쳐 들고 있었다. 나는 가운데 테이블에 접시를 올려놓고 양초에 불을 붙여두고는 전면 유리 한쪽에 난 식당 문으로 향했다.

문을 열고 고개를 내밀자 식당 앞 벽에 등을 기대고 쪼그리고 앉은 대식이 보였다. 그의 입엔 오늘도 담배가 물려 있었다. 그런데 평소와는 달리 장초였다. 이번엔 길에서 꽁초를 주워 물지는 않은 모양이다.

그가 만족스러운 얼굴로 담배 연기를 길게 내뿜더니 나를 돌아보며 히죽 웃었다.

"너네 주인이 줬다."

"훔볼트 씨한테는 그러지 말라고 했잖아."

"아냐, 난 구걸 안 했어. 그냥 여기 이러고 앉아 있었는데 그가 먼저 건넸어."

그가 정색을 한다.

"알았어. 들어와서 저녁 먹어."

난 먼저 홀로 들어와 의자를 빼고 앉으며 방금 본 그의 모습을 떠올렸다. 턱엔 수염이 아무렇게나 자랐고 머리도 언제 빗었는지 알 수 없었다.

하지만 그런 것보다 내가 정말 보기 싫었던 건 그의 눈동자였다. 빛을 잃어버린 눈동자는 완연히 걸인의 눈동자였다. 그의 고통의 깊이는 이해하지만 그 눈동자만은 도무지 받아들여지지가 않았다.

"오늘은 좀 많네?"

대식이 소시지들을 쳐다보며 테이블로 다가왔다. 그는 질리지도 않는지 다른 음식은 손도 대지 않고 유독 소시지만 고집했다.

"그러게, 너 오늘 여러모로 수지맞았다."

그는 약간 저는 걸음걸이였다. 정말 꼭 저렇게 걸어야만 하는 건지도 의문이었다. 의사 말로는 선수 생활을 하지는 못하겠지만 일상생활에는 문제가 없다고 했었다. 그렇다고 그에게 똑바로 걸으라고 다그칠 수도 없는 노릇이다.

그는 한 손엔 포크로 소시지를 찍어 들고 다른 손엔 담배를 꼬나들었다. 그러곤 서로 번갈아가며 한 입 베어 물고 한입 피웠다. 마치 입속에서 소시지를 담배 연기에 버무리기라도 하는 것 같았다. 역겨웠다.

"밥 먹을 때만이라도 담배는 좀 내려놓지?"

그러자 그는 오히려 고개를 들어 나를 빤히 보며 소시지를 씹고 있는 입으로 담배를 빨았다. 그러곤 묘기라도 하듯이 이빨 사이로 담배 연기를 내뿜었다. 기가 막혔다.

"나 잘하지? 엄마."

"너네 엄마는 집에서 널 기다리고 계시겠지."

나는 얼굴빛을 바꾸지 않고 대답했다. 오늘은 더 이상 응석을
받아주고 싶지 않다.

녀석은 시선을 소시지로 돌렸다.

"집 떠난 지가 언젠데, 엄마는 내가 죽었다고 생각할 거야. 그렇
게 생각했으면 좋겠는데……"

그러곤 덥석 소시지를 베어 물었다. 나는 말없이 그를 쳐다보고
있었다. 소시지를 우적우적 씹으며 대식이 말했다.

"뭐 사실 죽은 거나 마찬가지니까."

"대식, 너 이제 그딴 소리 좀 그만하면 안 되냐?"

내 딱딱한 목소리에 그가 놀란 듯 쳐다보았다.

"너, 인생 끝장났다는 그 태도, 이제 그만둘 때도 되지 않았냐
고. 마음을 다잡고 살 궁리를 해야지. 네 엄마랑 수희가 의지할 사
람은 너밖에 없잖아."

그가 포크를 탁 내려놓았다.

"이깟 소시지 좀 주면서 설교할 거냐?"

"설교가 아니라……"

"우리 식구는! 지금껏 내 이 두 다리로 너네 집 오두막에서 벗어
날 수 있을 거라고 믿었어. 하지만 날 봐! 이제 난 절름발이일 뿐
이야. 내가 집으로 돌아가면 뭐 줄 알아? 그냥 조센진이 아니야.
병신 조센진이야! 그게 어떤 건지 네가 알기나 해?"

그의 눈동자에 촛불이 일렁였다. 비록 독기이긴 했지만 그의 눈이 빛을 내뿜는 건 정말 오랜만이다.

"그래, 나는 몰라. 조선인의 삶이 어떤 건지. 하지만 우리가 조선을 떠나서 지금까지 겪어온 삶은 알지. 그것보다 더 가혹한 거냐?"

대식은 시선을 돌리며 내뱉었다.

"날 수 없는 새의 삶처럼 가혹한 건 없어."

"하지만 조선엔 널 아끼는 사람들이 있잖아. 널 응원해주는 사람들이 있잖아! 여기도 한 명 있고……"

대식은 나를 쳐다보았다. 눈이 조금 커져 있었다.

"우리가 여기까지 온 것만 해도 올림픽의 어떤 금메달보다도 어려운 일이었다고 생각해. 세상에 할 일은 얼마든지 많아. 꼭 육상이 아니어도 너라면…… 문제없어. 집으로 돌아가는 것만 생각해."

대식은 눈길을 떨구며 소시지를 물끄러미 쳐다보았다.

침묵이 흘렀다. 식당 앞의 넓은 대로를 지나치는 차 소리만 간간이 들려왔다. 그는 문득 자신의 손가락 사이에 들린 담배를 쳐다보았다. 선홍색으로 타들어가는 담뱃불 위로 회색의 재가 길게 붙어 있었다.

대식은 재떨이에 재를 털어내고는 꽁초가 된 담배를 입으로 가져갔다. 하지만 담배는 그의 입술 앞에서 서성거렸다. 결국 그는 담배를 그대로 재떨이에 비벼 껐다. 마음이 밝아졌다.

고요히 타오르는 촛불을 바라보며 그가 가라앉은 목소리로 말했다.

"요즘 계속 같은 꿈을 꿔."

"악몽?"

"모르겠어. 그걸 악몽이라고 해야 하는지. 아버지 꿈이야. 아버지가 돌아가실 때. 아마 내 기억인 것 같아."

잠자코 그의 다음 말을 기다렸다. 꿈을 떠올리듯 그의 미간이 좁혀졌다.

"아버지가 우리 집 마당에 무릎을 꿇고 있는데 헌병이 뒤에서 소총을 아버지의 뒤통수에 갖다 대. 아버지는 고개를 돌려서 나를 봐. 난 금방이라도 총알이 튀어나올 것 같아 조마조마한데 아버지는 나를 보면서 씩 미소를 지어. 깜짝 놀랐어. 부드럽고 따뜻한 미소였어. 마치 조금의 후회도 없다는 듯이. 난 어떻게 그런 상황에서 미소를 지을 수 있을까, 어리둥절했어. 그러다가 총소리와 함께 잠에서 깼어."

그는 묵묵히 소시지를 내려다보고 있었다.

나는 무슨 말을 해야 할지 알 수 없었다. 일본인 입장에서 뭐라고 대꾸하기에 너무나 벅찬 이야기였다.

오랫동안 아버지의 마지막 얼굴이 떠오르지 않았는데…… 이제 알 것 같아.

"아버지는 확신이 있으셨던 거야. 자신은 옳은 일을 했다는. 그게 느껴졌어. 그래서 악몽은 아닌 것 같아."

난 고개를 끄덕였다.

"악몽이 아니어서 다행이다."

"응."

그도 고개를 끄덕였다.

난 가만히 자리에서 일어섰다. 이제 슬슬 돌아갈 시간이기도 했고, 그의 아버지의 죽음에 내가 모종의 역할을 한 것 같은 불편한 기분도 들었다.

"천천히 먹어. 난 쓰레기 버리고 올 테니까."

주방으로 들어오면서 한편으론 이야기하길 잘했다는 생각도 들었지만 또 한편으론 그에게 쓸데없는 잔소리를 한 것 같아 미안해졌다. 그의 삶, 그의 소망, 그의 좌절에 대해 왈가왈부할 수 있는 권리는 내게 없다. 그것은 오로지 그만이 홀로 감당하고 있는 짐이다. 그 무게는 그만이 안다. 내가 할 수 있는 건 묵묵히 그의 옆을 지켜주는 것뿐이다.

주방 뒷골목으로 나가 큰 통에 쓰레기를 버리고는 고개를 들어 식당 앞 큰길 건너편을 바라보았다. 나에겐 하나의 습관과도 같은 것이었다.

거기엔 웅장한 기둥들로 받쳐진 건물이 부분 조명을 받으며 서 있었다. 그 건물의 옥상에는 사람처럼 동상들이 우뚝 서 있었는데, 바로 백 년이 넘은 역사를 가진 프리드리히 빌헬름 대학이었다.

아버지의 소원대로 독일로 유학을 왔더라면 나는 저 학교의 법대생이 되었을 것이다.

'아버지…… 아버지의 말처럼 모든 일이 자유의지로 서로 합의하여 이루어지는 그런 세상이…… 정말 올까요?'

전쟁 때문에 대학은 폐교 상태였다. 내가 만약 유학을 왔더라도 결국 지금처럼 베를린에 발목이 묶인 상태가 되었을지도 모른다. 이런 걸 운명이라 하는 걸까?

그래도 펜을 잡은 순수한 학생과 총칼로 무수한 살육을 체험한 식당 잡역부의 처지는 사뭇 다른 것이리라.

나는 지저분한 쓰레기통을 내려놓고 두 손을 펴보았다. 어느새 손이 이렇게 거칠어진 건지, 새삼 놀라고 말았다. 내가 알고 있던 손이 아니었다.

'나는 왜 아버지의 말에 거꾸로만 걸었던 걸까?'

그 순간 마음속 깊은 곳에서 문득 떠오르는 장면이 있었다. 아버지가 대식을 다정하게 대해주는 모습이었다. 한구석에서 어린 내가 그걸 쳐다보고 있었다.

그랬다, 그때 나를 휘어잡았던 것은 충격과 분노였다. 아버지의 행동을 비판하고 대식을 공격할 지지대가 필요했다. 그래서 욱일기를 가슴 깊이 끌어안았는지도……

부끄러웠다. 도망치고 싶었다. 나의 어리석은 선택으로부터……

이제 내가 선택했던 길의 끝에 남은 것은 대식뿐이다. 이런 것도 운명이라 하는 걸까?

1943년. D-321일 / 베를린 식당

어디선가 벌 떼가 붕붕거리는 소리가 들려왔다. 신경이 날카롭게 섰다. 이 소리는 연합군 폭격기들이 날아오는 소리다. 요즘 들어 부쩍 폭격이 늘었다.

나는 부리나케 벽에 붙은 테이블 아래로 몸을 숨기면서 옆 테이블을 눕혀 테이블 아래 공간을 막았다. 날아들 파편을 차단하기 위해서였다.

요이치가 후다닥 뛰어 들어왔다.

"빨리 와!"

그는 다른 테이블 하나를 끌고 와서 내가 쭈그리고 앉은 테이블 아래로 들어오면서 남은 한쪽 면을 막았다.

우리 머리 위 테이블과 눕혀진 테이블 사이로 약간의 공간이 떴다. 우리는 그 사이로 밖을 내다보았다.

지금까진 꽤 운이 따라줬다. 하지만 운이 계속 좋다는 것은 언젠가 한 번은 크게 당한다는 뜻이기도 하다.

나는 조마조마한 기분에 요이치를 보았다. 서로의 숨소리도 들릴 만큼 좁은 공간 속에서 그의 또렷한 눈동자가 나를 응시하고 있었다. 그토록 험한 여정을 뚫고 나온 그의 눈동자는 '이번에도 우리는 괜찮을 거야'라고 말하는 듯했다.

붕붕하는 벌 떼 소리가 더욱 크게 들렸다. 나는 고개를 돌려 전면 유리창을 통해 프리드리히 빌헬름 대학 너머의 밤하늘을 보았다. 그러자 하늘 저 높이 무수한 붉은 점들이 나타났다. 동시에 독일군의 대공포 소리가 펑펑 울리기 시작했다.

유리창이 와르르 몸을 떨자 내 마음도 함께 떨렸다. 밤하늘의 붉은 점들이 날아오는 방향은 대학을 지나 이 식당을 향하는 것 같아 보였다.

"콰콰콰쾅!"

천둥 치는 소리와 함께 대학 멀리 뒤편에서부터 섬광이 치솟기 시작했다. 그 섬광은 급속히 대학 건물에 향해 가까워져왔다. 폭격기가 날아가면서 줄줄이 투하한 폭탄이 차례로 지면에서 폭발하는 것이다.

천지가 뒤흔들렸다. 유리창이 곧 깨져나갈 듯 진동했다. 나와 요이치는 몸을 새우처럼 바짝 웅크렸다. 폭발의 진동이 온몸으로 느껴졌다. 이번엔 뭔가 다르다! 두려움에 숨조차 멈추었다.

"콰콰콰쾅!"

융단폭격이 아주 가까운 곳까지 다가왔다. 유리창이 결국 깨져 바닥에 와장창 주저앉았다. 눈을 들어 보니 대학 건물에 불길이 일어나고 있었다. 그리고 곧장 대학 앞 대로가 폭발을 일으켰다.

이제 우리 차례다! 우리는 누가 먼저랄 것도 없이 서로 부둥켜 안고 고개를 숙이며 이를 악물었다.

"콰쾅!"

고막을 찢을 듯한 폭음과 함께 파편이 폭우처럼 테이블을 때려 왔다. 작은 파편들은 테이블 아래 틈으로 세차게 튀어 들어왔다.

폭발의 위력이 얼마나 거세던지 나는 둔기로 머리를 얻어맞은 것처럼 완전히 얼이 빠져버렸다. 그 와중에도 계속 폭발음은 들려오고 있었다. 그것으로 내가 죽지는 않았다는 것만은 인식할 수 있었다.

목이 칼칼하더니 마른기침이 나왔다. 공기 중에 폭연과 먼지가 가득했다. 고개를 들어보니 비쳐 들던 가로등 불빛 대신 붉은빛이 테이블 틈 사이로 넘실거렸다.

"불이 났어! 여길 빨리 나가야 해!"

나는 깜짝 놀라 아랫면을 가려주던 테이블을 손으로 밀었다. 하지만 꿈쩍도 하지 않았다. 뒤가 무언가로 막힌 것 같았다.

"발로 밀자!"

요이치는 몸을 벽 쪽으로 기대며 두 발을 들어 테이블에 대었다. 나도 그의 옆으로 벽에 등을 기대며 발을 테이블에 댔다. 하지만 왼발 만이었다.

내가 외쳤다.

"하나, 둘, 밀어!"

세 다리가 밀기 시작했다. 그러자 테이블이 조금씩 밀려나는가 싶더니 이내 멈췄다. 아직 우리가 빠져나갈 만큼의 틈이 만들어지지 않았다. 불빛은 더욱 거세게 넘실거렸다.

"다시! 하나, 둘, 셋!"

둘은 다시 힘을 썼다. 하지만 변화가 없었다.

나는 나머지 오른발을 들어 테이블에 대었다. 그러자 요이치가 나를 쳐다보았다.

"뭘 봐! 힘줘!"

나는 힘을 쥐어짜냈다. 그도 힘껏 밀어내기 시작했다. 그러자 테이블이 조금씩 밀리더니 이윽고 요이치 쪽으로 충분한 틈이 벌어졌다.

요이치가 먼저 틈 사이로 나가고 나도 기어 나갔다. 그리고 일어서려는데,

"아!"

오른쪽 발목에서 통증이 느껴졌다. 역시 무리였다.

"괜찮아?"

"모르겠어……"

주변을 둘러보니 폭탄이 바로 옆 가게를 때려 활활 불타오르고 있었고, 그 가게와 식당 사이의 벽이 완전히 무너져 내려 그 파편 덩어리가 테이블을 가로막고 있었던 것이다.

요이치가 나를 부축해서 식당의 폐허 사이로 걸어 나와 길가로 나갔다. 온통 파편이 널려 있는 길 한복판까지 가서 요이치는 나를 바닥에 조심스레 앉혔다.

식당을 돌아보니 이미 불이 옮겨붙어 의자들과 우리가 있던 테이블들이 타오르고 있었다. 나는 넋을 잃고 식당을 바라보았다. 그나마 있던 자그마한 터전이 순식간에 깨끗이 날아가버렸다.

고개를 돌려 하늘을 보았다. 붕붕거리는 소리와 붉은 점들은 저편 하늘을 뒤덮고 있었고, 그 아래로 폭음과 섬광이 연달아 일어나고 있었다. 저 지옥불 속에서 또 얼마나 많은 사람들이 죽어가고 있을까……

조선에 있을 때 유럽 제국의 도시들은 세계 각처의 식민지에서

빨아들인 피와 금으로 휘황찬란하게 빛나고 있을 거라고 상상했었다. 하지만 내가 목격한 것은 세상의 종말이었다. 아니, 제국의 종말이라고 해야 정확하겠지.

옛부터 '칼로 흥한 자 칼로 망한다'고 했다. 탐욕으로 뻗쳐나간 기운은 결국 이렇게 비참한 결말을 불러오게 되어 있는 것이 세상의 변함없는 질서인 모양이다.

제국은 그렇다 치고 우리는 이제 어쩐다……

그때 갑자기 옆에서 하늘을 올려다보고 서 있던 요이치가 몸을 돌려 길 건너편을 향해 달리기 시작했다.

"요이치! 어디 가!"

하지만 그는 뭐에 홀린 사람처럼 앞만 보고 파편들을 뛰어넘으며 불타고 있는 대학으로 향했다. 대체 왜 대학으로……

나는 어기적 일어나 절뚝이며 그를 따라갔다. 다리에 통증이 만만치 않았지만 왠지 모를 불안감에 가슴이 졸여와 걸음을 멈출 수 없었다. 폭음은 천둥소리처럼 쉼 없이 들려오는데 시야에서 요이치는 이미 사라지고 없었다. 심장이 두근거렸다.

'저 녀석이……'

그에게 나쁜 일이라도 벌어지면 곤란하다. 꿈이 뽑혀나가고 이제 내게 남은 것은 요이치뿐이니까.

"펑펑펑펑!"

그가 사라진 어둠 속에서 거대한 폭음과 함께 불빛이 번개 치듯 번쩍였다.

나는 아픈 다리를 이끌고 더 빨리 걸었다. 그리고 숨을 헐떡이며 대학교 문 안으로 들어섰다.

"펑펑펑!"

나는 몸을 움츠렸다. 폭음과 동시에 번득이는 화염 불빛에 요이치가 보였다. 그는 대학 마당에 설치된 대공포 위에 앉아 있었다. 대공포는 밤하늘의 붉은 점들을 향해 불꽃을 뿜어냈다. 우람한 포성 뒤로 요이치의 절규가 날카롭게 울렸다.

"그만하란 말이야! 이제 그만!"

#48 요이치의 일지
1943년. D-320일 / 베를린 식당 터

다음 날 오후, 나와 대식은 식당으로 향했다. 이 일대는 어젯밤 연합군의 폭격으로 하룻밤 사이에 앙상하게 변해버렸다. 길가엔 벽돌 더미 아래에서 끄집어낸 시체들이 죽 널려 있었다. 어른과 아이, 남자와 여자의 구별이 없었다.

식당 터는 완전히 폐허가 되어 있었다. 의자와 테이블들이 시커멓게 타서 바닥에 나뒹굴었고 주방은 알아볼 수도 없었다. 길 건너 프리드리히 빌헬름 대학도 흉물스레 변해버렸다. 하늘만은 천연덕스럽게도 푸르다.

"미국 애들도 참 부지런한 스타일인가 봐. 꼬박꼬박 거르지도 않고 때려대네."

대식이 투덜거렸다.

나는 오전에 대사와 나눈 이야기를 떠올렸다.

"대식아."

"응?"

"우리 독일 군대에 들어갈까?"

"뭐?"

대식이 미친놈 보듯 나를 쳐다보았다.

"알아. 미친 소리라는 거. 하지만 이젠 전방과 후방의 구별이 무의미해졌어. 이럴 바엔 차라리 군에 들어가는 게 더 안전하겠어."

"아무리 그래도 그렇지. 어떻게 전방의 군인이 더 안전하냐? 어제 머리라도 다친 거 아니야?"

"전선이 어디냐에 따라 달라. 전투가 없는 전선도 있거든."

"거기가 어딘데?"

"서부 전선. 프랑스 해안인데, 영국과 해협을 사이에 두고 있어. 독일군이 그 해안을 따라 대서양 방벽을 건설해두었거든. 거긴 난공불락이야."

"아, 됐어. 난공불락이건 뭐건 군대 이야기는 꺼내지도 마."

대식이 손사래 치며 돌아섰다.

"거기에 가면 집으로 가는 배편이 있는데도?"

순간 그의 귀가 쫑긋해지며 돌아보았다.

"뭐, 배편이 있다고?"

"정확히 말하면 잠수함이지. 일본 잠수함이 정기적으로 금을 싣고 본국을 떠나서 프랑스 해안으로 온다는 거야. 그 금은 일본 대

375

사관으로 배달된대. 다음 잠수함이 올 때까지 대사관 활동 자금으로 쓰는 거지."

대식이 기가 막힌다는 얼굴로 말했다.

"그 짠돌이 대사는 돈이 없다고 하더니."

"부족하다는 뜻이었겠지. 하여튼, 중요한 건 잠수함이야. 프랑스 해안에서 기다리고 있다가 잠수함을 타기만 하면 우리는 집으로 돌아갈 수 있어."

"누가 마음대로 잠수함을 태워준대?"

"그건 대사가 해결할 수 있다고 했어. 독일군으로 복무할 경우에."

대사의 얼굴이 떠올랐다. 그는 또 왜 요이치를 꼬드긴 걸까?

"잠수함이 언제 오는데?"

"그건 아무도 모르지."

"뭐야, 그게?"

"그러니까 그곳에서 독일군으로 복무하면서 때를 기다리는 거야. 무작정 기다릴 수 없으니까. 지금 세상에서 불황을 타지 않는 직업이 뭐겠어? 바로 군인이지."

그가 한숨을 내쉬었다.

"참나…… 하긴 군 경력으로 따지자면 우리처럼 화려한 인간들이 또 없지. 근데 이거 왠지 말리는 기분인데, 또……"

"진짜 '또' 가 뭔 줄 알아? 오늘 밤에 '또' 공습, 내일 밤에 '또' 공습. 그게 진짜 '또' 야."

대식이 입술을 깨물며 시커멓게 그을린 식당 바닥을 발로 툭툭 찼다. 그러더니 고개를 들어 나를 빤히 보며 물었다.

"프랑스에서도 소시지 먹냐?"

#49 대식의 일지
1944년 / 프랑스 노르망디 해변

　자전거 페달을 신나게 밟았다. 농가에서 해변으로 이어지는 울퉁불퉁한 길 위를 달리자 자전거가 덜컥거렸다. 지나가던 병사들이 나에게 경례를 붙였다. 나는 웃는 얼굴로 고개를 끄덕여 보이곤 해변을 향해 달렸다.

　나와 요이치가 머무는 농가에서 해변까지는 자전거로 5분 거리밖에 되지 않았다. 구태여 자전거까지 필요한 거리는 아니었지만 요이치가 나를 위해 구한 것이었다. 매일 아침 나는 자전거를 타고 요이치는 그 옆을 달려서 우리가 배치를 받은 해안 포대로 출근을 했다.

　하지만 지금은 나 혼자였다. 오늘 아침에 사령부에서 요이치를 호출했기 때문이었다. 독일어가 유창한 녀석은 이런저런 일로 종종 불려 가곤 했다.

　이곳 프랑스 노르망디에 온 지 딱 1년이 지났다. 아직 잠수함은 감감무소식이었다. 그 짠돌이 대사가 엄살을 부린 것만은 아닌 모양이었다.

나무 덤불 모퉁이를 돌자 시야가 탁 트이며 싱그러운 6월의 바다가 눈에 들어왔다. 나는 페달을 계속 밟으면서 한쪽 눈만 뜨고 엄지손가락을 들어 시야의 아래쪽 반을 가려보았다. 해안선을 따라 설치된 독일군의 참호들과 콘크리트 덩어리 포대들을 그렇게 가리고 나면 이곳은 완연한 휴양지다.

실제 생활까지 휴양지라고 말할 정도는 아니었지만, 지금까지의 여정 중에선 가장 나았다. 한가한 때에는 야외에 테이블을 놓고 나무 그늘 아래서 평상복 차림으로 병사들과 카드놀이를 하기도 했다. 연합군 정찰기를 속이기 위한 것이었다. 하지만 그렇게 시작한 카드놀이는 열혈 병사들의 승부욕이 일어나면서 언제나 진지하고 왁자하게 끝나곤 했다.

가끔은 마을로 나가 술을 마시기도 했다. 주로 칼바도스를 마셨는데, 그것은 이 지역에서 많이 나는 칼바도스산 사과로 만든 브랜디였다. 한입에 털어 넣는 독주로, 현실도피용으로는 제격이었다.

거기서 만난 프랑스 농민들은 나와 요이치에게 우호적이었다. 아마 우리가 독일인이 아니어서 그런 것 같았다. 독일 군복을 입은 우리의 이야기는 이들 사이에도 심심치 않게 회자되는 모양이었다. 이따금 우리에게 칼바도스를 한잔씩 사는 사람도 있었다.

자전거가 포대에 닿았다. 자전거를 포대 뒤편 출입구 근처에 기대놓고는 안으로 들어가 기름 헝겊을 찾아 들고 나왔다. 오늘은 포신을 닦아야 한다.

정오가 다가오니 슬슬 더웠다. 나는 군복 상의를 벗어놓고 러닝셔츠 바람으로 전봇대 같은 포신 위에 걸터앉아 포신을 헝겊으로 닦고 있었다. 이러고 앉아 푸르른 바다를 바라보는 걸 좋아했다.

그때 요이치가 포대 앞으로 모습을 드러냈다.

"왔어!"

"어서 와. 포대 안은 네가 닦아라. 반짝반짝하게."

난 그를 힐끗 돌아보고는 계속 포신을 닦았다.

"왔다고!"

"안다고! 왜, 뽀뽀라도 해줘?"

"뭐가 왔는지 알면 해주고 싶을 걸."

나는 그를 다시 돌아보았다. 문득 그의 손에 들린 바구니가 눈에 들어왔다. 바구니에서 비죽이 고개를 내밀고 있는 건 눈에 익은 포도주병이었다.

나는 포신에서 바닥으로 뛰어내렸다.

"뭐야…… 진짜 온 거야?"

저 생떼밀리옹 포도주는 잠수함이 오면 마시기로 하고 숙소에 모셔놓은 것이었다.

요이치가 포도주 병을 바구니에서 뽑아 들어 보여주었다. 틀림없는 그 생떼밀리옹이다.

"이틀 후에 도착한대!"

마음이 불붙은 듯 뜨거워졌다.

"이야!"

나는 두 손을 번쩍 쳐들었다. 요이치의 얼굴에도 기쁨이 햇살처럼 빛났다. 우리는 서로 얼싸안았다.

얼마나 기나긴 여정이었던가······ 목이 메어왔다.

떨어지고 보니 요이치의 눈가가 촉촉했다. 그는 고개를 돌리며 눈시울을 훔쳤다. 나도 돌아서서 흐르는 눈물을 손으로 닦았다.

먼 바다를 바라보았다. 그리고 평화로운 수면 아래 깊은 해저를 상상해보았다.

먼저 떠오른 것은 거대한 고래였다. 어두컴컴한 바닷속을 느긋하게 유영하는 고래. 왠지 안락한 기분이 들었다. 이번엔 꼭 집으로 돌아갈 수 있을 것만 같은······

"이만하면 그리 나쁜 인생은 아니야."

내 말에 요이치가 젖은 눈으로 나를 돌아보았다.

"어차피 누구나 결국엔 죽어. 죽기 전까지 얼마나 다양한 것을 보고, 느끼고, 했는지를 인생의 목적으로 삼는다면 우리 같은 사람들이 또 있을까? 이번엔 잠수함이라니······ 어떻게 이보다 더 다채로울 수가 있어? 무수한 돈을 끌어안고 불면 날아갈까 안방에 틀어박혀 천천히 죽어가는 인생보단 낫잖아?"

"돌아가면······ 육상에 대한 미련은 없겠어?"

"훗······ 세상은 정말 넓더라. 내 눈으로 똑똑히 보았는걸. 육상은 분명 아름다운 보석이지만 유일한 보석은 아니야. 이제 그걸 알겠어."

요이치의 표정이 밝아졌다.

"그래, 맞아. 그런 의미에서 건배하자!"

그가 바구니에서 잘빠진 와인 잔 두 개를 꺼내 보였다. 나는 씩 웃으며 고개를 끄덕였다. 준비성 좋은 놈.

요이치가 얇은 체크무늬 담요를 바닥에 까는 동안, 나는 생떼밀리옹의 코르크 마개를 땄다. 그는 바구니에서 바게트 빵과 치즈, 그리고 소시지를 꺼내놓았다. 마치 마술 바구니 같았다. 마음이 설렜다.

　우리는 자리에 둘러앉았다. 내가 먼저 포도주로 그의 잔을 채웠고, 그가 병을 건네받아 내 잔을 채웠다.

　"가득 채워, 가득."

　내 잔이 찰랑거렸다. 우리는 함께 잔을 들었다.

　내가 말했다.

　"멈추지 않는 삶을 위하여!"

　"위하여!"

　나와 그는 잔을 부딪쳤다. 포도주가 오늘따라 입에 착 달라붙었다. 나는 멈추지 않고 꿀꺽꿀꺽 들이켰다.

　"야, 넌 무슨 포도주를 그렇게 마시냐? 칼바도스도 아니고."

　나는 그의 말에 아랑곳없이 잔을 깨끗이 비우고는 입맛을 다셨다.

　"오늘 같은 날엔 이렇게 마시는 거야. 자식이 뭘 몰라."

　요이치가 피식 웃었다. 나는 잔을 바닥에 내려놓고는 빵을 반으로 쪼개 한쪽을 그에게 건네며 말했다.

　"고맙다, 요이치. 여기까지 온 거 다 네 덕분이다. 내가 어떻게 해서든 이 신세 갚는다."

　"아니야, 아직 고마워하긴 일러."

　그가 차분한 목소리로 말을 이었다.

　"독일의 잠수함 때문에 연합군은 많은 손실을 입었어. 그래서 그들은 잠수함을 잡기 위해 다양한 방법들을 고안해냈지. 돌아가는 길도 분명 순탄치만은 않을 거야."

"겪어야 할 일이라면 겪어야겠지."

우리는 빵을 씹으며 바다를 바라보았다. 바다를 향해 뻗은 포신도 널찍한 백사장에 촘촘히 박힌 상륙 저지용 말뚝들도 이제 우리와는 아무런 상관도 없는 사물들일 뿐이었다.

바닷바람이 시원스레 불어왔다. 부산의 바다 같았다. 이미 집으로 돌아온 것처럼 가슴이 두근거렸다.

"대식, 너에게 고백할 게 하나 있어."

요이치가 갑자기 진지한 목소리로 말했다.

"뭔데?"

나는 그를 물끄러미 쳐다보았다. 그는 뭔가 망설이고 있었다.

"너 나 좋아하냐?"

내 말에 요이치가 피식 웃었다.

"그것보다 더 심각한 이야긴데."

"어떻게 그것보다 더 심각한 이야기가 있을 수 있냐?"

그가 작심을 한 듯 입을 열었다.

"수희를 좋아한다."

순간 내 귀를 의심했다.

"뭐…… 라고?"

"수희를 좋아해. 조선으로 돌아가면 수희랑 사귀고 싶어. 네가 오빠고 또 가장이니까 너한테 먼저 말하는 거야."

기가 턱 막혔다.

"너 그럼 호숫가 정착촌에서 말했던 그 조선인 여자가……?"

요이치가 고개를 끄덕였다.

"헛 참…… 그건 안 돼!"

"왜?"

"왜? 어떤 오빠가 자기 여동생을 데리고 놀겠다는데 좋아라 하냐?"

"데리고 노는 거 아니야. 나 진지해."

"진지? 왜, 결혼이라도 할라고?"

"수희만 좋다면."

황당했다. 나는 녀석의 얼굴을 빤히 쳐다보았다.

"일본 귀족 집안의 외동아들이 조선인 식모 딸이랑 결혼을 하겠다고? 무슨 신데렐라 쓰냐?"

"조선인 식모 아들이랑 친구도 하는데 뭐가 문제야?"

말문이 막혔다.

"아, 하여튼 안 돼, 그건."

"고집만 부리지 말고 설명을 해봐, 왜 안 되는지."

내 입에서 한숨이 나왔다.

"야, 어떻게 일본인 집안이랑 사돈을 맺냐? 우리 엄마는 어떻게 해? 남편도 없는 과부에, 조선인에…… 맨날 너네 부모 앞에서 기죽어 살라고? 그건 내가 못 봐."

요이치는 대답을 하지 못했다.

"누군 로맨스 좋은지 몰라서 안 하냐? 내 동생 근처에 얼씬도 하지 마라. 조선에 가자마자 이사부터 해야지 안 되겠네, 이거."

"아, 알았다. 알았으니까 이사 가진 마라."

"됐다. 네 속을 내가 모를까 봐? 꼭 간다, 이사."

"너 나한테 신세 갚는다며?"

"신세를 어떻게 갚을지는 내가 결정해."

"알았으니까, 지금은 집으로 돌아가는 것만 생각하자고."

설마 이 녀석이 수희를 마음에 품고 있을 줄이야! 수희도 혹시 요이치를 좋아하고 있었던 건가? 그러고 보니 그런 것 같기도 하다. 이거, 등잔 밑이 어둡다더니…… 이제 집으로 갈 길이 열리니까 녀석이 미리 선전포고를 하는 모양인데, 돌아가면 골치깨나 아프게 생겼다.

"저 바다만 건너면 영국인데……"

요이치가 아스라한 눈으로 수평선에 시선을 고정한 채 말했다.

"런던에서 올림픽이 열렸더라면 이맘때였겠지?"

그가 물었다.

나는 말없이 그가 바라보는 수평선을 바라보았다.

"요이치……"

"응?"

"그래도 수희는 안 돼."

#50 요이치의 일지

1944년. D-day / 프랑스 노르망디 해변

"쾅!"

거포가 바다를 향해 대포알을 날리며 반동을 일으키자 콘크리트 포대 안이 포연으로 가득 찼다. 포대의 가로 틈을 통해 바다가 보였다. 수평선 근처엔 미군의 군함들이 떼 지어 떠서 함포사격을 해대고 있었고, 가까운 바다에는 상륙정들이 하얀 물보라를 일으키며 백사장을 향해 돌진해 오고 있었다.

하루 차이였다. 미군의 공격이 하루만 늦었어도 우리는 잠수함을 타고 여길 빠져나갈 수 있었다! 그 생각을 하니 애가 바짝바짝 타들어갔다.

이제 또 어찌한단 말인가. 전세를 보아하니 독일의 방어선이 무너지는 건 시간문제다. 그러나 일본인인 내가 미군에게 투항할 수도 없는 노릇이다.

독일 장교가 나를 향해 외쳤다.

"요이치, 대식을 데리고 우측 참호로 나가서 MG-42를 맡아!"

"네!"

대식은 어이없어 했다. 하지만 군인은 명령에 살고 명령에 죽는 것이다.

나는 대식을 데리고 참호 밖으로 나왔다. 우리는 자세를 낮추고 참호를 따라 MG-42 기관총 사대를 향해 갔다.

"콰쾅!"

그때 둔중한 폭발이 가까이서 일어났다. 나는 그 맹렬한 기세에 밀려 앞으로 납작 엎드렸다. 크고 작은 파편들이 우수수 떨어져 내렸다.

몸을 일으켜 뒤를 돌아보니 참호 바닥엔 대식이 엎드려 있었고, 그 뒤로 우리가 방금 나온 포대가 미군 함포사격을 정면으로 받았는지 후면의 두꺼운 콘크리트 벽이 터져나가 있었다. 아마 저전거도 박살이 났으리라……

군인은 명령에 살고 명령에 죽는다. 그리고 이제 우리에게 명령을 내릴 지휘관이 사라져버렸다.

"대식, 정신 차려! 도망쳐야 해!"

"어디…… 로?"

"일단 민가로 숨자. 그리고 기회를 봐서 미군에게 항복하는 거야. 우리는 독일인이 아니니까 죽이지 않을 거야."

"그…… 그렇지…… 독일인이 아니지. 나는 조선인이야. 미국의 적이 아니야. 누구의 적도 아니야. 이 전쟁은 절대로 나의 선택이 아니었어…… 이게 다 네놈들 때문이라고……"

나는 대식의 눈동자를 들여다보았다. 아득한 곳을 보고 있는 것 같았다.

"정신 차려, 대식!"

그러자 그의 눈동자의 초점이 돌아왔다. 그가 나를 보며 물었다.

"이 새끼, 넌 어쩌냐, 일본 놈인데…… 미군이 가만두지 않을 거야."

"너만 입 다물면 그들은 몰라."

"그건 그렇지."

그가 고개를 끄덕였다.

하지만 내 목에 걸린 군벌줄엔 영락없는 일본 이름이 새겨져 있다. 설사 군번줄을 버린다고 하더라도 미군은 나를 수상쩍게 여길 것이다.

나는 참호 밖으로 고개를 내밀어 농장 쪽을 바라보았다. 전투의 굉음들만 아니라면 한적한 프랑스의 농촌 모습 그대로다.

나는 그곳을 가리키며 대식에게 외쳤다.

"저쪽 큰 나무 옆에 농가 보이지? 거기까지 달려가는 거야. 다시 한 번 해보자!"

그가 멍하니 농가를 바라보았다.

"달릴 수 있겠지?"

내가 그에게 물었다.

그가 눈동자를 반짝이며 나를 바라봤다.

"달릴 수 있냐고? 달리기로는 넌 날 이기지 못해. 알잖아."

난 빙그레 웃었다.

"글쎄, 길고 짧은 건 대봐야 알지. 저기 파란 지붕의 현관이 골라인이다."

"끝내 인정 못하겠다. 이거지? 좋다. 누가 진정한 승자인지 다시 한 번 보여주마."

그가 먼저 참호 위로 뛰쳐나갈 자세를 취했다.

"준비."

그가 심판 같은 말투로 말했다. 나도 참호 벽을 손으로 짚으며 자세를 잡았다.

"탕!"

마치 출발신호처럼 총성 한 발이 도드라지게 울리자 그가 먼저 참호 위로 뛰어오르며 냅다 달리기 시작했다. 나도 질세라 참호 밖으로 뛰쳐나갔다.

참호에서 농장까지 이어지는 풀이 덮인 평지 위엔 연합군의 집중 폭격으로 생긴 분화구들이 군데군데 깊이 패어 있었다. 폭발력이 얼마나 셌던지 모두들 직경이 5미터가 넘어 보였다.

대식은 분화구 사이의 길을 따라 앞서 달렸다. 나는 뒤에서 달리며 그의 상태를 유심히 살폈다. 다리를 저는 기색 없이 잘 달렸다. 상황이 급박해서인지 그사이에 다리가 나은 건지는 모르지만 다행스러웠다.

그가 속도를 점점 올렸다. 나는 걱정이 되기 시작했다. 너무 무리하는 게 아닐까……

그 순간 갑자기 그의 다리가 휘청거렸다. 가슴이 철렁했다. 역시나 그의 다리가 버텨내지 못하는 것이다.

얼른 그의 옆으로 뛰어갔다. 하지만 비록 속도는 확 떨어졌어도 대식은 멈추지 않았다. 나는 그와 나란히 달리며 그를 쳐다보았다. 그가 나를 향해 신경 쓰지 말고 계속 가라고 손짓했다. 고통을 참는 듯 얼굴이 붉었다.

어차피 여기서 멈출 수는 없었다. 나는 그의 앞에서 천천히 달리며 길을 인도했다. 내 시선은 비록 정면을 향하고 있었지만 신경은 뒤로 쏠려 있었다. 그의 신음 섞인 거친 숨소리가 들려왔다.

대식아, 조금만 더…… 조금만……

"쾅!"

순간 뒤에서 폭발의 열기가 맹렬히 끼쳐왔다. 나는 앞으로 데굴데굴 굴렀다. 열기로 볼 때 꽤나 가까운 거리다. 내 마음은 구르면서도 계속 대식 걱정이었다.

몸이 멈추자 나는 스프링처럼 일어나 뒤를 보았다.

그런데…… 그가 보이지 않았다.

"대식! 대식!"

설마! 대식의 몸이 폭발에 산산조각이라도 난 건가! 소름 끼치는 절망감에 내 심장이 얼어붙었다. 무릎에 힘이 풀리며 나도 모르게 털썩 바닥에 주저앉고 말았다. 여기까지 왔는데……

그때 허공 가득 울리는 포성과 총성 사이로 희미한 인기척이 들려왔다. 분화구다! 나는 벌떡 일어나 앞에 보이는 분화구를 향해 달려갔다.

분화구 안을 보니 대식이 하늘을 똑바로 올려다본 채 대자로 누워 있었다. 나는 분화구 안으로 미끄러져 들어갔다.

그의 코 아래로 손가락을 대어보니 날숨이 와 닿았다. 비로소 꽉 쥐어 있던 마음이 슬그머니 풀렸다. 하지만 하얗게 치켜뜬 그의 눈동자는 허공을 바라보고 있을 뿐이었다. 두려웠다.

"대식, 정신 차려! 대식!"

그의 어깨를 흔들었다. 그러자 그는 정신을 차리려 애쓰는 것 같았다. 조금씩 그의 눈동자가 제자리로 돌아왔다.

이윽고 그가 힘겹게 입을 열었다.

"요이치……"

"그래, 나야! 괜찮은 거야?"

"내 등이……"

나는 그의 상체를 조심스럽게 안아 일으키며 그 아래로 손을 넣어보았다. 뜨끈한 액체로 흥건했다. 게다가 부위가 당혹스럽게 넓었다. 순간 마음에 찬바람이 일어났다. 눈물이 쏟아질 것 같았다.

그러나 나를 가만히 응시하고 있는 대식을 보며 나는 억지로 얼굴을 폈다.

"괜찮아…… 괜찮을 거야."

하지만 그의 등을 짚고 있는 손을 차마 뺄 수가 없었다. 그의 피로 얼룩졌을 내 손을 보면 더 이상 아무렇지 않은 얼굴을 지어 보일 수 없을 것 같았다.

그는 아무 말도 없이 나를 그저 바라만 보고 있었다. 이상하리만큼 평안해 보였다. 더럭 겁이 났다.

"미군은…… 어디까지 왔어?"

대식이 물었다. 나는 정신을 차리며 그를 바닥에 조심스레 내려놓았다. 그러곤 일어서서 분화구 바깥으로 해안 쪽을 바라보았다.

저 멀리에는 이미 미군들이 해안 언덕 위로 돌파해 올라와 참호 아래를 향해 마구 총을 갈겨대고 있었다. 그들은 분노해 있었다. 참호 아래로는 독일 병사들이 죽어가고 있을 것이다. 어쩌면 두 손을 들고 있었을지도 모른다.

나는 자세를 낮추며 대식에게 말했다.

"참호까지 올라왔어. 독일군 포로들을 잡는 중이야."

나는 독일군 철모를 벗어 던지고 상의를 벗기 시작했다. 물론 이 안에 일장기 같은 건 없다. 그랬다간 오히려 벌집이 될 것이다. 다만 조금이라도 시각적 자극을 줄여야 한다. 동양인의 얼굴에 미군의 시선을 집중시키기 위해.

"거짓말도 못하는 주제에……"

대식의 말에 문득 나의 손길이 멈췄다. 그를 돌아보니 그는 마치 모든 걸 알고 있다는 듯한 얼굴이었다.

"요이치…… 나…… 수희한테 약속한 게 있어. 남편감을 찾아 주기로……"

뜬금없는 소리를 했다.

"너는…… 조선으로 돌아가. 돌아가야 해."

그의 말이 내 가슴을 때렸다.

"무슨 소리야! 같이 가는 거야. 우리 둘이 같이!"

그때 분화구 안으로 미군들의 외침과 빠르게 뛰어오는 발소리가 들려왔다. 나는 급히 상의를 마저 벗었다.

순간, 대식이 거짓말처럼 몸을 벌떡 일으켰다. 그러고는 바닥에 주저앉은 내 앞을 가로막으며 두 팔을 활짝 벌렸다. 그건 항복이라기보다는 나를 가려주는 자세였다.

"탕탕탕!"

미군의 총알들이 빗발치듯 날아들었다. 내 얼굴에 피가 튀었다. 대식의 몸통에서 뿜어져 나온 것이었다. 순식간에 벌어진 일이었다.

그의 피투성이 등짝이 서서히 나를 향해 기울었다.

"안 돼!"

대식의 몸을 붙잡았다. 그리고 그를 바닥에 눕히며 상체를 내 무릎 위로 받쳤다.

미군들은 우리를 내버려둔 채 농가 쪽으로 돌격해 들어갔다.

"대식! 대식!"

그의 이름을 외쳐 불렀다. 그래야만 그의 정신이 돌아올 것만 같았다. 하지만 허공을 향해 허옇게 열린 그의 눈동자에선 이미 생명의 기운이 빠져나가고 있었다.

"이 바보 같은 조센진! 왜 그런 짓을 했어! 왜!"

그를 마구 흔들었다. 내 눈물이 그의 강인한 턱 위로, 독일 군복의 널찍한 깃 위로 후드득 떨어져 내렸다

그러자…… 그의 눈동자가 나를 향해 돌아왔다. 잠시 그대로 나를 응시하던 그가 힘겹게 자신의 주먹을 나를 향해 들어 올렸다. 나는 급히 그의 손을 붙잡았다.

그가 서서히 주먹을 폈다. 그 안엔 피 묻은 독일군 군번줄이 놓여 있었다. 그 조그마한 철 조각 위엔 '한대식'이라는 조선 이름이 또렷이 각인되어 있었다.

그가 입술을 달싹였다. 나는 급히 귀를 가까이 가져갔다.

"요이치…… 바통…… 터치다……"

뭐……?

내 가슴 깊은 곳에서 왈칵 오열이 터져 나왔다.

"그런 게 어딨어! 누구 마음대로 바통 터치야! 일어나, 이 자식아! 지금은 아니야! 아직 아니라고! 계속 달려, 한대식! 달리란 말이야!"

그를 향해 울부짖었다.

이만하면 그리 나쁜 인생은 아니라며 멈추지 않는 삶을 위해 건배하던 모습이 아직도 눈에 선한데…… 지금은 마치 탈선한 기관차처럼 바닥에 널브러져 있었다.

"아니야…… 아니야! 일어나, 어서! 일어나 달리라구!"

나는 그의 멱살을 잡고 흔들었다. 눈물이 펑펑 쏟아졌다. 그런데……

그의 얼굴엔 부드럽고 따뜻한 미소가 피어나고 있었다. 마치 조금의 후회도 없다는 듯이.

왜였을까…… 나는 그의 아버지의 마지막 순간을 떠올렸다.

그의 입술이 움직였다.

"내가 가진 것 중에 가장 좋은 거다. 가져. 너에게 줄게."

아이 같은 말투였다. 나를 바라보는 그의 눈동자엔 이제 초점이 맺혀 있지 않았다.

"우리 가족에게 이곳을 내준 것에 대한 답례야."

아! 그는 지금 열 살 때의 오두막으로 돌아가 있는 것이다! 우리가 서로를 증오하기 시작했던 바로 그 장소로. 지금 소년은 나에게 영롱한 흑구슬을 내밀고 있는 것이다.

나는 그의 손에 쥐인 피 묻은 군번줄을 보았다. 이내 나의 시야가 흐릿해져버렸다. 뜨거운 눈물이 볼을 따라 흘러내렸다.

"너도 달리기를 잘한다고 너희 엄마가 그러시던데, 나도 달리기 좋아해. 우리 같이 연습할까?"

그의 물음에 난 그의 손을 꼭 잡았다.

"그래, 이제 우리 같이 연습하자. 매일 같이 달리는 거야."

그때 하지 못했던 말을 이제야 했다. 왜 그땐 하지 못했을까…… 내 입에서 주체할 수 없는 흐느낌이 새어 나왔다.

제발 그가 지금의 내 말을 들었기를…… 그의 머릿속에 그때의 기억이 다시 쓰여졌기를……

순간, 대식의 손이 확 무거워지더니 내 손아귀에서 쑥 빠져나가버렸다…… 나는 놀라 대식의 얼굴을 쳐다보았다. 그의 눈동자에는 생명의 빛이 사라지고 없었다.

나는 떨리는 손을 들어 그의 눈동자를 감겨주었다. 내 손바닥엔 그의 콧김이 느껴지지 않았다.

뜨거운 눈물이 샘처럼 솟구쳐 눈앞이 어른거렸지만 나는 대식의 마지막 모습에서 눈을 떼지 않았다. 뗄 수가 없었다.

대식을 품에 안았다. 그를 꼭 끌어안자 두근거리는 심장이 내 것인지 그의 것인지 모르게 되어버렸다. 누구의 것이든 이제 하나의 심장만이 맥박 치고 있다. 누구의 것이든 이제 상관없었다.

문득 그의 몸이 가뿐해지는 걸 느꼈다. 나는 팔을 풀며 그를 보았다.

그는 어린 소년이 되어 있었다! 남작당 정원의 오두막에서 처음 만났던 그 소년이 피로 얼룩진 독일 군복을 입고 내 팔에서 편안히 잠들어 있었다……

나는 눈물 가득한 눈을 닦아냈다. 그리고 다시 그를 보았다. 하지만 여전히 내 팔에 안겨 있는 건 소년이었다.

내가 드디어 미쳐가는 모양이다. 하지만 괜찮다. 이런 터무니없는 시대에 정신이 멀쩡한 인간들이란 지배자들과 쓸개 빠진 놈들뿐이니까.

나는 그를 두 팔에 안은 채 자리에서 일어섰다. 소년의 가녀린 팔과 다리가 아래로 축 처졌다. 분화구 위로 걸어 올라갔다. 경사면이 미끄러워 몇 번을 비틀거렸고, 그때마다 볼에 맺힌 눈물이 소년의 얼굴로 떨어져 내렸다.

분화구를 걸어 나와 바다 쪽을 바라보았다. 해안 언덕의 참호와 포대 근처엔 미군 병사들이 두 팔을 머리 뒤로 한 독일 병사들을 향해 총구를 겨누고 있었다. 그런데……

미군이나 독일군이나 모두 열 살짜리 소년들이었다. 그들은 작은 몸에 맞는 군복을 입고 작은 총을 들고 분노와 증오로 가득한 얼굴을 하고 있었지만, 분명 어린 소년들이었다. 바닥에는 미국 소년들과 그보다 더 많은 수의 독일 소년들이 피를 흘리며 쓰러져 있었다. 어디를 둘러봐도 마찬가지였다. 이 참혹한 전투를 치르고 있는 건 어찌 된 건지 모두 어린 소년들뿐이었다.

안타깝고 허망한 기분에 사로잡혔다. 내 팔에 안긴 어린 대식이 새삼 가슴에 사무쳐왔다.

난 아이를 꼭 끌어안았다. 따뜻했다.

그런데 아이의 머리칼이 길게 자라며 내 뺨을 간질였다. 이상한 기분에 고개를 들어보니 대식은 간데없고 내 팔 가득히 은회색의 털 뭉치가 안겨 있었다. 나는 화들짝 놀라 팔을 풀었다.

털 뭉치는 바닥에 사뿐히 떨어져 내리더니 꿈틀거리며 부쩍부쩍 커졌다. 내가 입을 다물지 못하고 있는 사이, 그것은 호랑이만 한 늑대가 되었다.

늑대는 고개를 돌려 나를 쳐다보았다. 나는 놀랍고 두려운 마음에 한 걸음 물러섰다. 하지만 녀석은 차분하게 나를 볼 뿐 공격할 마음은 없어 보였다. 그러고 보니 어디서 많이 본 늑대였다.

그렇다! 만주 벌판에서 내가 쏘아 죽였던 바로 그 늑대다!

나는 얼떨떨한 기분에 가만히 녀석에게 다가가 떨리는 손으로 그의 몸을 조심스레 쓰다듬어보았다. 빽빽하고 보드라운 털이었다. 늑대는 내가 자신에게 한 짓이 원망스럽지도 않은지 내 손길을 거부하지 않고 가만히 있었다.

안락한 기분이 들었다. 또 미안하기도 했다.

그때 갑자기 늑대가 고개를 하늘을 향해 쳐들더니 긴 울음을 뽑아내기 시작했다. 그 울음은 하늘 끝에라도 가 닿을 듯 높이높이 울려 퍼졌다.

순간 하늘이 어둑해졌다. 고개를 들어보니 태양을 가리며 거대한 독수리가 나타났다. 독수리는 큰 날개를 좌우로 활짝 펼치고 지상을 향해 미끄러지듯 내려오고 있었다.

두려움에 몸을 움츠렸다. 거인 독수리는 하늘을 가리며 지상에 더욱 가까워졌다. 나는 몸을 떨며 바닥에 납작 엎드렸다.

지면에 거의 닿을 듯 내려온 독수리는 두 발을 앞으로 내밀어 갈고리같이 매끈하게 굴곡진 발톱으로 늑대의 몸통을 부드럽게 잡아챘다. 동시에 힘찬 날갯짓 소리와 함께 바람이 폭풍처럼 불어닥쳤다. 나는 고개를 돌리며 눈을 질끈 감았다.

내가 다시 눈을 들었을 땐 독수리는 힘껏 날갯짓을 하며 늑대와 함께 하늘로 날아오르고 있었다.

멍하니 그 경이로운 모습을 바라보았다. 하늘을 향해 치솟던 독수리와 늑대는 점점 작아져갔다. 그러곤 더 이상 모습이 보이지 않았다.

한량없는 쓸쓸함이 칼바람처럼 마음을 휘젓기 시작했다.

'이제 어디 가서 대식을 다시 만나지……'

해가 진 후 미군 장교의 막사 안으로 들어갔다. 그 안에는 낮에 나를 독일군 포로들 속에서 발견한 미군 대위가 앉아 있었다. 그는 추가 조사를 하고자 나를 이곳으로 따로 부른 것이었다. 그의 옆에는 통역병이 앉아 있었다.

나는 그들을 마주 보며 앞에 놓인 의자에 앉았다. 그러자 피로감이 몰려왔다. 최소한 그것은 내가 살아 있다는 증거이리라.

통역병이 나에게 물었다.

"일본어를 할 수 있겠죠? 여긴 조선어를 할 수 있는 사람은 없어요."

"일본어…… 할 수 있습니다."

통역병이 대위에게 고개를 끄덕였다. 그러자 대위가 나를 바라보며 뭔가를 말했다. 통역병이 물었다.

"당신은 누구입니까?"

나도 장교를 마주 보며 대답했다.

"나는 조선인입니다. 나는 미국의 적이 아닙니다. 누구의 적도 아닙니다. 이 전쟁은 절대 나의 선택이 아니었습니다."

대위의 파란 눈동자가 나를 꿰뚫을 듯 빛을 발했다.

"그럼 누구의 선택이었단 말이오?"

"일본의 제국주의자들…… 그들이 나에게 덫을 놓아 군에 끌어들였습니다. 많은 식민지 조선인들에게 그랬듯이……"

대위는 나의 한마디 한마디를 주시하며 희미한 거짓의 징후라도 포착해내려 하고 있었다. 나는 거짓말에 서툴다. 그러나 그는 아무것도 잡아내지 못할 것이다. 내 말엔 조금의 거짓도 없었으니까.

"군번줄을 봅시다."

나는 목에 걸려 있던 군번줄을 풀어 그에게 건넸다. 대위는 그걸 유심히 들여다보았다. 그러곤 테이블 위에 있던 다른 독일군 군번줄과도 대조해보았다.

별다른 이상을 발견하지 못한 듯 그는 이번엔 통역병에게 내 군번줄을 보이며 서로 이야기를 주고받았다.

일본어를 할 줄 아는 사람이라면 누구나 거기에 적힌 '대식 한'이란 이름이 일본 이름이 아니라는 것을 대번에 알 것이다.

대위의 눈에서 의심의 빛이 다소 사그라졌다.

"조선인이 어떻게 여기까지 오게 된 거요?"

그의 목소리에서 순수한 인간적 호기심마저 느껴졌다.

한숨이 슬며시 흘러나왔다. 대식아…… 너라면 그 기나긴 이야기를 어떻게 시작하겠니……

"나는 원래 육상선수였습니다. 전쟁만 아니었다면 올림픽에 나갔을 겁니다. 조선과 일본을 통틀어 나보다 더 잘 달리는 사람은 없었죠. 하지만 그것 때문에 일본으로부터 심한 견제를 받아야 했습니다. 같은 일본 선수들은 트랙에서만 열심히 달리면 되었지만, 저는…… 삶의 매 순간을 인내하며 용기를 내지 않으면 안 되었

398

습니다……"

내 눈에서 눈물이 주르륵 흘렀다.

"내 이름은 한대식입니다……"

대위가 다시 군번줄을 확인하더니 나를 바라보았다. 내 눈물이 쉬이 멈출 것 같지 않았다.

눈을 떠보니 안개가 가득했다. 갑판 위는 그럭저럭 잘 만했다. 내 주위로 아직 자고 있는 미군 부상병들이 보였다.

나를 조사했던 미군 대위의 배려로 나는 계급장을 뗀 허름한 미군 군복을 하나 얻어 입고 대서양을 건너 미국으로 돌아가는 배에 몸을 실었다.

덥고 있던 모포를 개어놓고 난간으로 다가갔다. 안개가 꽤 짙어 뱃머리 앞으로는 아무것도 보이지 않았다. 이 배가 향하는 곳은 뉴욕이라고 들었다.

뉴욕에서부터 미국 대륙을 가로질러 샌프란시스코까지 가야 한다. 거기서 배를 타고 태평양을 건너 하와이를 통해 일본으로 돌아간다. 결국 세계를 일주하는 셈이다. 이걸 해낸다면 앞으로 하지 못할 일이 없을 것이다.

당장은 내 조국과 한창 전쟁을 치르고 있는 적국을 관통해야 하는 과제가 나를 가로막고 있다. 그러나 별문제 없다. 나는 어디까지나 조선인 한대식이니까. 그가 나와 함께하니까.

주머니에서 군번줄을 꺼내보았다. 거기엔 '요이치 후지와라'라고 적혀 있었다.

나는 군번줄을 쥐고는 가만히 손을 난간 밖으로 내밀었다. 뿌연 안개 속에서 목걸이 줄이 주먹 아래로 흔들거렸다. 배 난간 아래를 보니 육중한 배의 몸통이 물살을 하얗게 가르며 나가고 있었다.

나는 주먹을 폈다. 군번줄이 스르륵 미끄러져 아래로 떨어져 내렸다. 그러곤 보일 듯 말 듯 물살에 휩쓸려 사라졌다.

캄캄한 해저를 향해 떨어져 내리는 내 군번줄을 상상하며 한동안 아래를 내려다보았다. 저것은 더 이상 필요없다. 이제부턴 없는 편이 안전하다.

'멈추지 않는 삶을 위하여.'

목에 걸린 대식의 군번줄이 반기듯 달그락거렸다.

고개를 들어 앞을 보았다. 뱃머리 앞으로 무언가 거대한 물체가 안개 속에 희끄무레 보였다. 뭐지? 유심히 그 물체를 응시했다.

배가 물체를 향해 점점 가까이 다가가자 안개 속에서 서서히 그 모습이 드러났다. 위로 추켜올린 한 팔에는 횃불이 들려 있었고, 머리에는 뾰족뾰족한 관을 썼으며 다른 한 손에는 판을 들고 서 있는 회백색의 거인이었다.

남자인지 여자인지 알 수 없는 그 거인의 표정에서 나는 이상스레 마음의 평안함을 느꼈다.

"탕!"

별안간 총성이 울렸다.

깜짝 놀라 돌아보니, 갑판 위의 병사들이 거인을 보고 환호성을 올리며 하늘을 향해 총을 쏘아대고 있었다.

비록 많은 전우의 사체들을 노르망디 해변에 남겼지만 끝내 승전하고 귀환하는 기쁨이 큰 모양이다. 갑판 한편에서는 머리를 감싸며 눈물짓는 병사도 있었다.

내가 집으로 돌아가는 날 내 기쁨은, 또 내 슬픔은 지금 이들의 것과는 비교도 되지 않을 것이다.

총성이 계속 울려 퍼졌다.

#51 요이치의 일지
4년 후. 1948년 / 영국 런던

"탕!"

나는 앞으로 달려 나갔다. 내 앞과 뒤로 늘어선 각국을 대표하는 많은 주자들도 힘차게 뛰기 시작했다. 결승점인 웸블리 스타디움까지 42.195킬로미터를 달리는 여정이다.

런던 올림픽은 그간 세계를 휩쓴 전쟁 때문에 독일 베를린 올림픽 이후 12년 만에 열리는 것이었다. 그러니만큼 평화의 도래를 축하하는 세계의 축제가 되었다.

하지만 패전국인 일본과 동독, 서독은 초대받지 못했다.

내 가슴에 달린 것은 태극기였다. 등에는 'HAN'이라고 적혀 있었다. 바로 대식의 성이다.

'너의 바통은 내가 받았다. 네가 못다 이룬 것 내가 이룬다. 네가 준 네 이름으로.'

노르망디에서 한 결심이었다. 일본인은 결코 은혜를 잊지 않는다.

내가 미국을 거쳐 조선으로 돌아간 지 얼마 되지 않아 히틀러는 자살을 했고, 그로부터 4개월 후 미국의 핵폭탄 투하로 일본 제국은 패망하고 말았다.

일본으로 부랴부랴 건너가는 부모님에게 나는 조선에 남겠다고 말했다. 부모님이 부산항에서 무사히 배에 오르는 것을 확인하고는, 나는 대식의 어머니, 그리고 수회와 함께 경성으로 향했다. 수중엔 부모님이 남겨준 돈이 좀 있었다.

이듬해 신년 담화문에서 천황 폐하는 자신이 신이 아님을 스스로 밝혔다. 이미 의심하고는 있었지만, 직접 듣고 나니 허망하고 분했다. 거품이 되어버린 나의 믿음이, 산산이 부서진 대식의 소망이.

한반도의 사정도 좋진 않았다. 북쪽에 상주한 소련과 남쪽에 상주한 미국 사이에서 극심한 혼란을 겪고 있었다. 결국 반도는 북한과 남한으로 갈리더니, 불과 석 달 전에 남한 단독으로 총선을 치르고 국회가 결성되었다.

나는 그 혼란의 틈바구니에서 한국 국적으로 탈바꿈했다. 한대식이라는 이름으로.

그리고 지금 런던 시민들이 숨 쉬는 공기를 가르며 그들이 지나다니는 아스팔트 위를 힘차게 내달리고 있다. 러닝셔츠 아래로 대식의 군번줄이 흔들거렸다.

잘 때나 연습할 때나 풀어놓은 적이 없었다. 내가 존재하는 이유를 한시도 잊지 않기 위해서였고, 어린 대식이 원했던 것처럼 그와 항상 함께 달리기 위해서였다. 그의 심장 소리를 내 심장으로 느끼며, 그의 발소리를 내 발아래 울리며.

내 몸은 점차 '사점(死點)'을 향해가고 있었다. 사점이란 운동 초반에 육체가 말 그대로 죽을 듯한 고통을 느끼는 시점이다. 갑작스런 산소 소모의 증가로 산소 부족 현상이 오는 것이다.

하지만 사점에서 포기하지 않고 계속 달리면 육체가 상황에 적응하면서 고통이 사라지고 몸에 활력이 돌게 된다. 그 상태를 '세컨드 윈드(Second Wind)'라고 부른다.

왜 서양인들이 '바람(Wind)'이라는 표현을 썼는지는 모르겠지만, 겪어보면 느낌상으로는 납득이 간다. 마치 뒤에서 불어오는 순풍을 받는 기분인 것이다.

마라톤 주자들은 모두 이것을 체험을 통해 알고 있다. 그렇기 때문에 숨이 곧 멎어버릴 것만 같은 고통을 견뎌낼 수 있다. 그러고는 '세컨드 윈드'가 오면 순풍을 한가득 돛에 담고, 보통 사람들은 상상도 못할 거리를 달려 나가는 것이다.

인생도 마찬가지다. 나는 매번 사점이 다가올 때마다 내 인생의 사점을 떠올린다. 그날은 세상 사람들이 'D-Day'라고 부르는 날이다.

프랑스 노르망디 해안에 연합군이 상륙하던 그날, 내 가슴엔 대식의 심장이 상륙했다. 그리고 유럽 대륙이 그러했듯이, 'D-Day'에 나는 해방되기 시작했다. 제국주의를 맹신했던 나 자신에게 그저 눈감아버리고 싶었던 나약한 마음으로부터. 나는 어리석었던 과거를 두 눈 똑바로 뜨고 마주 볼 용기를 얻었던 것이다. 그것이

종국에 내 영혼을 암흑으로부터 구원했다. 그러고야 비로소 내가 해야 할 일이 또렷이 보였다.

그것이 '세컨드 윈드' 인생의 시작이었다. 나를 대신해 죽은 대식. 그는 내 '세컨드 윈드'의 목적이자 의지가 되었으며, 지금 나와 함께 런던의 거리를 달리고 있는 것이다.

런던의 풍경들이 지나갔다. 템스 강에 놓인 웅장한 타워 브리지, 뾰족뾰족한 첨탑들이 가득한 국회의사당, 높다란 시계탑 빅벤, 여왕이 살고 있는 버킹엄 궁전.

나는 일부러 그것들을 하나하나 눈에 넣을 듯 바라보며 달렸다. 대식이 그토록 보고 싶어 했던 것들이기 때문이다. 마음이 밝아졌다. 내 안의 대식이 기뻐하는 모양이다.

나는 작열하는 태양을 뚫고 거리의 딱딱한 벽돌 위를 달렸다.

발바닥이 화끈거려 대식과 함께 몽골의 초원을 맨발로 달리던 때를 상상했다. 그의 안정감 있는 발걸음이 들려왔다. 발아래로 매끄럽고 싱그러운 풀들이 밟혔다. 달리면서 몽상하는 것이 습관처럼 되어 있었다.

어느덧 저 앞에 웸블리 스타디움이 보이기 시작했다. 이제 달리기에 집중해야 한다.

내 앞으로는 세 명의 주자가 달리고 있었다. 겨우 선두 그룹에 속하긴 했지만 덕분에 체력은 거의 바닥난 것 같았다. 땀이 비 오듯 줄줄 흘러내렸다.

나는 남은 모든 것을 토해내기 시작했다. 아무것도 남겨놓지 않을 생각이다.

세 명의 주자들에 이어 내가 스타디움의 트랙 위로 들어섰다. 경기장을 가득 메운 관중들은 일제히 일어서서 우레와 같은 함성을 지르고 있었다. 하늘엔 만국기가 나부꼈다.

　내 안에서 대식이 껑충껑충 뛰는 것 같았다.

　'대식, 반드시 메달을 네 군번줄 옆에 나란히 걸어주겠어.'

　이를 악물었다. 막판 스퍼트였다. 어디서 힘이 솟았는지 순간 두 발이 날듯이 트랙 위를 달렸다.

　조금씩, 조금씩 앞 주자의 등이 가까워져왔다. 조금만 더!

　숨이 턱밑까지 치받아 올랐다. 한계였다!

　그때 러닝셔츠를 빠져나온 대식의 군번줄이 허공에서 달그락거렸다. 순간, 포성 속에서 대식의 손바닥에 놓여 있던 피 묻은 군번줄이 눈앞에 떠올랐다. 온몸이 저릿하게 타올랐다.

　"으아아!"

　앞 주자가 내 시야에서 사라졌다.

　"팡!"

　트랙 옆에 서 있던 사진기자의 카메라 플래시가 터졌다.

#52 요이치의 일지

2011년 / 요이치의 집

　오랜만에 집으로 돌아온 나는 검버섯이 피어오르고 구부정해진 손으로 거실의 한쪽 벽을 장식한 나무 액자들을 하나씩 짚어보고 있었다. 거기엔 나와 아내, 그리고 우리 가족사진들로 가득했다. 모두 아내가 꾸며놓은 것이다.

내가 웸블리 스타디움의 트랙 위를 역주하며 앞선 주자를 추월하던 순간의 모습, 그리고 새파랗게 젊은 내가 시상대 위에 올라 활짝 웃고 있는 모습을 보니 나도 모르게 입가에 미소가 떠오른다.

사진 속 내 목에는 메달과 함께 군번줄이 나란히 걸려 있었다. 그날 이후로 메달은 케이스에 넣어 고이 보관했지만, 군번줄은 지금까지도 내 목에 걸려 있다.

그 아래 사진은 아내가 하도 졸라서 내가 기자에게 부탁해 특별히 받아낸 것이었다. 나와 아내가 시상대 앞에서 기쁘게 포옹하는 모습이었다. 둘 다 만면에 환희가 가득했다. 수희도 저땐 참 젊고 예뻤다.

그 옆으로는 우리의 어린 자식들과 함께 찍은 행복한 모습들, 자식들이 커가는 모습들, 그리고 그 자식들이 낳은 자식들과 모두 함께 찍은 대가족 사진이 걸려 있었다.

세 살배기 민수 녀석은 그날 어찌나 울어젖히던지 진땀을 다 뺐다. 내 품에 안겨 있는 민수의 얼굴이 온통 울상이다.

사진 속의 나와 수희는 이미 노인이었다. 하지만 90세가 넘은 지금에 비하면 그때조차도 싱싱해 보인다. 사진 속 내 얼굴엔 여전히 강인한 기운이 서려 있는데……

벌써 숨이 차오른다. 아들이 병원에서 퇴원해도 된다더라고 내게 말했을 때 아무도 말은 하지 않았지만 나는 알고 있었다. 집에서 편히 임종을 맞게 해주라는 의미인 것을.

내년에 다시 런던에서 올림픽이 열린다. 하지만 내가 그것을 볼 수는 없으리라.

문득, 노르망디에서 "어차피 누구나 결국엔 죽어"라고 말하던 대식이 떠올랐다. 퇴원 준비를 하면서부터 유난히도 그때 생각이 많이 났다.

지금 생각해보면 어린놈이 그 말의 무게를 온전히 알고나 한 말일까 싶다. 어쨌거나 그의 말은 틀림이 없다. 결국엔 나도 그의 뒤를 따르는 것이다.

나는 마른 나뭇가지 같은 손을 들어 눈시울을 훔쳤다. 언제부턴가 눈물은 흘러내리지 않았다. 그저 눈 주위를 적실 뿐.

"할아버지! 다녀오셨어요!"

열 살이 된 민수가 아내의 손을 잡고 나를 향해 걸어오고 있었다. 녀석 참 오랜만에 본다. 똘망똘망한 눈으로 나를 쳐다보는 민수를 보자 다시금 눈 주위가 축축해졌다.

민수는 가면 갈수록 대식을 더 닮아간다. 내 기억 속의 어린 대식과 지금의 민수는 판박이처럼 똑같이 생겼다. 나와 아내는 민수 이야기를 할 때마다 대식이 살아 돌아온 것 같다고 입을 모으곤 했다. 인생이란 정말 경이로운 것이다.

나는 벽에 붙여놓은 적갈색의 나무판을 쳐다보았다. 양각으로 글자가 새겨져 있었다.

"믿음, 소망, 사랑, 이 세 가지는 항상 있을 것인데, 그중의 으뜸은 사랑이라. ―고린도전서 13:13"

민수가 조막만 한 손으로 내 손을 붙잡더니 다짜고짜 말했다.

"할아버지! 잉어 보러 가요! 그동안 많이 컸어요!"

"너희들은 나올 것 없다."

아내가 두 아들과 며느리들, 그리고 딸과 사위를 향해 말했다.

"네, 그럼 저희는 점심 준비할게요, 어머님."

큰며느리가 대답했다.

나와 아내는 아이와 한 손씩 잡고 정원으로 나갔다. 초여름의 공기가 따스했다. 우리는 정원을 가로질러 한쪽에 만들어진 연못 가로 갔다.

민수가 나의 느린 걸음을 못 견디겠던지 우리 손을 놓고 먼저 쪼르르 달려가 바위 사이에 놓인 모이통에서 모이를 한 줌 꺼내 수면 위로 던졌다.

녀석은 확실히 외탁을 했다. 비단잉어들을 저리 좋아하는 걸 보면.

"할아버지, 이 연못 정말 할아버지가 할머니한테 만들어준 거예요?"

드디어 연못가에 도착한 나에게 민수가 물었다.

"그럼…… 벌써 오래전 이야기지."

나는 바위에 걸터앉으며 수희를 쳐다보았다. 수희가 씩 웃었다. 내가 없는 동안 자랑삼아 말해준 모양이다. 안 봐도 아내의 그런 얼굴이 훤히 보였다.

"앞으로는 네가 잘 돌봐야 한다. 할머니도 이제 힘이 없으니까."

"걱정 마세요. 지금까지도 내가 다 길렀는걸요?"

"그랬구나…… 허허. 아이고, 민수가 다 컸구나, 이제."

나는 녀석의 반들반들한 머리를 쓰다듬었다.

"네! 우리 반에서 달리기도 내가 제일 빨라요."

정색을 하는 아이의 얼굴에 나는 웃음이 터져 나왔다.

"허허, 그래? 그럼 너도 커서 달리기 선수가 되고 싶으냐?"

"네! 우샤인 볼트처럼 될래요!"

민수가 양팔을 위로 쭉 뻗으며 볼트 선수의 포즈를 흉내 냈다.

"그렇구나. 그럼 이제 네가 이걸 받을 때가 왔다."

나는 손을 들어 목에서 군번줄을 벗었다. 바짝 마른 내 입술 사이로 긴 숨이 새어 나왔다. 참으로 오랜만이다. 'D-Day' 이후로.

귓가에 아련하게 그날의 포성이 들려왔다.

수희가 놀라는 눈으로 나를 쳐다보았다. 나는 손을 내밀어 아내의 손을 잡아주었다. 쪼글쪼글해진 손이었지만 내겐 둘도 없이 소중한 손이었다. 수희의 눈가에 이슬이 맺혔다. 아내는 손에 힘을 주었다. 비록 힘은 약했지만 그 속에 스민 세월의 무게는 금괴처럼 묵직했다.

"괜찮아…… 이제 때가 됐어……"

그녀에게 나지막이 말했다.

수희는 아이 앞이라 차마 달리 말을 하지는 못했지만, 내 손을 놓을 생각도 없어 보였다. 아이의 목에 직접 걸어줄 생각을 접었다. 생각해보니 대식도 직접 걸어주진 않았다.

"민수야, 이걸 목에 걸어봐."

손에 쥔 군번줄을 민수에게 내밀며 손바닥을 폈다. 녀석은 잠시 반짝이는 그것을 보더니 얼른 집어 들고는 머리 위로 써서 목에 걸었다. 그러곤 배꼽 아래까지 내려오는 군번표를 손에 쥐고는 이리저리 살펴보았다.

"이게 뭐예요?"

"민수야, 손을 이렇게 해봐라."

나는 주름투성이의 손가락을 쫙 펴며 손바닥을 아이에게 보였다. 그러자 아이도 따라 했다.

수희가 내 손을 더욱 세게 쥐어왔다. 손이 아플 지경이었다.

폭음이 들려왔다. 총성이 분화구 위로 허공을 날아다녔다. 내 양팔 안에는 피를 흘리는 대식이 안겨 있었다. 그는 치뜬 눈으로 나를 보며 힘겹게 주먹을 들어 올렸다. 그러곤 입술을 달싹였다.

"바통 터치."

나는 말하며 아이의 손바닥을 내 손으로 딱 마주쳤다. 자그맣고 보드라웠다.

아이는 뭐가 좋은지 까르르 웃는다. 목에 걸린 군번줄이 반기듯 달그락거렸다.

아이를 꼭 끌어안았다. 따뜻했다. 아이의 머리카락이 내 뺨을 간질였다.

폭발음이 더욱 가까이서 들려왔다. 미군의 함성과 총성도 높아졌다.

'대식아, 드디어 내 차례인가 보다.'

대식이 걱정 말라는 듯 빙그레 웃었다. 어쩌면 민수의 웃음이었을지도 모른다. 나는 고개를 들어 분화구 너머 하늘을 올려다보았다. 티 없이 새파란 하늘에 새하얀 구름이 둥실 떠 있었다.

수희가 나와 민수를 한꺼번에 와락 끌어안았다.

"쾅!"

나는 그녀의 팔에 안긴 채 맹렬하게 덮쳐오는 열기 속에 파묻혀 갔다.

작가 후기

　고등학교 2학년 때 친구를 따라 처음으로 일본 애니메이션을 보러 갔다. 미야자키 하야오 감독의 「천공의 성 라퓨타」라는 작품이었다. 그날은 학교에서 시험이 끝난 날이었는데, 마침 역사 과목 시험 범위에 '일제 강점기'가 들어 있었다.

　여럿이서 친구의 집으로 향하는 길에 우리는 일본이 한국인들에게 했던 만행들에 대해 맹렬히 성토했다. 기대에 부풀어 일본 애니메이션을 보러 가고 있는 주제에 말이다. 게다가 당시엔 반일 감정 때문에 일본 문화 상품들의 수입이 금지되어 있었기 때문에, 친구가 발품을 팔아 해적판을 구했어야 했다. 그때 우리는 그것이 이중적이라는 생각조차 해보지 못했다.

　「천공의 성 라퓨타」를 보고 난 후에 나는 큰 충격을 받았다. 너무나 아름다웠다. 이웃 나라를 침략하고 무고한 사람들을 학살했던 일본인들, 그러나 단지 손재주가 뛰어나 자동차, 라디오, 텔레비전을 잘 만들어 부자가 된 나라. 일본은 우리의 마음속에 그런 악덕한 부자의 이미지였을 뿐이었다.

　그런데 일본인이 만든 작품은 따뜻하고 너그러웠으며, 파시즘을 반대하는 정서가 뚜렷했다. 물건이야 손재주만으로도 잘 만들 수 있다고 쳐도, 인간의 감정과 생각을 표현하는 예술은 창작자의 마음을 반영하는 것인데 어떻게 일본인이 저런 작품을 만들어냈단 말인가? 나는 얼떨떨해졌다.

혼돈 속에 떠오른 생각은 어쩌면 우리가 일본인에 대해 편협한 이해를 하고 있는 것인지도 모른다는 것이었다. 역사적 사실은 여전히 사실이지만, 그것이 전부를 대변하는 사실은 아닐 것이라는, 어찌 보면 지극히 당연한 생각에 이르게 되었다. 그러자 일본인의 시각을 이해해보고 싶은 욕구가 생겨났다. 평면보다 입체를 더 선호하는 것은 인간의 본성이니까.

동시에, 일본인들이 저런 작품을 만들어내는 동안 우리는 그들을 비난하는 것 외에 무엇을 했나 하는 자극과 도전 의식도 느꼈다. 그날 집으로 돌아가면서 어른이 되면 나도 저런 작품을 만들겠다고 결심했다.

그리고 10년이 지난 2000년, 나는 노르망디 상륙 작전에서 미군에 생포된 독일군 포로들 중에 네 명의 한국인이 있었다는 사실을 접하게 되었다. 이들은 일본군에서 시작하여 소련군을 거쳐 독일군이 되었다는 간략한 내용이었다. 사실이 워낙 드라마틱하기도 했지만, 동시에 의문이 들었다. 그들 중에 일본인이 없었을까? 일본군으로 출발했으니, 있었다고 해도 이상할 게 없기 때문이다. 있었다면, 왜 기록에 남지 않았을까? 아마 그 일본인은 당시 적국이던 미군에게 국적을 한국인으로 속였을 것이라 생각했다. 그렇다면, 왜 옆에 있던 진짜 한국인은 그러한 국적 은닉을 방조했을까? 당시 한국인의 일본인에 대한 적개심을 생각하면 일러바쳐도 모자랐을 텐데. 답은 분명해 보였다. 광대한 유라시아 대륙의 동쪽 끝에서 서쪽 끝까지 가는 험난한 여정 속에 한국인과 일본인이라는 신분의 차이는 닳아 없어지고 인간만 남게 되지 않았을

413

까? 그리고 그들 사이에 인간적 유대감이, 우정이 싹트지 않았을까?

그렇게 'D-Day'의 기획이 시작되었다. 고교 시절 이후부터 쌓아온 일본에 대한 기초적인 이해 위에서 양국 대중들에게 하나의 작품을 통해 과거사를 바라보는 데 입체적인 시각을 제공하고 싶다는 염원이 기획을 착안하고 밀고 나가는 원동력이었다.

기획 방향을 정밀하게 다듬는 데 결정적인 기여를 해준 건 '지브리 스튜디오'의 스즈키 토시오 사장이었다. '지브리 스튜디오'는 미야자키 하야오 감독의 제작사다. 즉, 나로 하여금 창작에 대한 꿈을 품게 만들었던 작품을 제작했던 분이 바로 'D-Day'의 기획에 많은 영향을 주었던 것이다.

내가 스즈키 사장과 만날 수 있었던 건 당시 내가 몸담게 된 회사가 미야자키 감독의 애니메이션들의 한국 배급권을 가지고 있었기 때문이었다. 「바람 계곡의 나우시카」와 「이웃집 토토로」의 한국 배급을 위해 나와 스즈키 사장은 몇 차례 만났고 자연스레 'D-Day'에 대해서도 논의하게 되었다. 나는 믿기지 않는 이러한 우연을 하나님의 계획으로 받아들이고, 대본 작법 교육은 받아본 적도 없으면서 무작정 대본 쓰기에 뛰어들었다.

하지만 책상머리에 앉아 자료만 뒤적이면서는 도저히 글이 써지지가 않았다. 그래서 서울에서 만주를 거쳐 러시아의 볼고그라드, 프랑스의 노르망디를 직접 답사했다. 실존하는 그곳의 풍광은 어떤지, 낯선 환경 속에 떨어진 주인공들의 심정은 어땠을지를 가늠해보기 위해서였다. 결과적으로 많은 영감을 얻을 수 있었고, 귀국하여 곧장 'D-Day'의 영화용 대본을 쓰기 시작했다.

2003년에 완성한 대본은 2007년에 워너 브라더스 본사에 전달되었다. 워너는「해리포터」시리즈를 만들어 전 세계에 배급한 할리우드의 메이저 스튜디오다. 내 대본은 회사의 가장 아래 단계에서부터 읽히기 시작해서 워너 브라더스 인터내셔널의 리처드 폭스 사장의 테이블까지 올라갔다. 아시아 시장에서의 입지 확대를 원하던 사장은 대본을 읽고는 영화화를 결정했다.

유명한 감독도, 배우도, 원작의 지원 사격도 없이 달랑 대본 하나로 거기까지 도달한 것은 한국 영화사상 처음 있는 일이었고 미국 내에서조차 드문 일이었다. 그것도 무명작가의 처녀작이.

워너는 나에게 동의를 얻어 당시 공상과학영화로 할리우드 진출을 시도하느라 미국에 체류 중이던 강제규 감독에게 연출을 제안하며 대본을 건넸다. 공상과학영화의 진행이 순탄치 않아 고심 중이던 감독님은 내 대본을 읽고 워너의 제안에 응했다.

그리하여 2007년 8월, 사장의 초대로 나와 감독님, 그리고 사장과 변호사 넷이 워너 본사에서 오찬을 함께했다. 최초의 회동이었다. 그 자리에서 백인인 사장은 나를 깜짝 놀라게 하는 발언을 했다.

"나는 일본에서 4년 동안 일했던 경험이 있어서 한국과 일본의 불행한 역사 문제에 대해 잘 알고 있습니다. 내 생각엔 이 대본이 영화로 만들어지면 일본에서 대대적인 사회운동이 벌어질 수도 있을 것 같습니다. 스튜디오 사장으로서 이런 말을 하는 게 이상하지만 이 영화는 수익성보다는 그런 의미에 충실하게 만들어져야 한다고 생각합니다."

그때가 지금까지의 내 인생에서 가장 기쁜 순간이 아니었나 싶다. 생면부지의 미국인 사장이 대본 하나만을 읽고 내 의도를 정확히 알아주었다는 사실이 반갑기 그지없었다.

나는 이 스토리가 이웃 나라와 뿌리 깊은 갈등을 겪고 있는 모든 나라에 시사점을 줄 수 있을 것이라고 대답했다. 가능하다면 가자 지구에서 유태인들과 팔레스타인인들을 함께 모아놓고 시사회를 갖는 것도 해보고 싶다고 했고, 사장은 고려해보겠다고 했다. 나는 그간의 노력의 절반은 이미 이 순간에 보상을 받았다고 느꼈다.

이 영화를 실현하는 데 있어서 넘어야 할 또 하나의 큰 산은 특수효과 문제였다. 광대한 지역에 걸쳐 다양한 형태로 펼쳐지는 전투 장면을 한정된 비용으로 최대한의 효과를 끌어내는 것이 관건이었다.

영화 「아바타」가 전 세계 극장에서 관객의 눈을 매료시키고 있을 때, 나는 「아바타」의 특수효과를 담당했던 뉴질랜드의 '웨타'라는 회사의 사장인 리처드 테일러에게 연락을 했다. 그는 「반지의 제왕」과 「킹콩」으로 여러 개의 아카데미상을 수상했으며, 영국 여왕으로부터 작위까지 수여받은 장인이기도 했다. 그는 몇 년 전에 건넨 내 대본을 읽고 감동을 받았다며, 영화로 제작되게 되면 꼭 참여하고 싶다는 의사를 밝혀왔었다.

그에게 워너와 감독의 상황에 대해 말해주자, 그는 자신의 스텝들로 하여금 내 대본을 세밀히 분석하여 특수효과의 예산을 산출하도록 했다. 얼마 후 그가 보내 온 분석표와 예산을 보고 나는 매우 기뻤다. 감독님의 제작사에서 책정해둔 특수효과 예산 안에 쏙 들어갔기 때문이었다.

이렇게 해서 한국과 일본 양 시장을 목표 시장으로, 한국의 작가와 감독, 한국과 미국의 자본, 워너의 세계 배급망, 한국과 일본의 배우, 뉴질랜드 특수효과팀이라는 글로벌한 판이 짜였다. 한국 영화인들이 항상 꿈꿔왔던 프로젝트, 한국 영상 산업의 지평을 세계로 넓혀줄 그런 프로젝트가 출범하게 된 것이다.

그러나 출범한 지 몇 달 되지 않아 글로벌 프로젝트는 해체되고 말았다. 나의 대본밖에 읽어보지 않았던 워너가 2010년 4월에 감독님이 그동안 수정한 각색 대본을 처음으로 건네받아 검토하고는 5월 6일자로 투자 철회를 공식 통보해 왔기 때문이었다. 2007년 첫 회동 이후로 3년 동안이나 본 영화의 투자 배급 조건을 끈질기게 협상해온 워너였다.

　투자 철회의 이유는 감독님의 각색 대본이 나의 원작 대본과 현격히 달라져 수익성이 중대하게 결여된 것으로 판단한다는 것이었다. 통지문에 적시하진 않았지만, 각색 대본을 일본의 대중이 받아들일 수 없으리라 예측한 모양이었다.

　나 역시 감독님의 수정 방향에 동의하지 않았지만, 감독님은 자신의 비전에 대해 확신에 차 있었고, 워너의 통지 이후에도 각색 대본대로 영화를 제작할 것이라는 입장을 고수하였다.

　그리하여 결국 영화에서 배우를 제외하고는 모든 글로벌한 요소들이 배제되었고, 그 공백을 한국 회사들이 채웠다. 한국 영상 산업의 국제화를 실현해보고 싶었던 나로서는 심히 안타까운 일이 아닐 수 없었다.

　하지만 감독님이 어떤 분인가.「쉬리」로 한국 영화의 르네상스를 열었고,「태극기 휘날리며」로 천만 관객 시대의 도래를 확정 지었다. 그렇게 직접 연출한 작품마다 산업의 지평을 획기적으로 넓혀놓은, 영화계의 전설과도 같은 분이다.

　분명 감독님은 몇몇 일반인들의 식견을 뛰어넘는 '무언가'를 보고 계시리라 믿는다. 결국 대중 예술이란 대중의 호응도로 평가받는 것이고, 감독님은 대중의 마음을 잘 읽어내는 것으로 정평이 나신 분이다. 나는 그런 거장 감독에 의해 작가로 데뷔하게 된 것만으로도 영광스러울 따름이다.

여러분이 앞서 읽으신 소설은 나의 원작 대본을 소설화한 것임을 명확히 밝힌다. 비록 감독님의 각색 대본과는 방향과 톤이 상당히 다르지만 원작도 나름의 가치를 가지고 있다는 믿음으로 소설화를 결심하였다. 더하여 이를 응원해주신 출판사가 있어 감히 소설을 써볼 용기를 낼 수 있었다.

곧 감독님의 영화가 개봉한다. 독자분들께 권해드리고 싶은 것은 부족한 것투성이인 원작이 거장 감독의 숨결을 통해 어떤 작품으로 거듭나게 되었는지를 극장에서 확인해보십사 하는 것이다.

끝으로 초보 작가에게 너그럽게 출판의 기회를 열어주신 정중모 열림원 사장님, 작가의 자유를 최대한 존중해주신 김도언 편집장님, 큰 격려와 응원을 보내주신 한소원 실장님, 그리고 작품에 대한 뜨거운 열정을 아낌없이 보여주신 장혜원 팀장님, 복잡한 교정지 보시느라 수고하신 주수현 과장님, 꼼꼼하게 교정해주신 이성근 대리님께 감사의 말씀을 드린다.

또한 작품의 탄생에 재정적 기여를 해주신 '일신창업투자'의 고정석 사장님과 일본의 광고 회사인 '덴츠'의 치노 타케히코 상, 그리고 원천 아이디어를 제공해주신 나의 아버지와 댄 퀘일 전 미국 부통령에게도 깊은 감사를 표하는 바이다.

2011년 11월

김병인

디데이 D-DAY

초판 1쇄 인쇄 2011년 11월 7일
초판 1쇄 발행 2011년 11월 10일

지은이 김병인
펴낸이 정중모
펴낸곳 도서출판 열림원

기획 한소원 장혜원 | 편집장 김도언 | 책임편집 이성근 | 디자인 주수현
제작 윤준수 | 홍보 장혜원 | 마케팅 남기성 | 관리 박정성 김은성 조범수

등록 1980년 5월 19일(제406-2003-026호)
주소 서울시 마포구 잔다리로 2길 7-0
전화 02-3144-3700 | 팩스 02-3144-0775
홈페이지 www.yolimwon.com | 이메일 editor@yolimwon.com
트위터 twitter.com/Yolimwon

ISBN 978-89-7063-712-9 03810

＊책값은 뒤표지에 있습니다.